로스트 플레이스

로스트 플레이스

세라 핀스커
소설집

정서현 옮김

로스트 플레이스

LOST PLACES

SARAH PINSKER

창비

어려운 시절에나 그렇지 않은 시절에나

서점 사람들, 사서들, 선생님들께

나는 지도를 사랑한다. 나는 지금 사람들에 대한, 그리고 우리가 자신을 둘러싼 환경을 머릿속 지도로 그려내는 방식에 관한 책을 쓰고 있는데, 잠시 그 작업을 멈추고 이 글을 쓰게 되었다. 여전히 지도가 머릿속을 맴돌고 있다.

〔2025년〕 9월에 나는 서울국제작가축제에 참가했다. 정말 멋진 경험이었다. 패널 토론과 인터뷰에 참여하고, 다른 행사도 몇군데 참석했다. 그리고 길게 줄을 서준 한국 독자들을 만나 대화를 나누고 책에 사인을 해드리는 즐거움도 누렸다. 잘 모르는 작가에게 기꺼이 기회를 준 독자들을 만나 감사를 전하는 일은 너무나 큰 기쁨이다. 사람들이 소중한 시간을 할애해 나의 이야기를 읽기로 했다는 그 사실에 나는 언제나 겸허해지고, 영광스럽게 생각한다.

그러니 우리가 직접 만났든 이 페이지들을 통해 연결되었든, 이 자리를 빌려 나의 한국 독자들에게 감사의 인사를 전하고 싶다.

서울국제작가축제에서 나는 이 책의 출판사인 창비 관계자들도 만났고, 이 책과 나의 이전 소설집을 번역한 정서현 번역가를 만나 「참나무 마음이 모이는 곳」을 말이 되게 옮기는 거의 불가능한 작업을 맡겨서 미안하다고 사과도 할 수 있었다. 공식 행사 사이사이에는 이번 축제에서 내 통역을 맡은 스카이 최(Skye Choi)가 관광 안내를 해주었고, 하루의 끝자락에는 혼자서 도시를 탐험했다.

어떤 사람들은 처음부터 스마트폰 지도를 손에 쥔 채 자라났지만 우리 중 어떤 사람들은, 물론 나도, 종이 지도 시절을 기억한다. 내가 책을 쓰는 대신 음악을 만들던 시절에 쓴 첫번째 자기소개에는 "세라는 일부러 길을 잃는다"는 문장이 들어 있었고 그건 어느 정도 사실이었다. 나는 여행 중 도시와 도시 사이에서 조금씩 길을 잃는 걸 언제나 고대했다. 그렇게 한 장소가 다른 장소와 어떻게 이어지는지를 몸으로 익힐 수 있었으니까.

이제는 스마트폰으로 내 위치를 확인하는 데 익숙해졌다는 걸 인정하지만, 문득 깨달은 게 있다. 지도 앱은 삶을 한 지점에서 다른 지점으로 이동하는 여정의 연속으로 보게 만든다는 것이다. 우리가 통과하는 환경의 아주 작은 단면만 보여줄 뿐이어서 전체 맥락을 놓치기 쉽게 만드는 것이다.

서울에 머무는 동안 내 스마트폰은 잘 작동했는데, 이상하게도 호텔을 나서기만 하면 지도 앱이 내 위치를 잡아주지 않았다. 큰 문제는 아니었다. 나는 하늘 높이 걸린 내가 머물던 호텔 간판에 시선을 두거나 방향을 잡도록 해주는 랜드마크를 염두에 두고 크게 원을 그리듯 걸었다. 그런 식으로 야시장을 발견하고, 멋진 분수를 만났으며, 맛있는 음식도 먹을 수 있었다. 현대적 고층 건물들의 그늘 아래서 시간여행을 하듯 오래된 사당을 발견하기도 하고, 옛 도시 성곽의 성문을 만나기도 했다. 방향을 잃기도 했지만 익숙한 무언가가 나타날 때까지 이리저리 가늠하며 호텔로 돌아오는 길을 찾곤 했다. 방에 돌아와서는 지도를 열어 내가 방금 어디를 다녀온 건지 확인하며 걸어온 길을 지도 위에서 거꾸로 되짚었다. 미리 마음속으로 목적지를 정해두지 않아도 되며, 내가 어디를 향하고 있는지 알 수 없는 때도 있다는 사실을 새삼 되새겨주는 흥미로운 경험이었다.

그리고 바로 그 생각이 이 소설집으로, 또 하나의 고백으로 나를 이끈다. 나는 단편소설에 제목 붙이는 일을 좋아하지만 소설집에 제목 붙이는 일은 싫어한다. 소설집에 실린 작품들은 온라인 잡지, 종이 잡지, 선집, 미발표작 등

서로 다른 기원을 갖지만 한데 모여 어우러지기를 요구받는다. 겉으로 보기엔 저자 이름 말고는 아무런 공통점도 없어 보이는 이야기들을 어떻게 하나로 묶을 수 있을까?

'로스트 플레이스'라는 제목은 단편 「참나무 마음이 모이는 곳」의 한 구절에서 따왔다. 아마도 (원서 출판사인) 스몰 비어 프레스(Small Beer Press) 편집진이 제안한 제목일 거라 이 제목의 공을 내가 차지할 수는 없지만, 이 제목을 정말로 좋아하게 됐다. 내 단편에 등장하는 인물들에게 공통점이 있다면 무언가가 완전히 달라진 상황 속에서 익숙했던 것들을 남겨두고 떠난다는 점이다. 내 이야기들은 대체로 자신이 마주한 상황의 전모를 파악하지 못한 개인에게 관심을 두는 작은 규모의 이야기다. 잃어버린 장소라곤 하지만 그 장소들은 대개 늘 있던 자리에 그대로 있다. 변한 것은 그곳과 인간의 관계이며, 그래서 인물들은 지도도 없이 헤매며 문자 그대로든 비유적으로든 새로운 랜드마크를 찾아 나선다.

「두개의 진실과 하나의 거짓말」의 스텔라와 「날 위해 기억해줘」의 보니는 모두 자신의 기억 속에서 잃어버린 장소들을 들여다보는 인물이다. 「우리의 깃발은 여전히 그곳에」와 「오늘은 모든 게 닫혀 있다」의 낯선 미래, 그리고 「더 잘 말하는 법」의 낯선 과거에서는 서로 다른 시간들이 풍경처럼 펼쳐진다. 「참나무 마음이 모이는 곳」에서는 온라인 수사대가 노래 가사에서 지리적 단서를 찾아 헤맨다. 「케어링 시즌스 탈출기」의 조라는 자신도 모르는 사이 갇혀버린 곳에서 말 그대로의, 그리고 비유적인 탈출구를 찾는다. 「센추리를 그 자리에 남겨두고」의 화자는 익숙한 풍경의 끝이 어디인지를 시험한다.

「과학 지식!」에 등장하는 용감한 소녀 대원들은 낯선 숲을 하이킹하며 어둠을 쫓기 위해 모닥불 가에서 서로 이야기를 들려주고, 또 새로운 이야기를 만들어간다.(이 단편들의 두번째 공통점을 찾자면 이야기 속의 이야기, 혹은 이야기에 관한 이야기, 혹은 우리가 스스로에게 들려주는 이야기라는 점일 것이다.) 이 단편은 수잔 시마드의 『어머니 나무를 찾아서』(사이언스북스 2023)를 읽다가 떠올랐다. 나무들이 소통하는 방식, 그리고 균류 네트워크가 어떻게 그 소통을 이어주는가에 관한 책이었다. 그 책을 읽으니 우리가 서로에게 정보를 전달하는 방식(그러니까, 다시 이야기)을 탐구하고 싶어졌다. 책의 배경인 태평양 연안 북서부의 풍경은 내가 청년기에 일했던 캠프를 떠올리게 했고, 우리가 아이들을 돌보는 스무살짜리들이었다는 사실을 새삼 기억하게 되었다. 그때 손에는 종이 지도가 있었고 길 찾기 훈련도 받았지만, 아는 것으로 따지자면 우리는 지도의 가장자리에 서 있는 셈이었다. 나무와 균류의 소통이라는 미지의 영역을 탐구하는 과학도 마찬가지 아닐까 생각하니 이 둘의 닮은 점이 재미있게 느껴졌다.

「산맥은 그의 왕관」은 실제 지도에서부터 시작된 판타지다. 바로 16세기 지도인 레오 벨기쿠스(Leo Belgicus)가 그 출발점이다. 어느 지도 제작자가 나라의 국경을 사자 모양으로 상상했다면, 자기도취에 빠진 어떤 왕이 자신의 영토를 스스로의 초상화 모양으로 바꾸려 한다면 어떻게 될까? 나는 역시 통치자보다는 그 땅에 살아가는 사람들의 삶에 더 관심이 갔고, 그래서 질문을 뒤집어 그 황당한 야망이 국경 근처에 사는 농부에게 어떤 의미인지, 그 변덕스러운 지배자 아래에서 사람들은 어떻게 버티며 살아가는지를 들여다보았다.

「종종 소음의 한가운데서 음악을 듣곤 해」는 다른 종류의 지도, 맨해튼 도보 여행 안내서에서 시작됐다. 도보 여행은 대개 지리적으로 좁은 범위에 머문다. 도보 여행에서는 패션 지구가 어디인지, 극장 지구가 어디인지, 그 장소들이 어떻게 알려지게 되었으며 오늘날 무엇이 남아 있는지 등을 볼 수 있다. 그리고 그 지리적 제약 덕분에 도보 여행은 시간을 층층이 쌓아 그 몇 블록에 담긴 모든 이야기를 들려주기도 한다. 여기는 극장 지구인데요, 1920년대에 누구누구가 여기 살았고 오십년 뒤 같은 아파트에 또다른 유명인이 살았다는 걸 아셨나요? 여기 서서 이 건물을 바라보며 예전에 여기 무엇이 있었는지 상상해보세요. 그 안내서를 읽으며 나는 도보 여행이 어떻게 나를 한 장소에 켜켜이 쌓인 시간의 층을 한꺼번에 볼 수 있는 시간 여행자로 만들어주는지 깨달았다. 서울에서 호텔을 나서다 현대적 건물들 사이에 자리한 오래된 성문을 발견했을 때, 바로 그런 경험을 한 것이었다.

어쩌면 모든 단편소설은 다른 삶들을 둘러보는 도보 여행일지도 모른다. 아주 잠깐 동안일 뿐이지만 새로운 인물, 새로운 배경, 새로운 상황 속으로 독자를 초대하고, 그들의 곁을 걷거나 그들의 머릿속으로 들어가게 해주니까 말이다. 당신이 나를 믿고 이야기를 들어준다면 그 이야기는 이런 삶도 있을 수 있어, 하고 말할 것이다. 날 따라와주기를. 길 안내는 필요치 않다. 이 장소들은 아직 지도에 표시되지 않았지만, 우리가 함께 걸으면서 그려나갈 것이다.

2025년 12월 18일

미국 메릴랜드 주 볼티모어에서

세라 핀스커

차례

일러두기

1. 본문의 각주는 모두 옮긴이 주이다.

2. 원문에서 강조한 부분은 고딕체로 표시하거나 풀어 썼다.

두개의 진실과 하나의 거짓말

말년에 마코의 형 데니는 자신의 소유물에 완전히 집어
삼켜진 그런 사람이 되어버렸다. 다큐멘터리의 소재가 되
거나 사람들이 어떤 식으로든 참견하려 드는 사람, 사람들
이 핑계를 대며 방문을 피하는 사람, 그래서 더이상 외출
도 하지 않고 한숨과 침묵으로만 언급되는 그런 사람 말이
다. 데니가 죽은 후 스텔라에게 떠오른 생각이 바로 그런
것들이었고, 그건 장례식에 참석한 다른 네 사람의 면면을
보고 스텔라가 마코에게 집 정리를 도와주겠다고 제안한
이유이기도 했다.

"정말?" 마코가 물었다. "너, 우리 형 잘 모르잖아. 마지
막으로 본 게 삼십년 전이고."

마코의 남편 저스틴이 마코의 옆구리를 팔꿈치로 쿡 찔

렀다. "받아들여. 나도 내일은 집에 가야 하니까 도움이 필요할 거야."

"괜찮아, 너네 형 나한테 친절했거든." 스텔라가 말하고는 덧붙였다. "난 널 도우려는 거긴 하지만."

첫번째 부분은 거짓말이었고 두번째 부분은 진실이었다. 데니는 고등학교 시절 친구들이 마코네 집에서 어울릴 때 언제나 곁에 있던 이상한 형이었다. 언제나 수첩을 들고 몰래 엿보는 표정으로 숨어 있었다. 스텔라는 마코가 일부러 데니를 끼워주려고 애쓰던 모습과 실망감에 휩싸인 마코의 애정이 서서히 부끄러움으로 변해가던 모습까지 기억했다.

마코와는 좋은 친구였지만, 스텔라는 고등학교 동창들과 연락을 끊고 지냈다. 변명의 여지는 없었다. 소셜미디어로 언제든 거의 누구와든 다시 연결될 수 있었으니까. 아무도 연락을 시도하지 않았다는 사실이 자신에 대해, 또는 그들에 대해 무엇을 말해주는지 확신할 수 없었다.

부모님 댁에 온 첫날 밤, 어머니가 "네 친구 마코의 형이 이번 주에 죽었어"라고 말했고, 스텔라는 갑자기 그 특별한 우정을 소홀히 한 것이 후회되어 어쩔 줄 몰랐다. 엄마가 오려서 모아둔 부고를 통해 마코의 부모님이 몇년 전에 돌아가셨다는 것까지 알게 되자 더욱 그랬다. 그래서 장례식에 갔고, 그래서 도움을 자처한 것이었다.

“돕고 싶어.” 스텔라가 말했다.

이틀 후, 엄마가 기부하려고 내놨다가 미루고 있던 가방에서 꺼낸 옷을 입고 마코네 집에 도착했다. 유행이 지난 지 수십년은 된 데다 페인트로 얼룩진 청바지, 밑창이 닳은 운동화, 그리고 팀 버튼의 「배트맨」 포스터가 프린트된 목둘레가 늘어진 티셔츠였다. 대청소에 걸맞은 복장이니 부끄럽지는 않았지만 바로 그 옷을 입고 바로 이 문 앞에 서자 뭔가 초현실적인 느낌이 들었다.

“그 티셔츠를 아직도 갖고 있다니 믿을 수가 없다.” 마코가 현관으로 나오며 말했다. “내 건 다 해졌어. 우리 다 같이 학교 째고 첫 상영 보러 갔던 거 기억나?”

“그럼. 나도 엄마가 아직 가지고 있는지 몰랐어. 몇년 전에 버린 줄 알았거든.”

“멋진데. 그리고 도와줘서 고마워. 아무한테도 도움을 청하지 말자고 다짐했지만, 누군가 제안하면 받아들일 참이었거든. 여기 상태를 보고 나한테 실망하지 않겠다고 약속해줄 수 있어? 우리 부모님이 형한테 집을 주셨어. 나도 올 때마다 도우려고 했지만 형이 못 하게 한 데다 너무 강요하면 더이상 오지 말라고 할 게 뻔했거든.”

스텔라가 고개를 끄덕였다. “약속할게.”

마코가 라텍스 장갑 한켤레와 입과 코를 가릴 수 있는 종이 마스크를 건넸다. 그제야 집 상태가 얼마나 심각할까 하는 생각이 처음으로 스쳤다. 마코가 문을 살짝만 열고 밖에 나와 인사를 했다는 것조차 제대로 알아차리지 못했다. 잔디밭은 잘 가꿔져 있었고, 화단은 잡초를 뽑고 뿌리를 잘 덮어 겨울이 떠나기로 동의만 하면 언제든 활짝 꽃을 피울 봄을 맞을 준비가 되어 있었다. 덧문에는 새하얀 페인트도 새로 칠해져 있었다.

그래서 마코가 다시 문을 빠끔 열고 들어가면서 겨우 따라 들어갈 만큼의 공간만 내주었을 때 스텔라는 깜짝 놀랐다. 문 뒤에 무언가가 잔뜩 쌓여 있었다. 문 옆에도, 문 앞에도, 현관의 모든 공간에. 부엌으로 좁은 통로가 나 있었고 거실로 가는 다른 통로가, 위층으로 가는 또다른 통로가 있을 뿐이었다.

“아.” 스텔라가 말했다.

마코가 돌아봤다. “발을 빼기에 아직 늦진 않았어. 어떤 일인지 모르고 하겠다고 한 거였잖아.”

“몰랐지.” 스텔라는 인정했다. “근데 괜찮아. 계획은 있어?”

“식사 공간, 거실, 취미 방, 침실 순서로. 각 방이 얼마나 걸릴지 전혀 모르니 할 수 있는 만큼만 하면 돼. 찾아내는 거 대부분은 쓰레기일 테고, 비닐봉지에 넣으면 내가 뒤뜰 쓰레기통에 갖다 버릴게. 내가 신경 쓸 만하다고 생각되는 물건이 보이면 알려줘. 어쨌든 같은 방에서 작업하는 게 좋을 것 같아. 둘 중 누구든 짐 더미에 깔려 죽는 건 원치 않으니까. 부엌에서 쓰레기통까지 가는 길을 뚫으면서 그 생각밖에 안 들더라, 여기서 혼자 일하다 파묻히면 아무도 날 찾지 못할 거라고."

"그럼 식사 공간부터 시작하자." 스텔라는 목소리에 열의를, 그게 아니라면 적어도 응원하는 마음이라도 담으려 애썼다.

그렇게 많은 시간을 보냈던 집이 이렇게 몰락한 상태가 되어버린 걸 보니 기분이 이상했다. 협탁이나 책장이 어디에 있었는지까지 기억할 수 있을 거라곤 생각하지 않았는데 가장 깊이 묻힌 지층에 그것들이 있었고, 기억이 났다.

졸업 파티에 갈 때 친구들 열명이 여기서 만났었다. 마코의 아버지가 단체 사진을 찍어주면서 딱 한번 "나 때는 사람들이 데이트 상대랑 졸업 파티에 갔었는데"라고 말했고, 마코의 어머니가 즉시 아버지를 조용히 시켰다. 데니는 계단에 앉아서 언제나 가지고 다니는 그 수첩을 손에 들고 그들을 지켜봤다. 마코가 형에게 위층으로 올라가라고 하기 전까지는 이상하다고 느끼지 못했는데, 그렇게 말하자 데니는 축제 분위기를 지켜보는 가족이었다가 갑자기 분위기를 한층 불안하게 만드는 존재가 되어버렸다.

스텔라와 마코는 거실을 지나 식사 공간으로 갔다. 거대한 식탁이 여전히 방 가운데 있었지만 딱풀과 페인트 붓과 다른 미술용품들로 뒤덮여 있었다. 그밖에 방의 바닥 전체에 높다란 더미들이 쌓여 있었는데, 페인트 묻은 신문으로 경계를 나눈 구역만이 데니가 실제로 그 식탁을 사용했었다는 걸 보여주었다.

3미터 떨어진 데서부터 부엌의 악취가 느껴졌다. 그게 스텔라의 얼굴에 드러났는지 마코가 말했다. "나 진심이야. 꼭 가야 하는 거 아니면 거긴 가지 마. 창문 다 열고 선풍기 세대를 틀어놨는데도 모자라. 사실 여기가 제일 쉬울 수도 있어서 여기서 시작하는 게 좋겠다고 생각했어. 식기 선반이랑 그릇장은 네가 하고 나는 식탁을 정리할게. 두가지로 나누자, 쓰레기와 쓰레기가 '아닐 수도 있는 거.' 두 번째엔 개인적인 물건이나 귀중품 같은 건 뭐든 포함이야. 죽는 건 정말 충격적으로 비싼 일이지."

스텔라는 데니가 어떻게 죽었는지 몰랐기 때문에 그게 데니의 죽음에 관한 얘긴지 장례식에 대한 얘긴지 알 수 없었고, 묻고 싶지 않았다. 마코가 왜 아무 결정도 내릴 필요 없는 기계적인 일을 골랐는지 의아했는데, 위에 쌓인 온갖 것들 무게로 깨진 할머니의 도자기 찻잔을 발견하자 이해가 될 것 같았다. 이 아래 뭐가 있는지 마코가 다 기억하진 못하겠지만, 완전히 망가져버린 모습을 직접 보는 것보단 스텔라가 그냥 커다란 검은 봉지에 던져 넣는 게 덜 힘들 거였다. 물건들은 기억을 자극하겠지만 없으면 더이상 안 그럴 테니까.

라텍스 장갑이 왜 필요한지도 이해하게 되었다. 짐 더미는 놀라운 것들을 품고 있었다. 겹겹이 쌓인 종이 위에 또 종이 위에 다시 장난감과 골동품이 층을 이뤄 쌓여 있었고, 갑자기 쥐똥이나 고양이 털 뭉치, 아니면 한때 초록색이었던 식물의 찌부러진 덩굴, 또는 곰팡이가 핀 채 정체불명으로 썩어가는 뭔가가 나타났다. 데니는 담배도 피웠던 모양이다. 몇겹을 들출 때마다 가득 찬 재떨이가 등장했다. 종이는 대부분 쉽게 버릴 수 있는 것들이었다. 지역 주간신문의 뉴스와 부고란들로 십년, 십오년, 삼십오년 전까지 거슬러 올라가는 것들이었고, 일부 기사들은 오려져 있었다.

여기저기서 살아남은 것들을 발견했다. 은쟁반, 질기게 버틴 찻주전자, 액자에 든 사진. 마코가 치워서 만든 식탁 공간에 그것들을 놓았다. 한동안은 그저 난장판을 옆으로 옮기기만 하는 것 같은 느낌이었지만, 결국에는 더미 아래 가구의 형태들이 드러나며 스텔라는 일이 진행되고 있다는 걸 인정하게 되었다. 마코는 맡은 일을 끝내고 스텔라가 채운 쓰레기봉투들을 부엌을 거쳐 끌고 나가 쓰레기통에 버린 다음, 스텔라가 따로 모아둔 물건들을 분류하기 시작했다. 마코가 세개의 상자에 라벨을 붙였다. '보관' '기부' '판매'. 어떤 물건들은 다른 것들보다 더 오래 걸렸다. 스텔라는 분류 기준에 대해 묻지 않기로 했다. 말하고 싶으면 하겠지.

"점심 먹을까?" 마침내 식탁 위에 다 채워진 상자들만 남았을 때 마코가 물었다.

스텔라는 한시간 전부터 배가 꼬르륵거리고 있었다. 너무 쉬고 싶었다. 본능적으로 휴대폰에 손을 뻗어 시간을 확인하려다 말고, 고등학교 응급처치 시간에 배운 대로 오염을 막는 방식으로 장갑을 벗었다. "손을 씻어야겠어."

"모퉁이 음식점에서 해. 여기 싱크대는 진짜 접근 불가야."

어렸을 때는 모퉁이에 음식점이 없었다. 그럼 대체 뭐가 있었지? 부동산 사무실이거나 십대의 마음에는 들어오지 않는 다른 무언가였으리라. 이젠 완전히 힙스터스럽게 재탄생한 델리였다. 벽에 붙은 기기에서 나오는 주문 번호까지 완비된 그런 곳 말이다. 콧수염에 왁스를 발라 다듬은 직원이 주문을 받았다.

"쟤 우리랑 같이 학교 다닌 애야?" 스텔라가 직원을 보며 마코에게 속삭였다.

마코가 고개를 끄덕였다. "크리스 베설. 우리랑 데니 형사이 학년이었는데, 그땐 다른 이름이었어."

그 순간 스텔라는 크리스 베설이 기억났다. 성전환을 하기 전 『십이야』에서 비올라 역을 맡았을 때, 그는 낯선 해안에 난파된 심정을 이해하는 사람처럼 연기했다. 잘했지!

기다리는 동안 스텔라는 화장실에 가서 손을 박박 씻었다. 이제 그 집 냄새가 몸에서 나는 것 같았고, 다른 사람들이 눈치채지 않기를 바랐다.

마코는 이미 플라스틱 바구니의 종이 포일에 쌓인 샌드위치를 주문하고 다른 손님들로부터 떨어진 구석 테이블을 고른 참이었다. 말없이 처음 몇입을 먹었다. 마코는 오전 내내 말이 별로 없었고, 스텔라는 침묵을 메우려 드는 평소의 욕구를 참아봤지만 더이상은 견딜 수 없었다.

"넌 어디 살아? 저스틴이랑은 얼마나 오래 사귄 거야?"

"보스턴 근교," 마코가 말했다. "그리고 십오년. 너는?"

"시카고. 이혼했고. 아들이 하나 있어, 쿠퍼. 출장을 많이 다니고. 커피 유통업체에서 영업 일을 해."

말하면서도 그런 말을 한 자신이 싫었다. 진실인 부분이 하나도 없었다. 항상 그랬다. 거짓말할 이유가 없는데도 흥미롭게 보이려고, 또는 스스로 스릴을 느끼려고 말을 지어냈다. 존재하지 않는 아들 쿠퍼의 사진을 보여달라고 하면 보여줄 게 전혀 없었다. 물론 커피 유통업체가 뭘 하는지도 전혀 몰랐다.

마코는 눈치채지 못하는 것 같았다. 아니면 사실이 아니라는 걸 알면서도 그들이 멀어진 이유를 다시 확인하는 셈이라 그냥 모른 척하는 걸 수도 있었다. 두 사람은 침묵 속에서 샌드위치를 마저 먹었다.

“다음엔 거실 할까?” 마코가 물었다. “아니면 취미 방?”

“취미 방 하자.” 스텔라가 말했다. 거기가 부엌에서 더 멀었다.

부엌에서는 멀었지만 고양이 변기 같은 지하실은 다른 냄새를 풍기고 있었고, 그 냄새는 창문 없는 공간에 완전히 갇힌 채였다. 스텔라는 한숨을 쉬며 마스크를 끌어올렸다.

마코도 마찬가지였다. “이상한 건 고양이를 못 찾았다는 거야. 실내외를 오가는 고양이였기를 바라고 있어……”

스텔라는 뭐라고 대답해야 할지 몰라서 “음”이라고만 하고 뭔가에 손을 넣을 때 더욱 조심하기로 마음먹었다.

뒷벽의 붙박이 책장에는 시즌 장식 소품들이 든 것으로 보이는 통들이 가득했다.

“장식용품들은 어떻게 할까?” 스텔라가 가장 가까운 상자를 선반 앞쪽으로 당겨 안을 들여다봤다. 대부분 핼러윈과 크리스마스용이었지만 모두 뒤죽박죽이라 순록 장식품과 거미 전구가 깨지기 쉬운 평화를 협상하고 있는 모양새였다.

“다 내버리라고 말하고 싶지만, 혹시 모르니까 다 꺼내 봐야 할 것 같아.”

“혹시 모른다니?”

마코는 밀봉된 포장을 하나 던져주며 살펴보라고 했다. R2-D2* 같지만 색깔이 다른 안드로이드 장식품 두개가 들어 있었다. "수집가용 에디션이야, 완전 새 제품. 거대한 반짝이 공이랑 플라스틱 순록 밑에서 방금 찾았어. 집 전체가 이래. 쓸 만한 물건이 쓰레기와 함께 숨어 있어. 모든 빌어먹을 상자에 보물 같은 게 들어 있지."

일의 규모가 차츰 실감 났다. "여기 얼마나 있을 예정이야?"

"상사가 좋은 사람이야. 형 물건을 다 정리할 때까지 여기서 일해도 된다고 했어. 일주일 정도 생각했는데, 상태를 보면 한달은 걸릴 것 같아. 이걸 전부……"

"한달이라고! 오늘 그래도 꽤 많이 했는데……"

"위층을 못 봐서 그래. 차고도. 진짜 많아, 스텔라. 식사 공간이 부엌 다음으로 아마 제일 쉬웠을 거야. 부엌은 100퍼센트 쓰레기일 테니까."

"밀가루 속에 보물을 더 숨겨놓지 않았다면 말이지."

마코가 창백해졌다. "아, 맙소사. 내가 왜 그 생각을 못 했지?"

도와주겠다고 제안하고 싶은 마음이 또 한번 들기도 했지만 이틀 연속 그 악취를 견딜 수 있을 것 같지 않았고,

* 영화 '스타워즈' 시리즈에 등장하는 로봇 캐릭터.

스텔라는 이미 충분히 집에 자주 오지 않는다고 불평하는 부모님과 시간을 보내기로 되어 있었다. 도움을 주겠다고 말하고 싶었지만, 마코가 제안을 받아들이는 건 원치 않았다. "올 수 있으면 다시 올게."

마코는 대답하지 않았다. 거짓말인 게 뻔했으니까. 눈앞의 과제로 돌아갔다. 장식품, 또 장식품, 장난감, 게임, DVD와 VHS 테이프, 레코드판과 CD, 카세트테이프 더미들. 모든 상자는 아니라도 충분히 많은 상자에 건질 게 있어 수고할 만했다. 식사 공간이 더 쉽다는 마코의 말이 맞았다. 카세트테이프와 DVD, 비디오테이프는 모두 기부하기로 했지만 음반은 실제로 가치가 있을 수 있다고 했다. 스텔라는 레코드판에 대해서는 아무것도 몰라서 재생 가능한 것과 그렇지 않은 것으로 분류했다. 일일이 재킷에서 꺼내 휘어지거나 긁힌 데를 확인했다. 지루한 작업이었다.

데니가 가지고 있던 것 중 발견한 것들을 재생할 수 있는 장비를 찾는 데 두시간이 걸렸다. 이케아 TV 스탠드 위의 작은 텔레비전, 바닥의 스테레오와 턴테이블, 그리고 첫번째 텔레비전 뒤의 또다른 텔레비전이 있었다.

오래된 제품이었고 실제 화면을 더 작아 보이게 만드는 목제 캐비닛에 내장된 형태였다. 이런 건 몇년 만에 처음 봤다. 스텔라는 할아버지 할머니를 떠올렸다. 어렸을 때 그런 게 여기 지하에 있었는지 기억해보려 했다.

그러다 무언가를 —목제 캐비닛이나 어쩌면 다이얼을—보고 「밥 아저씨 쇼」 기억해?"라고 물었다.

마코는 당연히 기억할 수 없었다. 스텔라가 종종 그러듯 그 자리에서 지어낸 것이었으니까 그 누구도 기억할 리 없었다.

그래서 마코가 "응! 카메라를 똑바로 바라보던 그 시선까지 기억하지. 나만, 특별히 나만 보는 것 같았어. 무서워 죽는 줄 알았는데, '다음 주에 다시 보자'라고 말하는 바람에 항상 봤다니까. 안 그러면 화낼 것 같았거든" 하고 말했을 때 너무 이상했다.

마코가 그 말을 하자 스텔라도 기억이 났다, 밥 아저씨가 카메라를 똑바로 보던 그 시선, 로저스 씨*처럼 친근한 태도와는 다른 그 시선이. 밥 아저씨는 로저스 씨와 반대였다. 위험한 아저씨, 약한 사람들을 이용해먹지는 않지만 친절하지도 않은.

"지역 방송 프로그램이었어." 사실인지 확인하려고 스텔라가 큰 소리로 말했다.

마코가 고개를 끄덕였다. "공영방송국에서 촬영했지. 형이 몇번 방청객으로 나왔어."

스텔라는 자신이 알던 데니를 떠올려봤다, 자기보다 나

---

* 미국의 어린이 교육 TV 프로그램 「로저스 씨네 이웃 사람들」의 등장 인물.

이 많은, 몸집이 큰 십대의 모습을. 어리둥절해하는 걸 눈치챈 듯 마코가 덧붙였다. "내 말은, 형이 어렸을 때 말이야. 아마 일곱살이나 여덟살? 첫 시즌이었나? 우린 다섯살이었겠네. 맞아, 말이 되네. 그때 내가 정말 부러워했는데, 엄마가 일곱살은 돼야 나갈 수 있다고 했어."

스텔라는 머릿속 거인의 크기를 조정해 덩치 큰 남자애 정도로 만들었다. '방청객'이라는 말이 정확히 맞는 것 같지는 않았는데, 왜인지는 기억나지 않았다.

마코가 방을 가로질러 가서 버린 VHS 테이프들을 뒤적였다. "여깄네."

VCR을 덜 오래된 텔레비전에 연결하는 데 몇분이 걸렸다. 재생 버튼을 누르자 화면이 지직 소리를 내며 깜박였다.

쇼는 이상하게 친숙한 기악 주제가로 시작됐다. 굵은 글씨로 「밥 아저씨 쇼」가 나타났다가 로고가 사라지고 화면이 검게 변했다. 문이 열렸고, 스텔라는 그게 검은색 죽은 화면이 아니라 무광의 검은 방이라는 걸 깨달았다. 스튜디오가 검은 나무 의자 하나 말고는 아무런 가구도 없이 온통 검게 칠해져 있었다.

문을 통해 쏟아져 들어온 아이들은 카메라를 향해, 아니, 장난감으로 꽉 찬 바닥의 비밀 공간을 향해 곧장 달려갔다. 그 상황에서 장난감과 아이들 옷의 색깔은 강렬하면서 기분 좋은, 반겨주는 것 같은 따뜻한 느낌을 주었다. 블록, 기차 세트, 플라스틱 동물들. 그래서 '방청객'이라는 말이 거슬렸던 것이다. 아이들은 방청객이 아니었다. 쇼의 절반이 아이들이었고 카메라 초점의 절반도 아이들에게 가 있었다. 누가 무얼 차지할지 정하는 혼란스러운 시간이 지난 후 아이들은 자리를 잡고 놀기 시작했다.

밥 아저씨는 몇분 후에 들어왔다. 스텔라가 예상했던 것보다 젊었다. 검고 풍성한 머리카락에 긴 얼굴에는 주름도 없었다. 등을 곧게 세운 채 약간 엉거주춤하게 걸었고, 뒷짐 진 팔은 날지 못하는 새의 모습을 연상시켰다. 밥 아저씨는 카메라를 똑바로 보는 채로 어떻게든 발밑의 아이들을 피해서 의자로 향했다.

밥 아저씨가 자리에 앉았다. 스텔라는 지금도 그의 눈이 자신에게 초점을 맞추고 있다는 사실에 엄청나게 으스스한 느낌을 받았다. "대체 저 사람이 어떻게 TV 쇼를 했지?"

"그치? 저기 쟤가 형이야." 마코가 테이프를 일시정지하고 의자 뒤 오른쪽에 있는 소년을 가리켰다. 스텔라가 가지고 있던 이미지와 크게 다르지 않았다. 데니는 다른 모든 아이들보다 컸다. 양손에 기차 객차를 하나씩 들고 왼쪽 것을 작은 여자아이에게 내밀고 있었다. 다른 아이들과 잘 노는 데니의 모습이 스텔라를 놀라게 했다. 그가 항상 외톨이였을 거라고 생각했던 것이다. 입을 열어 그렇게 말하려다가 다시 닫았다. 마코는 형에 대해 뭐든 하고 싶은 말을 해도 괜찮지만 스텔라가 그 얘기를 꺼내는 건 적절하지 않을 수도 있었다.

마코가 다시 재생 버튼을 눌렀다. 여자아이가 데니에게서 기차를 받고 미소 지었다. 앞쪽에서 밥 아저씨가 이야기를 들려주기 시작했다. 스텔라는 이야기 들려주는 부분이 있었다는 것도 잊어버렸다. 그게 쇼의 전부였는데. 아이들은 자기들대로 놀고, 밥 아저씨는 아이들과 아무 상관 없는 이야기를 들려주는 것이. 밥 아저씨는 아이들에게 별로 관심을 기울이지 않았지만, 가끔 아이들은 놀이를 멈추고 그의 말에 귀 기울였다.

이야기는 이상했다. 언덕에 산 채로 매장된―그는 "심은"이라고 표현했다―소년이 잡초처럼 언덕 전체를 차지하고 사방으로 몇 킬로미터나 퍼져나간다는 내용이었다.

스텔라가 고개를 저었다. "엉망진창이네. 애가 있다면 이런 건 못 보게 했을 거야. 완전 최악이야."

마코가 쳐다봤다. "애가 있다고 했잖아?"

"내 말은, 이런 게 방송될 때 아이가 있었다면 말이야." 스텔라는 평소에는 더 주의를 기울여 거짓말 게임을 했다. 애초에 왜 아들이 있다고 말한 거지? 마코가 부모님을 만나는 순간 들통날 텐데.

정말 바보 같은 게임이었다. 언제 시작했는지도 기억나

지 않았다. 대학 때였나. 처음으로 자신을 재창조할 기회인데 완전히 새롭게 만들지 않을 이유가 뭐겠는가? 규칙은 간단했다. 누군가 스스로 확인할 수 있는 것에 대해서는 절대 거짓말하지 말 것, 거짓말들을 잘 기억할 것, 일관성 있고 믿을 만하게 유지할 것. 그래서 대학에서는 고등학교 때 배구팀 주전이었지만 연습 중 무릎을 너무 심하게 다쳐서 더이상 어떤 스포츠도 할 수 없게 되었고, 기초 물리학 수업을 고속으로 통과했으며, 십대를 위한 「제퍼디!」* 오디션을 봤지만 진행자인 앨릭스 트레벡에게 실수로 "씨발"이라고 말해서 탈락했다고 주장했다. 그런 다음에는 열여덟살이 될 때까지 너무 많은 경험을 해버려서 예전의 멋짐에 기대어 사는 사람이라는 명성을 유지하기만 하면 됐다.

밥 아저씨의 이야기는 계속되고 있었다. "열세번째 생일날, 사람들은 언덕에서 나를 파냈어요. 뿌리줄기를 나눠서 다른 사람들에게 성장할 공간을 주는 건 좋은 일이죠."

"지금 '나를'이라고 했어?"

"밥 아저씨가 해주는 이야기는 대부분 저랬어, 스텔라. 동화처럼 시작하다가 중간 어디선가 일인칭으로 바뀌는 거야. 방송작가가 형편없었던 건지 뭔지 모르겠어."

---

* 역사·문화·예술·과학 등 다양한 주제를 다루는 미국의 텔레비전 퀴즈 쇼.

"그리고 '뿌리줄기'라고 했지? 누가 일곱살 애들한테 '뿌리줄기'라는 단어를 써?" 스텔라가 정지 버튼을 눌렀다. "됐어. 다시 일하자. 이제 기억났어. 이 정도면 충분해."

마코가 얼굴을 찌푸렸다. "계속 일해도 되지만, 기왕 찾았으니까 배경으로 틀어놓고 싶어. 형을 보니까 좋네. 특히 저때의 형 말이야."

저때의 데니. 이상해지기 전의 시간에 얼어붙은 데니.

스텔라는 뒤쪽 상자들부터 시작했고 텔레비전 근처 물건들은 마코에게 맡겼다. 소년의 가족에 관한 이야기가 조각조각 들려왔는데, 소년은 가족들이 그를 매장했을 때보다 훨씬, 훨씬 나이 들어 있었다. 소년의 형제들은 이제 아버지가 되었고, 그들의 아이들은 언덕에서 파낸 십대 소년의 조카나 조카딸일 거였다. 그러다 이상하게 경쾌한 주제가가 두번 연속 나왔다. 그 에피소드의 끝이자 다른 에피소드의 시작이었다.

"마코, 이게 얼마나 오래 방송됐어?" 스텔라가 물었다.

"몰라. 최소 몇년은 했을걸."

"너도 나간 적 있어, 데니처럼?"

"아니. 나는…… 음. 내가 나갈 나이가 됐을 때쯤에는 형이 이상하게 행동하기 시작했고, 부모님은 주로 우리가 같이 할 수 있는 활동을 시켰어."

그들은 일을 계속했다. 다음에 들려온 밥 아저씨의 이야기는 길 잃은 아이에 관한 것이었다. 스텔라는 익숙한 동화로 바뀌기를 내내 기다렸지만 그렇게 되지 않았다. 길 잃은 아이는 집으로 돌아가는 길을 찾았을 때 몸 없이 도착했다는 걸 깨달았고, 부모는 그 차이를 눈치채지도 못했다는 게 이야기의 전부였다.

"이제 그만." 스텔라가 방 저쪽에서 말했다. "이미 악몽을 꿀 만큼 충분히 본 것 같아. 난 어른인데도 말이야. 젠장. 더 보고 싶으면 나 간 다음에 봐."

"알았어. 안 그래도 이제 마무리할 시간이야. 너 여기 아홉시간 정도 있었어."

스텔라는 반박하지 않았다. 현관문을 나오고 나서야 마스크와 장갑을 벗었다.

"같이 시간 보낼 수 있어서 좋았어." 스텔라가 말했다.

"나도. 보스턴에 오면 연락해."

시카고로 오라고 말할 수는 없어서 스텔라는 "그럴게"라고 했다. 그가 뭘 하며 사는지 묻지 않았다는 걸 깨달았지만 어색한 타이밍인 것 같았다. 그 집에서 한참 멀어진 후에야 마코가 다음 날 자신이 돌아오지 않을 것처럼 작별 인사를 했다는 걸 깨달았다. 안 갈 생각이긴 했다. 특히 그가 그 으스스한 쇼를 계속 보려고 한다면 말이다.

부모님 집에 돌아와 곧장 샤워실로 향했다. 이십분간 몸을 문질렀음에도 냄새를 떨칠 수 없었다. 세탁하는 대신 옷을 쓰레기봉투에 던지고 봉투를 밖의 쓰레기통에 가져다놓았다. 거기선 얼마든지 냄새를 풍겨도 괜찮으니까.

부모님은 창이 있는 앞쪽 베란다에 앉아 있었다. 저녁 날씨가 충분히 따뜻해지면 자주 그랬듯 둘 사이의 스틸 탁자에 각자의 아이스티 잔을 놓고 벌써 여름인 양 그러고 있었다. 엄마는 무릎에 잡지를 ─ 은퇴한 지 몇년이 지났는데도 여전히 온갖 과학 잡지를 구독 중이었다 ─ 펼쳐놓은 채였다. 아빠는 태블릿으로 수학 퍼즐을 풀고 있었다. 엄청나게 집중한 것을 보니 바로 알 수 있었다.

"그렇게 심했어?" 쓰레기통에서 돌아오는 스텔라를 보며 엄마가 눈썹을 치켜올렸다.

"완전 심했어요."

집에 들어가서 부모님과 똑같은 잔에 자기 몫을 따랐다. 오븐에서 뭔가 구워지고 있었고, 부엌은 더웠으며 양파랑 버터 냄새가 났다. 눈을 감고 잔을 이마에 댄 채로 오븐과 얼음이 자신의 체온을 두고 싸우도록 잠깐 두었다가, 훨씬 시원한 베란다로 돌아가 휴면 상태인 정원이 더 잘 보이는 쪽의 빈 의자를 골라 앉았다.

"그 의자에 앉을 거면 다른 의자에서 쿠션 가져오렴." 아빠가 말했다.

아빠가 제안한 대로 했다. "왜 두 의자에 다 쿠션을 놓지 않는 거죠? 커플이 오면 어떻게 해요? 편안한 자리와 전망 좋은 자리 중 누가 어느 걸 차지할지 싸우는 건가요?”

아빠는 어깨를 으쓱했다. “아무도 불평 안 하던데.”

스텔라의 가족은 대체로 불평을 기반으로 굴러갔다. 거짓말하고 과장하는 버릇을 어디서 얻었는지 알 것 같았다. 극단적인 것만이 반응을 이끌어낸다는 걸 일찍 깨달았던 것이다.

“저녁식사는 어때 보였어?” 아빠가 물었다.

“확인 안 했어요. 냄새는 좋던데요, 그나마 답이 된다면요.”

아빠는 투덜거렸다. 답이 못 된다는 부정의 소리이자 일어나려 애쓰는 소리였다. 그러고는 안으로 들어갔다. 스텔라는 아빠 의자를 차지할까 고민했지만 소란을 떨 가치는 없었다. 말벌 한마리가 창 근처를 맴돌고 있길래 잠깐 지켜봤다. 창 너머에 있어서 다행이었다.

“엄마, 「밥 아저씨 쇼」 기억나요?”

“물론이지.” 엄마가 잡지를 덮고 밥 아저씨 주제가와 「패트리지 가족」의 주제가가 반반 섞인 것 같은 걸 흥얼거렸다. 스텔라는 두 곡조가 비슷한 것을 눈치채지 못했었다. 그렇게 어두운 쇼치고는 터무니없을 만큼 경쾌한 주제가였다.

“그 사람 누구였어요? 왜 그 남자한테 어린이 쇼를 맡긴 거죠?”

"공영방송국에 자금 문제가 생겨서 돈 드는 쇼를 전부 없앴어. 「세서미 스트리트」랑 「로저스 씨네 이웃 사람들」을 보여주려면 케이블 티브이를 신청해야 했지. 방송 스케줄에 빈 시간이 많이 생겨서 저예산 아이디어만 있으면 누구든 방송할 수 있었어. 그 쇼는 대부분의 다른 쇼들보다 오래 갔지, 아마 사오년 정도?"

"근데 아무도 '이거 진짜 너무 괴상하네'라고 안 했어요?"

"아, 모두가 그랬지. 하지만 방송국의 누군가가 평화나 사랑에 관한 쇼들은 이미 충분히 많고, 어떤 사람들은 무서운 얘기 듣는 걸 좋아하고, 그게 폭력이나 섹스로 가득한 것도 아니고, 아이들이 나온다고 해서 어린이용 쇼인 건 아니라고 주장했단다."

"어른들이 볼 거라고 생각했다는 거예요? 그게 더 이상한데요. 몇시에 방송됐어요?"

"아, 기억 안 나. 토요일 밤? 토요일 아침?"

흠. 어쩌면 그 사람은 옛날식 괴물 영화 진행자들 같은 사람이었을 수도 있었다. "80년대치고도 엄청 이상하잖아요. 밥 아저씨 역을 한 그 사람은 누구죠? IMDB*에서 찾아봤는데 페이지가 없더라고요. 위키피디아에도 없고. 세

* 미국의 영화 정보 사이트. 다큐멘터리, TV 드라마와 TV 쇼, 비디오 게임 등의 정보도 찾을 수 있다.

36

상 전체가 지난 시절에 대한 향수鄕愁를 땔감으로 쓰는데 이 쇼에 대해서는 아무것도 없어요. 온라인 팬클럽은 어디 있고 수집가 커뮤니티는 어디 있죠? 아무것도 없다고요."

엄마가 여전히 이름을 기억해내려고 애쓰는 듯 얼굴을 찌푸렸다. 고개를 저었다. "분명히 밥이었어, 진짜로 밥. 근데 성은 기억 안 나. 근처 어디 살았을 거야. 쇼가 방송되는 동안 약국이나 철물점에서 몇번 마주쳤거든."

스텔라는 그 이상한 남자가 편의점의 사진 인화 줄 바로 뒤에 서서 휴가에서 찍은 사진을 찾으러 갔는데 사진을 보니 모든 사진에서 자신이 비명을 지르고 있더라는 이야기를 해주는 모습을 상상해보았다. 쇼에서 그런 이야기를 했다면 "그다음 너도 편의점에서 사진을 찾아서 집에 갔는데 사진을 보니 너도 모든 사진에서 비명을 지르고 있었어"라고 끝났을 것이다. 젠장. 이제 그의 도움 없이도 스스로 소름 끼치는 상상을 하는 지경에 이르고 말았다.

"어떻게 악몽을 안 꾸고 그걸 봤죠?"

"사실 엄마들끼리 그럴지도 모른다고 이야기했었어. 하지만 너희는 전혀 신경 쓰지 않더라. 너희 아이들 중 누구도 불평하지 않았고. 모두가 그렇게 통제된 공간에서 노는 동안 다른 엄마들과 수다를 떨 수 있어서 그건 멋진 휴식 같은 거였지."

'불평하지 않았다'와 '신경 쓰지 않았다' 사이에는 따져

봐야 마땅한 거대한 간극이 있었지만 스텔라는 다른 표현에 꽂혔다. "통제된 공간이라니, TV 보는 거 말이에요?"

"아니, 얘야, 스튜디오 말이야. 텔레비전에서는 훨씬 크게 보였는데, 카메라가 삼면을 에워쌌고 너희는 모두 화장실이 아주 급한 상황이 아니면 그 삼십분 동안 나가면 안 된다는 걸 이해했지. 우리가 앉아서 커피를 마시는 동안 너희는 모두 잘 놀았어. 내게는 그게 일주일 중 뭔가를 해야 한다는 느낌이 들지 않는 유일한 시간이었지."

머릿속 윙윙거리는 소리가 창 너머의 말벌 소리가 아니라는 걸 깨닫는 데 몇초 걸렸다. "무슨 말이에요? 제가 그 쇼에 나왔다고요?"

"동네 거의 모든 아이가 어느 시점엔가는 나왔어. 마코 빼고는 모두. 걔 형이 이상하게 행동하기 시작할 때쯤 마코가 나갈 나이가 됐고, 셀레스트는 데니를 거기서 빼서 두 애들 다 가라테에 등록시켰거든."

"근데 제가요? 엄마, 전혀 기억이 안 나요." 다른 사람들이 자신에 대해 아는 뭔가를 자신이 모른다는 생각이 표현할 수 없을 만큼 거슬렸다. "지어내는 거 아니죠?"

"내가 왜 거짓말을 하겠니? 네가 기억 못 하는 일들이 또 있을 거야. 3학년 때 이 생긴 거?"

"그땐 머리를 밀어버렸잖아요. 당연히 기억하죠. 반 전체가 걸렸는데 머리를 민 건 저뿐이었다고요."

"얘야, 그땐 빗질해줄 시간이 없었어. 더 평범한 거? 타마르 시글네 집에서 논 거?"

"타마르 시글이 누군데요?"

"거봐. 시글네는 네가 2학년일 때 일년 동안 이 동네에 살았어. 그 집에 네가 좋아한 정글짐이 있었지. 네가 그애는 별로 안 좋아했지만 그 집 마당과 개는 좋아했어. 부모들과는 잘 지냈는데, 이사 가서 아쉬웠지."

스텔라는 뒷마당의 높은 미끄럼틀과 자신이 사다리를 올라가면서 두고 온 자리에 그대로 앉아 짖어대던 골든리트리버가 떠올랐다. 이끌리지 않으면 절대 끌어낼 수 없었을 기억. 특별할 건 없었다. 얼굴이 기억나지 않는 사람, 뒷마당 미끄럼틀, 다른 경험들로 대체된 경험. 보통의 아이, 보통의 재미. 대체된 기억.

"좋아요, 제가 기억을 못 하는 일들이 있었고, 엄마가 일깨워주면 기억이 난다고 생각되는 일들도 있다는 건 알겠어요. 하지만 검게 칠한 TV 스튜디오나 거대한 카메라나 으스스한 진행자를 기억 못 하는 이유는 설명이 안 돼요. 물론 눈에 띄지 않는 것들은 잊어버릴 수 있지만 이건, 모르겠어요, 아주 결정적인 기억이랄까."

엄마가 어깨를 으쓱했다. "너 지금 아무것도 아닌 걸 너무 크게 생각하는 거야."

"아무것도 아니라고요? 그 사람이 하는 얘기 들어봤어요?"

"동화야."

"들었으면 그렇게 말 못 해요. 그 사람은 일곱살 애들한테 공포물을 들려주고 있었다고요."

"그 동화란 게 바로 공포물이고, 내가 말했듯이 너는 불평하지 않았어. 장난감 가지고 노는 데 열중했지."

"집에서 보는 애들은 어떻고요? 스튜디오에 있지 않으면 그 이야기가 초점이었을 거잖아요."

"네가 말하는 것만큼 끔찍했다면 부모들이 알아채고 아이들과 함께 보면서 요즘 전문가들이 좋은 육아법이라고 말하는 다른 뭔가를 했겠지. 지금 너는 요새 관점으로만 보고 있어. 초창기 「세서미 스트리트」 본 적 있니? 눈코 입 없는 인형이 인간에게 '작은 여자아이의 눈'을 달라고 하는 장면이 기억나네. 너와 친구들은 쇼를 봤고, 무서우면 껐어. 너는 밖에서 놀았지. 핼러윈 사탕을 받으면 반으로 갈라서 그 안에 면도날이 들어 있지 않은지 확인하는 아이였어. 그 쇼에 너를 출연시켰다고 해서 나를 끔찍한 부모라고 말하고 싶다면 그래도 좋지만, 네가 이 얘기를 꺼내기까지 삼십오년이 걸렸으니 그게 네 인생을 망가뜨리진 않았다고 생각해도 되겠지."

아버지가 집 안에서 저녁 종을 쳤다. 부모님은 사랑스러운 관습이라고 생각하고 스텔라는 언제나 자신들 같은 소가족에게는 과하다고 여겨온 일이었다. 스텔라와 엄마가 일어났다. 잔의 음료는 거의 그대로 남아 있었고, 녹은 얼음이 한모금씩 마신 자리를 메우고 있었다.

저녁 내내 마코와 함께 발굴한 모든 것에 대해 약간의 호기심을 보이는 부모님께 이야기하는 동안, 그리고 나중에 캐서롤 냄비를 닦으면서까지 스텔라는 계속 생각했다. 엄마 말이 맞았다. 쇼 때문에 심리치료를 받을 일은 없었다. 기억나는 악몽도 없었다. 그냥 뭔가를 완전히 놓치고 있다는 사실이, 그걸 놓칠 수 있다면 또 뭘 놓치고 있을지 하는 의문들이 생겨나는 게 이상하게 느껴질 뿐이었다. 불쾌한 느낌이었다.

저녁식사 후 부모님이 리얼리티 쇼를 보는 동안 스텔라는 80년대 초 사진 앨범을 꺼냈다. 그들 가족은 사진 기록을 많이 남기지 않아서 한권뿐이었다. 그 앨범은 연대순으로 잘 정리되어 라벨이 붙어 있었는데, 안전한 장비로 교체되기 전의 옛 학교 놀이터에서, 동물원에서, 독립기념일 퍼레이드에서의 스텔라를 기록하고 있었다. 그렇다, 그 특정한 순간들은 기억나지 않았지만 스텔라는 자신이 거기 있었다고 믿었다. 하지만 「밥 아저씨 쇼」는 달랐다. 쇼 이름을 처음 입에 담았을 때 그녀는 자신이 지어낸 거라고 생각했었다.

마코에게 문자를 보냈다. "데니가 밥 아저씨 에피소드를 모두 가지고 있었어, 아니면 자기가 나온 것만 가지고 있었어? 미리 감사!" 웃는 얼굴을 추가했다가 보내기 전에 지웠다. 고마워한다기보다는 가짜로 명랑해하는 것처럼 보였다. 마코의 형이 죽은 지 얼마 되지도 않았는데 말이다.

소파의 부모님 옆에 자리를 잡았다. 두분이 TV를 보는 동안 「밥 아저씨 쇼」에 대한 정보를 찾아 웹을 뒤졌지만 아무것도 찾지 못했다. 트위터 계정을 가진 새끼 고양이들과 자체 인스타그램을 가진 샌드위치, 상상할 수 있는 모든 콘텐츠의 팬덤이 있는 시대에 무언가가 이렇게 완전히 사라진다는 것은 불가능해 보였다.

팬덤을 가질 만한 건 아니었다. 스텔라가 그냥 모든 것에 팬덤이 있다고 생각했을 뿐이다. 장난스러운 로고 티셔츠는 어디 있지? 모든 밥 아저씨 이야기에서 무슨 일이 일어났는지 설명하는 에피소드 위키 항목은? '그후 어떻게 됐을까?' 시리즈로 나온 기사들은? 아이들이나 감독이나 카메라 기사의 폭로는? 쉬운 답이라면 너무 끔찍했거나 너무 작은 쇼였어서 더이상 아무도 신경 쓰지 않는다는 거였다. 그녀도 신경을 쓰지는 않았다. 그냥 알고 싶을 뿐이었다. 그건 같은 게 아니었다.

다음 날 아침, 스텔라는 차를 몰아 시내 남쪽 끝의 공영 방송국으로 갔다. 수없이 지나쳤지만 지금까지 안에 들어가본 적이 있다고는 말할 수 없었다. 내부도 전혀 기억나지 않았는데, 상당히 최근에 새로 단장한 듯 통풍이 잘되는 구조로, 현대적인 동시에 시간에 갇힌 느낌을 주는 데 성공한 디자인이었다.

"도와드릴까요?" 접수원의 삼중 초점 안경이 컴퓨터 스프레드시트를 스텔라 쪽으로 반사시켰다. 오른손 옆의 전화 기록장은 스케치한 얼굴들로 덮여 있었다. 스케치들은 훌륭했다. 명찰에 따르면 접수원의 이름은 그레이스 에르난데스였다.

스텔라가 미소 지었다. "전화를 하고 왔어야 했는데, 오래전에 여기서 제작된 쇼들의 아카이브가 있는지 궁금해서요. 엄마가 제가 어렸을 때 나온 쇼의 비디오를 보고 싶어하시는데 헛걸음하게 하고 싶지 않거든요."

말하면서도 왜 거짓말을 해야 하는지 의아했다. 자신이 보고 싶다고 말하는 것도 마찬가지로 쉽지 않았을까? 접수원이 꽤 나이 든 사람이라는 걸 확인하고 동정심에 호소하기로 하긴 했지만, 자신의 이야기가 특별히 더 설득력이 없을 거라고 가정할 이유는 없었다.

"보통은 요청서를 작성하셔야 하는데, 마침 한가한 날이네요. 도와줄 사람이 있는지 한번 볼게요." 그레이스가 전화기를 들어 어떤 번호로 걸었다가 끊고 다른 번호를 시도했다. 누군가 받았는지 스텔라의 이야기를 반복한 다음 다시 스텔라에게 말했다. "곧 나올 거예요."

접수원이 유리와 목재로 된 대기 구역을 가리켰고 스텔라는 자리를 잡았다. 머리 위 평면 스크린은 아마 그들 방송국인 듯 보이는 화면을 무음으로 재생하고 있었고, 낮은 테이블에는 『커런트』라는 공영 미디어 분야 잡지 몇 권이 단정하게 쌓여 있었다.

작은 남자—소인증? 이게 맞는 표현인가?—가 모퉁이를 돌아 접수대로 왔다. 아마 스텔라 또래인 듯한데 같이 학교를 다녔다면 기억했을 것이다. "안녕하세요?" 그가 말했다. "제프 스틸스입니다. 그레이스 말로는 쇼를 찾고 계신다고요."

"네, 저희 엄마가……"

"그레이스가 얘기해줬어요. 뭘 할 수 있는지 한번 봅시다."

코팅된 방문증 목걸이를 건네고 스텔라가 착용할 때까지 기다린 다음, 제프는 보안문을 지나 여러 쇼의 스틸 사진들이 액자에 걸린 길고 천장이 낮은 복도로 안내했다. 밥 아저씨는 없었다. "전에 여기 와본 적 있으세요?"

"어렸을 때요."

"흠. 완전 달라졌을 거예요. 이 뒤쪽 구역 전체를 2005년 지붕 파손 후에 새로 단장했거든요. 그리고 로비는 오년쯤 전에요."

익숙한 느낌은 전혀 받지 못했지만 적어도 그 말로 어느 정도는 설명이 됐다. 지붕을 망가뜨린 눈보라는 잊고 있었다. 그때는 이미 집을 떠난 지 오래였다.

"찾고 계신 게 폭풍으로 손상된 것들에 포함되지 않았어야 할 텐데요. 뭘 찾고 계시죠?"

"「밥 아저씨 쇼」요. 아세요?"

"제목만요. 선반에서 테이프를 본 적은 있지만, 제가 여기 온 십년 동안 아무도 클립을 요청한 적이 없어요. 괜찮은 쇼인가요?"

"아니요." 스텔라는 주저하지 않았다. "심야 호러 진행자들 같아요. 뱀피라인지 엘비라인지 그런 사람들 있잖아요. 영화 틀어주는 걸 깜빡하고 진행자가 계속 지껄이게 놔둔 것처럼요."

별다를 것 없는 문에 이르렀다. 천장이 낮은 복도 때문에 천장이 낮은 방들을 예상했지만 들어간 공간은 창고에 가까웠다. 컴퓨터와 각종 기계들로 어수선한 긴 책상이 앞쪽을 차지하고 있었고, 그다음 공간을 열자 금속 선반 유닛들이 줄지어 있었다. 통로들은 바퀴 달린 사다리를 쓸 수 있을 만큼 넓었다.

"디지털화 작업을 하고 있는데요, 여기 오십년치 자료가 있어요. 우선순위는 다 다르지만요."

"그런 일을 하시나요? 디지털화?"

"아니요. 그건 인턴들이 해요. 저는 새로 들어오는 자료들 목록을 만들고 사람들이 필요로 할 때 찾아줘요. 대부분은 직원들이지만 가끔 방송국이나 지역 뉴스, 연구자들을 위해서도 하죠."

"재미있겠네요." 스텔라가 말했다. "어떻게 이 일을 하게 되셨어요?"

"역사를 전공했는데 학술 연구 주제 하나에 제대로 몰두한 적이 없었어요. 결국 도서관학과에 가게 됐고, 마침내 여기로 이사를 왔죠. 이 일은 정말 재밌어요! 모든 요소가 조금씩 다 있거든요. 오늘처럼 미스터리 쇼까지 말이에요."

"완전 미스터리죠."

제프를 따라 중앙 통로를 통과해 여러 통로를 지나 거의 뒷벽까지 갔다. 그가 머리 위 상자들을 가리켰다.

"우와," 스텔라가 말했다. "찾아보지 않고도 모든 게 어디 있는지 아시는 건가요?"

"글쎄요, 알파벳순이니까 그렇기도 하고, 「언더그라운드」 옆에 있으니까요. 그건 찾는 사람이 많거든요. 몇년도 자료가 필요하시죠?"

"1982년요? 엄마가 정확히는 기억 못 하시는데, 제가 일곱살 되던 해예요."

제프가 사라졌다가 트랙을 따라 삐걱거리는 사다리를 밀고 돌아왔다. 「밥 아저씨 쇼」 1982년 상자를 찾으러 위로 올라갔다. 1980년부터 1985년까지 오년치가 있는 것 같았다. 스텔라는 문 쪽으로 돌아가는 그를 따라갔고, 그가 사무용 의자를 가리켰다.

"아직 백업되지 않은 미디어를 다루는 규정이 엄격해요. 보고 싶은 테이프를 말해주시면 제가 상영 목록에 올려드릴게요."

"음, 제 생일이 7월이니까 그해의 마지막 분기부터 골라서 제가 나오는지 볼게요."

"나오는지 모르시나요?"

기억하지 못한다고 인정하고 싶지 않았다. "언제인지만 모르는 거예요."

제프가 방음 헤드폰을 건네고 상자를 뒤졌다. VHS 테이프를 예상했는데 다른 것 같았다. 베타맥스인 듯했다.

쇼의 구성상 자신이 나왔는지 아닌지만 알아내려는 거라면 많이 볼 필요는 없었다. 타이틀이 뜬 다음 해당 에피소드의 아이들이 뛰어 들어왔다. 자신은 보이지 않았다. 엄마가 농담을 한 건 아닌지 다시 궁금해졌다.

"잠깐, 이게 몇월 며칠이에요?"

제프가 상자의 라벨을 살펴봤다. "10월 9일이요."

"죄송해요. 그날은 엄마 생일이네요. 그날 TV 스튜디오에서 시간을 보내고 있었을 리 없어요. 그다음 주 한번 볼까요?"

그 테이프를 빼서 상자에 넣고 다른 걸 꽂았지만 그건

명백히 손상되어 있었다. 온통 잡음이었다.

"세번째가 진짜일 거예요." 제프가 다음 테이프를 넣으며 말했다. 스스로는 그 말을 믿는 것 같았다. 다른 의자를 끌어와서 두번째 헤드폰을 꽂았기 때문이다. "저도 봐도 될까요?"

스텔라는 고개를 끄덕이고 의자를 오른쪽으로 살짝 굴려 더 나은 각도를 만들어줬다. 타이틀이 등장했다.

"이 쇼를 아무도 몰라서 다행이에요. 알았다면 이 주제가 때문에 고소당했을 거예요." 그가 말했다.

스텔라는 대답하지 않았다. 아이들을 보느라 바빴다. 처음 몇몇 아이들을 알아볼 수 있었다. 먼저 금발의 홀쭉이 리 풀, 불쌍한 댄 헬러, 모두의 소아과 의사였던 어머니를 둔 애디 채플.

그리고 거기 있었다. 마지막 몇명 중 하나로 어린 스텔라 가디너가 문을 통과했다. 장난감 경쟁에 익숙하지 않아서 일찍 들어가야 한다는 걸 몰랐을 수도 있고, 아니면 무대 뒤에서 순서를 정해줬을 수도 있다. 화면에서 자신을 보는 게 기억을 되살려줄 거라고, 스튜디오나 이야기들이나 무대 뒤 간식을 떠올려줄 거라고 생각했지만 여전히 아무것도 기억나지 않았다. 제프에게 자신을 찾았다는 걸 알려주려고 모니터의 자신을 가리켰다. 제프가 엄지를 들어 보였다.

어린 스텔라는 제일 먼저 도착하지는 못 했지만 어디로 가야 하는지 아는 것처럼 보였다. 리 풀이 이미 티라노사우루스를 가져갔지만 상관없었을 것이다. 스텔라는 큰 공룡들을 좋아했으니까. 클수록 좋았다. 스텔라는 장난감 구덩이에서 짝을 맞춘 한쌍의 장난감을 들고 나타났다. 브론토사우루스, 아파토사우루스, 요즘에는 뭐라고 부르든 말이다. 스텔라는 그렇게 큰 것들이 존재했다는 사실을 결코 이해할 수 없었다. 그래, 공룡들을 보니 이해가 됐다. 아직도 기억나진 않았지만 그건 분명 자신이었다.

스텔라는 두 공룡을 세트장 가장자리로 가져가서는 나무토막 몇개를 모아 거기 앉았다. 외동이라 혼자 노는 데 익숙했고, 이 공간에 처음 온 건 아닌 게 분명했다.

카메라가 그녀를 떠났다. 당연히 초점은 밥 아저씨였다. 스텔라는 자신을 보느라 그의 등장을 놓쳤다. 그는 의자에 앉아 있었고 아이들이 주변에서 놀고 있었다. 댄 헬러가 모형 비행기를 손에 들고 궤도를 도는 위성처럼 세트장 주변을 돌았다.

"옛날 옛적에 빨리 가고 싶어하는 작은 소년이 있었어요." 밥 아저씨가 누군가 관심을 갖기를 기다리지도 않고 이야기를 시작했다. "그 아이는 빠른 건 뭐든 좋아했어요. 자동차, 오토바이, 보트, 비행기. 자전거도 괜찮았지만 그만큼 스릴 있지는 않았죠. 아버지 차를 탈 때는 옆 차들과 경주를 한다고 생각했어요. 때로는 이겼지만 대부분은 한쪽이 경주를 포기했죠. 아버지는 빨리 운전하는 사람이 아니었어요. 작은 소년은 자신이 운전을 하게 된다면 모든 경주에서 이길 거라고 생각했어요. 이겨도 멈추지 않을 셈이었어요. 계속 갈 작정이었죠.

그 아이는 모터 소리를 좋아했어요. 깊이 울리는 모터 소리가 머릿속에서 이를 딱딱거리게 하고 피부 아래 뼈를 뒤흔드는 것을, 그리고 모든 생각을 차단해버리는 것을 좋아했죠. 휘발유 냄새를 좋아하고, 그 냄새가 콧구멍을 아릿하게 만드는 걸 좋아했어요. 이웃집에 식구들이 주말에 타는 오토바이가 있었는데, 아이가 앞마당에서 놀고 있을 때면 그들은 출발하기 전에 그애를 잠깐 뒷자리에 앉혀주곤 했어요. 굉음을 내며 사라진 후엔 너무 큰 정적이 남았죠. 그들이 떠나면 아이는 가능한 한 가장 큰 소리를 내며 그 소리를 따라했는데, 아빠가 조용히 하라고, 그다음엔 닥치라고, 또 그다음엔 '젠장, 내가 토요일 아침에 좀 조용히 있으려면 대체 어째야 하는 거냐?'라고 할 때까지 멈추지 않았죠."

댄이 궤도를 도는 것을 멈추고 이야기꾼을 바라봤다. 다른 아이들 두명도 멈춰서 주의를 기울였다. 스텔라와 나머지 아이들은 가장자리에서 계속 놀았다.

"소년은 자격이 되는 첫날 바로 연습 면허를 땄어요. 일초도 더 기다리고 싶지 않아 학교를 빼먹을 정도였죠. 신문 배달로 번 돈을 모아 운전 교습을 받고 중고 오토바이를 샀어요. 정식 면허를 따자마자 그는 언제나 하고 싶었던 일을 했죠. 고속도로에서 모든 차들을 지나쳐 최대한 빨리, 그리고 영원히, 계속 운전을 했답니다. 끝.”

이야기를 마치고 밥 아저씨는 의자에 기댔다. 댄은 조금 더 그를 지켜보다가 다시 궤도에 몸을 날렸다. 흩어진 장난감들과 아이들 주위를 전보다 빠르게 돌았다.

제프도 뒤로 기댔다. “저게 무슨 이야기죠?”

스텔라가 얼굴을 찌푸렸다. “엄청 엉망진창인 이야기죠. 비행기 든 아이는 댄 헬러인데, 고등학교 졸업반 여름에 고가도로에서 추락했어요. 한밤중에 누군가와 경주하다가 도로 연석을 미처 못 피했대요.”

“으. 굉장한 우연의 일치네요.”

“그러게요……”

밥 아저씨가 다른 이야기를 시작했다. 이번엔 풀밭 언덕의 구멍에 사는 들쥐가 옆 구멍에서 자고 있는 아이와 대화를 시작한다는 내용이었다.

“에피소드 전체를 보고 싶으세요? 보려고 했던 게 이거 맞나요?”

“몇개 더 봐야 할 것 같은데요.” 스텔라는 자신이 뭘 찾고 있는지 몰랐다. “시간을 빼앗아서 죄송해요. 이렇게 오래 걸릴 줄 몰랐어요."

"괜찮아요! 흥미로운데요. 이 쇼는 어떻게 봐도 끔찍하네요. 이야기도 끔찍하고, 제작도 끔찍해요. 이 전체 설정이 연극적으로 나쁜 건지 그냥 나쁜 건지도 모르겠어요. 후자 쪽으로 기울긴 하지만요."

"사줄 만한 게 하나도 없는 것 같아요." 여전히 댄 헬러를 생각하며 스텔라가 말했다. 그의 부모들은 이 이야기를 기억할까? "다음 걸 볼 수 있을까요, 10월 30일?"

"나옵니다." 제프는 그녀가 뭔가 구체적인 걸 찾는다고 말했던 걸 잊어버린 것 같았고, 스텔라도 적절한 세부 사항을 생각해낼 수 없어서 굳이 상기시키지 않았다.

어린 스텔라가 이번에는 두번째로, 성이 기억나지 않는 티나 다음으로 문을 통과했다. 잠깐 멈춰서 카메라 너머를, 아마 엄마를 찾다가 뒤에서 더 많은 아이들이 온다는 걸 깨닫고는 계속 움직이는 것 같았다. 장난감을 향해서가. 네 것을 차지해. 브론토사우루스와 티라노사우루스와 대왕고래를. 고래도 공룡만큼 멋있었다.

트리케라톱스를 차지한 티나는 브론토사우루스도 원하는 것 같았다. 둘은 협상을 위해 장난감 구덩이 가장자리에 앉았다. 밥 아저씨가 그들이 노는 걸 지켜봤는데, 스텔라는 여전히 화면 속 아이가 자신이 아닌 것 같은 느낌이 들었음에도 누군가 지켜보고 있다는 게 끔찍하게 으스스하게 느껴졌다.

"어땠어요?" 제프가 물었지만 스텔라는 대답하지 않았다. 밥 아저씨가 이야기를 시작했다. 카메라를 똑바로 바라봤다. 이번에는 정말로 자신을 똑바로 보고 있는 것 같았다. 이거였다. 스텔라는 바로 알 수 있었다.

"옛날 옛적에 자신이 누구인지 모르는 작은 소녀가 있었어요. 많은 아이들이 자신이 누가 될지 모르는데, 그건 특별한 일이 아니에요. 하지만 이 경우에 평범하지 않았던 점은, 그 소녀가 자신이 누구인지를 자신이 누가 될 수 있는지와 기꺼이 바꾸려 했다는 거였죠. 그래서 그 소녀는 정확히 그렇게 하기 시작했어요. 자기 자신을 자신이 더 좋아하는 다른 사람들의 부분 부분으로 조금씩 교체했어요. 자신이 살고 싶은 이야기의 부분들로 말이에요. 이 소녀만큼 거짓말을 잘하는 사람은 없었어요. 자신의 이야기를 너무 완벽하게 믿어서 소녀는 어떤 게 진실이고 어떤 게 거짓인지 잊어버렸죠.

뻐꾸기 얘기를 들어본 적이 있다면, 뻐꾸기가 다른 새의 둥지에 알을 낳고는 그 새가 자기 새끼인 줄 알고 기르게 만든다는 걸 알 거예요. 이 소녀는 자신만의 뻐꾸기였어요. 자신의 머릿속과 주변 사람들 머릿속에 이야기를 낳아서 자신조차도 어떤 게 진실인지, 진짜 자신으로 남은 부분이 있기나 한 건지 기억할 수 없게 된 거예요."

밥 아저씨가 이야기를 멈추고 아이들이 노는 걸 지켜봤다. 일분 뒤, 언덕의 소년에 관한 다른 이야기를 시작했다. 친구들이 놀러 올 때마다 그 소년이 얼마나 행복해했는지를. 그 이야기가 끝나자 팬레터를 보낼 수 있는 주소가 적힌 화면이 나타났다. 스텔라는 가방에서 펜을 꺼내 주소를 적었다. 주제가가 흘러나왔다.

"편지 보내실 거예요?" 기록물 관리자가 헤드폰을 벗고 지켜보고 있었다.

스텔라는 어깨를 으쓱했다. "그냥 궁금해서요."

"이게 그거예요?"

"그거라니요?"

제프가 얼굴을 찌푸렸다. "엄마를 위해 복사본을 만들고 싶다고 하셨잖아요."

"아! 맞아요. 그래주시면 좋겠네요. 엄마가 말했던 게 이거예요."

제프가 재생기에서 DVD를 뽑고 테이프를 되감았다. "어땠는지 답을 안 해줬어요. 저 사람, 카메라 밖에서도 이상했나요?"

"네." 스텔라는 기억하지 못하면서도 말했다. "하지만 사람들과 잘 어울리지 않았어요. 방송을 시작할 때까지 분장실에만 있었거든요."

제프는 대꾸하지 않았고, 그녀와의 상호작용에서 보이

는 태도도 어딘가 미묘하게 바뀌었다. 만일 분장실이 없었다면? 그가 알았을 수도 있었다. 언제부터 이렇게 엉성하게 이야기를 지어내게 됐을까? 아마 정신이 팔려서였을 것이다. 엄마가 말한 게 진실이었다. 기억도 나지 않는 으스스한 TV 쇼에 스텔라 자신이 나왔던 것이다. 그건 대체 뭐였을까? 행위예술? 구연동화? 동화인가, 아니면 공포물? 그 모든 것? 스텔라는 제프에게 감사 인사를 하고 떠났다.

부모님 집에 막 들어섰을 때 마코가 전화를 했다. "다시 올 수 있어? 보여줄 게 있어."

스텔라는 데니네 집으로 향했다. 이번에는 좀더 괜찮은 옷을 입고 있다는 걸 깨닫고 현관에서 잠깐 멈칫했다. 오래 있지 않아도 되기를 바랐다.

"안녕?" 마코가 문을 열자 스텔라가 인사했다. 대비를 했는데도 냄새가 강하게 느껴졌다.

그가 손을 흔들며 안으로 들어오라고 했다. 위층으로 향하는 좁은 길로 스텔라를 안내하며 말했다. "오늘은 형 침실을 정리하려고 했는데 글쎄……"

입구에 다다르자 마코는 모두 하는 '먼저 가'의 몸짓으로 팔을 뻗었고, 스텔라는 들어갔다. 방은 바닥과 침대를 포함한 모든 표면에 천장까지 불안정하게 쌓인 더미들이 가득했고, 열려 있는 옷방으로 가는 좁은 통로를 제외하고 모든 곳이 짐 더미였다. 스텔라가 앞으로 걸어갔다.

"저게 뭐야?"

"떠오른 단어는 '신전'인데, 맞는 말인지 모르겠어."

집에서 가장 여유 있는 공간이었다. 끝에서 끝까지 옷으로 가득 차서 무게로 휘어진 봉을 예상했지만, 옷방은 비어 있었다. '신전'은 알맞은 표현이 아니었다. 이건 숭배가 아니었다.

가장 눈에 띄는 것, 스텔라가 처음 본 것은 뒤쪽 모서리에 세워진, 손으로 그린 밥 아저씨 인형이었다. 처음에는 다른 사람인 줄 알았다. 빈센트 프라이스*일 수도 있었으니까. 옆에는 보블헤드 인형과 액션 피규어가 서 있었는데 둘 다 다른 캐릭터를 변형한 것이었고, 하나는 점토와 식물 재료로 만든 것 같았다. 그 옆에는 검은 가죽 수첩, VHS 테이프 더미와 DVD 하나가 있었다. 그 뒷벽에는 밥 아저씨의 초상화들이 압정으로 고정되어 있었다. 페인트로, 색연필로, 마카로니로, 사진 꼴라주로 만든, 아, 맙소사, 저건 고양이 털인가? 그리고 그 옆에는 쇼의 장면을 인쇄한 사진들이 있었다. 이야기하는 밥 아저씨, 카메라를 똑바로 바라보는 밥 아저씨, 여러 아이들. 스텔라 자신의 사진이 오른쪽 아래 있었다. 마코는 어디에도 없었다.

* 미국 대중문화에서 공포영화 연기로 유명한 배우.

"저게 내 마음을 완전히 무너뜨렸어."

스텔라가 돌아봤다. 마코가 그림이나 인형들을 가리킬 거라고 예상했지만, 그녀는 그것들을 보느라 반대편 모서리의 더러운 베개와 담요를 놓쳤다. "여기서 잔 거야?"

"형한테는 이곳밖에 없었어." 마코의 목소리가 갈라졌다. 울지 않으려고 애쓰는 것 같았다.

데니가 이렇게 살았다는 것에 대해 조금이라도 위안이 될 만한 말이 떠오르지 않았다. 수첩을 집어 들고 페이지를 넘겼다. 각 페이지 위에는 이름이 대문자로 인쇄되어 있었고, 그 아래에는 검은색으로 빽빽하게 휘갈겨 쓴 글이 있었고, 다른 펜으로 또다른 뭔가가 쓰여 있었다. 읽을 수 없는 것은 아니었지만 쉽지 않았다. 단어 사이 공백도 없이 사용 가능한 모든 공간에 글자를 빽빽하게 써넣은 상태였다. 스텔라는 이 수첩을 기억했다. 십대의 데니가 항상 가지고 다니던 것이었다.

"가져가." 마코가 말했다. "원한다면 뭐든 가져가. 더이상 못 하겠어. 집에 갈 거야."

스텔라는 수첩과 DVD를 집어 들었고, 마코가 포옹을 원하거나 받아들일지 확신할 수 없어 그저 팔을 다독여주었다.

부모님 집에 돌아와보니 부모님은 외출 중이어서 DVD를 기계에 넣어봤다. 작동하지 않았다. 위층으로 가져가서 엄마의 오래된 데스크톱 컴퓨터에 시도해봤다. 컴퓨터가 제트기 이륙하는 소리를 내더니 한 에피소드가 적힌 메뉴가 나타났다. 1980년 3월 13일.

다른 모든 에피소드와 같은 방식으로 시작했다. 아이들, 밥 아저씨. 데니가 이 에피소드에 등장했다. 이제 누굴 찾아야 하는지 알아서 더 쉽게 발견할 수 있었다. 데니는 또 기차 세트로 갔고, 스텔라가 모르는 아이와 함께 나무 선로를 놓았다.

밥 아저씨가 이야기를 시작했다. "옛날 옛적에 매우 빨리, 그리고 매우 크게 자란 소년이 있었어요. 반 친구들 옆에 서면 거인이 된 기분이었어요. 사람들이 복도에서 그애를 멈춰 세우고 너네 학년 교실은 여기가 아니야, 하고 말하곤 했지요. 어머니는 끊임없이 새 옷을 사줘야 한다고 불평했는데, 애정을 담아 한 말이었지만 아이는 너무 어려서 어머니가 자신을 탓하는 게 아니라는 걸 몰랐어요. 아이는 죄를 지은 기분이었어요. 신발이 발가락을 죄거나 바지가 또 짧아졌다는 사실을 숨기려고 했죠.

부모님의 친구들은 '굉장한 운동선수가 되겠구나'라고 말했지만 이 소년은 운동선수 같은 기분이 아니었어요. 게다가 너무 빨리 자라서 머리가 몸 밖으로 밀려나온 느낌이라 항상 바로 위 어딘가에서 자신을 지켜보고 있는 것 같았죠. 팔과 다리에 보내는 메시지들은 도달하는 데 오래 걸렸어요. 손에 있는 모든 것이 작고 쉽게 부서질 것처럼 느껴져서 가장 친한 친구의 개가 새끼를 낳았을 때는 강아지들이 자기 온몸에 기어오르는 걸 너무나 좋아하면서도 그 강아지들을 안아주기를 거부했어요.

그 소년에게는 남동생이 있었어요. 동생은 자신과 모든 면에서 정반대였어요. 작고, 날렵하고, 용감했어요. 어머니는 동생을 보호하라고 했고 소년은 그 책임을 진지하게 받아들였어요. 섬세함이 필요하지 않은 무언가였으니까요. 그런 건 할 수 있었어요.

두 소년 모두 나이를 먹었지만 역할은 바뀌지 않았어요. 형은 동생을 지켜봤어요. 작은 동생이 괴롭힘을 당하면 형이 괴롭히는 애들을 두들겨 팼어요. 어린 동생이 고등학교 1학년 때 농구팀 주전 포인트가드가 되자 형은 스포츠를 싫어하면서도 센터로 팀에 들어갔어요.

시간이 흐르고 형은 이상한 걸 깨달았어요. 자신만의 뭔가가 있다고 생각할 때마다 그게 동생 거라는 사실이 밝혀진 거예요. 어느 날 눈 깜빡했더니 이년이 통째로 사라져 있었어요. 자신이 형이고, 새 옷을 먼저 받고, 새 학년에 먼저 올라가는 사람인데도 어째서 항상 뒤따라가고 있는 걸까? 심지어 자신의 이야기도 동생과의 관계 속에서만 설명되는 방향으로 흘러갔어요.

그러던 어느 날, 소년은 자신에게 아무것도 없다는 걸

깨달았어요. 자신은 동생의 거대한 그림자였어요. 전진하는 메아리, 공허였어요. 그 어떤 것도 자신의 것이 아니었어요. 할 수 있는 건 세상이 자신을 따라잡으려고 하는 걸 지켜보는 것뿐이었지만, 자신은 항상 뒤를 돌아보고 있었어요. 할 수 있는 건……"

"안 돼." 데니가 말했다.

스텔라는 아이들이 거기 있다는 걸 잊고 있었다. 내내 카메라에 나와 있었는데도. 데니가 일어나서 밥 아저씨가 이야기하는 곳으로 걸어갔다. 데니는 앉아 있는 밥 아저씨와 눈을 마주칠 만큼 키가 컸다.

처음으로 밥 아저씨가 카메라에서 시선을 돌렸다. 불안한 미소로 데니를 살폈다.

"안 돼." 데니가 다시 말했다.

밥 아저씨는 더이상 관심 없다는 듯이, 누군가 이 아이를 자신의 세트장에서 끌어내야 하지 않겠냐고 말하는 듯이 주변을 둘러봤다. 하지만 데니가 떼를 쓰고 있는 것도 아니었다. 이야기를 방해하는 게 규칙 위반이 아니라면 데니는 잘못한 게 없었다.

밥 아저씨가 다시 데니를 향해 말했다. "너라면 어떻게 이야기할래?"

데니는 아까보다 자신 없어 보였다.

"그럴 줄 알았어." 진행자가 말했다. "하지만 이 이야기는 그만해도 될 것 같네. 어떻게 끝날 것 같은지 네가 직접 이야기해주고 싶은 게 아니라면 말이야."

데니가 고개를 저었다.

"하지만 넌 알지?"

데니는 꼼짝하지 않았다.

"그럼 그만해도 될 것 같다. 알게 되겠지. 어쨌든 들려줄 다른 이야기들이 있어. 오늘은 내 언덕을 살펴보지 않았거든."

밥 아저씨가 언덕에서 파낸 소년의 계속되는 모험 이야기를 방청객들에게 들려주기 시작했다. 다른 아이들은 계속 놀았다. 그런데 데니는? 데니는 카메라를 똑바로 바라보더니 세트장에서 걸어 나갔다. 다시 돌아오지 않았다. 증거는 없었지만 이게 데니가 참여한 마지막 에피소드였을 거라고 스텔라는 확신했다. 모든 것을 끝낸 아이 같은 표정이었다. 방금 전 마코의 얼굴에서 본 것과 놀랍도록 비슷했다.

그럼 그 이야기는 대체 뭐였을까? 댄 헬러의 운전 이야기와 달리, 스텔라가 자신의 것이라고 생각하기 시작한 이야기와 달리, 이건 진실에 가깝지 않았다. 물론 데니는 덩치 큰 아이였지만 그도 마코도 농구를 하지 않았다. 마코를 괴롭히는 애들로부터 보호한 적도 없었다. '그 어떤 것도 자신의 것이 아니었다'라는 말은 스텔라가 치운 집의 주인과는 어울리지 않았다.

하지만 그날 밤 잠에 들면서 스텔라는 자신이 아는 데니와 그 이야기를 비교했을 때, 데니가 그 이야기가 사실이 아니라는 걸 증명하기 위해 애썼던 것 같다는 생각을 떨칠 수 없었다. 어린아이일 때 아무것도 자기 것이 아니라는 말을 들은 사람은 어떻게 될까? 모든 것을 모은다. 동생 일은 스스로 해결하게 놔둔다. 가능한 모든 차원에서 그 이야기와 반대로 행동하는 것이다.

밥 아저씨가 그 이야기를 할 때 데니가 재수 없게도 우연히 듣고 있었던 걸까? 왜 스텔라는 그 이야기가 그에 관한 거라고 생각한 걸까? 아이들과 이야기들을 연결하는 건 자신만의 감각과 그만둔 날 데니가 보인 반응뿐이었다.

밥 아저씨가 자신에 관한 이야기를 했을 때 스텔라는 그걸 듣지는 못했지만 어쨌든 내재화했다. 그건 얼마나 진실일까? 스텔라는 뻐꾸기는 아니었다. 자신의 재창조가 누구에게도 해를 끼친 적은 없었다.

그날 밤 마코가 전화해 떠나기 전에 한번 더 식사를 하자고 했지만 스텔라는 비행기를 타기 전에 할 일이 너무 많다고 말했다. 그건 사실이었고, 그를 다시 보고 싶지 않은 것도 사실이었다. 3월 13일 쇼를 봤는지 묻고 싶지 않았다. 형이 의도적으로 그를 보호하기를 거부했다고 말해주고 싶지 않았다.

다음 날 아침 스텔라는 공항으로 곧장 가야 했지만, 고속도로 대신 같은 방향의 뒷길을 따라가면 적어둔 팬레터용 주소지가 있었다. 그런 쇼가 팬레터를 받기나 할지는 나중에 생각할 문제였다. 이건 순전히 자신의 호기심을 채우기 위한 여정이었다. 동네를 지나 몇 킬로미터 더 가서 시외 도로망 안으로 들어섰다.

우편함은 가득 차서 넘치고 있었고 시멘트 받침대 주변에는 썩어가는 봉투들이 깔려 있었다. 비바람에 낡은 '매물' 간판이 배수로에 가까운 무른 땅에 파묻혀 있었다. 긴 진입로로 들어서서 거의 집에 다다랐을 때에야 우편물을 확인했다면 그의 성을 알아낼 수 있었을 거라는 생각이 들었다.

차선 양쪽의 들판은 지금이 어떤 계절인지 신경 쓰지 않는 듯한 잡초들로 엉켜 있었다. 작은 석조 주택인 그 집도 마찬가지로 잡초에 뒤덮여 있었지만 이상하게 친숙했다. 자신이 이런 집을 갖고 있다면 절대 이렇게 내버려두지 않았을 텐데, 하고 생각했지만 집은 더이상 누구 소유도 아닌 것 같았다. 스텔라는 이야기가 될지 한번 시험해봤다. "부모님을 방문하는 동안에 시골로 드라이브를 갔는데, 너무나 사랑스러운 오두막을 발견했지. 부모님이 나이가 들어가니까 내가 근처로 이사해야겠다는 생각이 들었어.

조금 손볼 데가 있어서 싸게 샀어.”

그 이야기가 마음에 들었다.

노크해도 아무도 대답하지 않았다. 문은 잠겨 있었고 창문들은 너무 더러워서 들여다볼 수 없었다. 들여다보면 그가 거기 앉아서 자신을 똑바로 바라보며 기다리고 있을 거라는 느낌을 떨칠 수 없었다.

뒤로 돌아가자 언덕이 있었다.

이상한 작은 언덕이었다. 완전히 자연스러워 보이지는 않았는데, 스텔라가 뭘 알겠는가? 집 뒤의 땅이 완만하게 높아지다가 더 가팔라지는 모양새였고 풀 아래 땅은 단단했지만 바위는 아니었다. 비탈에서 보니 집은 더욱 작아 보였고, 들판은 동화 속 무언가처럼 더 거칠고 엉켜 있었다. 전망도 이상하게 친숙한 느낌이었다.

밥 아저씨라고 자칭한 남자에 대해서는 더 알아낼 수 없었지만 스텔라는 풀밭으로 걸어 들어가면서 이곳이 그의 이야기들, 아이들에 관한 이야기를 하지 않을 때 하던 이야기들에 나오는 언덕임을 깨달았다. 어떻게 진행됐더라? 데니의 지하실에서 처음 본 에피소드를 떠올려봤다.

“옛날 옛적에 가족이 언덕에 심은 소년이 있었는데, 잡초처럼 언덕 전체를 차지했어요. 열세번째 생일날, 사람들은 언덕에서 나를 파냈어요. 뿌리줄기를 나눠서 다른 사람들에게 성장할 공간을 주는 건 좋은 일이에요.”

그 이야기에 데니네 집에서 가져온 수첩을 떠올린 스텔라는 가방을 뒤져 그걸 꺼냈다. 수첩은 알파벳순이었고, 페이지 제목을 제외하고는 거의 현미경으로 봐야 할 것 같은 손 글씨로 빽빽하게 채워져 있었다. 댄 헬러 페이지를 찾았다. 전체 이야기를 해독할 수는 없었지만 첫줄은 분명히 "옛날 옛적에 빨리 가고 싶어하는 작은 소년이 있었어요"였다. 나머지는 아는 이야기였다. 파란 펜으로 그녀가 기록물 관리자 제프에게 말한 내용이 쓰여 있었다. 날짜와 함께 오토바이 사고가. 나머지는 채워넣을 만큼 알고 있어서 읽기 어려운 부분들을 쉽게 이해할 수 있었다. 다른 것들은 더 까다로웠다. 마코 페이지는 없었지만 데니는 자기 자신을 위한 페이지도 만들어뒀다. 밥 아저씨의 그림자 형제 이야기가 있었는데 아래 줄에는 업데이트가 없었다. 그 사이의 몇년에 대해서는 아무것도 없었다.

쇼에 나온 다른 사람들은 누굴까? 리 풀도 페이지가 있었다. 스텔라가 알기로는 엄마를 따라 의사가 된 애디 채플도. 크리스 베설도, 그리고 그 옆에는 공룡을 좋아했던 다른 아이 티나 베빈스가. 충분히 오래 들여다보면 데니의 글씨가 해독될지도 몰랐다.

자신의 페이지를 보기가 두려웠다. 댄 헬러 앞 페이지에 있을 걸 알았지만 차마 볼 수 없었다. 결국 보기 전까지는 말이다. 댄의 것처럼, 그리고 데니 자신의 것처럼 어떻게 진행될지 알기 때문에 더 쉽게 해독될 거라고 예상했다.

"1982년 10월 30일. 옛날 옛적에 자신이 누구인지 모르는 작은 소녀가 있었어요. 많은 아이들이 자신이 누가 될지 모르는데, 그건 특별한 일이 아니에요. 하지만 이 경우에 평범하지 않았던 점은, 그 소녀가 자신이 누구인지를 자신이 누가 될 수 있는지와 기꺼이 바꾸려 했다는 거였죠. 그래서 그 소녀는 정확히 그렇게 하기 시작했어요. 자기 자신을 자신이 더 좋아하는 다른 사람들의 부분 부분으로 조금씩 교체했어요. 자신이 살고 싶은 이야기의 부분들로 말이에요. 이 소녀만큼 거짓말을 잘하는 사람은 없었어요. 자신의 이야기를 너무 완벽하게 믿어서 소녀는 어떤 게 진실이고 어떤 게 거짓인지 잊어버렸죠.

뻐꾸기 얘기를 들어본 적이 있다면, 뻐꾸기가 다른 새의 둥지에 알을 낳고는 그 새가 자기 새끼인 줄 알고 기르게 만든다는 걸 알 거예요. 이 소녀는 자신만의 뻐꾸기였어요. 자신의 머릿속과 주변 사람들 머릿속에 이야기를 낳아서 자신조차도 어떤 게 진실인지, 아니면 진짜 자신으로 남은 부분이 있기나 한 건지 기억할 수 없게 된 거예요"

더 있었다. 다른 에피소드일까? 스텔라는 자신이 몇번 등장했는지 전혀 몰랐고 추적 과정도 엉성했다. 언덕의 소년처럼 모든 이야기가 연재물이었을지도 모른다. 다음 부분을 해독하는 데에는 상당한 시간이 걸렸다.

"1982년 11월 20일. 우리의 뻐꾸기 소녀가 어느 날 둥지를 떠나 날개를 펼쳤습니다. 돌아왔을 때 그녀는 아무도 자신을 그리워하지 않았다는 걸 눈치채지 못했어요. 자신이 어디에 있다가 온 건지 이야기하자 사람들은 사실로 받아들였어요. 그녀는 항상 그랬듯이 자신을 만들어냈고, 그 과정에서 자신조차 설득했어요. 모든 것이 진실이었거나 충분히 진실이었죠."

그 아래 파란 펜으로 데니가 관찰한 그녀 삶에 관한 기이한 소식 모음이 있었다. 마코의 열한번째 생일 파티 때 저글링 볼을 선물한 것. 중학교 졸업. 둘 다 수영장에서 일했던 여름, 마코가 열사병에 걸려서 마시려던 쿨에이드를, 그 빨간 쿨에이드를 상어의 습격이라도 있었던 것처럼 수영장 안에다 다 토한 것. 스텔리와 마코가 침대에서 키스를 시도했는데 그가 웃기 시작해서 기분이 상한 그녀가 일어서다가 저글링 볼에 걸려 넘어져 발가락을 부러뜨렸던 것. 친구들이 마코네 지하실에서 했던 모든 게임들. 모두 서로가 한 일들에 대해 다 알고 있었음에도 했던 '내가 한번도 한 적 없는 일' 게임, 모두 함께 자라 서로에 대해 모든 걸 알고 있었음에도 했던 '두개의 진실과 하나의 거짓말' 게임, 모두 진실에 지쳤고 진실이 두려워서 모두가 감히를 선택했던 '진실 아니면 감히' 게임. 「배트맨」 시사회. 졸업 파티, 함께 간 친구들, 연락이 끊긴 모든 사람들. 고등학교 졸업. 구체적인 기억들, 그녀가 자신의 삶에서 일어난 모든 일만큼이나 진실이라고 믿고 있는 것들. 데니는 이런 것들 중 일부를 알 수 없어야 마땅하지만, 스텔라는 그가 어딘가에 숨어 있던 모습을 떠올렸다. 항상 뭔가 말하고 싶지만 말할 수 없는 것 같은 표정으로 그들을 지켜보며 이 수첩을 들고 메모하던 모습을.

그런 이야기들 아래 그는 썼다. "옛날에 길 잃은 소녀가 있었는데, 집으로 돌아가는 길을 찾았을 때 자기 자신 없이 도착했다는 걸 깨달았고, 부모는 그 차이를 눈치채지도 못했다." 그건 절대 자신의 이야기가 될 수 없었다. 그가 나온 에피소드들에 스텔라는 없었으니까.

졸업 후 그녀에 대한 업데이트는 더이상 없었다. 스텔라는 앞쪽 페이지들을 넘겨 파란 펜으로 쓴 부분을 찾아보았다. 작년 한해 동안 모든 사람들, 데니를 제외하고 살아 있는 모든 사람들에 관한 내용이 업데이트되었다. 죽은 사람들의 페이지에는 사망 날짜가 있었다. 그녀를 제외한 모든 사람들의 페이지에. 기회가 주어졌다면 어른이 된 후 자신의 삶에 무엇을 추가했을지, 혹은 자신의 이름을 인터넷에 검색하면 무엇이 나올지, 혹은 누군가 딸이 무슨 일을 하는지 물어본다면 부모님이 뭐라고 말할지 상상해보려 했다. 분명 그럴듯한 거겠지. 부모에게는 과장 기계가 내장돼 있게 마련이니까.

휴대폰을 꺼내 마코에게 전화하려 했지만 배터리가 나가 있었다. 차라리 잘됐다고 생각했다. 갑자기 누구와도 이야기하기가 두려워졌기 때문이다. 수첩으로 돌아가서 뒤쪽으로 넘겼다. 밥 아저씨Uncle Bob의 U 항목.

"옛날 옛적에 가족이 언덕에 심은 소년이 있었는데, 잡초처럼 언덕 전체를 차지했어요. 열세번째 생일날, 사람들은 언덕에서 나를 파냈어요. 뿌리줄기를 나눠서 다른 사람들에게 성장할 공간을 주는 건 좋은 일이에요."

이 이야기는 길었다. 작은 글씨로 여덟 페이지를 꽉 채웠고 에피소드별 날짜가 중간중간 끼어 있었다. 끝에는 빨간 잉크로 이곳 주소가 적혀 있었다. 데니가 여기까지 운전해 와서 집을 탐험하고 언덕을 올려다봤을 모습이 그려졌다. 마코와 다시 얘기하게 되면 데니의 옷장에서 발견한 것은 신전이 아니라 답할 수 없는 무언가의 답을 찾으려는 데니의 시도였다고 말해줘야겠다.

수첩을 가방에 다시 넣고 계속 걸었다. 언덕 4분의 3쯤 되는 지점에서 풀이 파헤쳐진 부분을 발견했다. 손을 흙 속에 넣자 흙이 손을 맞잡아주는 것 같았다.

부모님은 스텔라가 자신들을 자주 방문하지 않는다고 말했지만, 이제는 전에 부모님을 방문한 적이 있는지, 혹은 부모님이 자신을 방문한 적이 있는지도 기억할 수 없었다. 이 동네를 떠난 적이 있는지도 기억할 수 없었다. 시카고에 산다고 했는데, 정말일까? 마코에게 그렇게 말했고 사실이 아님을 알고 있는 다른 것들에 대해서도 말했는데, 그럼 진실은 뭐지? 무슨 일을 하면서 살고 있지? 이 언덕을 떠나 공항에 가면 정말 예약이 있을까? 비행기를 타면 거기 무언가나 누군가가 실제로 있는지를 알게 될까? 거기는 어디지? 스텔라는 손을 빼내 입에 갖다 댔다. 흙 맛이 익숙했다.

"언젠가 내 것이 될 작은 집으로 걸어 내려갔다"—정말 그렇게 믿었던 건지는 확신할 수 없었지만 기분 좋은 느낌이었다—"그런 다음 그 집을 지나, 동네를 지나, 부모님 집으로 들어갔다. 어디에 있었는지 말하자 믿어줬다. 내가 어쩌다 거기 있게 되었는지 잘 모르겠다는 표정을 가끔 짓기는 했지만 그들의 삶에 나를 받아들여줬다." 기분이 좋았다. 진실. 흙구덩이에 앉아 손을 짚고 뒤로 기대자 마찬가지로 언덕이 안아주는 걸 느꼈다.

여전히 떠날 수 있었다. 렌터카로 돌아가서 공항으로 운전해간 다음, 확실히 기억나진 않지만 분명히 직업과 생활이 있을 곳으로 가는 비행기를 타면 됐다. 렌터카가 있어야 할 곳을 뒤돌아봤지만 그게 거기 없다는 걸 깨달을 때까지는 그렇게 생각했다. 스텔라는 신발도 신고 있지 않았고, 발은 흙으로 더러워져 자갈이 박히고 긁힌 채였다. 스텔라는 발을 흙에 파묻고 발가락으로 뿌리를 내렸다.

데니는 어떻게 자신의 이야기를 파괴했을까? 그는 거부했던 것이다. 그 때문에 삶이 더 좋아졌는지 나빠졌는지는 다른 문제였다. 자신의 이야기를 파괴하려면 언덕을 내려가 올바른 방향으로 자신을 재구성해야 했다. 스텔라는 뻐꾸기 소녀, 길 잃은 소녀, 뻐꾸기 소녀를 생각했다. 잊어버려서는 안 될 이야기가 너무 많았다.

흙은 이제 팔뚝까지, 종아리까지 닿았다. 맨 위쪽은 햇볕으로 따뜻했고 그 아래에는 수백만마리의 곤충들, 풀뿌리들, 그녀보다 먼저 이 언덕을 집으로 삼았던 소년의 뿌리줄기들로 이루어진 분주하고 서늘한 고요함이 있었다. 언젠가, 혹시 준비가 되면 마을로 돌아가겠지만 서두를 필요는 없었다. 자신의 것보다 더 나쁜 이야기도 있었고, 어쨌든 마음에 들지 않으면 새로운 것을, 더 나은 것을, 진실한 것을 만들면 그만이었다.

우리의 깃발은 여전히 그곳에*

깃발이 갑자기 죽어버리지만 않았다면 평범한 하루였을 것이다. 근무 시간이 채 반도 지나지 않았을 때였다. 플랫폼 위에 서서 눈을 크게 뜬 채 별들의 효과로 미소 짓던 그녀는 깃발들이 흔히 그러듯 혼잣말을 중얼거리더니, 갑자기 이상한 표정을 지었다. 잠시 후 모든 생체 신호가 엉망이 되어버렸다.

"급격히 떨어지고 있어요!" 목소리에서 당혹감을 숨기려 애쓰며 나는 말했다. 이런 상황에 대한 훈련은 받았지

---

* 미국 국가의 한 구절. 앞뒤 구절은 "오, 별이 빛나는 그 깃발 여전히 펄럭이고 있구나. (…) 그리고 로켓의 붉은 섬광, 공중에서 터지는 폭탄은 밤새도록 우리의 깃발이 여전히 거기에 있음을 증명해주었네" 이다.

만, 국립 깃발 센터에서 일해온 오년 동안 실제로 겪어본 적은 없었다.

"숨 쉬어." 옆 콘솔에서 매기 그레그가 말했다. "진정시킬 수 있겠어?"

"시도 중이에요." 문제가 뭔지 알 수 없었지만 대답했다. 화학적으로 안정시키려 했지만 실패했고, 그다음엔 매기에게 깃발의 스크린수트를 통해 일련의 전기 충격을 가하게 했다. 소용없었다.

"내려야 해." 매기가 말했다.

놀라서 돌아봤다. 매기의 검은 피부가 창백해져 있었다. 여기서 이십년을 일한 사람이다. 죽은 깃발에 대한 규정은 알고 있을 터였다. 활용할 일은 없었지만 나조차도 아는 거였다. 매기는 적어도 한두번은 겪어봤을 것이다. 해가 질 때까지는 깃발을 내릴 수 없다. 내리면 내셔널 몰*의 관람객들이 공황 상태에 빠질 테니까. 이런 이유로 우리는 죽은 깃발을 그대로 올려두고 관람객들이 조용한 살아 있는 깃발과 죽은 깃발을 구분하지 못한다고 믿으면서, 같은 날 이른 시간의 영상을 반복 재생하되 현재 날씨에 맞게 하늘의 색을 보정하는 일을 해야 한다. 나는 대답하지 않았고 매기도 더이상 말하지 않았다.

* 미국의 수도 워싱턴 D.C. 중심부에 있는 거대한 광장. 미국 민주주의의 상징적 공간이다.

언제나 그랬듯 해 질 무렵 깃발을 들여왔다. 이송 과정에서 깃발의 자체 도움을 받을 수 없어서 더 힘들었지만 크게 더 힘들지는 않았다. 플랫폼에서 하루를 보낸 후엔 대부분 멍한 상태가 되니까. 체액이 순환하지 않고 고여 있는 사람에게서 잉크를 제거하는 일은 까다로웠지만, 피부가 적색, 백색, 청색으로 굳어진 상태의 시신을 가족에게 돌려보낼 수는 없었다. 이 말이 비애국적이거나 죽은 자를 모독하는 뜻으로 들리지는 않았으면 좋겠다. 나는 다른 사람들에게 하는 것과 똑같이 색소 빼내는 작업을 했다.

내게는 두가지 업무가 있다. 첫째, 색소 모니터링과 제거를 포함한 색소 관리. 둘째, 별들의 관리 및 감독. 죽은 깃발이 깃대에서 내려왔을 때 내 역할은 쉬운 편이었다. 가족에게 전화를 해야 하는 매기 쪽이 더 안됐다고 생각했다. 내 일을 하고 매기가 자기 일을 하는 걸 지켜본 후, 나는 술을 한잔 사겠다고 제안했다. 놀랍게도 매기는 승낙했다. 오년간 함께 일하면서 처음으로 승낙한 것이었다.

서류 작업을 끝내고 시신을 고향으로 운반할 팀과 준비를 마치는 데 시간이 상당히 걸렸다. 깃발 센터를 나섰을 때 내셔널 몰은 완전히 비어 있었다. 경찰 봇만이 우리를 쫓아왔는데, 관람객들에게 몰이 폐쇄되었다고 알려주려는 것이었다. 그들을 달래는 데는 센터 신분증을 스캔하는 것만으로 충분했다.

차이나타운에 이르러서야 지나다니는 사람들을 볼 수 있었고 보도가 다시 붐비기 시작했다. 어디로 갈지 정하지 않았는데 누가 앞장서고 있는지도 알 수 없어서 우리는 점점 더 천천히, 더 정처 없이 걷게 되었고, 결국 참다못한 내가 7번가를 가리켰다.

"저기는 어때요?" '퓨터 스푼'을 가리켰다. "해피아워가 긴 곳이거든요."

직장 동료들과 어울릴 때마다 늘 매기는 집에 가야 한다고 했다. 매기는 멀리 살고 더욱이 손주들과 함께 살고 있으니 그걸 기분 나쁘게 받아들이지는 않았다. 하지만 그래서 나는 매기가 이 동네에서 시간을 아예 안 보내는 줄 알았다. 내 제안을 거절했을 때 놀랐다.

"거기 말고. '포르테'는 어때?"

포르테는 처음 들어보는 곳이었지만 나쁜 소식을 가족에게 전화로 알려야 했던 사람의 말이니 따르기로 했다. 매기는 경기장을 지나고 밤마다 방영되는 깃발 재방송이 나오는 대형 스크린과 그날의 애국자들을 나열하는 뉴스 자막 아래를, 우정의 아치를 지나 나를 데려갔다. 아까보다 빠르게 걸었는데, 그래서 아까 우리 둘 중 어느 쪽도 앞장서지 않는 것 같다고 생각한 내가 맞았음을 알았다. 두 블록 더 가서 모퉁이를 돌아 옆문으로 들어갔다.

발을 들여놓은 곳은 어두웠는데, 다용도 목제 바가 방

한쪽 끝까지 쭉 뻗어 있고 반대편 벽에는 테이블 여섯개가 놓여 있는 곳이었다. 바에는 네명의 손님이 앉아 있었다. 한명은 바텐더와, 두명은 서로 이야기하고 있었으며 한명은 맥주를 홀짝이고 있었다. 창문도 없고 그림도 없었다. 어디에도 스크린이 없었다. 검은 벽에는 아무것도 없었고, 그러니까, 다음으로 눈에 띈 건 깃발이 없다는 사실이었다. 바 위에도 없고, 뒤쪽 벽에도 없고, 어디에도 없었다.

"아무 말 마, 렉시."

나는 입을 다물었다. 나는 동료에게 술을 사겠다고 제안했을 뿐이다. 법을 어기는 바에서 그 술을 마시고 싶어하고 그런 곳에 데려올 만큼 나를 믿는다면, 뻔한 걸 지적받고 싶지는 않겠지.

대신 태연한 척 "뭐 마실 거예요?" 하고 물었다.

매기는 제일 끝 탭 손잡이의 값싼 지역 라거를 가리켰다. 바텐더에게 두잔을 주문하는 사이 매기가 코트를 벗고 테이블을 골랐다.

잔을 건네자 매기는 바로 잔을 들었다. "사람들을 죽이고 가족들에게 전화로 알리는 일에 건배."

"맙소사." 나는 재킷을 벗지도 않고 앉았다. "그런 건배는 못 해요."

"미안해. 끔찍한 하루였어. 그럼 '은퇴에 하루 더 가까워진 것에 건배'는 어때?"

은퇴에는 나보다 그녀가 훨씬 더 가까웠지만 아무튼 건배했다.

"여긴 어떤 곳이죠?" 내가 물었다.

"걸어서 갈 수 있는 거리에서 그날의 깃발 재방송을 보지 않고 술을 마실 수 있는 유일한 바야."

"매기," 목소리를 낮췄다. "깃발스크린이 없는 건 불법이에요."

"내가 바본 줄 알아. 나도 안다고. 하지만 누군가가 죽는 걸 재방송으로 또 보고 있진 않을 거야."

"맙소사." 내가 다시 말했다. "다른 사람들이 들을 수 있는 데서 그런 얘기 하면 안 돼요."

그것도 알고 있을 터였다.

"이봐, 네가 우리 일에 신념을 갖고 있다는 거 알아."

끼어들 수밖에 없었다. "그럼 당신은 없나요?"

"난 더이상 뭘 믿는지 모르겠어. 하지만 이번에 같이 술을 마시자고 해서 어쩌면 너도 나랑 같은 기분일지도 모른다고 생각했지. 우리 일이 원래 의도와는 좀 다른 게 아닐까 하는 뭐 그런." 매기가 길게 한모금 마셨다. "오늘 밤 그 남편이 나한테 뭐라고 했는지 알아? 울지도, 소리 지르지도, 욕하지도 않았어. 고맙다고 하더라고, 렉스. 이 일이 '위험을 감수할 만한 봉사'라고 했어. 근데 정말 그럴까?"

"물론이죠. 깃발 추첨에 강제로 참여하는 사람은 없어요."

매기가 나를 바라봤다. "하지만 살아서 돌아오지 못할 가능성이 있다는 걸 이해하는 사람이 얼마나 될까?"

"받는 혜택에 비하면 아주 작은 위험이에요. 최근에 이런 일이 일어난 게 언제였죠? 차에 치이거나 식중독에 걸리거나 빙판에서 미끄러져 죽을 수도 있겠지만 그런 일들은 온갖 법적 공방 없이는 가족에게 평생 지급금을 남기지 않아요. 괜찮을 거예요. 사람들에게 알려지면 얼마나 존경받을지 생각해보라고요."

"존경심과 빈 의자라. 엄청 기뻐하겠네." 매기가 다시 맥주잔을 들어올렸다. 거의 다 마신 상태였다. 내 잔은 건배할 때 한모금 마신 것 말고는 아직 손도 대지 않은 상태였다.

다른 손님들을 슬쩍 봤다. 깃발 없는 바에서 술을 마시고 있는 사람들이었다. 반드시 곤경에 빠지리라는 법은 없지만 일자리를 잃거나 언젠가 깃발이 될 기회를 잃을 위험은 감수할 수 없었다.

"미안해요, 매기. 힘든 하루였다는 걸 아니까 같이 술 마시며 하소연하고 싶었는데, 가봐야 할 것 같아요. 다음번엔 제가 살게요, 알겠죠?"

나가면서 맥주 세잔 값을 계산했다. 리더기가 내 칩을 인식하는 순간 현금을 가지고 다녔다면 좋았을 텐데, 그랬다면 내가 여기 왔다는 증거가 남지 않았을 텐데 생각했다.

지하철로 집에 가는 데에 꼬박 한시간이 걸렸다. 발언의 자유 허가증 없이 대통령에 대해 불평한 여자를 끌어내느라 지연됐기 때문이다. 잠깐 매기인가 싶었지만, 매기는 바에 두고 왔고 사는 방향도 반대쪽이었다. 그 여자를 신고한 옆 칸의 애국자들 이름과 얼굴이 지역 피드에 떴고, 여자의 이름과 위반 사항도 함께 송출되었다. 우리는 모두 박수를 쳤다.

전동차가 서 있는 동안 노선도 옆 깃발스크린을 봤다. 아직 재방송 초반이었다. 아직 죽지 않았다. 젊고 생기 있고 건강해 보였다. 피부는 적색, 백색, 청색으로 물결쳤고 스크린수트도 마찬가지였다. 별들 약물이 작용할 때 나오는 그런 눈을 하고 있었다. 열광적인 애국심, 자부심, 평생 이 순간을 기다려온 것 같은 모습. 아마 정말 그랬을 것이다. 그녀는 계속해서 "나는 나의 조국"이라고, "아름다워, 아름다워"라고 되뇌고 있었다.

무엇이 잘못되었는지는 부검을 통해 밝혀질 것이다. 미처 진단받지 못한 심장 질환일 거라고 추측했다. 죽을 때의 표정이 아직도 눈에 선했다. 평화롭고, 행복하고, 취한 듯한. 그래서 그 남편에게 전화한 매기가, 그 남편이 매기에게 고맙다고 한 것이, 그리고 우는 것보다 그렇게 한 게 매기를 더 괴롭게 했다는 사실이 떠올랐다. 이해하고 싶었다.

내 역은 종점이었고 거기서 또 십분을 걸어야 했다. 날씨가 나쁘거나 통행금지 시간이 가까우면 가끔 택시를 탔지만 1월치고는 춥지 않은 밤이었다. 지하철역을 나서며 출구 위 깃발스크린을 슬쩍 봤다. 다시 죽으려면 아직도 몇시간이 남아 있었다.

아파트에 가까워지자 얇은 벽을 통해 시끄러운 음악이 들려왔다. 소음이 심한 룸메이트 덕분이었다. 현관 전등 스위치를 켜자 깃발스크린도 최대 음량으로 켜졌다. 평소엔 음 소거로 해놓는데 룸메이트 중 누군가가 음량을 올린 모양이었다.

깃발이 막 말을 하려 하길래 무슨 말인지 들어보려고 했다. 그녀는 준비 과정에서나 플랫폼에서나 별로 말이 없었다. 마지막 순간에 깃발답지 않은 말을 하지는 않았기를 바랐다. 나는 그 시점에 그녀의 입이 아니라 수치를 보고 있었으니까. 별들의 영향을 받고 있을 땐 아무도 부정적인 말을 하지 않았다. 그렇게 기분이 좋은데 누가 그러겠는가? 어떤 느낌인지 알고 싶었다. 의무를 마친 깃발들은 항상 완벽한 하루 같은 느낌이었다고, 지속되는 기쁨이자 돌아보며 미소 지을 수 있는 무언가라고 보고했다.

언젠가 선택된다면 그 돈과 명성으로 무엇을 할지 생각해봤다. 룸메이트 없이 혼자 살 아파트를 얻어야지. 벽이 더 두꺼운 곳으로. 물론 일은 계속할 것이다. 깃발 수당은 일 없이 지낼 만큼 충분한 돈이 아니라 잠시 조금 더 나은 삶을 살 수 있는 정도였다. 찰스턴에 가서 부모님이 조금이나마 영광을 누리게 해드려야지. 언젠가, 어쩌면.

다음 날 출근했을 때, 매기는 전날 일에 대해 언급하지 않았고 나도 그랬다. 그날의 깃발이 말이 많은 편이라 우리 사이의 침묵을 메워주었다. 데이턴 출신의 중년 백인 트럭 운전사로, 전날의 대학원생과는 정반대였다. 전과정에서 말이 별로 없었던 그녀와 달리 이 남자는 입을 다물 줄 몰랐다.

"흰 바지와 흰 셔츠를 사야 했어요. 흰옷이 하나도 없거든요. 흰옷은 입자마자 바로 뭔가 흘리게 되고, 그러면 원래대로 돌릴 수가 없잖아요. 오늘 아침 바지를 입으면서 허벅지의 작은 얼룩을 발견하고 십오분 동안 문질렀어요. 거의 늦을 뻔했는데, 신분증 말고는 아무것도 가져오면 안 된다고 해서 전화도 할 수 없었죠. 얼룩과 지각 중 뭐가 더 나쁠지 판단할 수 없었어요. 시간 맞춰 깨끗한 상태로 온 예비 인력이 내 자리를 차지하는 모습을 계속 상상했다니까요." 잠시 조용해졌을 때 나는 그가 자신을 안심시켜주기를 기다리고 있다는 걸 깨달았다.

"잘하셨어요." 쟁반과 각종 줄을 준비하는 데 내내 집중하며 내가 말했다. 긴장해서 말을 많이 하는 사람들을 자주 봤다. "늦는 것보다는 작은 얼룩이 있는 게 낫죠. 보이

지도 않아요. 곧 색소 작업을 시작할 거예요. 살짝 따끔합
니다."

그가 안도하는 표정을 지었다. "다시 대기자 명단에 들
어가는 건 끔찍해요. 기회를 날려버리면 재등록이 되나요,
아니면 영영 탈락인가요? 아야.

어쨌든 3억 5천만분의 1의 확률이잖아요. 너무 늦었거
나 어리거나 제외 신청을 해야 하는 사람들이나 이미 선택
된 수천명을 빼고 말이에요. 내가 수학자는 아니지만, 이
름이 다시 들어가서 또 뽑힐 확률이 얼마나 되겠어요? 절
망적일 거예요."

그 마지막 말은 주사 부위로부터 나노 잉크가 퍼져나가
는 자신의 손을 바라보며 했다.

나는 통신기를 건넸다. "이걸 손목에 차세요."

"피트니스 밴드인가요?"

"비슷해요. 생체 신호를 저희에게 전송해서 어떤 상태
인지 알려주지요."

매기가 다음 절차를 시작하는 동안 나노 잉크 색소와 통
신기가 서로, 그리고 내 모니터와 잘 연결되었는지 확인했
다. 모든 게 정상이었다.

매기가 스크린수트를 내밀었다. "옷을 벗고 이걸 입으
셔야 해요. 저기 커튼 뒤에서 갈아입으시면 됩니다."

그가 처음으로 놀란 표정을 지었다. "옷을 입고 할 게 아

니면 왜 흰옷을 새로 사라고 했나요?”

“옷을 벗어야 한다고 하면 사람들이 긴장해요. 주사나 나노 얘기보다 더 긴장하죠. 지레 걱정하시지 않아도 좋아요. 오늘 그 깨끗한 흰옷을 입고 여기 걸어 들어올 때 자랑스럽지 않았나요? 내려오면 그 옷이 기다리고 있을 거고, 오늘 밤 호텔로 돌아가는 길에 모든 사람이 알아볼 거예요. 자, 가세요. 수트를 전달해드린 다음 입는 데 도움이 필요하면 도와드릴게요. 이걸 먼저 입으셔야 해요. 기저귀처럼 보이지만 매그라고 불러요. 최대 흡수 의류Maximum Absorbency Garment라고, 우주인들이 쓰는 거예요. 우주인, 멋지잖아요. 그런 거예요. 이제 이걸 입으세요. 병원 가운처럼 뒤쪽이 열려 있지만 여밀 거예요. 약속해요. 여미는 걸 도와드릴게요. 수트가 섬세하니까 천천히 하세요. 당기지 마시고요.”

매기의 말솜씨가 사람들을 진정시키는 게 신기했다. 그녀는 특유의 차분한 방식으로 도움을 주었다. 몸을 만지는 게 아니라 제대로 입었는지 확인하는 거라는 점을 분명히 했다. 그건 거의 투명한 몸통 싸개 같았다. 비단과 비슷한데 겨울엔 플리스보다 따뜻하고 여름엔 면보다 시원했다. 스위치를 켜자 전자 잉크가 깃발 무늬를 그리기 시작했고, 피부 속 색소와 맞춰졌다.

“멋지네요!” 굴욕감에서 회복된 그가 말했다. “부드럽기도 하고요. 집에서 입고 싶은데 살 수 있나요?"

그 방에는 거울이나 반사되는 표면이 없었다. 사람들을 진정시키기 위해 스파 색상으로 꾸민 실험실이었다. 깃발들은 이런 환경에서 자신의 울퉁불퉁한 모습을 보면 어색해했다. 우리가 집에 보내줄 녹화본을 보는 게 나았다, 조명도 좋고 색보정도 되어 있고 적당한 거리에서 촬영된 버전으로. 하지만 이 순간이 바로 모두가 조금 더 꼿꼿이 서서 미소 짓는 때였다. 저 위에서 빛나는 자신의 모습을 상상하면서 말이다.

매기가 다음 용기를 열었다. "이건 눈을 보호하는 특수 콘택트렌즈예요. 밖은 더 밝을 수 있거든요. 직접 끼실 수 있나요, 아니면 제가 해드릴까요?"

깃발이 얼굴을 찌푸렸다. "해주시면 안 될까요? 눈 관련된 건 잘 몰라요. 시력은 항상 완벽했거든요."

매기가 다시 손을 씻고 장갑을 끼고 콘택트렌즈를 넣어주었다.

내 차례였다. "다음은 정맥주사를 놓을 거예요. 두개가 연결돼 있어요. 하나는 모니터에서 탈수 상태라고 나올 때 쓰는 수액이고, 다른 하나는 별들이죠."

그는 별다른 말을 하지는 않았지만 정맥주사를 위해 팔을 내밀었다. 혈관이 피부 가까이에 있어 잘 보이는 편이었다. 내가 다가가자 팔을 뒤로 뺐다. "거절하는 사람도 있나요? 솔직히 약물은 별로 안 좋아해요. 젊었을 때 이런저런 걸 좀 피워봤지만 내 스타일은 아니에요."

내가 설명을 시작하기 전에 매기가 끼어들었다. "원치 않으시면 안 해도 돼요. 필수는 아니거든요."

"맞아요, 필수는 아니지만, 별들은 경험을 향상시켜줘요." 나는 매기를 노려봤다. "중독성은 없어요. 이미 가지고 있지 않은 감정을 만들어내지도 않고요. 하지만 오늘 의무를 다한다는 애국심을 느끼고 있다면, 그런 좋은 감정들로 충만하게 해줄 거예요. 긴장하면 진정시켜주고요. 시간도 조금 더 빨리 가는 것처럼 느껴질 거예요. 필요 없다고 생각하실 수도 있지만, 믿어보세요. 별들 없이는 긴 하루일 거예요."

그가 고개를 끄덕였다.

"큰 소리로 반복해주실 수 있나요?"

"네. 약물을 복용하겠습니다."

이미 동의서와 면책 각서에 서명했지만 구두 확인이 필요했다. 전날 같은 상황에 도움이 된다고 생각했다. 누군가 준비 영상을 검토하더라도 우리가 강요하지 않았다는 걸 보여줄 수 있으니까.

"시작할게요." 펌프 수치를 확인하고 작동시켰다. "충성의 맹세를 해주실 수 있나요?"

맹세를 시작하면서 겨드랑이와 가슴에 얼룩이 번졌지

만, 옷이 충분히 빨리 마르지 않는대도 대니 음타와리라가 후처리를 할 때 편집할 수 있을 것이다. '공화국'에 이를 때쯤에는 웃고 있었고, 몽롱해 보였다.

"시작할게요." 매기가 손을 잡았다. 그가 어린아이처럼 따라왔다.

"깃발 이동합니다." 정맥주사 카트를 끌고 따라가며 내가 무전기에 말했다.

"깃발 이동 확인." 세개의 다른 목소리가 응답했다. 설치팀, 카메라팀, 후처리팀.

설치팀이 복도 끝에서 우리를 맞았다. 그를 밖으로 데려가서 고정하는 게 그들의 일이었다. 정맥주사 스탠드를 기둥 안에 숨기고, 모든 게 정돈되면 플랫폼을 올리는 것도 그들 일이었다. 나는 신호등이 켜지기를 기다리며 모니터를 봤다.

일출과 함께 애국가가 연주되기 시작했고, 플랫폼이 올라갔다. 깃발은 상승하며 울었다. 약물을 과다 투여한 건 아닌지 수치를 확인했지만 원래 감정적인 남자였을 뿐이었다.

"이 풍경," 애국가가 끝나자 그가 소리쳤다. "아무도 풍경 얘기는 안 해줬잖아요!"

거칠지만 기쁜 비명을 질렀다. 가장 품위 있는 깃발이라고는 할 수 없었다. 곧 진정되겠지.

"할아버지, 저 좀 보세요!"

아닐 수도.

깃발의 나이를 생각하면 할아버지는 돌아가셨을 것이다. 그의 할아버지는 아마 우리가 천 깃발 수십억개와 범퍼 스티커와 모자와 사각팬티로 상징의 가치를 떨어뜨리는 대신, 하루 하나의 인간 깃발을 두기로 했다는 사실에 놀랐을 것이다. 어쨌든 나는 학창 시절과 직업훈련 기간 동안 그렇게 배웠다. 어느 시점엔가 사람들을 대표하는 깃발이 말 그대로 사람인 깃발이 되었고, 깃발은 그 위에 있는 동안에는 뭐든지 원하는 말을 할 권리를 가졌다.

18세가 되어 자동 유권자 등록과 깃발 등록 통지를 우편으로 받았을 때의 설렘을 나는 기억했다. 제외 신청을 할 수도 있다고 되어 있었지만 누가 그러겠는가? 평생 지급금에, 18미터 높이에서 나라의 가장 위대한 기념물들을 내려다보며 자신과 조국 사이의 관계를 다질 기회인데. 등록 통지서가 도착한 날, 천문학적인 확률을 생각해보다가 나는 선택될 가능성이 낮다면 차선책으로 깃발 센터에서 일하며 다른 사람들이 자기 차례를 맞는 걸 지켜보기로 결정했다.

그래서 이렇게 죽은 할아버지와 대화하는 남자를 지켜보며, 엔도르핀과 합성 별들과 그밖의 모든 것을 처리하는 그의 몸을 모니터링하며, 그리고 매기는 어떻게 우리가 만들어가는 이 영광스러운 경험에 대해 불평할 수 있는지 다시 의아해하며 여기 있게 된 것이다.

나는 매기를 쳐다봤다. 얼굴을 찌푸리고 있었다.

"뭐가 잘못됐나요?" 내가 물었다.

매기가 수트 판독 값과 실시간 화면을 번갈아 보았다. "아니, 그런 건 아니야. 저 사람 말 듣고 있어?"

"죄송해요, 못 들었어요, 딴생각하느라. 왜요? 뭐라고 했어요?"

"계속 떠들고 있어. 나는…… 저 사람이 준비 과정에서 한 말 들었어?"

"무슨 말이요?" 준비 과정을 머릿속으로 되감아보려 했지만 특별한 건 없었다.

"진입로에 세워둔 세미 트레일러에 아직 2만 달러 빚이 남아 있대. 인간 운전자를 고용하던 마지막 회사가 자율주행으로 바꾸면서 재교육을 약속했는데, 교육을 계속 취소하고 있다는 거야. 저 위에서 해야 할 말이 바로 그거라고. 헛소리나 지껄이는 게 아니라."

"하고 싶은 말은 뭐든 할 수 있잖아요. 그게 이 일의 아름다운 점이죠. 하루 종일 하고 싶은 말을 할 수 있다는 거."

"하지만 완전히 취한 상태라 자기가 한 말을 기억도 못 할걸."

"그 사람 선택이에요, 매기. 전 규정대로 다 했어요." 비난처럼 들린 건 아니지만 매기가 여전히 뭔가를 내 탓으로 돌리는 것 같았다. 전날 일까지 포함해서 말이다.

"그의 선택이긴 하지만, 마지막으로 별들 없이 가겠다고 한 사람이 언제 있었지? 모두가 이 놀라운 비중독성 쾌감을 찬양하는데, 그게 바로 사람들을 흥분시키는 거라고, 전국에 말할 기회가 아니라."

"별들 없이는 힘든 하루가 될 거예요, 매기. 그 긴 시간과 굴욕감, 기저귀까지. 하고 싶은 말이야 하겠지만, 버텨내야 할 긴 하루가 통째로 남아 있을 거라고요. 우리는 그들 스트레스 수치가 올라가는 걸 지켜보면서도 조절할 수 없을 거고요. 배고프고 목마를 테고, 정맥주사가 가려울 테고, 새가 몸에 앉으면 움찔할 거예요. 그 대신 이렇게 하면 하루 종일 기분 좋게 보내고, 굉장한 하루였다고 생각하며 집에 가는 거죠."

매기가 한숨을 쉬었다. "무슨 말인지 알겠어. 단지 처음 의도한 바와는 다른 것 같아. 사람들에게 연설할 기회가 있다는 걸 아는 사람이 얼마나 될까? 마지막으로 누군가 그렇게 한 게 언제였더라?"

"깃발과 별들은 동시에 도입됐어요. 언제나 선택이었죠."

"하지만 발언의 자유를 활용할 기회가 권장된 적이 있기는 할까? 쾌감을 위해서 하는 건 낭비야."

나는 점점 짜증이 났다. "단순히 쾌감을 위한 게 아니에요. 아시잖아요. 보수도 잘 받고요. 고향에 돌아가면 언론의 주목을 받으니까, 못다 한 말이 있으면 거기서 계속해서 할 수 있어요."

"고향에 지역 언론이 아직 있다면 지역 사람들에게나 할 수 있겠지. 그것도 누가 관심이라도 가진다면 말이야. 그건 같은 플랫폼이 아니야. 그리고 방송에 뭐가 나올지 누가 알아?"

우리 중 어느 쪽도 상대를 설득할 수 없을 것 같았다. 화장실에 가야 한다고 핑계를 대고 기술 담당자를 불러 내 모니터를 지켜보게 했다. 돌아왔을 때 매기는 더이상 아무 말도 하지 않았다.

깃발은 평상시와 같은 방식으로 하루를 버텨냈다. 우리에게 돌아왔을 때는 아침보다 조용했다. 약물 효과가 떨어지고 있었고, 오후 내내 노래를 부르느라 목이 쉬어 있었다. 여전히 대부분보다는 말이 많았다.

"대단한 일이었어요," 그가 목쉰 소리로 말했다. "대단한 일."

"네, 맞아요." 색소를 빼내며 내가 말했다. "운이 좋으신 분이에요."

"운이 좋은 사람." 그가 되풀이했다. 외로운 눈물 한방울이 뺨을 타고 흘렀다.

"괜찮으세요?"

"네. 그…… 맞습니다. 운이 좋죠. 몇달 전에 회사가 자동화하면서 일자리를 잃었어요. 나와 내 오래된 켄워스 트레일러를 써줄 곳을 찾을 수가 없었어요. 이 돈이 큰 도움이 될 거예요."

'봤죠?' 하는 표정으로 매기를 봤지만 그녀도 내게 같은 표정을 지어 보이고 있었다.

그가 샤워하는 동안에는 대화를 하지 않았고, 운전기사가 그를 호텔로 데려다주기 전에 마지막으로 한번 더 상태를 점검하느라 둘 다 바빴다. 내 구역을 정리하고 고개를 들어보니 매기는 사라지고 없었다.

다음 날은 금요일이었고 사흘 연휴의 시작이었다. 4-3-3-4 근무 일정은 어떻게 봐도 좋은 복지였다. 긴 주말에는 가끔 집에 가서 가족을 만났다. 짧은 휴가는 휴식을 취하고 게임을 하고 도시를 탐험하기에 좋았다. 매기와의 다툼은 잊으려고 애썼다. 아직 완전히 납득하지 못했기에.

월요일 아침, 새로운 마음으로 출근했을 때 나는 매기의 수트 구역에 다른 교대조의 시야 피터스가 와 있는 걸 보고 의아했다.

"매기 어디 아파요?" 나는 물었다.

"모르겠어요." 그가 말했다. "지난주에 오늘 하루 더 일해줄 수 있느냐고 상관이 물어보던데요."

쉬게 될 걸 알고 있었다면 매기가 아무 언급도 하지 않은 게 이상했다. 힌트라도 준 게 있었는지 떠올려보려 애썼다. 꼭 그래야 하는 건 아니지만 일정에 변화가 생기는 일이 있으면 보통 우리는 서로 알리는 편이었다.

내 구역을 준비하며 색소와 별들을 세팅했다. 우리는 그날의 깃발이 도착하기 한시간 전까지는 가 있어야 했다. 전동차가 늦어져 허둥지둥 시작하는 위험을 감수해서는 안 되었다. 서두르면 깃발은 불안해하기 마련이었다.

일출 삼십분 전, 이저벨이 의료실 문을 열고 그날의 깃발을 들여보냈다. 매기였다. 매기가 깃발이었다.

매기는 미소도 띠지 않은 채 방을 가로질러서는 내가 시키기도 전에 내 준비 의자에 앉았다. 페인트 작업복 같은 멜빵바지와 얼룩진 티셔츠를 입고 있었다. 둘 다 원래는 흰색이었을 것이다. 따지자면 기준을 충족했지만 이렇게 엉망인 차림으로 온 사람은 처음이었다.

"몰랐어요." 나는 말했다.

"내가 말하지 않았으니까. 시작 안 할 거야?"

모든 게 뒤죽박죽이었다. 나의 작업 트레이들이 난생처음 보는 것처럼 낯설었다. "아, 네. 곧 색소 주입 시작할 거예요. 조금 따끔하실 거예요."

매기가 팔을 내밀었다. 평소에는 긴장하지 않는데 이번에는 주사기를 떨어뜨릴 뻔했다. 마음을 가다듬고 능숙하게 주사했다.

우리는 색소가 그녀의 피부에 퍼져나가는 걸 함께 지켜봤다. 갈색을 잃지 않으면서 적색, 백색, 청색과 섞이고 있었다.

"이 관점에서 보니까 꽤 멋지네." 매기가 속삭였다.

"늘 그럴 거라고 생각했어요." 내가 말했다.

매기가 시야가 기다리고 있는 자신의 구역을 봤다. 그가 미소 지었다. "전체 설명을 해드릴까요? 주제넘게 아이 취급 하려는 건 아니지만, 당신이 완벽한 경험을 놓치게 하고 싶지도 않아서요."

"설명을 빠뜨리면 실망할 거야." 매기는 시야 너머 자신의 책상 위 무언가를 뚫어져라 보고 있었다.

"좋아요." 그가 스크린수트를 내밀었다. "옷을 벗고 이걸 입으셔야 해요. 저기 커튼 뒤에서 갈아입으시면 돼요."

그에게서 수트를 받은 매기가 커튼 뒤로 사라졌다. 시야가 당황한 표정으로 나를 보고 말했다. "안정시키기 위한 대화를 해드릴 필요는 없겠죠? 다른 사람이라면 지금 매그 착용법을 알려드릴 텐데 아실 거라고 생각하고, 스크린수트는 섬세하다고 말씀드리고 여는 부분이……"

매기가 나타나서 시야에게 등을 들이댔다. 시야가 여전히 난처해하며 수트를 봉했다. 매기는 옆구리를 한번 쓸어보기는 했지만 대부분의 사람들처럼 자신을 낯설게 바라보지는 않았다.

"콘택트렌즈 직접 끼시겠어요?" 케이스를 내밀며 시야가 물었다. 매기가 고개를 끄덕이고 받아갔다.

다시 내 차례였다. 익숙한 말을 하는 게 바꿔서 하는 것보다 쉬워서 평소 외우던 대로 했다. "다음은 정맥주사를 놓을 거예요. 두개가 연결돼 있어요. 하나는 모니터에서 탈수 상태라고 나올 때 쓰는 수액이고, 다른 하나는 별들이죠."

"안 해." 그녀가 말했다.

"별들은 경험을 향상시켜줘요. 중독성은 없어요. 이미 가지고 있지 않은 감정을…… 안 한다고 했어요?"

"안 해." 그녀가 말했다. "수액은 맞고, 약물은 안 맞아."

"매기, 바보같이 굴지 말아요."

"내 선택이야. 별들은 안 해."

"왜요?"

"며칠 동안 계속 말했는데. 모르겠다면 넌 내 말을 안 들은 거야. 내내 잠들어 있을 거라면 이걸 하는 이유가 뭐야?"

"영상 5도에 비에 바람까지 불어요. 위에 가면 끔찍할 거예요."

"힘들어야 하는 거야, 렉스. 모두 다 잘못됐다고."

매기는 물러서지 않을 것 같았다. "별들을 원하는지 한 번 더 물어볼 의무가 있어요. '네, 안 해요'라고 말해주셔야 해요.”

“이미 했어. 안 한다고 했고, 다시 안 한다고 할 거야.”

별들 없이 수액만으로 정맥주사를 시작했다. 여기서 일한 전체 기간 동안 아무도 거절한 적이 없었기 때문에 리듬이 깨졌다. 뭔가 놓친 게 없는지 걱정스러워 모든 절차를 세번씩 확인해야 했다. 별들 없이는 할 일이 훨씬 적었다.

“준비됐어요, 매기?”

그녀가 책상 위 사진을 가리켰다. 십대 소년 둘과 더 어린 소년이 하나 있었다. “큰손자 얘기 한 적 있었나?”

시계를 봤다. 매기는 준비가 빨리 끝났다. “아뇨.”

“사개월 전에 통행금지가 불공평하게 시행된다고 말했다가 ‘애국자들’한테 — 매기는 그 단어를 뱉듯이 말했다 — 엄청나게 맞았어. 싫다고 한 것도 아니고, 그냥 청소년 센터 밖에서 기다렸다가 집에 가는 길에 꾸물거리는 아이들을 잡는 걸 지적한 것뿐이었어. 지정된 장소와 시간 바깥에서 진실을 말했다고 피투성이가 되도록 맞았는데, 그앨 공격한 놈들의 이름은 빛나는 곳에 올라갔지.”

“안됐네요.” 뭐라고 해야 할지 몰랐다. “우리 가야 해요.”

시야가 손을 잡으려 했지만 매기는 뿌리쳤다. 시야가 내게 눈빛을 보냈다. 정신이 멀쩡한 깃발에는 익숙지 않았다.

내가 무전기에 대고 말했다. “깃발이 이동합니다.”

“깃발 이동 확인.” 세번의 응답이 돌아왔다.

정맥주사 카트를 넘기고 내 구역으로 돌아와서 지켜봤다. 일출과 함께 애국가가 연주되기 시작했고, 플랫폼이 올라갔다. 매기가 꼿꼿이 서서 턱을 꽉 물었다. 따라 부르지 않았다.

전국의 모든 가정에서, 이른 시간에 문을 연 모든 사업체에서, 깃발스크린이 이 광경을 재생하고 있었다. 매기는 맑은 정신으로 애국가가 끝나기를 기다리며 그 모두와 함께했다. 매기에게는 그들에게 말할 수 있는 하루가 통째로 있었다. 일출부터 일몰까지. 매기가 하려고 했던 일을 해낸다면 오늘부터 우리 일이 아주 달라질 수도 있었다. 자신이 해야 한다고 생각하는 말을 하기 위해 스스로의 편안함을 희생하는 사람이 된다는 게 어떤 의미인지, 나는 진지하게 생각해본 적이 없었다. 몸을 앞으로 숙였다.

매기가 카메라를 똑바로 바라봤다.

"깨어나세요," 매기가 말하기 시작했다. "깨어날 시간입니다."

종종 소음의 한가운데서 음악을 듣곤 해

이 초록-황금빛 도시가 널 감싸 안을 거야

시간을 벗어나 널 지워줄 거야

그리고 아주 잠깐 넌 그녀에게 몸을 맡기겠지

오직 하룻밤 동안, 넌 그녀의 것이 될 거야

— 베스 모리스 「오직 하룻밤 동안」(1924)

앰버서더 당구장, 에올리언 홀, 우리의 대도시적 광기

1924년 1월 3일 자정 직전, 아이라 거슈윈*은 앰버서더 당구장의 바 의자에 앉아 『뉴욕 트리뷴』의 오락 면을 읽고 있었어. 그의 동생 조지는 버디 드실바**와 함께 당구를 치고 있었지.

그러다 아이라가 동생에게 "미국 음악이란 무엇인가?"라는 제목의 기사를 들이밀었어. 그 기사에 따르면 인기 연주자이자 '재즈의 왕' 폴 화이트먼***이 2월 12일 콘서

* 조지 거슈윈의 형이자 작사가. 동생과 함께 수많은 명곡을 만들었다.
** 20세기 초 미국의 전설적인 작곡 그룹 드실바, 브라운, 헨더슨의 한 사람. 캐피톨 레코드의 공동 창립자, 영화 제작자이기도 하다.
*** 거슈윈의 「랩소디 인 블루」를 초연한 연주자, 1920년대 가장 인기 있던 빅 밴드의 리더.

트 계획을 발표했고 조지 거슈윈의 재즈 협주곡과 어빙 벌린*의 교향시를 연주할 예정이었는데, 이 두 곡은 당시 아직 존재하지 않는 곡이었어.

이제 여기서 자유롭게 각색을 좀 해볼까.

"젠장," 조지가 말했어. "그 공연 안 한다고 했는데. 내가 지금 뭘 쓰고 있다고 했다고?" 조지 거슈윈은 이미 삼주 후에 개막하는 코미디 뮤지컬을 앞두고 있었어. 오주 안에 새로운 곡을 작곡하고 연습하는 건 불가능하다고 봐야 했지.

다음 날 아침의 전화 통화를 상상해봐. 빈센트 로페즈**가 비슷한 콘서트를 계획 중이고 먼저 할지도 모른다는 소식을 들은 화이트먼의 절망감을. 퇴위당한 '재즈의 왕'을. 전화기 반대편에서 검은색 시가를 피우며 이미 거절했던 행사에 이렇게 짧은 마감 기한을 주는 것에 대해 짜증을 내는 거슈윈을.

화이트먼은 어찌저찌해서 이번 마감만큼은 꼭 지킬 가치가 있다고 설득했고, 조지는 이틀 후 작곡을 시작했어. "전 이미 그 랩소디 작업을 어느 정도 해놓은 상태였어요. 기차 안에서였는데, 그 강철 같은 리듬과 덜컹거리는 소음이 작곡가에게는 무척이나 자극을 주거든요…… 저는 종

---

* 러시아 태생의 미국 작곡가이자 작사가.
** 미국의 밴드 리더이자 피아니스트, 배우. 폴 화이트먼과 경쟁 관계였다.

종 소음의 한가운데서 음악을 듣곤 하죠. 그리고 그때 거기서 갑자기 랩소디의 처음부터 끝까지 전체 구성을 들은 거예요. 심지어 그게 종이 위에 그려진 것까지 본 것 같아요…… 말하자면 미국의 어떤 음악적 만화경으로 그걸 들었다고나 할까요. 우리의 광대한 용광로, 우리의 비할 데 없는 국가적 활력, 우리의 블루스, 우리의 대도시적 광기로 말이죠."

그는 닷새간 예정되어 있던 리허설이 시작되기 전에 곡을 완성했어. '현대음악 실험' 공연은 예정대로 웨스트 43번가에 있는 에올리언 홀에서 진행됐는데, 같은 이름의 피아노 제조업체가 지은 곳이었지. 그 건물은 1853년 만국박람회 당시 래팅 천문대가 있던 자리에 지어졌어. 96미터 높이의 이 천문대는 화재로 소실되기 전 삼년 동안 도시에서 가장 높은 구조물이었고 에펠탑에 영감을 주었지. 허드슨강과 이스트강 중간에 위치한 그곳 세개의 전망대에서는 한번에 천오백명의 관람객들이 퀸스, 스태튼섬, 뉴저지 절벽까지 모두 볼 수 있었어.

이 모든 방문객들이 위로 몰려 올라가 팽창하는 바둑판 모양의 도시를 내다보는 모습을 상상해봐. 그리고 그들의 놀라움을 칠십년 후 같은 공간에 응축하고 정제해 심는 거지. 청중이 거슈윈의 집단적인 대도시적 광기에 대한 송가를 처음 듣던 그 순간에다 말이야. 연주 전에 그는 제목을

'아메리칸 랩소디'에서 '랩소디 인 블루'로 바꿨어. 그건 흔히 「화가의 어머니」로 알려진 휘슬러*의 그림에 대한 헌사였지. 그 그림의 실제 제목은 '회색과 검은색의 배열'이야. 그리고 그건 휘슬러의 또다른 그림 「초록색과 황금색의 야상곡」에 대한 헌사이기도 했어. 모든 게 서로 연결되어 있었던 거야.

플라자 호텔, 초록색과 황금색

1920년대 초 어느 날, 술에 취하지 않은 스콧 피츠제럴드가 플라자 호텔 앞 퓰리처 분수에서 옷을 잘 갖춰 입은 채 춤을 추었다는 이야기가 전해져. 출처가 불분명한 이 이야기의 또다른 버전에서는 스콧과 젤다 둘 다 취한 상태였다고도 해. 1922년 '그리니치 빌리지 대소동'이라는 제목의 공연에는 당대 뉴욕 지식계의 유명 인사들이 모두 그려진 막이 포함되어 있었는데, 그 그림 속 무리의 중앙에 있는 분수대에서 젤다가 솟아오르고 있었지.

초록색과 황금색, 황금색과 초록색으로 가득한 『위대한 개츠비』가 등장한 건 그 바로 몇년 후야. 황금처럼 눈부신 소녀 데이지, 개츠비의 황금색 넥타이, 신흥 부자와 전통 부자, 환희에 찬 미래를 가리키는 초록색 불빛까지. 플럼**

---

* 19세기 후반의 미국 화가. 형태와 색채의 추상적 조화를 강조했으며 음악적 제목을 붙인 그림을 다수 남겼다.

의 『그들이 살았던 거리들』에 따르면, 피츠제럴드는 도시가 "온통 초록빛과 황금빛으로 타오르고, 택시와 리무진이 5번가를 물 흐르듯 오르내리는 모습을 보고 순전한 기쁨에 차 풀리처 분수에 뛰어들었다"고 해.

힐베르트의 호텔

잠시 뉴욕에서 벗어나서, 특히 뉴욕다운 사고 실험을 하나 소개할게. 1924년, 독일 수학자 다비트 힐베르트는 강연에서 무한한 수의 객실을 가진 호텔이 만실인 경우에도 여전히 추가 손님을 받을 수 있다는 가설을 발표했어. 만약 당신이 1호실 사람을 2호실로, 2호실 사람을 4호실로, 그리고 이후의 모든 손님을 n호실에서 2n호실로 옮기면, 홀수 번호의 객실은 모두 비어 있게 되어 무한한 수의 새로운 손님을 위한 공간을 만들게 되는 거지.

정확히 힐베르트의 호텔은 아닌

스콧 피츠제럴드는 1919년에 뉴욕에 대해 "세상의 시작이 지닌 모든 무지갯빛을 가지고 있다"고 말했어.

앞 문제의 변형으로 1번 호텔을 2번으로, 2번 호텔을 4번으로, 그리고 이후의 모든 호텔도 똑같이 원래 자리에

** 20세기에 활동한 영국의 역사학자 존 해럴드 플럼. 18세기 영국사에 정통해 여러 관련 저서를 썼다.

서 옮겨버리면 남는 건 불안정하게 흔들리는 수많은 뿌리 뽑힌 호텔들이겠지. 논리는 거기까지야. 그 대신 사람들이 호텔이 있으리라 기대하는 바로 그 자리에, 다른 호텔들의 틈바구니에 호텔을 하나 만들어봐. 필요한 모든 시간과 모든 공간을 써서 말이야. 여긴 뉴욕이야, 객실은 다 찰 거라고.

호텔을 특별하게 만드는 모든 걸 해야겠지. 아주 오래된 걸로 하거나, 아주 새롭게. 비밀 통로와 긴 복도, 막다른 길도 만들어야지. 연회장과 따뜻하게 맞아주는 로비, 그리고 바가 있어야 해. 가급적이면 어두운 곳, 가급적이면 비밀스러운 들창문이 있는 곳, 그리고 막 유행이 지난 듯한 레스토랑과 아무개가 거기서 식사했다는 걸 증명하는 명판이나 사진이 있어야 해. 예술품으로 가득 채우고 그중 일부는 이따금씩 움직이는 것처럼 보이게 해서, '저 그림 속 사람 방금 다른 쪽을 보고 있지 않았나?'라고 생각하게 만들 수도 있겠지. 때때로 고양이가 있을 수도 있고 더 독특한 특징이 한두가지 있을 수도 있어. 로비 한쪽 끝에 있는 사람이 다른 쪽 끝의 대화를 들을 수 있는 음향 설계, 벽에 달린 신비한 버튼, 막다른 복도, 유령, 고장 난 엘리베이터 같은 것들.

승객용 엘리베이터

래팅 천문대가 건설된 것과 같은 시기인 1853년의 뉴욕 만국박람회는 엘리샤 오티스가 바로 옆 크리스털 팰리스에서 안전 엘리베이터를 처음 선보인 곳이기도 해. 그의 발명품은 케이블이 끊어지면 승강기의 하강 속도를 늦춰주었는데, 그때까지 엘리베이터에 대한 가장 큰 우려가 바로 그거였고, 그는 극적으로 시연해 이 우려를 불식해주었어. 이 발명 이전에는 건물의 높이가 몇층 이내로 제한되었고 부유한 사람들이 가장 낮은 층에 살았지.

호텔 엑스프러스틱

작곡가 베스 모리스는 엑스프러스틱 호텔 12층 스위트룸으로 이사하기 전까지 엘리베이터를 타본 적이 없었어. 전에 살던 아파트들은 모두 계단으로만 오르내리는 건물이었거든. 엑스프러스틱의 북동쪽 엘리베이터는 층과 층 사이에 멈추곤 했어. 거주자들 대부분이 그 엘리베이터를 피하려고 애썼지만, 베스는 종종 그 일이 일어나기를 일부러 기다리곤 했어.

어느 날 밤, 갇힌 엘리베이터 안에서 베스는 동행인 주디 셀리그*와 화가 찰스 데머스**에게 "이 모든 이야기들

* 브로드웨이의 배우이자 베스 모리스의 오랜 동반자.
** 기하학적 형태와 산업 풍경을 즐겨 그린 미국의 정밀주의 화가.

이 있는데, 우린 그 어디에도 없네"라고 말했어. 삼년 후 갤러리 화재로 소실된 데머스의 그림 「우린 그 어디에도 없다」는 베스 모리스에게 헌정되었고, 셀리그는 엘리베이터에 갇혔던 그 짧은 순간이 두개의 위대한 작품에 영감을 주었다고 주장했지.

셀리그는 나중에 말했어. "우리는 카지노 극장에 마크스 형제의 「그녀는 아마 그럴걸」을 보러 가는 길이었어요. 저는 공연 사이의 쉬는 기간이었고 한창 화제였던 그 작품을 보고 싶었거든요. 베스와 찰스 데머스, 그리고 제가 로비로 절반쯤 내려갔을 때 엘리베이터가 층과 층 사이에 멈췄고, 베스는 외출하려던 마음을 바꿨어요. 딤*과 저는 베스를 두고 갔죠. 바로 그날 밤 베스가 「오직 하룻밤 동안」이라는 곡을 만든 거예요."

호텔 셸턴

조지아 오키프는 뉴욕 시에서 보낸 처음 몇년 동안 '푸르고 초록인 음악' 시리즈를 그렸어. 오키프는 "음악을 눈으로 볼 수 있는 무언가로 번역할 수 있다는 생각"으로 그린 거였지만 그러다 도시의 숨은 얼굴까지 포착한 거지. 각도와 평면, 불협화음과 고요한 순간들, 나무와 건물, 그

* 데머스의 애칭.

리고 하늘 조각들 말이야. 재즈보다 또스까니니를 선호했다고 하더라도,* 잘 들여다보면 재즈스러운 도시의 조각들이 그 안에 있어.

오키프와 앨프리드 스티글리츠**는 1924년에 결혼해 호텔 셸턴 최상층의 3003호 스위트룸으로 이사했어. 오키프는 이 마천루가 올라가는 걸 지켜보았는데, 그 동네에서는 최초의 초고층 건물이었어. 일류 주거용 호텔보다는 저렴했고 그럼에도 부엌일에 시간을 낭비하지 않고 살 수 있게 해주었지. 이 부부는 16층 카페테리아에서 식사를 했어.

방 두개는 작고 천장이 낮았지만 오키프가 스튜디오로 사용했던 거실은 북쪽과 동쪽으로 창이 나 있었어. 어떤 인터뷰에서 오키프는 "화가가 거대한 호텔 옥상 가까이, 포효하는 도시의 심장부에서 작업하고 싶어한다는 게 이상한 줄은 알지만, 오늘날의 예술가에게는 바로 그런 자극이 필요한 것 같아요"라고 말했어. 또다른 인터뷰에서는 이렇게 말했지. "전 뉴욕을 그리려고 애쓰는 일에 대해 이야기하기 시작했어요. 물론 그게 불가능한 일이란 건 들었죠. 심지어 남자들도 잘해내지 못했다고요."

* 여기서 또스까니니는 교향곡이나 오페라 등 클래식 음악을 대표하는 인물. 재즈는 당시 뉴욕에서 폭발적으로 성장하던 새로운 음악 장르였다.
** 미국의 사진가이자 현대미술가. 미국에 유럽 아방가르드를 소개한 인물로 알려져 있다.

오키프는 때때로 자기가 있는 높은 시점에서 도시를 그렸고 스티글리츠도 거기서 사진을 찍었어. 하지만 오키프의 마천루 그림 대부분은 지상의 시점에서 그려졌어. 상층부가 태양에 삼켜진 「뉴욕, 태양 흑점이 있는 셸턴 호텔」(1926)을 봐. 아니면 꽃처럼 정교한 형태들과 수백개 창문에서 손짓하는 불빛으로 된 「라디에이터 빌딩: 뉴욕의 밤」(1927)이나. 「뉴욕의 밤」은 인물이 없는데도 따뜻하고 사람 사는 느낌이 나거든. 이 그림은 "뉴욕을 있는 그대로 그릴 순 없지만 느껴지는 대로 그릴 수는 있다"는 오키프의 이론을 구현하고 있어.

"느껴지는 대로", 자신이 선택한 매체에서 그 느낌을 포착하려 시도한 건 오키프가 처음이 아니었고 마지막도 아니었어. 산문과 펑크, 시, 재즈, 사진에서도 마찬가지야. 한때 화가가 되고 싶어했던 윌리엄 카를로스 윌리엄스*는 비 내리는 밤 맨해튼을 굉음을 내며 지나가는 소방차를 보고—느끼고—시 「위대한 형상」을 썼어. 찰스 데머스의 그림 「황금색 5란 숫자를 보았다」는 그 시를 유화 물감과 흑연, 잉크, 금으로 옮긴 것이었지. 데머스는 친구 오키프까지 그림으로 옮겼어.

* 미국 모더니즘 시를 대표하는 시인.

106

확장된 두 블록

20세기의 여러 시점에 걸쳐 5번가와 7번가 사이 웨스트 43번가와 44번가에는 이런 건물들이 있었어. 앨곤퀸 호텔, 초라한 하노버 하우스, 로열턴 호텔, 이로쿼이(앨곤퀸보다 저렴해서 제임스 딘이 머물렀던 곳), 메트로폴, 아메리카나, 쿨리지, 램스 클럽, 클래리지 호텔, 엑스프러스틱, 애스터, 44번가 호텔, 그리고 벨라스코 극장과 거슈윈의 「랩소디 인 블루」가 초연된 에올리언 홀까지.

남북으로 몇 블록만 더 확장하면 『뉴요커』와 『스마트 세트』의 사무실, 니커보커 호텔, 뉴암스테르담, 리릭, 수많은 브로드웨이 극장들, 그리고 어빙 벌린이 「올웨이스」 「블루 스카이스」 「리츠 호텔에서 차려입기」를 작곡했던 46번가 그의 집까지 포함할 수 있지.

듀크 엘링턴*의 밴드는 브로드웨이 몇 블록 위쪽에 있는 지저분한 할리우드 클럽에서 밤새 연주했고, 빅스 바이더벡**의 '울버린스'는 몇 블록 아래 신데렐라 볼룸에서 공연했어. 호기 카마이클***이 바이더벡의 코넷 연주를 보고는 "단 네 음이었지만…… 부는 게 아니라 나무망치로 종

* 재즈 역사상 가장 영향력 있는 작곡가로 알려진 인물이자 밴드 리더.
** 서정적이고 독창적인 음색으로 유명한 1920년대 재즈 코넷 연주자.
*** 「스타더스트」 「조지아 온 마이 마인드」 등을 작곡한 미국 싱어송라이터.

을 치는 것처럼 때렸다"고 평했다는 이야기가 전해져. 바이더벡은 1930년 한해 동안 바로 그 사각형 블록, 44번가 호텔 605호실에 살았지.

브로드웨이 1658번지 2층에 있던 원래의 로즐랜드 볼룸은 루이 암스트롱*이 플레처 헨더슨** 오케스트라와 함께 활동하던 1924년 한해 동안 뉴욕 사람들이 그의 연주를 처음 들은 바로 그곳이야.

암스트롱은 긴장한 채 시작했는데, 어찌나 긴장했는지 밴드 멤버인 하워드 스콧이 돌아서서 "이봐, 그냥 눈을 감고 네 몸속, 심장 속, 마음속에서 느껴지는 대로 연주해. 그냥 너 자신이 되면 돼, 그게 다야"라고 말해야 할 정도였다지.

나중에 스콧은 "사람들은 거리에서도 그의 연주를 들을 수 있었어. 길 가다가 멈춰 서서 듣는 사람들도 있었다더라"라고 회상했어. 다음 날 밤이 되자 이미 소문이 쫙 퍼졌고 공연장이 너무 붐벼서 사람들을 돌려보내야 하는 상황이 됐어.

엘링턴과 그의 밴드는 시간 날 때마다 암스트롱의 연주를 들으러 갔어. 아프리카계 미국인 밴드가 엄청나게 늘어

---

* 재즈를 대중화한 20세기의 가장 영향력 있는 연주자 중 한명. 재즈 트럼펫의 전설로 불린다.
** 스윙 시대의 기틀을 마련한 밴드 리더이자 편곡자. 빅 밴드 재즈의 선구자이다.

났음에도 불구하고 대부분의 다운타운 공연장은 다른 곳과 마찬가지로 모두 백인 중심이었어. 로즐랜드가 약간의 예외를 두었지. 백인 손님들 시야에서 벗어난 특정 구역에 서 있어야 한다는 조건으로 흑인 연주자들도 동료들의 연주를 보도록 허용한 거야. 암스트롱의 연주를 들은 경험에 대해 엘링턴은 "그건 한번도 들어본 적 없는 연주였다…… 그 충격을 묘사할 단어가 아직 만들어지지 않았다는 생각이 들 정도였다"라고 썼어. 하워드 스콧은 그 한해 동안 당신이 입술에 밴드를 붙인 트럼펫 연주자를 만났다면 그건 암스트롱 같은 고음을 짜내려고 애쓰다 입술이 찢어졌기 때문일 가능성이 높다고 말했지.

연대표를 오르내리고 그 몇 블록을 오르내리면 조지 번스와 그레이시 앨런, (그레이시의 룸메이트와 사귀던) 잭 베니, 레니 브루스와 또스까니니, 지미 듀랜티, 까르멩 미란다, 마이아 앤절로, 찰리 채플린, 스펜서 트레이시, 버트 래어, 유진 오닐, 애스테어스, 마크스 형제("룸서비스죠? 좀더 큰 방 하나 주문할게요"), 메리 픽퍼드와 더글러스 페어뱅크스, 오드리 헵번, 빌리 와일더, 털룰라 뱅크헤드,* 베

---

* 차례로 코미디 콤비 '번스 앤드 앨런'으로 활동한 미국의 배우 부부, 20세기 미국의 주요 희극인이자 배우, 미국의 사회 비평가이자 스탠드업 코미디언, 세계적 명성을 얻은 이딸리아 지휘자, 미국의 피아노 연주자이자 배우, 포르투갈 태생의 브라질 가수이자 배우, 미국의 시인이자 배우, 무성영화 시기에 활약한 영국의 코미디언 배우이자 감

스 모리스와 주디 셀리그, 제임스 딘, 엘라 피츠제럴드, 도러시 파커와 H. L. 멩컨* 그리고 앨곤퀸 무리 전체, 서버**와 거스리와 거슈윈이 겹쳐지지. 브로드웨이 극장 무대를 밟는 모든 배우들과 연회장 밴드석 위의 재즈 음악가들이 겹쳐지고. 러키 루치아노***는 클래리지 호텔에 거점을 마련할 거야. 갱들은 메트로폴 앞 인도에서 도박꾼 허먼 로즌솔을 총으로 쏴 죽이고 회색 패커드를 타고 도주할 텐데, 이건 차량을 이용한 도주로 알려진 최초의 사례이고, 피츠제럴드가 『개츠비』에서 묘사한 것처럼 떠들썩한 재판과 다섯 명의 처형으로 이어지지.

시간과 공간을 더 넓게 확장해봐. 무한한 수의 배고픈 음악가와 배우와 작가 들을 품고 있는 무한한 수의 호텔

독, 캐서린 헵번과 전설적 커플이던 미국의 배우, 미국의 코미디언이자 배우, 『밤으로의 긴 여로』 등을 썼으며 노벨문학상을 수상한 미국의 희곡 작가, 콤비로 활동한 보드빌 배우 프레드와 애덜 남매, 보드빌과 영화에서 활약한 미국의 가족 코미디 예능 그룹, 캐나다 태생의 미국 배우이자 영화 스튜디오 유나이티드 아티스츠의 공동 설립자, 할리우드 황금 시대에 이름을 날린 영국의 배우이자 자선가, 오스트리아 태생의 미국 영화감독이자 프로듀서, 1920~50년대 브로드웨이에서 활약하며 거침없는 성격으로 유명했던 미국 배우.
* 엘라 피츠제럴드부터 '재즈의 여왕'이라 불린 전설적인 가수, 날카로운 위트로 잘 알려진 시인이자 비평가로 앨곤퀸 라운드테이블의 핵심 멤버, 20세기 초 미국의 저널리스트이자 비평가.
** 미국의 만화가이자 유머 작가, 언론인. 평범한 사람들의 좌절과 의외성을 코믹하게 묘사한 『뉴요커』의 만화와 단편소설로 유명하다.
*** 1920~30년대에 활동한 이딸리아계 미국인 마피아 조직의 거물.

객실. 무한한 수의 호텔 객실을 가정한다면 어쩌면 무한한 수의 극장과 연회장, 그리고 모두 막 시작되려는 무언가를 갈망하는 무한한 수의 손님도 가정할 수 있겠지. 도시를 깨우기엔 충분해.

도시가 원한다면 호텔 하나를 꿈꿔 존재하게 할 수 있고, 그 호텔은 연회장을 꿈꿀 수 있으며, 그 연회장과 함께 피아노를 치는 작곡가가 마치 늘 거기 있었던 것처럼, 그리고 그 작곡가와 함께 노래 하나를, 그 노래와 함께 그 작곡가의 작품을 연주할 밴드를, 그리고 그 밴드와 함께 청중을 꿈꿀 수도 있어. 도시가 원한다면.

앙드레 브르뚱(호텔 아님)

1924년, 시인 앙드레 브르뚱*은 첫번째 초현실주의 선언에서 "꿈과 현실, 겉보기에는 매우 모순되는 이 두 상태가 미래에는 일종의 절대적 실재, 즉 초현실로 융합되리라 믿는다"고 썼어.

호텔 엑프러스틱

20세기 초 맨해튼의 수많은 호텔 가운데 엑프러스틱이 눈에 띄는 이유 중 일부는 그 보자르^Beaux-Arts 양식의 웅장

---

* 프랑스 시인이자 작가, 초현실주의 운동의 창시자.

함과 고전적 요소가 혼합된 디자인 때문이지만, 2층의 장엄한 연회장 때문이기도 해. 또한 호텔을 집이라 부르는 게 유행이던 시절, 이곳을 집이라 불렀던 투숙객 때문이기도 하지. 스콧과 젤다는 결혼 첫해에 여기서 단 하룻밤을 묵었어. 그들은 벨보이 카트를 타고 판유리로 된 정문을 통과해 나가다가 쫓겨났지.

콘서트 피아니스트 마이라 헤스*는 1922년 미국 데뷔를 준비하며 이곳에 머물렀어. 방에 피아노를 놓아달라고 요청했지. 호텔은 그녀를 위해 스타인웨이 L 모델을 구입했어. 그 제조사가 막 내놓은 소형 콘서트용 그랜드 피아노였어. 헤스가 떠나자 피아노는 연회장으로 옮겨졌지. 원래 거기 있던 것보다 더 좋은 악기였거든.

이년 후, 무대 배우 주디 셀리그가 자신의 '동반자' 베스 모리스와 함께 같은 스위트룸으로 이사했어. 그때 모리스는 브로드웨이에서 리허설 피아니스트**로 일하고 있었지. 두 사람은 그 전해에 새로 지은 웹스터 아파트에 살다가 만났고, 이후 같은 쇼에서 일하게 됐어. 셀리그는 금세 인기가 높아졌지만 모리스는 아직 자기 노래를 한곡도 팔지 못한 상태였어.

* 영국의 피아니스트. 제2차대전 중 런던 내셔널 갤러리에서 콘서트를 열어 시민들에게 위안을 준 것으로 잘 알려져 있다.
** 오페라, 뮤지컬, 연극 등의 리허설에서 반주하는 피아노 연주자.

모리스는 낮 동안 연회장이 잠겨 있지 않다는 걸 발견하고 거기서 몰래 작곡을 하기 시작했어. 그 악기를 너무나 사랑한 나머지 대학 친구에게 편지를 쓰기도 했지. "난 이 호텔에서 절대 이사 나갈 수 없을 것 같아. 만약 이사한다면 이 피아노를 가방 속에 숨겨가야 할 거야. 내가 내내 하고 싶었던 모든 것처럼 느껴지는 곡을 바로 여기서 쓰고 있거든."

모리스는 몰래 연회장을 사용하고 있다고 생각했을지 모르지만 대부분의 당대 기록들은 그녀의 존재가 알려져 있었음을 시사하지. H. L. 멘컨은 이렇게 썼어. "엑스프러스틱 오찬의 은밀한 즐거움 중 하나는 식당 남동쪽 구석 테이블을 잡아야만 만나볼 수 있다. 닫혀 있는 위층 연회장에서 피아노 연주자가 치는 활기찬 멜로디를 환기구가 전달해주기 때문이다. 계속 연주하시오, 수수께끼 연주자여. 이 짠 바닷가재를 잊게 해주오."

예전 호텔 니커보커, 하노버 하우스, 호텔 니커보커

엔리꼬 까루소*는 웨스트 42번가에 있는 원래의 니커보커 호텔 9층, 방이 열네개 있는 아파트에 살았어. 1918년 가짜 휴전 소식이 퍼지던 날, 교회 종소리와 사이렌이 울

---

* 20세기 초 가장 유명했던 오페라 테너. 최초의 음반 스타 중 한명으로 손꼽힌다.

려 퍼지고 에퀴터블 빌딩 옥상의 대공포가 허공에 공포탄을 발사하고 상점들과 법원이 축하 인파로 가득 찼을 때, 까루소는 미국 국기를 들고 모퉁이 발코니로 나와 타임스 스퀘어의 군중에게 「성조기여 영원하라」를 불렀어.

베스 모리스가 그날 군중 속에 있었고, 친구에게 편지를 썼지. "그 목소리가, 그 발코니에서, 환호성을 뚫고 나오는 걸 상상해봐. 잠시 후 신문 보도가 틀렸다는 걸 알게 되자 사람들은 신문을 태우기 시작했어. 나는 서둘러 그곳을 빠져나왔지만 그 아름다운 테너 목소리와 그게 축복처럼 우리 위로 내려앉던 감각을 떨쳐낼 수 없었고, 까루소가 불렀던 것과는 전혀 다른 멜로디가 내게 떠올랐던 거야." 사후에야 발표되었지만 베스가 언급한 멜로디는 「기쁨은 비처럼 내리고」라는 곡이었어.

이십이년 후, 우디 거스리*는 니커보커에서 정확히 한 블록 북쪽, 하노버 하우스라고 불리는 허름한 주거용 호텔에 방을 얻었어. 케이트 스미스의 인기곡 「갓 블레스 아메리카」를 듣는 것에 지친 거스리는 카터 패밀리의 「세상이 불탈 때」의 멜로디를 가져다 그에 대한 응답으로 「이 땅은 너의 땅이다」를 만들었어.

니커보커로 되돌아가자. 피츠제럴드는 첫 소설이 출판된

---

* 미국 포크 음악의 아버지로 불리는 싱어송라이터.

후 잠시 이곳에 머물렀어. 호텔을 떠나던 날, 그는 욕조 수도꼭지를 틀어놓은 채 나가서 방을 물바다로 만들었지.

피츠제럴드 부부는 같은 달 빌트모어 호텔로 이사했고 얼마 지나지 않아 거기서도 쫓겨났어. 코모도어로 거처를 옮겼는데, 전하는 이야기로는 회전문을 삼십분 동안 빙글빙글 돌린 적도 있다고 해. 그 모든 일들의 와중에 그들은 결혼을 했고 어쩌면 퓰리처 분수에서 물장난을 쳤을지도 모르지. 순서는 별로 중요하지 않아. 깨어나는 도시에 그게 언제인지는 중요하지 않으니까.

틴 팬 앨리,* 7번가, 화이트홀 호텔: 나는 종종 소음의 한가운데서 음악을 듣곤 해.

1916년 뉴욕의 여름날을 상상해봐. 웨스트 28번가의 창문들은 산들바람이란 산들바람은 모두 붙들어보겠다는 듯이 열려 있어. 젊은 조지 거슈윈을 포함한 악보쟁이**들이 조율도 제대로 안 된 업라이트 피아노로 잠재적 구매자들에게 다른 사람들의 노래를 시연하고 있는 꼭대기 층 방들을 그려봐. 땀이 등을 타고 흐르는 가운데 그들의 곡조는 다른 곡들과 불협화음으로 뒤섞이고, 지나가는 사람들

---

* 음악 출판사들이 모여 있던 뉴욕 28번가 일대를 부르는 말. 미국 대중 음악 산업의 발상지로 여겨진다.
** 음악 출판사의 악보 판촉용으로 피아노로 곡을 시연하던 사람.

에게는 짱짱거리는 냄비 소리처럼 열두대의 피아노 소리가 들려오지.

샤피로, 번스타인 앤드 컴퍼니 음악 출판사 사무실에 첫 출근을 하던 날, 베스 모리스는 틴 팬 앨리 창문들 아래를 걷다가 그 충돌하며 부딪히는 불협화음에서 영감을 받아 첫번째 히트곡 「머리 위, 도시는 노래하네」를 작곡했어. 베스는 이 곡을 네대의 피아노 연주곡으로 썼는데, 이런 조건은 곧바로 공연용 작품으로서의 실용성을 떨어뜨렸지. 이 노래가 더 놀라운 건 당시 베스가 피아노가 없는 하숙집에 살고 있었다는 점 때문이야. 베스는 이 곡을 머릿속으로 작곡했고 연주자들이 퇴근한 후 직장에서 몰래몰래 일부를 연주해보았지만, 모든 파트를 한꺼번에 들어봤을 리 없거든.

거슈윈은 고등학교 중퇴자로 그 일자리를 얻었을 때 겨우 열다섯살이었고, 그 거리에 고용된 가장 어린 피아노 연주자로 주급 15달러를 벌고 있었어. 그의 어머니가 피아노를 사서 2번 애비뉴의 2층 아파트 창문을 통해 들여온 지 사년이 채 되지 않았을 때였지. 거슈윈은 7번가 롤러스케이팅 챔피언이었고 싸움꾼 기질도 약간 있었던 데다 첫 출근 날에는 형 아이라보다 먼저 건반을 차지했어.

1920년대에는 온 가족이 어퍼 웨스트 사이드의 5층 집으로 이사했어. 부모인 로즈와 모리스, 딸 주디, 아들 아서,

조지, 아이라였지. 아이라가 결혼하자 그와 신부는 4층을 차지했어. 5층은 조지의 공간이었지만 집이 그에게조차 너무 정신없을 때는 세 블록 떨어진 화이트홀 호텔의 공간을 임대하기도 했어. *나는 종종 소음의 한가운데서 음악을 듣곤 해.*

그후 그는 리버사이드 드라이브에서 허드슨강이 내려다보이는 펜트하우스를 얻었고 아이라는 바로 옆 아파트에 살았어. 친구들과 사업 파트너들이 끊임없이 드나들었지. 새벽까지 파티가 이어졌고, 조지는 돈 서배스천 시가를 잇새에 물고 피아노 앞에 앉아 있었고 옆 테이블에는 하이볼이 놓여 있었어.

나중에 조지는 이스트 사이드로 이사했고 그게 그의 마지막 뉴욕 집이었어. 뉴욕에서 가장 큰 개인 바를 갖춘, 열네개의 방이 있는 아파트였지. 아이라는 길 건너편 건물로 이사했어. 두 형제는 아파트 사이에 직통 전화선을 설치해서 72번가라는 거대한 간극을 가로질러서도 곡을 함께 쓸 수 있었어.

호텔 엑프러스틱, 할리우드 클럽, 로즐랜드 볼룸

폴 화이트먼과 샘 래닌*은 엑프러스틱에서 식사했어. 래

---

* 1920년대 뉴욕에서 활동했던 밴드의 리더이자 세션 뮤지션.

닌의 오케스트라는 뉴욕 최고의 백인 댄스 밴드 중 하나로, 로즐랜드에서 플레처 헨더슨 오케스트라와 번갈아 가며 무대를 장식했어. 래닌의 밴드는 왈츠와 폭스트롯을 연주했고 헨더슨도 그래야 했지만, 후자는 참지 못하고 재즈를 몰래 끼워넣었어. 그래서 택시 댄서*들은 혼란스러워했고 경영진은 당혹했지.

재즈 학자들은 베스 모리스의 노래 「오직 하룻밤 동안」이 어떻게 그들의 레퍼토리에 들어오게 됐는지 대체로 혼란스러워하지. 어디서 어떤 만남이 이루어졌는지 불분명하거든. 모리스는 그 곡을 들고 틴 팬 앨리 이곳저곳을 돌아다녔지만 몇년 전 자신이 일했던 제작사 포함 그 어떤 제작사에서도 관심을 얻지 못했어. 래닌이나 화이트먼이 엑프러스틱의 환기구를 통해 그걸 들었을까? 화이트먼은 엘링턴의 새 밴드 연주를 듣기 위해 할리우드 클럽을 자주 찾았어. 엘링턴은 밴드 리더로서 헨더슨의 실력을 칭송했으니 헨더슨과 래닌의 연주를 들으러 로즐랜드에 갔을 수도 있고.

어떻게 전파되었든 1924년의 단 하룻밤 동안에 도시의 모든 밴드가 그 노래를 익힌 것 같았어. 래닌의 버전은 감상적이었고, 화이트먼의 버전은 정교했으며, 엘링턴의 버

---

* 한곡당 돈을 받고 손님과 춤을 추던 직업 댄서를 부르는 말.

전은 광활했고, 헨더슨의 버전은 웅장했어. 울버린스가 녹음한 버전은 짧고 고리타분했지. 다들 말하기를 에너지가 부족했고, 빅스 바이더벡은 아직 코넷을 직접 연주할 때만큼의 실력을 녹음으로 담는 데 성공하기 전이었지.

라이브 솔로에선 그런 문제가 없었어. 플레처 헨더슨은 빅스의 「오직 하룻밤 동안」 솔로에 대해 이렇게 썼어. "시작할 때 그는 비트 뒤에 앉아 당신을 달래서 고요함 속으로 이끈다. 그러다 정확히 박자에 맞춰 악구樂句를 던져 넣고 이내 고음역대로 기울어지면, 당신은 어떻게 거기까지 왔는지도 모른 채 무릎을 꿇고 있는 것이다."

에드워드 호퍼*는 그해 「뉴욕 보도」를 그렸는데, 늘 하늘을 향해 고개를 빼던 오키프와 반대로 그의 시점은 아래로 수그러져 있었어. 그가 「뉴욕 연회장」을 그린 건 십삼 년이 더 지나서였는데, 앉아 있는 댄서의 만족스러운 피로의 표정은 모리스가 "내 발은 멈췄지만/내 심장은 여전히 춤추고 있어"라는 가사를 쓸 때 추구했던 걸 정확히 포착하고 있지.

겹침에 대한 추가 연구: 천재들의 집

세기 전환기의 워싱턴 스퀘어 사우스 61번지는 화가, 작

---

* 20세기 미국의 사실주의 화가. 도시의 고독과 일상을 포착한 작품들로 잘 알려져 있다.

가, 음악가 들을 위한 하숙집이었어. 3층과 4층 벽은 거주자들이 그린 벽화와 시로 장식되어 있었고, 집주인 여자의 2층 아파트는 유명해진 사람들과 그렇지 않은 사람들을 포함해 이전 거주자들의 예술품으로 가득 차 있었어. 여러 시기에 걸쳐 윌라 캐더, 스티븐 크레인, 앨런 시거, 프랭크 노리스, 애덜리나 패티(응접실에서 오페라단 전체와 리허설한 적도 있지), 오 헨리*와 유진 오닐 등이 여기 머물렀어.

겹침에 대한 추가 연구: 바비존 호텔

1928년부터 1981년까지 여성 전용 거주지였던 바비존에는 여러 시기에 걸쳐 그레이스 켈리, 캔디스 버건, 라이자 미넬리, 필리샤 라샤드, 유도라 웰티, 그리고 『벨 자』를 여기서 쓴 실비아 플라스**가 거주했어.

* 순서대로 『나의 안토니아』 등을 쓴 19~20세기 미국 소설가, 『붉은 무공훈장』을 쓴 미국 작가, 『죽음과의 랑데부』로 이름을 알리고 제1차 대전에서 전사한 미국 시인, 『맥티그』 등을 쓴 미국 자연주의 소설가, 19세기의 가장 유명한 오페라 소프라노 중 한명, 「마지막 잎새」 등을 쓴 미국의 단편 작가.
** 순서대로 할리우드 배우로 모나코 공국의 왕비가 된 인물, 에미상을 다섯차례 수상한 미국의 TV 배우, 아카데미상 수상 배우이자 가수, 토니상을 수상한 첫번째 흑인 여성 배우, 퓰리처상을 수상한 미국 남부 문학의 대표적인 작가, 『벨 자』와 『아리엘』로 잘 알려진 미국 시인이자 소설가.

겹침에 대한 추가 연구: 호텔 엘리제

엘리제는 1920년대에 지어졌고, 『라이프』지에 따르면 "연극인들의 호화로운 하숙집"이 되었어. 말런 브랜도, 테네시 윌리엄스(여기서 사망했어), 시드니 포이티어, 블라디미르 호로비츠, 해럴드 로빈스, 헬렌 헤이스, 조 디마지오, 바츨라프 하벨, 마리아 칼라스, 기시 자매와 에이바 가드너*가 거기 머물렀거든. 털룰라 뱅크헤드는 엘리제에 십팔년 동안 살았는데, 구관조 한마리와 원숭이 한마리, 윈스턴 처칠이라는 이름의 새끼 사자를 포함한 동물원을 갖고 있었어. 트루먼이 듀이를 이긴 후,** 털룰라는 여기서 오일 밤낮으로 이어지는 파티를 열었어.

* 순서대로 『욕망이라는 이름의 전차』 등에 출연한 20세기 가장 영향력 있는 배우 중 한명, 『욕망이라는 이름의 전차』 『유리 동물원』 『뜨거운 양철 지붕 위의 고양이』 등을 쓴 극작가, 아카데미 남우주연상을 수상한 최초의 흑인 배우, 20세기 가장 위대한 피아니스트로 꼽히는 러시아 태생의 연주자, 베스트셀러 소설을 다수 쓴 미국의 대중소설 작가, 아카데미상·에미상·토니상·그래미상을 모두 수상해 미국 연극계의 퍼스트레이디 라고 불렸던 배우, 56경기 연속 안타 기록을 세운 뉴욕 양키스의 전설적인 야구 선수, 체코의 극작가이자 반체제 인사로 체코슬로바키아의 마지막 대통령이자 체코 공화국의 초대 대통령, 20세기의 가장 영향력 있는 오페라 소프라노, 무성영화 시대를 대표하는 배우 자매 릴리언 기시와 도로시 기시, 1940~50년대 할리우드의 대표적인 팜므파탈 배우.
** 1948년 미국 대통령 선거. 모든 여론조사가 공화당 듀이의 승리를 예측했지만 민주당 트루먼이 승리했다.

겹침에 대한 추가 연구: 호텔 첼시*

여기에 대해서는 시작도 하지 말자.

어떤 현상을 잘 보여주는 인용문 모음

"저는 어떤 예술 형식 사이에도 경계가 있다고 생각지 않아요. 그것들은 모두 완전히 상호 연결되어 있다고 생각해요." — 데이비드 보위.**

"당신을 통해 행동으로 나타나는 활력, 생명력, 에너지와 고동이 있어요. 모든 시간을 통틀어 당신은 오직 한명이니 이 표현은 독특하죠. 만약 당신이 가로막는다면 그건 다른 어떤 매체를 통해서도 존재하지 못하고 사라질 거예요." — 마사 그레이엄.***

"더 많은 사람들이 거리에 헌신할수록 도시의 개성은 모양을 바꾸고 살을 찌워요. 건축적인 것에서 인간적인 것으로의 마법 같은 힘의 이동이죠." — 데이비드 보위.

보위와 이만****은 1992년 에식스 하우스 호텔의 아파

* 1884년부터 뉴욕 23번가에 자리하고 있는 전설적인 호텔. 밥 딜런, 마크 트웨인, 딜런 토머스, 레너드 코언, 패티 스미스 등 수많은 예술가들이 거쳐간 곳으로 유명하다.
** 영국의 전설적인 록 뮤지션. 음악과 패션, 예술의 경계를 넘어 활약했다.
*** 미국 현대무용의 창시자로 불리는 안무가이자 무용수.

122

트를 첫 맨해튼 집으로 구매했어. 보위는『타임스』에 자신이 뉴요커라고, "다른 곳에서 사는 건 상상할 수 없다"고 말하며 여생을 이 도시에서 보냈지.

"불이 꺼진 후에 다시 전화해주시겠어요?"―조지아 오키프.

"밤에는 〔셸턴이〕 별에 닿는 것처럼 보이고, 그 뒤의 하늘을 가로지르는 탐조등은 다른 세계로 메시지를 전달하는 것처럼 보인다."― 오키프의 아파트를 방문한 헨리 맥브라이드.*

"이 도시의 한 사람이 된다는 건 자기 자신보다 더 큰 무언가를 창조하는 일의 일부가 되는 거 아닐까요? 저는 노래에 그걸 담으려고 계속 노력하지만 그건 계속해서 저를 피해가요."― 베스 모리스, 1923년.

"……할렘의 완전한 본질은 환기구를 통해 느낄 수 있지. 싸움 소리가 들리고, 저녁식사 냄새가 나고, 사랑을 나누는 소리가 들려. 은밀한 가십이 떠내려오는 소리가 들려. 라디오 소리가 들려. 환기구는 하나의 거대하고 시끄러운 확성기야. 이웃의 세탁물을 보고, 관리인의 개 소리를 들어. 위층 남자의 안테나가 떨어져 당신의 창문을 깨. 커피 냄새가 나고…… 누군가는 말린 생선을 곁들인 밥

**** 1992년 데이비드 보위와 결혼한 소말리아 출신의 슈퍼모델.
* 20세기 초 미국의 영향력 있던 미술 비평가.

을 조리하고 있고 누군가는 거대한 칠면조를 요리하고 있어…… 사람들이 기도하는 소리, 싸우는 소리, 코 고는 소리가 들려…… 나는 그 모든 걸 「할렘의 환기구」에 담으려고 했지."—『뉴요커』 1944년 7월 1일자, 듀크 엘링턴의 「할렘의 환기구」.

"뉴욕은 항상 희망에 차 있어. 언제나 뭔가 좋은 일이 곧 일어날 거라고 믿고, 그걸 맞이하려면 서둘러야 하지."—도러시 파커.

호텔 엑프러스틱

1924년 오늘, 많은 사람들이 엑프러스틱의 아치형 입구 아래 줄지어 연회장에 들어가기를 열망하고 있어. 뉴암스테르담의 무대가 여전히 춤 추기엔 최고라고 알려져 있었지만—애스테어 남매의 말이야—엑프러스틱이 더 좋은 댄스 플로어를 가지고 있었거든.

원한다면 이 일이 벌어질 다른 장소를 골라도 돼. 예를 들면 폴리스의 더 야한 미드나이트 프롤릭 쇼가 열렸고 올리브 토머스*의 유령이 매일 밤 춤을 추던 뉴암스테르담의 옥상 정원 나이트클럽을. 아니면 최첨단 조명과 특수효과와 엘리베이터 무대, 그리고 자체 유령을 가진 벨라스코

---

* 1910년대의 스타 배우. 빠리에서 의문의 죽음을 맞은 이후 뉴암스테르담 극장에 유령으로 나타난다고 전해진다.

를. 로즐랜드 볼룸, 음침한 할리우드 클럽을. 아직 새로운 업타운의 코튼 클럽*을. 모든 규정이 느슨한 곳으로 데려가줘. 아니면 코니스 인이나 민턴스 플레이하우스 또는 라파예트로. 이 파티를 스튜디오 54나 CBGB에서 열고 싶다면 그것도 가능해. 화려하거나, 위험하거나, 둘 다인 곳을 고르면 되지.

그 밴드, 그 빌어먹을 밴드. 암스트롱이 트럼펫과 보컬을, 바이더벡이 코넷을, 찰리 파커와 콜먼 호킨스가 색소폰을 맡고, 젤리 롤 모턴과 유비 블레이크**가 피아노를 두고 거슈윈과 다퉜으며, 듀크 엘링턴이 밴드를 이끌었어. 모 터커***는 자신들이 어쩌다 거기 왔는지 반쯤은 믿을 수 없다는 듯이, 그럼에도 끝까지 가보기로 한 것처럼 드럼 위에서 가끔씩 루 리드****를 흘끗거렸지. 빌리 홀리데이와 마 레이니와 폴 로브슨과 데비 해리*****가 번갈아 마

* 1920, 30년대 할렘에서 유명했던 나이트클럽. 연주는 흑인 음악가들이 했지만 백인 손님만 받았다고 한다.
** 찰리 파커부터 순서대로 비밥 재즈의 창시자인 알토 색소폰 연주자, 테너 색소폰의 아버지로 불리는 재즈 뮤지션, 초기 재즈 피아노의 거장, 래그타임과 초기 재즈 피아니스트이자 작곡가.
*** 록 밴드 벨벳 언더그라운드의 드러머.
**** 벨벳 언더그라운드의 리더이자 싱어송라이터. 뉴욕 언더그라운드 록의 대부로 불린다.
***** 순서대로 레이디 데이로 불린 재즈 보컬의 전설, 블루스의 어머니로 불리는 초기 블루스 가수, 배우이자 가수이며 인권운동가, 펑크 뉴웨이브 밴드 블론디의 보컬.

이크를 잡았어.

밴드는 자신들이 가진 모든 것을, 쓴 노래와 아직 쓰지 않은 노래들을 연주했어. 가능성의 에너지가 창조해낸 십여가지 스타일과 또 거기서 파생한 스타일이 불꽃 튀듯 만들어진 거야.

누가 언제 도착했는지는 중요하지 않아. 중요한 건 베스 모리스가 텅 빈 연회장에서 「오직 하룻밤 동안」을 처음 연주한 순간, 그녀가 정말로 그 곡을 연주한 유일한 밤에, 온 세상이 옆으로 밀려나며 네게 그 방의 한 자리를 내주었거나 — 만약 네가 실력이 있다면 — 밴드의 한 자리를 주었다는 사실이야. 그 숫자가 무한대에 가깝진 않아. 옆으로 밀면 무대에 한 사람 더 들어갈 공간이 있고, 그들이 연주할 시간도 충분해.

그날 밤 모두가 거기 있었어. 피츠제럴드 부부는 젤다가 택시 지붕에 앉고 스콧이 보닛을 장식한 채로 도착했어. 그들은 새로운 춤을 발명했고 모두에게 시도해보라고 설득했지. 애스테어 남매가 그걸 더 발전시켰어. 마사 그레이엄은 완전히 자신만의 동작으로 췄고. 아이라는 바 의자에 앉아 지켜봤어. 에디와 조 호퍼,* 조지아 오키프와 앨프리드 스티글리츠, 찰스 데머스와 윌리엄 카를로스 윌리엄

* 에드워드 호퍼와 아내 조세핀 호퍼.

스, 메리 픽퍼드와 더글러스 페어뱅크스 주니어,* 뱅크헤드와 브랜도, 테네시 윌리엄스와 트루먼 커포티.**

도러시 파커와 그녀의 독설가 무리***는 눈에 띄는 부스를 점령했어. 우디 거스리와 레드벨리****는 자기들이 마실 호밀 위스키를 슬쩍 가지고 들어왔어. 어차피 아무도 바에서 돈을 내지 않고 있었지만 말이야. 아직 학부생이던 카운티 컬런*****은 바너드 대학의 유일한 흑인 학생이던 조라 닐 허스턴******과 메모를 교환했고. 라몬스*******는 모두 뒷벽에 기대 서서 자기들 차례를 기다리고 있었어. 셜리 잭슨과 스탠리 하이먼과 랠프 엘리슨********은 뒤 테이블에서 술잔을 앞에 두고 웅크리고 있었는데, 그들이 몇년 후에야 쓰게 될 첫 책들의 출간을 축하하는 거였어. 그 방에서 제일 나이 많은 데이비드 보위는 제일 어두운 구석에서 팔꿈치를 괴고 음악에 몰입하며 무시당하는 것

* 무성영화 스타인 더글러스 페어뱅크스의 아들.
** 서정적이고 기교적인 문체로 현대인의 고독과 사랑을 묘사한 미국 작가.
*** 앨곤퀸 라운드테이블을 가리킨다.
**** 포크 블루스 연주자, 12현 기타의 거장.
***** 할렘 르네상스의 대표 시인 중 한명.
****** 할렘 르네상스의 대표 소설가이자 인류학자.
******* 1970년대 뉴욕 펑크록을 창시한 밴드.
******** 순서대로 공포와 고딕 소설로 잘 알려진 미국 작가, 문학 비평가이자 셜리 잭슨의 남편,『보이지 않는 인간』등을 쓴 미국 흑인문학의 거장.

을 즐겼어. 레너드 코언*은 밴드석에 있으면서 동시에 구석에 있던 어떤 여자의 귀에 시를 속삭이고 있었는데, 그 정도로 능숙했던 거지. 베스 모리스는 피아노에 더 가까이 몸을 숙이고는 절대 고개를 들지 않았어.

모두를 나열할 필요는 없지. 그들 모두가 그 방에 있었어. 빠졌다고 생각하는 사람이 누구든 이름을 채워넣으면 그들도 거기 있었던 거야. 너도 거기 있었어, 기억 못 하더라도 말이야. 방은 뜨거웠지만 너무 뜨겁지는 않았고, 음악은 컸지만 너무 크지는 않았어.

사람들이 나중에 기억한 건, 기억했다면 말인데, 템포, 맥박, 밴드의 백열하는 절박함, 밤의 도시 불빛들, 황금빛과 초록빛, 푸른빛과 초록빛, 빙글빙글 도는 몸들, 빛을 받아 소용돌이치게 하는 목걸이의 반짝임이었어. 그들은 그걸 쓰고, 노래하고, 그리고, 꿈꾸고, 마시고, 또 새롭게 발명해냈고, 오직 하룻밤 동안의 시간을 가로질러 이야기하다가, 자신들의 지저분한 호텔과 고급 호텔과 아파트로 돌아가 꿈결에 그 밤을 흘려보낸 거야.

* 캐나다의 시인이자 싱어송라이터.

궁정 마법사

궁정 마법사가 될 소년

이번에 궁정 마법사가 될 소년은 잔인한 아이가 아니다. 바로 전의 그애나 그전 아이와도 다르다. 맹인 커렐의 구걸통에서 돈을 훔친 적도 없고, 과자를 뺏으려고 더 어린 아이를 때린 적도 없으며, 개에게 발길질을 한 적도 없다. 최근 몇명이 모두 귀족이나 상인 집안 출신이었던 것과 달리 이번 소년은 시장통의 떠돌이다. 이건 혈통의 문제도, 심지어 재능의 문제도 아니다.

소년은 매일 거리의 마법사들을 지켜본다. 자신도 그들이 하는 일을 할 수 있음을 안다고 말하는 듯한 갈망이 그 눈에 담겨 있다. 대부분의 사람들보다 더 열렬히 시장 광장의 싸구려 환상들을 바라보던 소년은 마침내 바로 그 호기심 덕분에 우리의 눈에 띈다. 그러나 한달 동안 매일 가판대에서 가판대로, 모퉁이에서 모퉁이로 떠돌며 마술을 배우게 해달라고 애원해도 우리는 그를 데려가지는 않는다.

우리의 지시에 따라 위대한 그레타가 소년을 제자로 받아들인다. 첫번째 손재주를 보여준다. 그녀의 기술들이 전혀 마법이 아니라는 것을 알고 실망했다 해도 소년은 그것을 잘 숨긴다. 다음 날 다시 그레타를 찾아왔을 땐 밤새 연습을 하고 온 게 분명했다. 눈가는 다크서클로 얼룩지고 걸음은 늘어지지만 가르쳐준 기술을 해낼 수 있고, 그레타만큼이나 매끄럽게 해낼 수 있다. 물론 그레타가 예전만큼 위대하지는 않지만 말이다.

소년은 그녀가 가진 모든 기술을 익히고, 그다음엔 자신만의 기술을 개발하기 시작한다. 영리한 아이다. 기술만으로는 충분치 않다는 것을 직감적으로 이해한다. 환상은 말해지는 것과 말해지지 않는 것, 주절거림, 자세, 그리고 자신이 실제로 하고 있는 일로부터 상대방의 주의를 돌리는 방해 요소들 속에 있다는 것을. 소년은 처음으로 자신에게 이름을 붙인다. 마법사의 이름을. 그것 역시 연기의 일부라는 것을 알았기 때문이다.

그레타를 떠나 홀로서기를 시작할 때, 소년에게 허락된 유일한 자리는 도축장 근처다. 오랫동안 아무도 차지하지 않은 모퉁이. 그레타의 관객들은 악취와 비명에도 불구하고 그를 따라온다. 소년의 공연은 대부분 길거리에서 흔히 보는 트릭들로 이루어져 있지만, 불가능해 보이는 것이 하나 있다. 그는 그걸 '잠자는 이의 애가'라고 부른다. 그 트릭으로 소년이 무얼 하고 있는지 알아내는 데 다섯주가 걸렸다. 그제야 우리는 이 소년이 바로 그애라고 확신한다.

"진짜 마법을 배우고 싶나?" 궁전 경비병을 시켜 내 질문을 전한다. 경비병은 제복이 아닌 사복을 입고 있다.

소년은 코웃음을 친다. "세상에 그런 건 없어요."

소년은 시장통 모든 마법사의 모든 트릭을 알아내버렸다. 그래서 시장의 그 누구도 그애와 말을 섞지 않는다. 새로 얻은 방으로 가는 길에 두번 구타당했지만 한번도 강도를 당하지는 않았다. 그가 경비병의 말을 의심하는 것은 당연하다.

경비병은 내가 시킨 대로 몸을 숙여 소년의 귀에 자신이 가진 기술의 비밀을 속삭인다. 몸을 숙이면서 내 오래된 일기장을 주머니에서 떨궈 소년이 한번도 본 적 없는 기술을 흘끗 보여준다. '금박 손.' 소년은 그것을 경비병에게 돌려주고, 그녀는 안전하게 돌려받은 데 감사를 표한다.

이제 소년은 자신의 감정을 숨기는 데 익숙하지만, 그 내면에서 무엇이 싸우고 있는지 나는 안다. 진짜 마법이라는 내 약속을 믿지는 않지만 '금박 손'은 이미 그를 사로잡았다. 먼지투성이 모자 속에 쌓인 동전들을 주머니에 넣고 모자를 머리에 쓴 다음 경비병을 따라 시장을 벗어나면서, 소년은 이미 그 마법의 답을 궁리하고 있다.

"궁전이요?" 우리 모두 하인들이 드나드는 궁정 입구에 가까워졌을 때 그가 묻는다. "길드 출신인 줄 알았는데요."

나는 내 심부름꾼에게 속삭이고, 경비병은 내 말을 되풀이한다. "길드는 서로 경쟁해야 한다고 생각하는 마법사들을 위한 곳입니다. 궁전은 자기 자신과 경쟁해야 한다고 생각하는 마법사들을 훈련시키지요."

그건 아마도 내가 그에게 할 모든 말 중 가장 진실한 것이다. 소년은 그저 경비병만을 바라본다.

궁정 마법사가 될 청년

새 스승이 방문할 때를 빼고는 홀로, 소년은 자신에게 보이는 복잡한 환상들을 익힌다. 우리 작업장에 온 그는 금세 금박 손을 만들어낸다. 단 한번 흘끗 보여준 것뿐인데 그걸 해낸다. 그다음엔 자신이 고안한 완전한 금박 인간까지. 그래도 그건 여전히 트릭이다.

"진짜 마법을 가르쳐주기로 했잖아요." 소년이 불평한다.

"그걸 믿지 않았잖니." 스승이 말한다.

"그럼 진짜 마법처럼 보이는 뭐라도 보여주세요."

그 말을 내뱉자, 자신의 갈망을 다시 증명하자, 소년은 보상을 받는다. 그의 손이 풀리지 않는 매듭으로 묶이고,

그는 그것을 풀도록 내버려진다. 스승은 '꽃의 숨결' '떠 있는 다리'를 보여준다. 소년은 그것들의 기초가 되는 기만을 알아낼 때까지 연습한다.

"또 트릭이군요." 소년이 말한다. "마법이란 내가 아직 알아내지 못한 트릭에 불과한 건가요?"

그는 일곱번 물어야 한다. 그게 규칙이다. 일곱번째로 물었을 때만. 그때에야 듣는다. 만약 그가 진짜 말을 배운다면 이 길 외에는 선택의 여지가 없다는 것을. 거리로 돌아갈 가능성도, 극장에서 귀족들을 즐겁게 하며 생계를 꾸릴 가능성도 낮다는 것을. 정말로 그걸 원하는가?

다른 자들은 이 시점에서 떠났다. 그들은 무대와 거리를, 눈속임보다 조금 나은 트릭을 연기해서 갈채 받기를 선택했다. 이 어린 청년은 배고프다. 그에게는 권력이 돈이나 명성보다 더 가치 있다. 그는 남는다.

"말이 하나 있다." 스승이 말한다. "네가 통제해서 할 수 있는 말이지. 그 말은 문제들을 사라지게 만든다."

"문제들이요?"

"섭정의 문제들이지. 또한 대가가 있는데, 네가 개인적으로 치르게 될 거야."

"그게 뭔지 물어봐도 될까요?"

"안 된다."

소년은 잠시 멈춰 고민한다. 다른 자들은 이 시점에서

거부했다. 그는 그러지 않는다.

궁정 마법사와 거리나 무대 마법사의 차이는 무엇인가? 궁정 마법사는 문제들을 사라지게 만드는 사람이다. 그가 배우고 있는 게 바로 그것이다.

그 말을 연습해서 말할 방법은 없다. 나는 그것을 종이에 적어 그에게 남기고, 이제 그것은 그만이 사용할 수 있다고 말한다. 대가가 있다는 사실을 다시 한번 상기시킨다. 그는 그 말을 오랜 시간 연구한 다음, 종이를 잘게 찢어 먹어버린다.

그가 그 말을 휘두르기로 동의하는 날, 섭정은 홀笏을 그의 어깨에 대고 친히 그를 새로운 방으로 안내한다. "이 모든 것이 이제 네 것이다." 섭정이 말한다. 섭정의 말은 신중하지만, 젊은 궁정 마법사는 그 이유를 알지 못한다. 새로운 방은 그가 지금까지 있어본 어떤 곳보다도 좋다. 나중에 섭정이 어떻게 사는지 보게 되면 자신의 방이 모든 것을 가지고 태어난 이들의 기준으로는 화려하지 않다는 것을 이해할 것이다. 하지만 이 순간, 처음으로 벨벳을 만지고 비단을 만진 순간, 처음으로 베개에, 깃털 침대 위에 머리를 뉘었을 때, 그는 잠시 자신이 운이 좋다고 생각한다.

그건 사실이 아니다.

궁정 마법사인 청년

처음 그 말을 할 때, 그는 손가락 하나를 잃는다. 왼손 새끼손가락을. '잃는다'는 것은 그게 있다가 없어졌기 때문이다. 피도 고통도 없이. 손재주. 그의 주의는 자신이 내뱉고 있는 말에, 그 너머의 의도에, 그리고 섭정이 그에게 지워달라고 한 문제에 쏠려 있었다. 그에게 전달된 문제, 한 여자가 성벽 너머에서 이름들을 외치기 시작했는데, 섭정의 창문을 통해 들릴 만큼 가까이에서 그러고 있다는 것. 궁정 마법사는 오직 그 외침을 존재에서 지우는 것에만, 침묵에, 죽은 자를 향한 애도의 부재에만 집중한다. 그는 눈을 감고 그 말을 내뱉는다.

다시 왼손을 바라볼 때 그는 세개의 손가락과 엄지손가락이 있고, 새끼손가락이 있어야 할 자리에는 마치 그것이 결코 존재하지 않았던 것처럼 매끄러운 피부가 있음을 보고 놀란다.

그는 자신이 기예를 배웠던 지하 방으로 성큼성큼 내려간다. 스승들은 더이상 거기 없으므로, 그는 벽에 대고 질문한다.

"매번 이런 대가를 치르는 건가요? 대가라고 말씀하신 게 이런 건가요? 제겐 손가락이 그렇게 많지 않아요."

나는 대답하지 않는다.

그는 당황하고 혼란스러워하며 자기 방으로 돌아간다.

그 순간을 머릿속에서 거듭 되풀이하며 자신이 마법을 통해 실수를 저질렀는지, 심지어 마법이 효과가 있었는지조차 확신하지 못한다. 그날 밤 그는 잠들지 못하고 오른손가락들로 왼손을 계속 만져본다.

섭정은 기뻐한다. 궁정 마법사는 자기 일을 잘 해냈다.

"그 외침이 멈췄나요?" 궁정 마법사가 오른손으로 왼손을 만지며 묻는다. 본능적으로 섭정에게 자신이 치른 대가를 말하지 않아야 한다는 것을 안다.

"어젯밤 우리는 방해받지 않고 잘 잤단다."

"그 여자가 사라진 건가요?"

섭정이 어깨를 으쓱한다. "문제가 사라진 거지."

청년은 자신의 방으로 돌아가서 이 말을 곱씹는다. 앞서 말했듯, 그는 잔인한 아이가 아니었다. 그는 자신의 마법이 그 여자를 침묵시킨 것인지 아니면 그녀를 완전히 지워버린 것인지 확신하지 못해 괴로워한다.

알아내야 할 트릭들이 있을 때는 자신의 고립을 알아차리지 못했지만 이제는 알아차린다.

"성벽 너머의 그 여자는 누구였나요?" 달아나는 시녀에게 그가 묻는다.

"그녀가 외우던 이름들은 무엇이었나요?" 하인 출입구의 경비병들에게도 묻지만 그들은 대답하지 않는다. 그가 그들을 지나쳐 걸어가려 하자 보내준다. 하지만 겨우 몇발

자국 가다가 그는 스스로 다시 돌아선다.

궁전과 그 부지를 돌아다닌다. 숨겨진 통로들, 약제실들, 서재들을 발견한다. 그는 책장에서 책들을 뽑아보며 몇시간을 보내지만 자신의 상황을 설명할 만한 것은 아무것도 찾지 못한다.

부엌을 발견한다. "그럼 내가 죄수인 건가요?"

요리사들과 접시 닦이들은 그가 물러날 때까지 돌같이 굳은 얼굴로 바라본다.

그는 자기 방에 혼자 앉아 있다. 모든 궁정 마법사들이 첫번째 진짜 마법 이후에 그랬듯, 도망가야 할지 고민한다. 나는 그가 이 과정을 거치는 것을 자세히 지켜본다. 나는 전에도 본 적이 있다. 그는 서성이고, 혼잣말하고, 비단 베개에 얼굴을 파묻고 운다. 이제 이런 삶을 사는 건가? 이걸 원하는 게 그렇게 잘못된 일이야? 대가를 치를 만한 가치가 있나? 그 여자에게는 무슨 일이 생겼을까?

그리고 대부분이 그랬듯, 그는 남기로 결정한다. 그는 비단 베개와 규칙적인 식사를 좋아한다. 그 여자는 골칫거리였다. 섭정을 방해한 것은 그녀의 잘못이었다. 그녀가 자초한 일이었다. 이런 식으로, 그는 잠을 잘 수 있을 만큼 자신의 부담을 덜어낸다.

궁정 마법사인 남자

궁정에서 십년을 보내자 궁정 마법사는 손가락 세개, 발가락 두개, 이 여덟개, 가장 좋아하던 신발, 존재했다는 사실만을 제외한 어머니에 대한 모든 기억, 그의 고양이와 가정부를 잃었다. 그가 다가갔을 때 부엌에 있는 그 누구도 그와 한마디도 나누지 않으려 했던 이유를 이제는 이해한다.

손가락을 잃은 게 어떤 면에서는 최악이었다. 손가락 없이는 시간 때우기용 손재주 트릭들을 하기 힘들고, 재미삼아 새로운 마법을 만들어내는 도구들을 다루기도 힘들다. 가정부 트리아, 그와 사랑에 빠졌던 그녀에 대해 생각하지 않으려 애쓴다. 그녀는 그와 말하지 않는 게 좋다는 것을 알고 있었고, 그는 자신이 다가가지 않으면 그녀가 안전할 거라고 생각했었다. 그가 틀렸다. 그녀를 소중히 여긴다는 사실만으로도 충분했다. 그 이후, 그는 시녀들이 들어오면 방에서 나갔고 식사가 나올 때는 구석을 향해 얼굴을 돌렸다. 섭정의 궁정으로 그를 부르러 오는 하인들은 닫힌 문 뒤에서 말을 전하고, 그가 문을 열 때쯤이면 사라져 있다.

그는 여전히 어떤 면에서는 자신이 운이 좋다고 생각한다. 섭정은 좀처럼 경솔하지 않다. 섭정의 요청은 몇달에 한번 있을 뿐이다. 때로는 몇년 만에. 까다로운 법령, 반항적인 지방 세력들, 잠재적 왕위 찬탈자, 모두 문제를 일으키기 전에 사라졌다. 마법사의 생애에는 전쟁이 없었다. 그는 평화를 위해 다른 이들이 지불해야 하는 대가를 자신이 몸으로 치르고 있다고 혼잣말한다. 한동안 이것이 그를 위로하는 역할을 한다.

문제의 크기는 다양하지만 말은 같다. 문제의 크기는 다양하지만 대가는 비례하지 않는다. 대가는 항상 마법사에게 중요한 누군가나 무언가, 오직 그만이 알 수 있는 인생의 공백이다. 그는 때때로 자신이 잃은 것들을 암송한다. 하나의 애도.

그는 섭정을 원망하기 시작한다. 왜 자신에게 똑같이 보답하지 않을 사람, 그의 신체 변화에 대해 결코 언급하지 않는 사람을 위해 자신을 희생해야 하는가? 원망 자체가 저주다. 섭정이 사라질 위험은 없다. 그것은 대가가 아니다. 이 마법은 그렇게 작동하지 않는다.

그는 새로운 전략을 택한다. 사랑하기로 한다. 자신의 방을 돌아다니며 전에는 결코 신경 쓰지 않던 물건들에 대한 사랑으로 자신을 가득 채우고, 그것들이 손가락 대신 사라지기를 바란다. "이 의자를 얼마나 사랑하는지." 그가 혼잣말한다. "이건 내가 앉아본 가장 훌륭한 의자야. 이 쿠션은 모양이 완벽해."

또는 "어떻게 여태 이 초상화를 알아차리지 못했을까?

이 초상화 속 여자는 분명 내가 본 중에 최고의 미인이야.
그리고 그녀의 모습을 포착해내다니 얼마나 훌륭한 화가
인가."

시도는 좋지만 이것은 양날의 검이다. 그는 의자에 대한
사랑을 스스로에게 확신시킨다. 의자가 사라지면 다시는
제대로 앉을 곳이 없을 것이라 느낀다. 초상화가 사라지면
세가지 상실을 기리며 운다. 초상화와 그 여자와 화가를.
그들이 누구인지, 아직 살아 있는지조차 모르지만 말이다.

그는 자신이 미쳐가는 것 같다고 생각한다.

그러나 여전히, 부름을 받으면 섭정의 궁정에 나타난다.
섭정의 최근 고민에 대한 설명을 듣는다. 그는 자신의 이
가 있던 자리에 혀를 굴려보는데, 이것은 오래된 의식들에
추가된 새로운 의식이다. 왼손의 빈 곳들을 오른손의 빈
곳으로 만진다. 남아 있는 것들을 손꼽아보기 위해 자신의
방을 둘러본다. 그 말을, 저주받은 말을, 다른 어떤 것보다
강력하고, 대가가 크며, 무엇보다도 잔인한 말을 내뱉는
다. 언제나 그래왔듯 그 힘 너머의 속임수를 보려고 애쓰
며 눈을 똑바로 뜨고 있다.

무엇보다도 그는 이것이 어떻게 작동하는지 이해함으
로써 이것을 마법 이하의 무언가로 만들고 싶어한다. 그
너머의 트릭이 드러나는 순간을, 그것이 힘을 빼앗기고 평
범한 것이 되어버리는 그 순간을 갈망한다.

그가 눈을 깜빡인다. 한번 깜빡인 것뿐인데 눈을 뜨자 시야가 바뀌어 있다. 오른쪽 눈을 잃었다. 거울을 보면 한때 눈이 있었던 곳이 눈구멍도 없이 매끄럽다. 마치 한번도 존재하지 않았던 것처럼. 그는 울지 않는다.

섭정을 가능한 한 강렬하게 사랑하려고 애쓴다. 자신의 의자를, 하녀를, 눈을, 이를, 손가락들을, 발가락들을, 스스로 잃었다는 것을 아는 기억들을 사랑했던 것만큼 강렬하게. 섭정의 모습을 그림으로 그리고, 그것들로 자위하고, 내가 가로챌 연애편지를 보낸다. 마법은 속지 않는다.

이 모든 게 전에도 일어난 적 있는 일이다. 나는 그의 익숙한 몰락을 지켜본다. 손가락들, 발가락들, 손, 팔, 모두 그가 의무를 다하는 데에는 불필요함에도, 더이상 간단한 카드 트릭조차 할 수 없게 되었을 때 그는 정말로 운다. 마지막 손가락을 잃기 전에 그는 그 트릭을 어떻게 하는 거였는지에 대한 기억을 잃는다.

청력은 여전히 예리하다. 그가 또 무엇을 잃든, 마법은 결코 섭정의 문제를 들을 수 있는 그의 능력을 앗아가지 않을 것이다. 그 말을 내뱉는 데 필요한 혀나, 발음에 필요한 남은 이들도 가져가지 않을 것이다. 누군가 이런 것들을 말해주더라도 그에게는 위안이 되지 않을 것이다.

이 자가 마침내 무너지는 지점은 사람이 아니다. 그가 집착했던 어떤 하녀도, 어린 시절 사랑의 기억도, 손재주들도 아니다. 이 자에게, 그 지점은 성벽 너머에서 소리치는 또다른 여자를 사라지게 하기 위해 그 말을 내뱉는 그날이다.

"그 이름들!" 섭정이 말한다. "그 여자가 내 창문 아래서 이름들을 읊어대는데 내가 어떻게 잠을 잘 수 있겠는가?"

"몇년 전 그 여자와 같은 사람인가요?" 마법사가 묻는다. 만약 그녀가 돌아올 수 있다면 결국 그 말은 눈속임에 불과하다. 만약 그녀가 목소리를 되찾을 수 있다면 아마도 영원히 잃는 것은 없는 것이다.

"내가 어떻게 알아? 이름 목록과 불만을 가진 여자야."

마법사는 자신의 입을, 두개의 손가락과 엄지손가락이 있는 남은 팔을 확인한다. 그는 아무것도 잃지 않았다고 생각하지만, 그날 밤 잠자리에 들 때 자신의 베개가 사라졌다는 것을 깨닫는다.

그것은 사소한 일이다. 그는 아침에 다른 베개를 요청할 수 있지만 어쨌든 이게 중요하다. 그는 자신을 불쌍히 여긴다. 만약 자신이 사라지게 한 사람들 —성벽 너머의 여자들, 첫번째 그 여자, 북동쪽 산악 지역의 인구 전체— 에 대해 생각한다면 그는 티끌처럼 무너져내릴 것이다.

나는 그가 끝났다는 것을 그 자신보다 먼저 알 수 있다. 언제나 그러듯이 그를 지켜보고 있고, 전에도 알았듯이 안다. 그는 침대에서 실컷 운다.

"왜죠?" 이번에는 그가 묻는다. 이전까지 그는 항상 "어떻게요?"라고 물었다.

그러자, 그가 결코 다시는 그 말을 내뱉지 않을 것을 알기 때문에, 나는 처음으로 그에게 직접 말한다. 비밀을 속삭인다. 무슨 대가를 치르더라도 어떤 힘이 자신을 살아 움직이게 하는지 알고자 하는 꺼지지 않는 갈망이야말로 그를 살아 움직이게 한다는 것을. 오직 그런 아이들, 그런 갈망에 찬 젊은이들만이 그 힘을 휘두를 수 있고, 우리는 그들을 휘두른다. 그들이 우리에게 허락하는 짧은 시간 동안. 이 자는 대부분보다 오래 버텼다. 내가 그랬던 것에는 조금 못 미쳤지만 모든 것을 밝혀내고자 하는 그의 갈망은 남달랐다. 나, 나는 그저 듣고자 하는 귀에 들리는 속삭임에 불과하다.

나는 그가 어떻게 할지 기다려본다. 시장으로 돌아가 맹인 커렐과 그레타와 다른 하급 마법사들, 그러니까 새로운 아이가 근처를 맴돌며 지켜볼 때 우리에게 알려주고 돈을 받는 무리에 합류할지, 그의 스승이 했듯이 남아서 자신의 후계자를 가르치겠다고 할지. 그는 그런 선택지를 고려하지 않고, 나는 언젠가 그가 잔인하지 않다는 사실에 감명받았던 것을 다시 한번 떠올린다.

그는 아무것도 챙기지 않은 채 하인 출입구를 통해 떠난다. 나는 몇주 동안 그가 예전의 몇몇이 그랬듯이 애도의 노래를 이어가기를 기다리지만, 그것 또한 그의 길은 아님을 알았어야 했다. 그가 부를 이름의 목록은 너무 짧으니까. 추측하기로 나는 그가 자신이 잃은 것들, 자신이 사라지게 한 것들, 다른 사람의 문제들을 위해 떨쳐낸 자신의 조각들을 찾아 떠났다고 믿는다. 이와 손가락과 문제들과 지역들과 하녀들과 애도자들과 베개들이 모두 사라져간 그곳으로.

트릭이었어, 그는 생각한다. 언제나 트릭이 있어.

144

오늘은 모든 게 닫혀 있다

메이는 집에 도착하고 나서야 그 뉴스를 봤다. 퇴근 시간 버스에서 겨우 자리를 잡은 건 언제나 좋은 일이었지만, 가방을 무릎에 올리고 앉아야 할 만큼 사람이 많았고 어떤 여자의 가방까지도 메이의 무릎에 거의 올라와 있던 터라—물론 그 사람 잘못은 아니지만—휴대폰을 볼 공간이 전혀 없었다. 어느 시점엔가 웅성웅성하는 소리가 들렸고 평소보다 더 많은 사람들이 이야기를 나누는 것 같았지만 무슨 일인지는 감을 잡지 못했다

메이는 창밖을 내다보며 사람들을 구경하고, 개들을 구경하고, 도시를 구경했다. 한 십대 소년이 스케이트보드에 뒷발을 올린 채 앞발로 미는 몽고 스타일로 잠시 동안 버스와 속도를 맞췄다. 나쁜 습관이었다. 메이는 보도 틈새

에 걸려 보드가 소년보다 먼저 앞으로 튕겨나갔을 때도 놀라지 않았다.

내릴 정류장에서 하차 버튼을 누른 다음 사람들 사이를 간신히 비집어 길가에 내리는 데 성공했다. 거기서부터 집까지는 한 블록만 걸으면 됐다. 스케이트보드 소년이 아직도 자기 보드를 쫓으며 그녀를 지나쳐 달려갔다.

"발을 잘못 쓰고 있어!" 메이가 소리쳤다.

소년은 가운뎃손가락을 쳐들어 보이고 계속 갔다. 예상한 반응이었지만, 메이도 할 수 있는 건 해본 셈이었다.

같은 건물에 사는 십대들 둘이 현관 계단에 앉아서 휴대폰 하나를 같이 보고 있었다. 손을 흔들었지만 그애들은 정신이 팔려서 답이 없었다.

데이나는 이미 퇴근한 후였고 두 사람의 작은 테이블 한가운데 치킨 상자가 뜯지 않은 채 놓여 있었다. 평소엔 집에 오자마자 샤워하고 갈아입는데 어쩐 일인지 여전히 수술복 차림이었다.

"아, 너무 다행이다." 데이나가 태블릿에서 고개를 들었다. 얼굴이 창백했다. "네가 답을 안 했잖아."

"내가 뭐에 답을 안 했지?" 메이가 상자를 열고 날개 하나를 집어 들었다. 차가웠다.

"전화. 내 문자. 통신망이 다 마비됐어. 못 들었어?"

"뭘?"

메이가 볼 수 있게 데이나가 태블릿 방향을 돌려줬다. 캘리포니아 주 야구 주간 경기에서의 폭발 사고. 생각하고 싶지 않은 사망자 수.

"아, 맙소사." 메이가 말했다.

"자세한 내용은 알려지지 않았는데, 다른 위협들이 있으니 가능하면 대피해서 '각자의 자리에 가만히' 있으래."

"캘리포니아 말이야?"

"전국 다. 오늘 밤 모든 경기가 취소됐어. 콘서트도, 영화도. 쇼핑몰들은 일찍 문을 닫고. 비행기는 이륙 금지야. 통행금지고. 다른 곳들도 문을 닫을 수 있으니 계속 뉴스를 확인하라고 하고 있어."

"아, 맙소사." 메이가 다시 말했다. 눈을 감고 버스에서 사람들이 무슨 말을 했었는지 기억해보려 했다. 제대로 듣지 못한 그 웅성거림. 길에서 휴대폰을 보다 멈춰 서서 주위를 둘러보고 계속 가던 사람들. 뭔가 말하고 싶은 것처럼 보이던 사람들. 끔찍한 일이 있어도 집에는 가야 했다. 어디든 가야 했다.

그 숫자. 뇌가 겨우 그걸 따라잡아 곱씹었다. 그 많은 사람들. 경기장의 그 수많은 사람들, 그리고 비행기를 타려고 기다리는 그 모든 사람들, 집에 가려고 하는, 경기장에 있던 사랑하는 사람들에게 가려고 하는, 그리고 또……

"쉬," 메이는 아무 말도 하지 않았지만 어느새 데이나가 일어서서 테이블을 돌아 다가오며 말했다. "알아."

누군가 출근해 안내문을 붙였다.

"서부 지점 도서관은 오늘 휴관합니다."

누군가 굳이 시간을 들여 출근을 하고 안내문을 인쇄했다. 누군가 안내문을 인쇄하는 데 공을 들였을 뿐 아니라 엉망인 비품실에서 밝은 분홍색 종이를 찾아 낡은 복사기의 종이를 교체하기까지 했으면서, 다른 직원들에게 출근하지 말라는 전화는 해주지 않았다.

메이는 어쨌든 문을 열어봤다. 당연히 열리지 않았다. 옆쪽 직원 출입문을 시도해보고, 노크해보고, 또다시 노크했다. 그래, 메이는 생각했다. 도서관 보조에게는 알려주지도 마라 이거지.

"피터스 부인이 왔다 갔어요." 노숙자 쉼터에 자리가 없을 때 뒤쪽 벽감에서 자는 샤론 아주머니가 말했다. "아주 일찍 와서 잠깐 일하는 동안 화장실을 쓰게 해주더니, 오늘은 도서관 문을 안 연다고 하더라고요."

"아." 메이는 이미 알고 있는데 그냥 확인하는 사람처럼 태연하게 굴려고 애썼다. 휴대폰을 다시 확인했다. 아무것도 없었다.

한숨을 쉬며 피터스 부인에게 보낼 메시지를 입력했다. *저희 아예 안 여는 건가요? 이미 와 있는데요.*

메시지 전송 실패. 통신망 사용 불가.

메이가 한번 더 한숨을 쉬고 문자를 지웠다. 메시지가 전송되지 않는 걸 보면 피터스 부인 역시 메시지를 보냈을지도 모르는 일 아닌가? 몇시간 전에 문자를 보냈는데 시스템 과부하로 지연된 것뿐일 수도 있다. 그런 경우라면 메이가 징징대는 것처럼 보일 것이다.

그렇지만 메이는 징징대는 게 아니었다. 메이는 전혀 모르는 사람과 합승해 택시비를 내서 출근했다. 버스는 운행하지 않고 공유 택시 앱은 과부하가 걸렸는데, 오늘처럼 특수한 상황인 걸 감안한다 해도 지각했을 때 해고당하지 않을 거라 확신할 만큼 아직 직장에서 스스로가 가치 있다고 느끼지 못했던 것이다. 택시비가 반나절 일당만큼 들었는데 이제 돈을 전혀 받지 못하게 되었다.

"들었죠?" 샤론 아주머니가 물었고, 메이는 잠깐 동안 그게 피터스 부인 얘기를 들었냐는 것인지, 아니면 전날의 혼란인 경기장 폭탄에 대해 들었냐는 건지, 아니면 밤새 일어난 일들, 그러니까 펜실베이니아 호텔에서 발견된 불발탄, 여전히 진행 중인 미시시피 버스 터미널에 바리케이드를 친 총격범 사건, 역시 진행 중인 전국의 폭탄 위협들을 말하는 것인지 확신할 수 없었다. 뭐가 됐든.

"들었어요."

집까지 걸어서 두시간이 걸렸다. 밖에 나온 사람은 평소보다 적었고 마주치는 이들은 어색하게 미소 짓거나 고개를 까딱하며 지나갔다. 뉴스에 나온 위협들에도 불구하고 상대가 자신에게 해를 끼칠 사람은 아니라는 이상한 확인 같은 것이었다. 그나마 날씨는 좋았다. 세상에 따스함이 남아 있다는 걸 일깨워주는, 햇살 가득한 봄날이었다. 다른 모든 것들과 묘하게 어울리지 않는 날씨였다.

위층 소녀들이 계단에서 이어폰 한쌍을 나눠 끼고 휴대폰으로 뭔가를 보고 있었다.

"학교 안 가니?" 메이가 물었다.

"휴교예요." 그중 하나가 말했다.

아파트에 도착해서 메이는 상황이 어떻게 돼가는지 확인하려 했지만 뉴스나 소셜미디어 사이트 어느 것도 로딩이 되지 않았다. 아버지가 비상시를 위해 꼭 가지고 있으라고 당부했던 오래된 라디오를 켜고 뉴스에 맞췄다. 누군가 '위협으로 인한 휴무' 목록을 길게 나열했다. 학교, 대학, 법원, 쇼핑몰. 중앙 도서관은 있었지만 지점들은 없었다. 중앙 도서관이 시스템 전체를 뜻한다고 단단히 잘못 생각한 게 아니라면 말이다.

말해지지 않는 게 무언지도 중요했다. 얼마나 오랫동안 모든 것이 닫혀 있을까? 위협들은 얼마나 심각한가? 위협하는 사람은 한명인가, 조직인가? 이렇게 다 닫는 걸 보면 믿을 만한 근거가 있겠지만 그 경기장에 대한 것 외에는 어떠한 세부 사항도 없었다.

실제로 언제 보냈는지야 누가 알랴만 오후 9시에 데이나에게서 연속으로 문자가 왔는데, 아마 병원에서 밤을 새워야 할 것 같다고, 사람들이 취해서 바보짓을 하고 있고, 평소보다 자살 시도가 많고, 응급실이 아수라장이고, 일부 간호사들은 갑자기 애들 돌봐줄 사람을 찾지 못해 출근하지 못했다고 했다.

사랑해, 행운을 빌어. 데이나가 언젠가는 볼 수 있기를 바라며 메이가 답했다. 휴대폰을 내려놓았다가 다시 집어들어 피터스 부인에게 문자를 보냈다. 상사에게 메시지를 보내기에는 조금 늦었지만 완전 아주 늦지는 않았고, 지금 아는 게 나았다.

저희 내일은 문을 여나요? 휴관 목록에 우리 지점은 없더라고요.

한시간 후 답이 왔다. *휴관.*

젠장. 이틀 일당이 빠진 급여를 생각했다. 사흘로 늘어나면 어쩌지? 나흘이면?

시계를 다시 확인했다. 아직 10시도 안 됐다. 첫번째와 두번째 전화를 걸었을 땐 이상한 신호음이 났지만 세번째 시도에서 연결됐다.

"피터스 부인이시죠?" 상대방이 받기에 물었다. 상사에게 전화를 해본 적은 한번도 없었다. 도서관 안에서만, 그리고 눈 때문에 늦을 때 문자로만 대화했다.

"무슨 일이야, 메이?" 목소리가 피곤하게 들렸지만 자고 있었던 것 같지는 않았다.

메이는 전화한 걸 후회했다. "음, 뭔가 알고 계신 게 있나 싶어서요. 뉴스에 중앙 도서관은 나왔는데 우리 지점은 안 나왔거든요. 왜 문을 닫는 거죠?"

"공용 컴퓨터를 못 쓰게 하려는 거야."

"컴퓨터를 *끄고* 문을 열 수는 없나요?" 메이는 컴퓨터를 사용하는 모든 사람들을 떠올렸다. 식료품을 주문하는 사람들, 숙제하는 사람들, 구직자들. 곧 문을 열지 않는다면 메이도 구직자가 될 것이다. 도서관에서 일하는 걸 너무나 좋아했지만, 도서관에서 일하지 않게 되는 건 감당할 여유가 없었다. "우리는 도서관이에요. 문을 열 책임이 있지 않나요?"

"우리는 고객들을 안전하게 지킬 책임이 있어. 때로 그건 문을 여는 걸, 때로는 문을 닫는 걸 의미하지. 위협이 지나갔다고 하는 즉시 열겠다고 약속할게."

메이는 요구를 묵살당하면 즉시 알아차렸다. 상사에게 감사 인사를 하고 전화를 끊었다. 그랬다. 다시 열 때까지는 문을 닫는 것이다. 메이가 4분의 3 시간제이고 일한 시간에 대해서만 돈을 받는다는 건 중요하지 않았다. 방과 후 부모가 퇴근하기 전까지의 시간 동안 도서관을 안전한 쉼터로 이용하는 아이들도 중요하지 않았다. 학교도 어차피 안 하긴 했지만. 구직자들도, 샤론 아주머니에게 화장실이 필요한 것도, 취소된 컴퓨터 수업이나 세금 준비를 도와주는 자원봉사자도, 또 사람들이 도서관을 이용하는 수백만가지 다른 이유 역시 중요하지 않았다.

그런 게 메이가 그곳에서 일하는 이유였다. 도서관학과에 가고 싶었고, 도서관 지점이 동네를 위해 공동체에 없는 모든 것을 하도록 만드는 그런 사서가 되고 싶었다. 하지만 기업 변호사나 성형외과 의사가 되기 위해 거액의 대출을 받는 건 그렇다 쳐도, 공립 도서관 사서 월급을 받자고 빚을 지는 건 그걸 아무리 원한다 해도 좋은 생각 같지 않았다. 오랫동안 그걸 위해 돈을 모아오고 있었다. 일할 시간을 더 많이 얻지 못하면 곧 그 돈을 써야 할 것이다.

메이로서는 걱정이 두려움을 압도했다. 피터스 부인을 포함해 결정권을 가진 다른 사람들에게는 반대였을 수도 있다. 그들은 위협을 덜 모호하고 덜 아득한 것으로 느끼게 만드는 뭔가를 알고 있을지도 몰랐다. 지금 상황에서 메이는 정보 부족과 멈춘 웹사이트들이 폭탄 위협들보다 훨씬 더 무서웠다.

데이나는 오전 7시가 되어서야 샤워로 축축해진 채 침대에 기어들었다. "일하러 가야 해?" 데이나가 속삭였다.

메이는 투덜거리듯 아니라고 말했다. 사실 감은 눈꺼풀

아래 정신은 깨어 있었지만 그랬다. 일어날 일이 없는데도 몸은 이 시간에 일어나는 데 익숙해져 있었다. 침대에 몇 분 더 누워서 데이나의 호흡이 바뀌는 소리를 듣다가 몸을 돌려 휴대폰을 확인했다. 사이트들이 다운된 걸 떠올리고 대신 라디오를 시도했다. 새로운 소식은 보도되지 않았지 만 문 닫은 시설들 목록은 늘어 있었다.

커피를 내리러 갔을 때, 전날 깜빡하고 못 샀다는 걸 깨 달았다. 직장까지 힘겹게 도착했는데 아무 소득 없이 돌아 온 것에 대한 짜증이 커지면서 정신이 없었다. 폭설로 도서 관이 문 닫는 날이면 늘 그걸 하루 종일 잠옷을 입고 있기 위한 핑계로 삼았는데, 이제 메이에게는 나가고 싶은 충동 과 핑계가 생겼다. 옷을 입고 데이나에게 메모를 남겼다.

평소에 버스를 타던 시간이었지만 거리는 평소보다 비 어 있었다. 몇 사람이 졸린 듯 개를 산책시키고 있었다. 그 들은 평소처럼 낯익은 듯 낯선 사람이 할 법한 인사를 건 넸지만 평소보다 긴장한 것처럼 보였다. 더 경계심이 높았 다. 메이가 사는 거리를 시내로 가는 대체 경로로 택해 과 속하는 차들도 없었고 버스 정류장의 인파도 없었다.

이건 왜 날씨로 인한 휴관과 다르게 느껴질까? 도시를 완전히 멈춰 세우는 눈보라를 겪어봤고, 평소 붐비는 도로 가 몰아치는 눈으로 잠잠해진 것도 본 적이 있다. 생활을 방해하는 허리케인도 더 흔해졌다. 데이나는 병원 생활이 계속됐기 때문에 항상 그런 것들을 헤쳐나가며 일했다.

휴무인 곳의 목록은 그 어떤 폭설로 인한 휴무 때보다 훨씬 길어졌다. 영화관은 보통 최악의 눈보라가 아닌 이상 문을 열었다. 쇼핑몰도 마찬가지. 그러다 맑고 푸른 하늘, 첫 온기, 봄이 주는 '뭔가 해야 한다'는 느낌이 있었다. 메이는 뭘 해야 할지 알고 싶었다.

식료품점이 문을 닫았다. 문에 "온라인으로는 지금도 주문할 수 있고 배달해드립니다"라는 표지판이 붙고 온라인 서비스 로고가 크게 인쇄되어 있었다. 한번에 장을 많이 보는 사람들에게야 나쁘지 않은 조건이었다. 25달러 이상이면 배송비가 무료였으니까. 하지만 메이는 커피 한봉지 때문에 배송비로 10달러를 더 낼 생각은 없었다. 식료품 사이트가 뉴스나 SNS보다 제대로 돌아간다는 보장도 없는데 말이다. 그리고 도서관에 찾아와 배송 주문을 도와달라던 노인들은 어쩌란 말인가? 그들은 스마트폰이 없었다. 도서관 프로그램을 이용하면 배송비가 면제였다.

모퉁이 편의점에는 대용량 커피 원두가 없었다. 메이는 950밀리리터짜리 아이스커피를 샀다. 며칠은 이걸로 버틸 수 있을 테고 한잔씩 따로 사는 것보다는 싸게 먹히니까. 그래도 슈퍼마켓 대용량 제품보다는 비쌌다. 이번 주는 한푼 한푼이 중요한데. 줄에서 그녀 뒤에 선 남자는 작은 기저귀 두 팩을 꼭 쥐고 있었고, 앞에 선 여자는 작은 설탕

봉지 하나와 작은 생리대 한상자를 들고 있었다. 편의의
대가를 가격으로 치르는 것이었다.

데이나는 아직 자고 있었다. 메이는 커피를 따라 마시며
앉아서 이번 달 고지서 계산을 시작했다. 사흘간 일을 못
하는 경우를 계산해보고, 그다음엔 일주일일 경우를 계산
했다. 일주일 넘게 폐쇄하지는 않겠지? 데이나의 월급이
괜찮은 편이긴 했지만 메이의 급여 없이는 일주일이 저축
을 건드리지 않고 버틸 수 있는 한계였다. 그리고 아무튼
저축이라도 있다는 게 대부분의 사람들보다 운이 좋은 일
이라는 것을 메이는 알고 있었다.

그녀는 무작위로 웹사이트를 열어보며 뭐가 되고 뭐가
안 되는지 확인하기 시작했다. 식료품 사이트는 접속됐고
온라인 쇼핑몰도, 스트리밍 서비스도 마찬가지였다. 주요
소셜미디어 사이트들은 모두 오프라인이거나 너무 느려
서 쓸모가 없었다. 이해가 안 됐다. 이건 되고 저건 안 될
이유가 없었다. 괴상할 정도로 구체적인 사이버 공격이라
도 벌어진 게 아니라면 말이다. 그녀가 가장 원하는 건 침
착한 라디오 목소리가 아니라 다른 사람들의 정보였다.

묘한 한주였다. 완벽하게 화창한 날씨, 조용한 거리, 일
은 없지만 열린 곳도 없었다. 메이는 집에 머물며 뉴스를
봤고 데이나는 몇 블록 떨어진 병원으로 출근했다. 이년
전 이 아파트로 이사 왔을 때, 메이는 아직 도서관 일자리

를 얻기 전이었다. 그래서 데이나의 직장 근처로 위치를 정했다. 버스가 운행되지 않는 상황에서 그건 훌륭한 결정으로 밝혀졌다. 예상치 못했던 일이 두 사람에게 유리하게 작용한 것이다.

메이는 자신과 똑같은 일을 하며 갇혀 있을 사람들이 얼마나 많을지 궁금했다. 뉴스를 확인하고, 걱정하고, 푼돈을 세고 또 세는 일 말이다. 지난번에 나라가 이렇게 흔들렸을 땐 너무 어려서 이해하지 못했지만, 자신이 맞서고 있는 이 깊은 무력감에 대해서는 어떤 기록도 언급하지 않았다. 헌혈자도 원치 않았다. 아무도 아무것도 하길 원치 않았다. 집에 머물러라, 선량한 시민들이여. 상점과 극장과 도서관과 학교가 다시 문을 열지 않으면 집도 없을 거라는 사실, 임대 사무소는 여전히 임대료를 기대하고 은행은 여전히 대출 상환을 기대할 거라는 사실은 신경 써주지 않았다. 도대체 사람들이 얼마나 오래 이걸 견뎌주기를 기대하는 걸까? 뉴스는 계속해서 위협을 보도했다. 힘겹게 버티는 평범한 사람들에 대한 이야기는 어디 있지? 이게 뉴노멀이 되는 것에 대한 저항은? 시위 소식을 아는 사람이 있나 보려고 친구들에게 단체 채팅을 보냈다. 아무도 답하지 않았고 메시지가 제대로 전송됐는지조차 확신할 수 없었다.

셋째 날에는 여전히 부모가 일하러 가야 하는 2층의 어린아이를 돌봤다. 오래된 문고본 몇권을 로비에 가지고 내려가 '무료 도서관'이라는 표지판을 달았다.

넷째 날에는 개가 있으면 좋겠다고 생각하고는 로비에 개 산책 서비스를 제공한다는 광고를 붙였다. 전화번호가 적힌 작은 탭을 뜯어갈 수 있게 만들었다. 개를 키우는 사람들은 무슨 일이 있어도 따라야 하는 일과가 있었다. 개는 먹이를 줘야 했고, 정기적인 산책을 기대했다. 아무것도 정상으로 느껴지지 않았다. 온라인으로 영화를 봤는데, 뉴스 사이트처럼 끊기고 느려질 거라 예상했지만 그런 게 전혀 없었다. 그것조차 이상했다. 장기 서비스 장애에 대한 정보를 찾으려 했지만 아무것도 찾을 수 없었다. 곳곳의 광고들은 각종 스트리밍과 배송 서비스 할인 멤버십을 제공하고 있었다.

다섯째 날에 누군가 개 산책 탭을 뜯어갔는지 보러 아래층에 내려가봤지만 아무도 없었다. 한숨을 쉬었다. 산책하는 데 개가 꼭 필요한 건 아니었다. 운동을 좀 해야 할 것 같았다.

위층 소녀들이 또 계단에서 휴대폰을 보고 있었다. "안녕?" 인사하자 손을 흔들어줬다.

또 한번의 아름다운 봄날이었다. 당혹스럽게 조용한, 산책하기에 완벽한 날씨. 돌아왔을 땐 두 소녀가 다투고 있었다.

"그거 이미 봤어." 더 큰 아이가 말했다.

"거기 있는 건 다 봤어." 다른 아이가 말했다.

이름을 기억해보려 애썼다. 릴리와 키마? 아니, 키미였다. 확실했다.

"키미?"

큰 아이가 올려다봤다.

도서관 앱에 대해, 거기서 무료로 TV 쇼와 영화를 빌릴 수 있다는 것에 대해 알려주려고 입을 열었는데 어느새 다른 걸 묻고 있었다. "스케이트보드 타본 적 있어?"

키미가 고개를 저었다.

"어떻게 하는지 알려줄까? 심심하면 몇시간은 때울 수 있을 거야."

키미는 싫다고 할 것 같은 표정이었다. 동생이 언니를 팔꿈치로 찔렀고, 키미가 어깨를 으쓱했다.

메이는 미소 지었다. "금방 올게."

아파트로 뛰어 올라가 창고 열쇠를 챙긴 다음 지하로 내려갔다. 메이가 스케이트보드들을 기부하고 싶어하는 바람에 데이나가 보관함 뒤쪽에 숨겨놨다. 메이는 그게 거기 있다는 걸 알았고 언제든 버릴 수 있었지만, 데이나가 아직 버리고 싶어하지 않는데 굳이 자신이 나서서 버릴 필요는 없었다. 이제 그게 쓸모 있어진 것이다! 헬멧과 보호대를 찾는 데는 시간이 좀더 걸렸다. 냄새가 좀 났지만 끔찍하게 더러워 보이지는 않았다. 보드에 마지막으로 탔을 때를 떠올리게 하는 핏자국은 없었다. 헬멧에도 없었다. 그날은 바보같이 헬멧을 쓰지 않았으니까.

반쯤은 사라졌을 거라고 예상했지만 소녀들은 여전히 계단에 앉아 있었다. 아이들이 장비를 미심쩍게 쳐다봤다.

"보호대는 할지 말지 선택해도 돼. 헬멧은 협상 불가야." 메이가 말했다. "나 때문에 누가 뇌 손상 입는 건 싫거든."

거부할지도 모른다고 생각했지만, 아이들은 헬멧에 손을 뻗었다.

"좋아!" 메이는 그애들이 끈을 조정하는 걸 지켜봤다. 키미는 메이보다 머리숱이 풍성해서 핏이 괜찮았다.

릴리가 데이나의 스케이트보드에 손을 뻗었다.

"그렇게 서두르지 마." 메이가 말했다. "기본부터 먼저. 서는 법을 보여줄게. 앞발은 균형 잡는 데 쓰고 뒷발은 방향 조정용이야."

"제 발은 나란히 붙어 있는데요." 릴리가 말했다. 언니가 키득거렸다.

메이도 웃었다. "좋아, 맞는 말이야. 거기서부터 시작하자. 발이 나란히 붙어 있는 상태에서 서로를 뒤에서 밀어봐, 세게는 말고. 그러면 어느 발이 먼저 앞으로 나가는지 볼 수 있고, 그게 스케이트보드에서 앞에 와야 할 발을 알려줄 거야."

경고했음에도 불구하고 아이들은 메이가 의도했던 것보다 조금 더 세게 서로 밀치며 몇 분을 보냈다.

"좋아, 둘 다 왼발이 앞에 나갔으니까 그게 앞에 올 발이야. 그게 기본 자세야."

"이제 올라가도 돼요?"

"응, 근데 저기 풀밭에서만." 메이는 1층 창문 아래 좁은 잔디밭을 가리켰다.

"풀밭에서 탄다고요?"

"풀밭에서 서는 거야. 보여줄게."

메이가 데이나의 보드를 릴리에게 주고는 자기 보드를 들고 풀밭으로 갔다. 발을 어디에 두어야 하는지 직접 보여줬다. "그냥 위에 서서 균형 잡는 데 익숙해져. 체중을 이리저리 옮겨봐. 발가락, 뒤꿈치, 어디든지. 굴러가지 않고 서 있는 데 익숙해져봐."

"헬멧 없이는 타지 말라고 했잖아요."

"그랬지. 이건 타는 게 아니야. 풀밭에 가만히 서 있는 거야."

자신의 보드를 키미에게 주고 메이는 뒤로 물러섰다. 몇 분간 두 소녀는 시킨 대로 했다. 키미는 계속 휴대폰을 꺼내 문자를 보냈다. 문자를 보내면서도 균형을 잡을 수 있다면 아마 좋은 신호일 거라고 메이는 생각했다. 잠시 후 두 소녀 모두 장난을 치기 시작했다.

“나 좀 봐.” 릴리가 뒷바퀴로 균형을 잡으며 말했다. 그러고는 바로 넘어졌다.

메이가 손을 내밀었다. “이래서 풀밭에서 하는 거야. 시도해보는 건 좋은데 잘하려면 시간이 좀 걸릴 거야.”

옆 건물에서 한 소녀가 나오더니 뒤에 서서 지켜봤다. 메이가 미소를 보냈다. “보드가 두개밖에 없어. 돌아가면서 타겠다면 합류해도 좋아.”

“우리 오빠가 하나 가지고 있어요.” 그 소녀가 말했다. “금방 올게요.”

소녀는 건물로 사라졌다가 낡은 보드를 들고 돌아왔다. 헬멧은 없었다. 첫날 풀밭에 있는 동안에는 헬멧이 없어도 괜찮겠지만 그다음부터는 양보할 수 없었다. 그다음이라고? 누가 봐도 메이는 벌써 다음 날을 기대하고 있었다.

새로 온 소녀는 릴리와 같은 반인 조니였다. 몇분 후 소녀 둘이 더 나타났고, 키미가 걸어가서 뭐라고 속삭이며 메이를 가리키자 그애들이 다가왔다.

“친구들한테 놀러 오라고 했어요. 괜찮죠?”

메이가 고개를 끄덕였다. 보드와 헬멧을 돌아가면서 써야겠네.

조니와 새로 온 두 소녀 파티마와 탬신에게 다시 처음부터 서는 법을 보여줬다. 키미와 릴리가 베테랑인 양 조언을 해줬다.

저녁때가 되자 다섯 소녀 모두 발아래 보드를 날려버리지 않고 풀밭에서 균형을 잡고 설 수 있게 되었고, 메이는 발로 브레이크 거는 법을 보여주기 시작했으며, 아무도 심하게 넘어지지 않았다.

"내일도 학교 안 열면 이거 또 할 수 있어요?" 파티마가 물었다.

메이가 고개를 끄덕였다. "헬멧을 더 찾으면." 자신이 아이들 중 한명이거나 배우는 사람들이 어른이라면 몰라도, 아이들을 가르치는 어른은 그들을 안전하게 지킬 책임이 있었다. 게다가 메이는 고소를 당할 여유도 없었고.

모든 게 엉망이 된 이후 처음으로 데이나가 제시간에 집에 왔다. 데이나가 샤워하는 동안 메이는 맥앤드치즈를 만들었다. 대화가 이어지도록 욕실 문을 열어둔 채였다. "노조 대표가 캘리포니아에 있다가 운전해서 돌아왔는데, 그동안 우리가 일한 시간을 보더니 엄청 화를 내서 원하든 원하지 않든 이틀을 완전히 쉬게 된 거지. 뭐 하고 지냈어?"

"나는, 아, 우리 현관에서 맨날 노는 그 여자애들 알지? 걔들한테 스케이트보드를 가르치기 시작했어."

물소리가 났다. "정말? 난 네가 — 앗, 차가워! 얼음장이야! — 다시는 손도 안 댈 줄 알았는데."

메이의 손이 머리로 갔다. 손가락으로 머리카락 아래 흉터를 훑었다. "모르겠어. 다들 모든 게 영원히 닫혔다는 걸 받아들인 것처럼 돌아다니는데, 어차피 곧 죽을 거라면 다시 스케이트보드를 타는 게 나을 거라고 생각했나봐."

"좋은 판단이네, 자기야. 말리지 않을게! 나도 그리웠어. 그리고 모든 사람들이 받아들이고 있는 건 아니야. 사람들이 모이고 있어. 추모 집회. 시위. 경찰이 해산시킨 시위에서 온 사람들을 몇명 치료했거든. 아직 찾아보지 않았을 뿐 그런 사람들이 어딘가에 있다고."

"그렇게 찾기 어렵다면 조직하는 사람들이 썩 잘하는 건 아니네."

"그 사람들 잘못이 아니야. 통신이 다 엉망이잖아." 데이나가 수건으로 머리를 말리며 욕실에서 나왔다. "모든 게 손가락 하나로 되는 데 너무 익숙해져서 옛날 방식으로 정보를 퍼뜨리는 법을 잊어버린 거야."

"옛날 방식이 뭔데? 전보?"

데이나가 침실로 사라졌다가 잠옷을 입고 돌아왔다. 그릇에 손을 뻗으며 대화가 끊기지 않았던 것처럼 대답했다. "몰라. 네가 가고 싶다면 오늘 밤 모임 하나는 알고 있어. 눈썹을 꿰매주는 동안 어떤 남자가 알려줬어."

"통행금지 있지 않아?"

"통행금지는 10시고 모임은 8시야. 멀지 않아. 내가 다시 옷을 차려입어야겠지만 충분히 갈 수 있어."

메이는 며칠을 연속해 근무한 후 샤워까지 하고는 다시 외출복을 입겠다는 제안이 얼마나 관대한 것인지 바로 알아차렸다. "가고 싶어."

그 카페는 걸어서 이십분 거리였다. 뒤쪽에 강의실이 있는 작은 독립 서점 카페였고, 모임은 이미 진행 중이었다. 왼쪽 눈 위에 고무 오리 반창고를 붙인 남자 — 짐작하기로 데이나의 환자인 — 가 접이식 의자에 앉은 십여명과 이야기하고 있었다.

두 사람은 뒤에 서서 대규모 시위 계획을 들었다. 허가받지 못하는 것들에 대한 주의 사항들, 그래서 사유지가 아닌 곳에서 하는 행진이나 집회는 불법이 될 거라는. 누군가 행진의 목적이 뭐냐고 물었고, 목적이 있는 시위 대 시위를 위한 시위에 대한 열띤 토론이 시작됐다. 그것 말고도 큰 문제들이 있었다. 어떻게 소문을 낼 것인가, 시위를 더 안전하게 만들어줄 군중을 어떻게 모을 것인가, 문자 메시지가 여전히 지연되고 전화도 신뢰할 수 없다면 작전 중에 어떻게 소통할 것인가.

메이는 이 조직이 계획의 그런 결함들을 인식하고 있다는 사실에 기운이 났다. 자신들이 뭘 하고 있는지 아는 것 같았다. 연장된 원치 않는 휴가 대신 당면한 문제들에 사람들이 관심을 갖게 할 무언가로 시위가 제격이라고 생각했다. 그들이 자신이 우려하는 몇가지에 대해 목소리를 내는 것도 좋았다. 이렇게 오래 의사소통이 중단되는 것도, 뉴스를 찾기 어렵고 주의를 분산시키기 쉬운 것도 말이 안 된다는 사실에 대해서 말이다.

"국가적 차원에서 뭔가 심각하게 잘못됐어." 누군가 말했다. "하지만 해답은 아마 지역적일 거야."

계획 회의가 끝나자 데이나가 메이를 자신의 환자에게 소개했다. 이름이 덕이라고 했다. 그래서 그런 반창고를 골랐던 것이다. 누군가 메이의 어깨를 두드렸고, 옛 친구 노라가 회의 내내 바로 앞에 앉아 있었다는 걸 알게 됐다.

"보드 아직도 안 타?" 노라가 물었다.

"응, 감당이 안 되네." 노라에게 손목이나 머리를 보여 줄 필요는 없었다. 노라도 거기 있었으니까.

데이나가 어깨에 팔을 둘렀다. "감당할 수 없는 건 스케이트보드가 아니야. 넘어지는 거지."

"아니," 메이가 말했다. "그건 '착지'야. 그리고 재활하느라 일 못 한 거."

노라가 웃었다. "그렇다 치자. 공원에선 다들 널 그리워하고 있어."

메이가 아침의 소녀들 얘기를 하려는데 다른 누군가가 노라와 이야기하러 왔고, 서로를 소개하며 대화는 다른 데로 흘러갔다.

집으로 걸어가면서 데이나가 메이에게 손깍지를 꼈다.

“도움이 됐어?”

“그런 것 같아. 누군가 뭔가를 하고 있다니 기뻐. 절차적으로 어려워 보이긴 하지만.”

평소 분주할 때보다 훨씬 덜 안전하게 느껴지는 빈 거리를 걸어 집으로 왔다.

다음 날, 메이는 침실 창문 아래서 들리는 웃음소리에 잠을 깼다. 내려다보니 일곱 소녀가 계단에 있었다. 릴리가 친구 중 하나를 뒤에서 밀치고 있었는데, 어느 발이 앞서는지 보려는 것이기를 바랐다.

“어디 가?” 데이나가 침대에서 물었다. “아무것도 안 열었어.”

“수업을 해야 해. 일어나면 내려와서 도와줘.”

메이는 보드와 헬멧 들을 챙겨서 아래층으로 향했다. 소녀 일곱명에 네개의 보드, 세개의 헬멧. 개선이 필요했다.

전날 배운 걸 복습했고, 전날 왔던 소녀들이 새로 온 아이들에게 서는 법과 균형 잡는 법을 가르쳤다.

“이걸 왜 하시는 거예요?” 새로 온 소녀가 물었다.

“뭐라도 해야 하니까.” 메이가 말했다. 나름 괜찮은 답이었다. 그러고는 미안해졌다. 이 소녀들에게 필요한 건 냉소주의가 아니었으니까. “나는 스케이트보드를 사랑하고, 아무튼 가만히 앉아서 아무것도 안 하는 게 가장 안전한 거라고 모두가 설득당한 게 싫고, 사람들이 지루해하는 걸 보는 게 정말 싫어서야."

"우리 엄마가 지루해하는 사람은 지루한 사람이랬어요."

"난 아닌 것 같은데. 지루하다면 뭐라도 배울 기회를 찾아보라고 하겠어. 배울 건 항상 있거든."

데이나가 건물에서 나왔다. 맨 위 계단에 서서 상황을 살펴봤다.

"얘들아, 운이 좋네." 메이가 말했다. "시연할 시간이야. 키미, 헬멧과 보드를 데이나에게 주렴."

데이나가 손을 내밀었고, 소녀가 위로 가져다줬다.

"계단 아래로 타고 내려가려는 거예요?" 릴리가 속삭였다. "그건 고급 기술이잖아요."

메이가 웃으며 뒤로 물러났다. 자신도 늘 나쁘지 않은 수준이었지만 데이나는 어떤 공간에서든 보자마자 어떻게 타야 할지 아는 그런 스케이터였다. 데이나가 계단을 굴러 내려온 다음 몇가지 기본 기술을 보여줬다. 인상적으로 보이지만 초보자를 너무 기죽이지는 않을 만한 것들. 옆 건물 계단에는 난간이 있어서 약간 뽐낼 기회가 있었다.

"우리도 저런 걸 할 수 있게 될까요, 메이 선생님?"

"어쩌면. 나는 저 마지막 건 절대 못 했어."

데이나가 보드와 헬멧을 들고 돌아왔다. "할 일이 좀 있어. 금방 돌아올게!"

“다음에 저 난간 타는 거 배울 수 있어요?” 릴리가 발뒤꿈치를 차며 동작을 따라 했다.

“안 돼. 다음엔 넘어지는 법을 배울 거야.”

소녀들이 깔깔거렸다. 농담이라고 생각하는 게 분명했다.

“넘어져도 다치지 않게 착지하는 법을 보여줄게. 진지하게 하는 얘기야.” 메이는 손목과 머리의 흉터를 보여줄까 생각했지만 실제로 겁을 주고 싶지는 않았다.

정오쯤 데이나가 낡은 보드들과 덜 낡은 헬멧들을 가득 안고 돌아왔다. 소녀들 전부에게 나눠주기에 충분했다. 여전히 넘어지고 있었지만 — 알고 보니 넘어지는 걸 좋아하는 애들이었다 — 아이들은 새 보드와 헬멧을 찜하기 위해 달려들었다.

“애들한테 피자 시켜줄까?” 데이나가 속삭였다.

메이는 안타까워하며 고개를 저었다. 머릿속에선 돈 계산이 빙글빙글 돌아갔다.

다음 날은 모두에게 충분한 헬멧과 보드를 가지고 함께 빈 중학교 주차장까지 두 블록을 걸었다.

“이 블록을 벗어나는 걸 부모님이 반대하실 사람 있니?” 문득 이 소녀들이 어디에 가도 되고 어디에 가면 안 되는지 모른다는 생각이 들었던 것이다. 아이들이 자신의 문 앞에 찾아오는 것과 자신이 아이들을 어딘가로 데려가는 건 다른 문제였다. "누군가 물어보면 너희가 다 같이 산책하기로 했다고 해, 알았지? 우리가 너희를 납치하는 게 아닌 거다?"

"메이 선생님," 키미의 목소리에 비웃음이 넘쳤다. "우리 열네살이에요."

"열세살도 있고요." 릴리가 말했다. "그리고 학교 다닐 땐 매일 혼자 이 길을 걸어다닌다고요."

그 대화를 들은 데이나가 웃었다.

주차장은 재포장된 지 그리 오래지 않아 충분히 안전한 연습장으로 보였다. 두 세트의 보호대를 소녀들에게 나눠 줬는데, 두개는 팔꿈치를 보호하고 다른 두개는 손목을 보호하는 식이었다. 아이들 중 가장 대담한 스케이터인 릴리는 아무것도 착용하지 않았다. 한시간이 못 돼 레깅스가 찢어졌고 무릎도 마찬가지였지만 신경 쓰지 않는 것 같았다. 물티슈와 소독약, 반창고를 가져왔고, 현장 간호사인 데이나의 존재가 메이를 안심시켰다. 예상치 못한 차의 끼익 소리나 머리가 포장도로에 부딪히는 둔탁한 소리를 계속 상상하게 되긴 했지만 말이다.

"긴장 풀어." 데이나가 속삭였다. "다들 괜찮을 거야."

긴장을 풀려고 애썼다. 세상이 끝나간대도 적어도 그들은 이 세상에 몇명의 여자 스케이터를 더 길러낸 셈이다. 적어도 모두가 즐거워했다.

자정 무렵 하늘이 열리더니 아침까지 비가 계속 내렸다. 데이나는 다시 일하러 가야 했고, 도서관이 열었는지 확인한 후 메이는 다시 이불 속으로 파고들어 늦잠을 잘 셈이었다. 쾅쾅 문을 두드리는 소리가 나기 전까지는 말이다.

“지각이에요.” 키미가 말했다.

메이가 하품했다. “내가 어디 사는지 어떻게 알았어?”

“몰랐어요. 문을 다 두드려봤어요. 이 건물에 성격 나쁜 사람들이 좀 있네요.”

“비 오는 날은 스케이트보드 못 타.”

“진짜 **뭐라도** 해야 해요.” 키미가 마치 메이 책임이라는 듯이 말했다.

웃긴 건 정말로 자기 책임인 듯이 느꼈다는 것이다. 로비로 내려갔다. 자신의 책들이 여전히 한구석에 있었다. 아니, 자신의 것들은 사라졌지만 다른 책들이 대신하고 있었다. 좋아.

이제 열명의 소녀가 모였고, 문고본을 넘기고 있는 한명 빼고는 모두 메이를 바라보고 있었다. 왜 계속 늘어나지? 자신이 할 일을 제공하지 않았다면 이애들은 뭘 하고 있었을까? 도서관이 문을 열면 좋겠다고 생각했다. 미술 프로젝트? 재료가 없었다.

“너희 중에 지금 부모님이 걱정되는 사람 있어? 온갖 청구서 때문에 얼마나 걱정하시는지 뭐 그런 거?”

몇명이 손을 들었다.

“그럼 학교에 다시 가고 싶은 사람은?”

다른 손들.

“지금 왜 직장이랑 학교가 문을 닫았는지는 알아?”

“위험해서요?”

“음, 위험하다고 하는데 우리는 몰라. 무서워할 뭔가가 있는지, 아니면 누군가 우리를 공포에 떨게 하고 싶어하는지 모르겠어. 너희 무서워?”

고개들이 여러 방향으로 움직였다. 무서워하는 아이들도 있고 아닌 아이들도 있었다.

다른 걸 시도했다. “그럼 우리는 어떤 질문들을 해야 할까?”

“지금 아무것도 배우지 않고 있는데 기말고사는 어떻게 봐요?”

“지금 학교를 빠지면 여름까지 계속 다녀야 하나요?”

서로의 말이 꼬리를 물었다. “정말로 누군가 우리 학교를 위협하고 있나요? 어떻게 모든 학교를 한꺼번에 위협할 수 있어요?”

“이미 쇼핑몰이나 상점이나 학교 같은 데서 총 맞을 위험은 늘 있었어요. 이건 뭐가 다르죠?”

“누가 결정을 내리는 거예요?”

"엄마가 일을 안 하면 돈을 못 받아요. 하지만 이건 엄마 잘못이 아니잖아요. 관리 회사가 그걸 고려해야 하는 거 아니에요?"

"그리고 우리는 먹고살아야 한다고요! 음식값은 어떻게 내죠?"

메이는 이 아이들이 안쓰러웠다. 어른으로서도 생각하기 벅찬 일인데 하물며 열네살에게야. "좋아, 그럼 다음 질문. 우리가 뭘 할 수 있을까?"

모두 그녀를 바라보며 기다렸다. "뭘 해결하고 싶은지에 따라 다르겠지, 그치?"

3층의 스노 씨가 떨리는 손으로 편의점에서 산 우유 한 병이 든 종이봉투를 들고 로비를 천천히 지나가는 동안 대화가 잠깐 멈췄다.

그가 위층으로 올라간 후 파티마가 말했다. "전부 다요. 다 중요해요."

조니가 고개를 저었다. "임대 사무소요. 확실해요. 우리 엄마가 그 사람들이 연체료를 엄청 비싸게 매긴대요. 이미 임대료를 감당할 수 없으면 연체료도 감당할 수 없다고요. 면제해줄 수도 있지만 안 해주겠죠. 쫓겨나면 다른 모든 게 다 더 어려워져요."

그애 말이 맞았다. 메이는 집을 잃으면 모든 게 얼마나 어려워지는지 충분히 많은 노숙인 도서관 이용자들을 통해 알고 있었다. "좋아, 그럼. 어디 보자. 그 사무소는 여기서 고작 몇 블록 떨어진 곳에 있어." 같은 회사가 이 블록의 세 건물을 모두 관리했고, 메이는 이 아이들 대부분이 이 세 건물이나 모퉁이 연립주택들에서 왔을 거라고 짐작했다.

"뭘 할 건데요?"

메이는 정말 몰랐다. "정중하게 부탁하는 거, 아마도."

비는 여전히 쉬지 않고 내렸고, 물방울무늬 우산에 장화를 신은 소녀 한명 말고는 메이를 포함해 모두가 그 비를 견디기엔 부족한 옷차림이었다. 걸어가면서 다들 흠뻑 젖었다.

스타사인 매니지먼트는 또다른 아파트 건물의 1층 상가에 사무소를 두고 있었다. 이 건물은 몇 블록 떨어진 건물들보다 더 크고 현대적이었다. 도로에서 어느 정도 떨어져 있었고 건물 입구 광장은 잘 관리되어 있었다. 날씨가 좋으면 스케이트보드 타기에 괜찮은 곳이겠다.

사무소 자체에는 차양이 있었는데 그게 작은 친절처럼 느껴져 메이는 고마울 지경이었고, 목제 현관문에는 합판으로 된 간판 두개가 붙어 있었다. 각기 '분실 열쇠 수수료 50달러' '예약제'라고 쓰였고 아래에 전화번호가 적혀 있었다. '예약제' 부분은 기억나지 않았다. 지난달 임대료를 내러 왔을 때도 이 간판이 있었나? 사정을 호소하러 들른

게 그들이 처음이 아닐지도 모른다.

"누가 영광의 주인공이 될래?" 메이가 가리키며 물었다.

키미가 휴대폰을 꺼내 번호를 입력했다. "안녕하세요, 키미 포터라고 하는데요, 아파트에 대해 이야기하고 싶어서요. 네. 몇분 후에 갈 수 있어요. 10시면 좋겠어요. 감사합니다."

끊고 나자 다른 아이들이 키득대며 각자 최고의 전화 목소리로 키미를 따라 했다. 메이는 빗소리 때문에 접수원이 통화 내용을 들을 수 있었을지 궁금했다. 기억하기로 접수대는 문 안쪽 1미터도 안 되는 곳에 있었다.

10시에 초인종을 눌렀다. 접수원이 문을 열어줬다. 흠뻑 젖은 십대들과 흠뻑 젖은 사서 한명의 무리를 보자 놀라움을 숨기지 않았다. "학생들에게는 임대하지 않아요." 그녀가 말했다.

"임대하려는 게 아니에요. 이미 세입자들이에요." 메이가 말했다.

"예약했어요." 릴리가 심한 영국 억양으로 말하며 가장 가까운 의자에 앉았다. 다른 아이들도 따라 들어왔고, 의자가 꽉 차자 바닥에 앉거나 벽에 기댔다.

"정중하게." 메이가 속삭였다.

키미가 몸을 앞으로 기울였다. "전 키미 포터고 얘는 제 동생 릴리예요. 152 건물에 살아요. 우리 엄마는 프레시 페어의 계산원이에요. 근데 지금은 가게가 문을 닫아서 계산원이 필요 없거든요. 그래서 이번 주 내내 근무를 못 했어요."

접수원이 미소를 지었다. "거기에 대해 내가 뭘 해줄 거라 기대하는지 모르겠네요. 반나절짜리 수리공 자리가 하나 있어요. 지원하고 싶으면 어머니가 직접 오셔야 해요."

"그게 문제가 아니에요. 일자리는 있는데, 급여가 줄어들면 임대료를 다 낼 수 없어요. 임대료를 다 내지 못하면 당신들이 수수료를 부과할 테고, 그러면 따라잡기 게임을 하게 되는 거예요. 엄마가 허리 수술을 받아서 급여를 못 받았을 때처럼요."

접수원이 메이 쪽으로 돌아서서 대답했다. "임대 계약서에……"

"키미하고 이야기해주세요. 당신과 이야기하고 있는 건 키미예요." 메이는 자신이 말해야 할 순간이 있을 거라고 예상했었지만 이 아이들도 다 할 말이 있었다. 자신이 덧붙일 건 없었다.

"키미, 임대 계약서에는 구체적인 조건이 있어요. 부모님이 계약서에 서명했고요. 내가 도와줄 수가……"

"할 수 있어요." 조니가 말했다. "그 조건들을 집행할지를 선택할 수 있죠. 이 모든 일이 진행되는 동안 유예 기간을 주거나 집행하지 않기를 선택할 수도 있고요."

접수원이 얼굴을 찌푸렸다. "내게 그런 권한은 없어요. 매니저에게 이야기할 수는 있지만 그분은 예외가 생기는 걸 정말 싫어하세요. 포터 양, 당신의 우려 사항은 전달해드릴게요."

"우리 모두의 우려 사항도요?" 파티마가 물었다. "그 가족만의 일이 아니에요. 모두가 힘들어하고 있어요."

"모든 분의 것을요. 이만 실례할게요, 다른 약속이 기다리고 있어서." 사무소에는 아무도 없었다.

릴리가 무슨 말을 하려 했고 다른 사람이 말하기 전에 메이가 끼어들었다. "만나주셔서 감사하고, 고려해주셔서 감사해요. 후속 조치와 관련해 연락드릴 매니저가 계실까요?"

여자가 서랍을 열고 명함을 뒤져서 메이에게 건넸다. "저도 하나 받을 수 있을까요?" 키미가 물었다. "저도 매니저와 후속 조치에 관해 얘기하고 싶어요."

여전히 비가 내리고 있었지만 아까보다는 세차지 않았다. 소녀들은 문밖에 나오자마자 폭발했다. "그 여자 진짜 하나도 안 듣더라!"

"아예 관심이 없는 거지!"

"안 들어줄 거였으면 이걸 뭐 하러 한 거야?"

메이는 긍정적인 면을 찾으려 했다. "이제 매니저 번호가 있고, 이제 그들의 끔찍한 '예외 없음' 정책을 알았으니

상대할 게 뭔지 알잖아.”

“그게 무슨 소용이죠?”

“편지를 쓸 수 있어, 그치? 매니저에게, 언론에, 교육청에, 또⋯⋯” 메이는 시민교육 수업의 기억을 떠올리기 위해 뇌를 쥐어짰다. “시의회 의원들과 주정부 의원들에게.”

“편지? 그게 다예요?”

“편지를 쓴다는 게 무슨 말이에요?”

“그게 어떻게 도움이 돼요?”

“편지라니⋯⋯”

“뭔가 진짜를 하면 안 돼요?”

“편지는 진짜야.”

아파트 건물에 거의 다 왔다. 소녀들은 각자의 집으로 흩어질 수 있었지만 모두 메이를 따라 로비로 들어왔다. 빌린 스케이트보드 중 하나가 우편함 근처 구석에 기대져 있었다.

“편지는 진짜지만 충분하지 않아요, 메이 선생님. 뭔가 다른 할 수 있는 건 없어요?”

릴리가 보드를 떨어뜨리고 올라탔다.

“시위.” 메이가 말했다. “바퀴를 탄 시위.”

“그게 더 좋은데요.” 키미가 말했다.

“제대로 해야 해, 상황을 더 나쁘게 만들지 않도록. 허가증. 편지. 그래서 사람들이 왜 하는지 알 수 있도록. 안 그러면 그냥 애들이 모여서 스케이트보드 타는 거고, 너희가 골칫거리가 될 수 있어.”

“릴리는 어차피 항상 골칫거린데요.”

“나 안 그래! 그리고 아무튼 이건 그런 뜻이 아니라고.”

“무슨 뜻인데?”

“몰라, 하지만 메이 선생님이 알려주겠지.”

메이는 여전히 자신이 어쩌다 이런 위치에 있게 됐는지 알 수 없었다.

시위 허가를 받는 법을 찾아봤지만 시에서 아무것도 발급하지 않는다는 걸 알게 됐다. 합법적이든 아니든 시위는 안 된다. 그날 밤 회의에서 나왔던 말을 잊고 있었다.

“편지.” 아무것도 안 하는 것보다 아주 조금 나을 뿐이라는 점을 모른척하며 메이가 다시 말했다. 그 편지가 시스템을 통해 느릿느릿 작용하는 동안 그들이 할 수 있는 실제적이고 유용한 일을 생각해내야 했다. 그 회의에서 뭐라고 했더라? 해결책은 지역적일 것이랬지.

급여일인 금요일이 왔다 갔다. 그 기간의 첫 사흘만 일해서 초라한 급여였다. 도서관이 여전히 닫혀 있어서 메이는 모든 에너지를 성장하는 소녀 갱단에 쏟아부었다. 그들은 아침에는 편지와 이메일을 쓰고 오후에는 스케이트보드를 탔다.

소녀들 중 몇몇은 조심스러웠다. 릴리는 전혀 두려운 게 없었다. 조니는 더 신중했고, 메이는 그애가 집에서 연습하고 있다는 걸 알 수 있었다. 이제 소녀들은 모두 열두명이었다. 어쩌다 이렇게 하루하루를 보내기로 결정한 열두명의 소녀.

"뭘 하는 거야?" 그날 밤 데이나가 물었다.

"모르겠어. 어쩌다 이렇게 된 건지 나도 모르겠는데, 좋은 아이들이고 그애들은 뭔가 할 게 필요해."

"너도 뭔가 필요하고……"

"그럴 수도. 그애들한테 뭔가 더 많이 해주고 싶어."

"이미 많이 하고 있어, 메이. 스케이트보드 타는 법이랑 시민참여 방법을 가르치고 있잖아."

"걔들이 집에서 쫓겨나면 둘 다 도움이 안 돼. 도울 방법이 있으면 좋겠어. 그러고 보니 우리를 도울 방법도. 지금 내가 아무 기여도 할 수 없다는 게 너무 싫어. 저녁으로 뭘 만들지조차 모르겠어. 다 떨어졌다고."

데이나가 일어나서 찬장을 뒤졌다. "와, 진짜 심각하게 먹을 게 없네. 최소한 25달러는 넘겨야 배달을 받는데."

메이가 그녀를 뚫어져라 봤다.

"왜?"

"우리가 할 수 있는 일을 알았어!"

"뭔데?"

"온라인 상품 배달비를 감당 못 해서 사람들이 편의점에서 물건을 사잖아, 그치?"

"그렇지."

"그럼 이 블록의 모든 사람을 찾아다니면서 주문을 받으면 어떨까? 다 합쳐서 큰 주문 하나로 만든 다음 배달하는 거야."

"일일이 문을 두드리며 돌아다니고 싶어?"

"아니. 하지만 소녀들이 할 거야. 배달도 할 수 있고. 식료품 정가에 팁을 붙여도 편의점이나 배달비보다는 여전히 쌀 거야."

"하," 데이나가 말했다. "그게 다가 아니야, 알지."

"무슨 소리야?"

"지금 네가 시위 조직자들의 문제까지 해결해준 것 같거든……"

메이가 잠깐 생각했다. "아, 정보 전달!"

"스케이트보드 탄 소녀 몇명, 어쩌면 자전거 탄 몇명이 메신저 역할을 하면서 정보를 전달하는 거야. 경찰에 걸려도 빈둥거리는 십대들로 보이겠지. 근데 그애들이 이용당한다고 생각하진 않을까?"

"장난해? 쓸모 있는 일을 하고 싶어 죽겠다고 난리인 애들이야."

일단 말이 나오고 나니 모든 게 바뀐 이후 처음으로 다음 날 아침이 기다려졌다. 아이들은 예상했던 것보다 훨씬 더 메이의 아이디어를 좋아해줬다.

"조랑말 익스프레스가 되는 거야." 타고 싶어 안달하던 메이의 오래된 보드를 들고 릴리가 말했다.

조니가 더 많은 걸 손꼽았다. "그리고 인간 문자 메시지. 그리고 채팅 시스템. 그리고 뉴스 사이트. 옛날 영화 속 아이들처럼 뉴스 헤드라인을 외칠 수도 있어."

"뉴스를 만들 수도 있겠다." 키미가 말했다. "임대 사무소와 TV 뉴스 방송국 앞에서 '스타사인 매니지먼트가 우리 가족을 쫓아내려고 한다'는 선전판을 들고 스케이트 보드를 타면 어떨까. 경찰을 부르면 우리는 튈 수 있지만, 아마도 그들은 그렇게 알려지는 걸 좋아하지 않을 테니까……"

아이들이란, 메이는 생각했다. 도서관이 언제 문을 열지, 정말로 쫓겨나는 것과 연체료를 막을 수 있을지는 모르지만 관리할 작은 무료 도서관이, 출시할 식료품 인간 배송 앱이, 계획할 시위가 있었고, 배치 준비가 된 초고속 정보 전달 스케이터 소녀 갱단이 있었다. 할 일이 너무 많았다.

센추리를 그 자리에 남겨두고

연못은 바닥이 없어 보일 뿐이다.

경련이 이는 발가락과 손가락으로 버틸 곳을 찾으며 이끼가 끼어 미끄러운 폭포 옆 돌들을 기어오를 때, 어깨 너머로 슬쩍 뒤를 보면 연못은 화창한 여름날에도 달빛 없는 하늘처럼 검다. 연못은 빛을 흡수한다. 나는 좁은 바위를 최대한 세게, 항상 발부터 뒤로 밀어내며, 바위에 부딪히지 않기를, 물 가운데 지점을 너무 넘지 않기를, 다시 올라올 때 수영복을 잃어버리지 않기를 바란다. 오티스와 캣도 같이 왔으니 그렇게 되면 안 좋은 쪽으로 전설이 될 테니까.

물속에 있을 때면, 떨어져내려 가라앉으면서, 한 손으로 처진 허리밴드를 허리라고 할 만한 곳으로 다시 끌어올리면서, 애초에 왜 캣이 이 수영복을 사라고 했을 때 설득당했는지 의아해하면서, 나는 가능한 한 깊이 나를 떨어뜨린다. 발가락을 진흙에 담그면 거기 진흙이 있고, 긴 손가락으로 종아리를 감싸는 질긴 수초 같은 것이 있고, 진흙과 수초는 바닥이 있다는 뜻이다. 눈을 뜨면, 모래를 무시하면, 수초 사이에서 은빛으로 빛나는 송어를 볼 수 있을지도 모른다. 아니면 물뱀을, 어둠 속의 검은 것을.

이건 점프하는 모든 사람에게 공통적이다. 그럴 거라고 생각한다. 수영복에 관한 부분은 아닐 수도 있지만. 그리고 다음 부분도 아닐 수 있다. 숨을 헐떡이며 올라왔는데 오티스가 내 위로 떨어지면서 즉시 다시 물 아래로 가라앉는 부분 말이다.

"나쁜 새끼!" 둘 다 수면으로 올라왔을 때 말한다. "한번에 한명씩! 그게 규칙이라고!"

"규칙은 아니야, 셰이," 캣이 물가에서 말한다. 캣은 가장 평평한 바위 위에 큰 수건을 펼치고 한가운데 앉아 앞뒤 표지가 둘 다 떨어진 문고본을 읽고 있다. "미신이지."

"말이야 쉽지, 겁쟁아." 오티스가 손으로 물 위를 훑어 캣 쪽으로 물보라를 튀기지만 그녀에게 닿기 전에 꺼진다. 캣은 꿈쩍도 하지 않는다. 마음속으로 메모한다. 쿨한 건 꿈쩍도 하지 않는 것이다. 쿨한 건 남자친구가 '겁쟁이'라고 불러도 점프하지 않겠다는 결심을 지키는 것이다. 나에게 쿨한 데가 조금이라도 있다면 그건 둘 중 누구보다 먼저 점프했다는 사실 덕분이다. 그들에게 어떤 인상을 남기기 위해서 한 건 아니었다. 또래 압력은 없었다.

어쨌든 캣의 말이 틀린 건 아니다. 미신이다. 마을의 모든 사람이 그 미신을 따른다. 따르지 않을 때만 빼고.

규칙

1. 한번에 한명씩. 그래야 모두가 연못이 배고픈지 알 수 있다.

2. 발가벗고 수영하지 말 것. 그래야 친구들이 끌려간 건지 그냥 익사한 건지 알 수 있다.(옷은 끌려가지 않는다.)

3. 누군가 당신에게 의지하고 있다면 점프하지 말 것.

4. "점프 한번 더"라고 말하는 건 운명을 시험하는 짓이다.

5. 점프하되 다이빙은 하지 말 것. 연못은 다이빙하는 사람을 선호한다.

6. 혼자 점프하지 말 것.

세번째는 변형이 있다. 어떤 사람들은 "사랑에 빠졌을 땐 점프하지 말 것"에 가깝다고 한다. 다른 사람들은 "진정으로 사랑하고 있다면 연못은 당신을 데려갈 수 없다"는 게 규칙이라는데, 그렇다면 오티스는 정말 로맨틱하게 굴고 있는 셈이다. 그가 주장하는 게 그거다. 그는 캣을 사랑하고, 캣도 그를 사랑한다. 어쨌든 그는 항상 점프를 하는데 딱 한번만 하고, 보통은 내 위로 떨어지지 않는다. 캣은 한번도 점프한 적이 없다. 오티스가 물 밖으로 나올 때면 그녀는 키스하기 전에 항상 그의 팔을 주먹으로 친다.

나는 둘 다를 사랑하고 있거나, 아니면 그냥 그들이 서로 함께 있을 때의 모습을 사랑하는지도 모른다. 팔을 주먹으로 치는 사람이 되고 싶거나, 팔을 주먹으로 맞는 사람이 되고 싶거나, 그 주먹 자체가 되고 싶거나, 그게 아니면 캣이 책을 들고 있을 때 그녀를 적시지 않을 줄 아는 물보라가 되고 싶다. 그것들이 규칙이 아니라 미신이라 믿고 싶다. 켄드라 부처와 그랜트 프라이어는 함께 점프해 흔적도 없이 사라졌지만 말이다. 그날 나도 거기 있었지만, 당시에는 아직 점프할 준비가 되어 있지 않았다.

규칙들의 문제는 그게 아무것도 바꾸지 않는다는 것이다. 연못은 어떤 규칙도 따르지 않는다. 그 규칙들은 그냥 사람들이 우리에게 승산이 있다고 느끼게 만들기 위해 지어내 전해 내려온 것이다. 무엇이 걸려 있는지를 상기시키기 위해. 그건 누군가의 부모에게 말할 때, 부모들이 물론 이건 우리 모두가 감수하는 위험이고 함께 점프하지는 말았어야 했다는 듯 고개를 끄덕일 때 기댈 수 있는 무엇이다.

사람들은 항상 규칙을 어긴다. 나의 형 닉은 혼자 점프하곤 했다. 삼년 전 형이 사라졌을 때, 형의 오래된 뷰익 센추리는 흙길 주차장 한쪽 구석에서 발견됐다. 여기까지 하이킹을 하러 자전거 대신 차로 오는 사람들이 주차하는 곳이었다.

"히치하이킹을 떠난 걸지도 몰라." 어머니는 말했다. "어쩌면 돌아올 수도 있지."

형은 전에도 어디로 가는지 말하지 않고 며칠 동안 떠나 있는 것 같은 짓을 한 적이 있었다. 하지만 차를 산 이후로 엄지를 들어 차를 세우려고 한 적은 없었고, 그 특정 지점에서 히치하이킹을 할 사람은 아무도 없을 것이다. 거기 있는 차들은 모두 우리 마을에서 왔거나 우리 마을로 돌아가는 차들이니까. 점프하지 않았다면 형의 차가 거기 있을 이유가 없었다.

우리는 센추리를 그대로 두었다. 형과 함께 사라지지 않은 여분의 차 열쇠는 집 현관문 근처 동전 그릇 속에 있다. 예전에는 위쪽에 있었지만 점차 자잘한 동전들에 묻혀 가라앉았다. 거기 있다는 걸 알지만 끄집어낼 이유는 없다. 그 차를 몰고 진작에 어디론가 가버릴 수도 있었겠지만 어디로 가져갈 수 있었을지는 잘 모르겠다. 그 이후로 덩굴이 차 위로 자라서 창문을 뚫고 들어갔다. 누군가 휠 캡을 훔쳤고, 타이어는 모두 바람이 빠진 채 썩어버렸다. 뒷좌석에는 너구리가 살고 있는 것 같다. 더이상 형의 것도, 누구의 것도 아니다. 그냥 다른 것으로 변하는 느린 과정에 휘말려버린 무엇.

연못이 사람을 데려갈 때 무슨 일이 일어나는지는 말할 수 없다. 우리 모두 본 것에 대해서만 말할 수 있다. 누군가 폭포를 기어올라 낭떠러지에서 몸을 밀어낸다. 우리 모두가 하듯 같은 방식으로. 같은 호弧를 그리고 같은 물보라를 일으키지만, 수면으로 떠오르지 않는다. 몸부림도 없고, 요동치는 물도 없고, 무슨 일이 일어났다는 신호도 없다. 수영복이 떠오를 것이다. 그래서 연못은 합성섬유를 좋아하지 않는다는 오래된 농담이 있다. 그리고 우리는 그 친구/형제자매/어머니를 다시는 보지 못한다. 내 눈으로 직접 그걸 두번 봤다. 켄드라와 그랜트, 둘 다 나와 같은 반이었다.

연못 바닥은 여러차례 준설되었는데, 한번은 우리 어머니가 요청해 우리 가족이 비용을 댄 것이었다. 사람들이 스쿠버 장비를 착용하고 들어갔다. 고무장화, 자전거, 소풍용 탁자를 찾았다. 형의 것은 아니었지만 집 열쇠와 휴대폰과 차 열쇠도. 시신이나 뼈, 형은 없었다.

여기서 자라고 이걸 연구하러 돌아오는 사람이 늘 있지만, 금방 연구할 게 없다는 걸 깨달을 뿐이다. 비디오카메라를 설치하고 영원히 기다릴 수도 있겠지만, 누군가 사라지는 걸 찍는다 해도 나중에 보여줄 게 없었다. 조작된 사진이 아니라는 증거도 없었다. 이전의 이후는 없었다.

아버지는 연구하러 돌아온 사람 중 하나는 아니지만 돌아온 몇 안 되는 사람 중 하나다. 아버지가 십대였을 땐 남자애들만 점프했다고 한다. 소녀들은 모두 캣이 그러듯이 평평한 바위에서 일광욕을 했다. 오티스도 같은 이야기를 들었다고 한다. 오티스 어머니의 처음이자 마지막 점프는 마흔번째 생일날이었다. 어머니와 친구 두명이 미리 만든 마르가리타를 아이스박스 가득 채워 축하하러 간 것이었다. 오티스가 3번 규칙의 '진정으로 사랑하고 있다면' 버전을, 책임감이 아닌 로맨스를 중심으로 한 버전을 더 좋아하는 건 그래서인 것 같다. 어머니가 돌아오기는 했지만 그럼에도 위험을 무릅썼다는 사실에 그는 많이 괴로워했다. 우리가 점프하기 시작한 이후로 오티스는 그 일에 대해 말한 적이 없다.

내 어머니는 여기 출신이 아니다. 이걸 전혀 이해하지 못한다. 마을에서 연못에 울타리를 세우게 만든 사람이 바로 어머니다. 그래서 이제 우리는 울타리를 넘어다녀야 한다. 형의 차를 집으로 가져와 내게 주는 대신 흙길 주차장에 그대로 두라고 고집한 사람도 어머니다. 어머니는 형의 침실 문을 닫고 형이 돌아올 경우를 대비해 건드리지 않은 채로 뒀다. 뷰익과 달리 침실은 대체로 온전히 유지됐다. 있는 그대로 만족하거나, 아니면 더 느린 변화의 과정을 겨고 있는지도 모른다.

　나는 가끔 몰래 들어가 형의 물건들을 뒤진다. 그때마다 한 구역을 골라서 탐색한다. 뭔가 발견하는 순간 애초에 형이 내게 그걸 찾게 하려던 거였다는 착각이 들도록 말이다. 형이 사라진 첫 가을, 영어 중간고사 직전에 모든 페이지에 유용한 메모가 적힌 형의 『십이야』 교재를 발견했다. 부모님은 답할 준비가 되지 않았고 나는 아직 어찌해볼 용기를 내지 못한 몇가지 질문들을 해결해준 『펜트하우스』 한권을 발견하기도 했다. 이년 전에는 상상 속 육식식물 그림으로 가득한 공책을 발견했다. 중간에 접힌 페이지가 있었고 거기 형의 또박또박한 손 글씨로 이렇게 적혀 있었다.

　우리가 점프하는 이유

　우리는 해야 하기 때문에 점프한다.
　할 수 있기 때문에 점프한다.
　감히 도전하기 때문에 점프한다.
　외롭기 때문에 점프한다.
　혼자가 되고 싶어서 점프한다.
　일단 올라가면 내려올 다른 좋은 방법이 없기 때문에 점프한다.
　그러지 않으면 중요한 일을 절대 하지 않을 것이기 때문에 점프한다.

잠깐이라도 날고 싶어서 점프한다.

점프 후에 모든 게 더 좋아지기 때문에 점프한다: 맥주, 호흡, 샌드위치, 섹스.

물이 맑고 깊기 때문에 점프한다.

인생에 설명할 수 없는 것들이 너무 적기 때문에 점프한다.

연못이 누군가를 데려갈 때 무슨 일이 일어나는지 알고 싶어서 점프한다.

그 누군가가 우리가 되는 걸 원치 않아서 점프한다. 아니, 어쩌면 원해서.

그러지 않으면 우리가 누구인지 절대 알 수 없을 것이기 때문에 점프한다.

다른 무엇이 될 수 있는지 알고 싶어서 점프한다.

그렇게 하지 않는 종류의 사람이 되고 싶지 않아서 점프한다.

우리 각자 자신이 아무도 꺾을 수 없는 세상의 중심이라는 걸 알기 때문에 점프한다.

우리는 되고 싶어서 점프한다

우리는 때문에 점프한다

마지막 두줄이 미완성인지 형이 의도한 대로인지는 분간할 수 없다. 형의 '우리'가 모든 사람을 대변하는 건지 아니면 형 자신만을 의미하는 건지도 모른다. '왜'라는 단어가 나를 흔들기 시작했던 바로 그때 이걸 찾도록 되어 있었던 거라고 나는 확신한다. 형의 여러 '때문에'들이 모두 언제나 진실일 수는 없지만, 나는 그것들이 분명하게 규정될 수 없다는 사실이 좋았다. 그것들은 답이 아니었다. 닻이었다.

이 메모를 찾고 일주일 후에, 나는 쫄아서 물러나지 못하도록 친구들을 끌고 가 첫 점프를 했다. 딱 한번만 점프하겠다고 약속했다. 중요한 일을 하고 싶다는 말은 하지 않았다. 점프 후에 모든 게 더 좋아지기를 바랐다. 맥주와 호흡과 샌드위치가. 섹스는 아직 모르겠지만 말이다.

그후에 모든 것이 더 좋아졌다고 말할 수는 없지만, 나는 첫번째 점프에서 공포와 안도가 같은 화합물의 두가지 형태라는 걸 배웠다. 얼음과 물처럼. 폭포를 기어오르면서, 몸을 밀쳐내면서, 놓으면서 근육과 뼈에 쌓인 공포가 숨을 쉬러 올라왔을 때는 모두 거품이 되어 흩어졌다.

"뭘 보고 웃는 거야?" 캣이 내게 소리쳤다.

나는 물 위에서 발을 차며 그냥 웃고 또 웃었다. 그다음 주에 다시 왔을 때 오티스가 처음으로 점프했다. 그후로 날씨가 조금이라도 좋으면 우리는 최소 주에 한번은 여기에 왔다. 누군가의 결정이 아니다. 그냥 우리가 하는 일이다. 이 작은 '우리'의 일부가 되어서, 그리고 또 형이 말했던 것 같은 더 큰 '우리', 점프해본 적이 있거나 점프를 고려해본 모든 사람이 이루는 '우리'의 일부가 되어서 행복하다.

나는 형의 목록에 몇가지 생각을 추가했는데, 이건 전적으로 내 개인적인 의견이다. 나는 이해하지 못하기 때문에 점프한다. 나는 불가능한 것이 동시에 진실이어서는 안 되기 때문에 점프한다. 렘링거 선생님이 질량 보존과 에너지 보존에 대해 가르쳐주었고, 형은 무無로 변할 수 있는 무언가가 아니기 때문에 나는 점프한다.

어떤 사람들은 누군가 끌려 들어가면 다른 곳에서 깨끗하고 벌거벗은 채로, 다른 삶을 살 준비가 된 채로 뱉어진다고 말한다. 어떤 사람들은 그들이 다른 곳에서 아기로 다시 태어난다고 생각한다. 내게는 둘 다 그렇게 매력적으로 느껴지지 않는다.

나는 끌려간 사람들이 죽거나 다시 태어난다고 생각하지 않는다. 변형된다고 생각하지만, 무엇으로 변하는지는 모른다. 무지개송어, 검은 뱀, 물 분자. 그게 죽는 것과 다른가? 이 아름다운 연못의 일부가 되고, 폭포를 받아들이고, 언제나 바위와 소나무와 자작나무와 하늘에 둘러싸여 있는 게? 빠른 변화다. 형의 방이 먼지로 변하거나 뷰익이 숲이 되는 것보다 빠른. 기회만 주어지면 사람은 사물보다 훨씬 빠르게 변할 수 있다.

“다 했어?” 오티스가 내게 소리친다. 캣 위에 서서 물을 똑똑 떨어뜨리고 있다. 캣이 짜증난 척하며 비켜난다.

“점프 한번 더.” 내가 말한다.

둘 다 나를 쳐다본다. 나는 가장 용감한 미소를 지어 보인다.

나는 몸을 반으로 접으며 “사랑해”라고 말한다. 둘 중 아무도 들을 수 없을 만큼 작게. 유리 같은 수면을 깬다. 나는 세상 반대편의 물고기나 뱀이나 아기가 아니다. 하늘은 믿을 수 없게 파랗고, 물은 믿을 수 없게 검다. 애초에 규칙 같은 건 없었다.

케어링 시즌스 탈출기

의사는 착한 청년이었고, 조라는 그 의사를 굉장히 싫어했다. 친구라도 되는 양 아냐의 침대 옆 보조 의자에 자리를 잡는 모습이 싫었다. 엘리너 그림이 잠든 척만 하고 있는데도 아냐의 침대와 참견쟁이 엘리너 그림의 침대 사이에 사생활 보호 커튼을 치지 않는 것도 싫었다. 정작 환자 당사자인 아냐가 아니라 의자에 앉아 있는 조라를 향해 모든 얘기를 하는 것도 싫었다.

"지금 아냐가 말을 못 한다고 해서 못 알아듣는 건 아니에요." 조라가 말했다. "아냐는 다 잘 듣고 있다고요."

"……어디까지 얘기했죠?" 의사는 자세를 고쳐 잡았지만 사과는 하지 않았다.

"아직 아냐를 퇴원시킬 때가 아니라고 하셨죠."

의사가 고개를 끄덕였다. "맞아요."

"바이털 사인도 다 안정적이고, 언어 치료 빼고는 재활 목표도 다 달성하고 있어요. 이상하잖아요."

의사가 웃음을 지었고, 거만해 보이는 인상이 한층 강해 졌다. 웃을 상황이 아니었다. "이상하다고 생각하신다면 죄송합니다. 알고리즘은 아주 정확합니다. 부인이 병원을 나가기엔 위험하다고 나오면 저도 어쩔 수 없어요."

아냐가 화난 듯 끙 소리를 냈고, 조라는 그녀의 손을 꽉 잡았다. "하지만 의사잖아요. 동의하지 않으면 알고리즘 을 무시할 수 있는 거 아닌가요? 병원 침대랑 재택 간병인 만 있으면 돼요. 이 커뮤니티 목적이 사람들을 집에서 지 낼 수 있게 해주는 거잖아요."

"의료위원회 앞에서 제 판단을 변호할 각오가 돼 있다 면야 그럴 수 있죠. 하지만 제가 DOC 판정을 무시하고 퇴 원시킨 다음 부인한테 또 뇌졸중이 오면요? 그런 위험은 책임 못 져요."

조라 손목의 칩이 혈압 경고로 진동했다. 마음을 가라 앉히고 심호흡을 하라는 신호였지만 그녀는 칩을 탁 쳐버 렸다. 충분히 화낼 만한 상황이었고, '평정심 유지' 포인트 몇점쯤은 잃어도 상관없었다. "하지만 누군가 잘못 입력 해서 프로그램이 부정확한 데이터로 판단하는 거라면요? 집에서 치료받는 게 심리적으로 더 좋다는 점은요?"

"데이터를 한번 더 확인해서 이상한 게 없나 볼 수는 있지만, 대부분의 평가 도구들이 사용자의 실수 위험을 줄이려고 직접 보고합니다." 의사가 달래듯 손을 들었다. "DOC 프로그램으로 살린 생명들이 많아요. 모든 걸 고려합니다. 스타인 씨가 병원에서 한달 더 있어야 한다고 나오면……"

"일주일이라고 했잖아요."

"어느 쪽이든요. 보호소의 관찰을 받는 게 부인에게 더 낫겠다고 알고리즘이 판단하면, 그 말에 주의를 기울이라고 조언하고 싶네요."

"당신 뜻을 거슬러서 아냐가 집에 갈 수 있나요?"

"물론이죠. 하지만 병원 침대도 재택 간병인도 못 받고, 당신이 돌보는 동안 생기는 합병증은 다 당신 부담이에요. 그러지 마시길 강력히 권해요." 처음으로 진지하게 들렸다.

아냐의 뺨으로 눈물이 흘렀다. 그녀가 멀쩡한 손등으로 닦아냈다.

"이 상황이 속상하다니 미안하게 생각합니다." 의사가 사과 아닌 사과를 했다.

"아냐는 슬픈 게 아니에요," 조라가 말했다. "화가 난 거죠. 우리가 이 커뮤니티로 이사 온 건 최대한 오래 함께 있기 위해서라고요. 의료진은 몇분 내로 도착할 수 있어요. 집에서라면 더 빨리 회복할 텐데 병원에 붙잡아두는 건 옳지 않아요. 참, 그 집이 바로 저 창밖으로 보일 정도라니까요."

의사는 명령 체계상 유일한 인간이었지만 듣도록 설정되어 있지 않았다. 조라가 아무 말도 하지 않았다는 듯이 똑같은 얘기만을 반복했다. 조라는 그가 잘못을 깨닫고, 괴로워하고, 자신들을 위해 시스템과 싸울 각오를 다지기를 바랐지만 그는 전혀 영향받지 않았다.

"미안해, 자기야." 의사가 나간 후 조라가 말했다.

아냐가 무릎 위 태블릿을 들어 힘겹게 글자를 찍었다. 여.기.서. 나.가.게. 해.줘. 강조하듯 각 단어를 톡톡 쳤고, 창백한 얼굴이 붉어졌다. 화를 내니 몇주 만에 가장 건강해 보였다.

"그럴게, 자기야."

간호사실은 비어 있었지만 조라가 지나치는 문마다 모두 이름과 차트가 붙어 있었다. 어밀리아 세처, 월프 링골드, 보니 솔라. 친구들과 이웃들이었다. 모두 꼭 필요해서 여기 있는 걸까, 아니면 알고리즘이 머물러야 한다고 결정했기 때문일까? 다음에 올 때는 설문이라도 해봐야 하나 생각했다. 지금은 분명한 임무가 있었다. "여.기.서. 나.가.게. 해.줘."

병원의 고충 처리 사무실 문을 두드려봤지만 아무도 없었다. 병원 행정 시스템은 모두 원격으로 운영되어서 메시지를 남기는 것밖엔 할 수 없었다.

병원 층에서는 아무도 들어주지 않아서 새로 온 복합시설 관리자를 찾아갔다. 시설이 해외로 매각되기 전에 조라는 관리자들을 모두 알고 있었다. 이제는 사무실을 돌아다녀도 문패 이름들이 낯설어 어색했다. 새 활동 코디네이터, 새 시설 담당자, 새 사서.

업무 사무실은 모두 1층에 있었는데, 새 접수원이 관리자인 일린 부인을 만나려면 다시 8층으로 올라가라고 해서 놀랐다. 새디 응이 엘리베이터에 같이 탔다.

"운동량 채워야죠." 새디가 10층 체육관 버튼을 눌렀다. "이틀만 더 연속으로 운동하면 '강철 전사' 배지를 받아요. 수영복 살 포인트를 모으고 있거든요."

"그런 배지는 처음 들어봐요."

"지난달에 새로 생겼어요. 아냐가 병원에 있었죠? 그래서 놓쳤나봐요."

조라가 고개를 끄덕였다. "응원할게요."

두 사람 폰이 동시에 울렸지만 둘 다 보지 않았다. '소셜 버터플라이' 포인트는 쉽게 얻을 수 있었다.

조라가 다가가자 805호실 문이 열렸다. 안에는 아무도 없었다. 희미한 페인트 냄새. 큰 호두나무 책상, 가죽 의자 셋, 진청색 벽에 스크린, 또다른 벽은 통창이었다. 조라는 커뮤니티 정원 너머로 개울과 숲, 나무들 사이 숨겨진 담을 내려다봤다. 이런 방에서 일하는 관리자라면 이곳이 사람을 돌보기 위해 지어진 곳이라는 사실을 잊을 수도 있을 것 같았다.

"뭘 도와드릴까요, 스타인 씨?"

조라가 돌아보자 벽 스크린이 켜져 있었다. 일린 부인이 어디서 일하든, 여기는 아니었다. 화면에 나타난 얼굴이 엄청나게 컸다. 어쩌면 위압감을 주려는 의도일 수도 있겠지만, 조라는 쉽게 위축되지 않았다.

"병원과 재택 보조 생활을 통합하는 것의 핵심은 사람들을 집에 있게 하는 거예요." 조라가 말했다. "그리고 최대한 빨리 집으로 돌려보내는 거고요."

"그렇게 하려고 노력하고 있어요, 스타인 씨." 일린 부인의 거대한 얼굴이 그 짜증나는 의사처럼 웃음을 지어 보였다.

"아뇨, 그렇지 않아요. 아냐를 지금 당장 집에 데려갈 수 없다면 이 시스템에 문제가 있는 거예요. 아냐는 집에 있어도 괜찮을 거라고요."

"의사이신가요?"

"아뇨. 하지만 아냐는 어떤 관찰 장치도 달고 있지 않고, 뇌졸중 이후 한달이 지난 데다가, 우리는 병원에서 150미터 떨어진 곳에 살아요. 자기 침대에서 자고, 자기 창문으로 밖을 내다보고, 제가 해준 음식을 먹으면 더 잘 쉴 수 있다고요."

일린 부인의 표정은 변하지 않았다. "스타인 씨 당신은 그렇게 생각하시겠지만 알고리즘이 이유 없이 머물라고 하지는 않아요."

"그럴지도 모르죠. 하지만 왜 그런 결정을 내리는지 아무도 설명할 수 없다면 뭔가 잘못된 거예요."

조라의 손목이 또 혈압 경고로 진동했고, 다시 한번 그걸 짜증스럽게 탁 쳤다. 아냐 일에는 아무런 진전이 없었다. "이 방은 원래 사무실이 아니에요. 요가 스튜디오로 설계된 거였죠. 이 전망 역시 당신 게 아니고요."

일린 부인의 미소가 처음으로 흔들렸다. "왜 그런 말씀을 하시죠?"

"제가 예전에 케어링 시즌스Caring Seasons를 설계한 팀에 있었거든요. 브라이터 퓨처스Brighter Futures라고 불렸을 때요. 여기는 원래 개인용이 아니라 공동체용 전망이어야 해요. 어떻게 당신이 여길 사용하게 된 거죠?"

"당신네 개발 사업을 인수하면서 공간 용도를 변경했어요. 용도는 바뀌는 법이죠. 말씀 끝나셨나요?"

그런 셈이었다. 아무것도 계획대로 되지 않았다. 조라는 케어링 시즌스—의 원래 설계—에 매우 큰 기대를 가지고 있었기에 프로젝트 컨설팅 보수 일부는 입소 대기자

명단에 이름을 올리는 걸로 받았었다. 이사를 올 때까지도 여전히 옳은 결정이라고 느꼈다. 매각 이후 지난 한해 동안 비로소 일들이 엇나가기 시작했다. 처음엔 사소한 변화들이었다. 자동화 확대나 새로운 관료주의처럼 경종을 울릴 정도는 아닌 일들. 그러다 원격 관리자가 요가 스튜디오를 차지하게 된 것이다. 그러다 알고리즘이 아냐가 집으로 돌아가는 걸 막고 있는 것이다.

"어떻게 해야 할지 모르다니, 난 정말 이런 적이 거의 없었는데." 조라가 아냐에게 말했다.

"맞.아." 아냐가 썼다.

"우리가 틀려서 아무도 우리 말을 안 들어주는 건지, 늙어서 안 들어주는 건지 모르겠어."

"늙어서죠." 옆 침대에서 엘리너 그림이 말했다. "나도 며칠째 집에 보내달라고 하는데 또 넘어질까봐 무섭대요."

조라는 엘리너가 끼어드는 걸 싫어했지만 이번엔 동감했다. 아냐도 마찬가지였다.

"늙.어.서." 아냐가 썼다. "계.속. 시.도.해.봐."

다음으로 조라는 변호사이자 오랜 친구인 노먼 로이드에게 연락했지만 전화가 연결되지 않았다. 딸 조던에게도 마찬가지였다. 아직 외워서 알고 있는 보스턴의 피자집 번호로도 걸어봤는데 거긴 연결이 되자 바로 끊어버렸다.

"평소보다 스트레스 수치가 높아요." 부엌 조리대에 내장된 스피커로 가정형 AI가 말했다. "허브차를 우려드릴까요?"

"당연히 높지. 차 좋아." 조라가 말했다.

온수기가 꾸르륵거리며 컵에 물을 뱉었다. "축하드려요. '건강한 선택' 배지를 향한 포인트를 하나 더 획득하셨어요!"

"랜딩엄 부인, 이제 좀 사라져줘." 그들은 가정형 AI에 옛날 TV 캐릭터 이름을 붙였다. 유용하긴 했지만 아냐는 늘 다른 누군가와 같이 사는 것 같은 기분이 든다며 싫어했는데, 이제 조라도 그 이유를 이해할 수 있었다. 아냐의 목소리가 그리웠고 집에 왔으면 하고 바랐다. 다른 사람은 누구든 방해였다.

"랜딩엄 부인, 왜 내 전화가 연결이 안 되는 거지?"

"최근에 '피자 와우'와 통화를 마치셨네요."

"그전 통화들은?"

"그 주제에 대해서는 정보를 가지고 있지 않아요."

조라는 머그잔을 들고 밖으로 나갔다. 옆집의 닉 캐스트로가 베란다에서 손을 흔들었고, 조라는 같이 앉아 이야기를 나누러 걸어갔다.

"혹시 요새 전화가 잘 안 걸리지 않았나요?"

십년째 이웃이라 인사치레 없이 곧바로 질문해도 미안

하지 않았다.

"아니요, 왜요?"

"전화 좀 써도 될까요?"

그가 베란다에 대고 말했다. "지브스, 전화해줘."

조라가 노먼의 번호를 보여주었고 닉이 큰 소리로 번호를 말했다.

그의 AI가 대답했다. "죄송하지만 지금은 그 통화를 연결할 수 없습니다."

닉이 고개를 갸웃했다. "무슨 일이지?"

"이것도 해보세요." 그녀가 조던의 번호를 불러줬다.

마찬가지였다. 잠시 후 폰이 울려서 조던이 다시 걸었기를 기대하며 얼른 집었지만 '이웃 사랑' 포인트가 들어온 것뿐이었다.

"대체 무슨 일이에요?" 닉이 다시 물었다.

조라는 설명하려고 입을 열었다가 다시 닫았다. 전화가 외부 통화를 막고 있다고 생각한다고 말하면 편집증 환자처럼 보일 것이다. 더 나쁜 건 AI가 들을 것이라는 점이었다. 그녀를 망상증 환자로 판단하면 뭘 할지 누가 알겠는가.

"나중에 설명할게요." 조라가 일어나면서 말했다.

손목을 살짝 흔들자 현관문이 열렸다. 부엌 조리대에 앉아 조던에게 메시지를 썼지만, 보낸 후 전달이 됐는지 알 방법이 없다는 불안한 깨달음이 들었다. 조던은 포틀랜드에 살면서 일년에 두번 방문했지만 정기적으로 연락을 하지는 않았다. 그애가 엄마들한테서 연락이 없다는 걸 알아차리는 데 얼마나 걸릴까?

"랜딩엄 부인, 내가 전화를 못 걸게 막을 이유가 있어?"

"건강에 안 좋다면요."

젠장. 무슨 생각들을 하는 거야? 이건 계획에 없었다.

"랜딩엄 부인, 그 프로토콜을 무효화할 수 있는 방법이 있을까?"

"죄송하지만 저는 그 질문에 대한 답을 가지고 있지 않아요."

한때 조라는 개발 사업의 기술적 바탕이 되는 코드에 접근할 수 있었다. 코딩이 전공은 아니었지만 그들이 쓰는 언어가 낯설지 않았다. 하지만 이젠 아니었다. 그녀는 몇 번 시도해보다가 포기할 수밖에 없었다. 더이상 로그인이 되지 않았다.

"랜딩엄 부인, 경찰에 전화해줘." 조라가 말했다.

잠깐 침묵이 흐른 후 사람 목소리가 들렸다. "케어링 시즌스 응급 서비스입니다. 경찰 신고인가요, 의료 응급 상황인가요?"

"그냥 테스트예요. 랜딩엄 부인, 끊어줘."

편집증일 수도 있고, 여기저기 불평을 늘어놓는 걸 시스템이 원하지 않는 것일 수도 있었다. 어느 쪽이든 아나를 데려오겠다는 결심은 더욱 확고해졌다.

21:30

환자: 아냐 스타인

장소: 병원 #743

상태: NREM 수면 3단계

심박: 105bpm

환자: 조라 스타인

장소: 주택 #114 침실 1

상태: NREM 수면 1단계

심박: 128bpm

22:00

환자: 아냐 스타인

장소: 병원 #743

상태: NREM 수면 2단계

심박: 110bpm

환자: 조라 스타인

장소: 욕실

상태: 각성 / 좌위

심박: 130bpm

비고: 화장실 사용 감지, 요 건강 우수 배지 획득!

22:30

환자: 아냐 스타인

장소: 병원 #743

상태: REM 수면

심박: 110bpm

환자: 조라 스타인

장소: 주택 #114 침실 1

상태: NREM 수면 1단계

심박: 128bpm

23:00

환자: 아냐 스타인

장소: 병원 #743

상태: NREM 수면 2단계

심박: 111bpm

환자: 조라 스타인

장소: 주택 #114 침실 1

상태: NREM 수면 1단계

심박: 131bpm

경고 23:11

환자: 조라 스타인

장소: 욕실

상태: 각성 / 기립

심박: 140bpm

경고

경고 23:12

환자: 조라 스타인

장소: 욕실

상태: 각성 / 기립

심박: 149bpm

경고

경고 23:13

환자: 조라 스타인

장소: 욕실

상태: 각성 / 기립

심박: 157bpm

경고

경고 23:14

환자: 조라 스타인

장소: 욕실

상태: 각성 / 기립

심박: 170bpm

경고

경고 23:15

환자: 조라 스타인

장소: 욕실

상태: 오류

상태: 자세 인식 오류

심박: 오류

경고

조라는 손목의 스파이를 도려냈다. 피부를 절개하는 건
문제가 아니었다. 관절염 진통제가 날카로운 통증을 줄여
주었다. 칩을 긁어내는 것도 백로 문신을 할 때 아티스트
가 뼈를 지나갔던 그 지점보다 더 아프지는 않았다.

그래, 정말 어려운 건 최선을 다해 소독한 가장 날카로

운 과도로 자기 손목을 파면서도 손을 떨지 않는 것이었다. 사생활 보호를 위해 욕실에는 카메라가 없었지만 마이크와 칩은 어떤 눈 못지않게 염탐할 수 있었다.

조라는 시간이 몇분밖에 없다는 걸 알았다. 외상으로 혈압이 치솟으면 경보가 시작될 테고, 스파이를 휴지에 싸서 휴지통에 묻어 더이상 자신을 읽을 수 없게 한 후에도 계속 울릴 것이다. 문득 생각이 하나 스쳤다. 여태까지 모은 포인트와 배지 들은 어떻게 될까? 알 게 뭐냐. 의료진이 몇분 안에 도착할 것이다. 나가자. 바보 같은 질문은 나중에.

"스타인 씨, 의료 지원이 필요하신가요? 예 또는 아니오로 답해주세요."

"아니요, 괜찮아요." 침착한 목소리를 냈다.

화장실 거울은 가장 사람을 깔보는 가전이었다. 뭐, 아닐 수도 있지만, 올바른 양치질과 보습에 대해 상을 주는 걸 보면 자신을 어린애 취급하는 것 같아서 다른 것들보다 더 기분 나빴다. 거울 설정은 좀 선을 넘었다. 그녀가 설계했을 땐 없는 기능이었다.

"스타인 씨, 칩에서 이상 수치가 감지되고 있습니다. 의료진이 가고 있어요. 예상 도착 시간 23시 21분. 다쳤다면 움직이지 마세요."

스파이를 도려낸 것과 같은 칼로 방충망을 잘랐다. 보안 경고를 무시하고 자기 전에 창문을 열어두었다. 바깥은

22도, 집 안을 같은 온도로 맞춰두었으니 침입 위험을 한 번 인지한 후에는 더이상 경보가 울리지 않아야 했다. 그들은 **탈출**은 고려하지 않았다. 현관문으로 나가면 알아채겠지만, 관리자들은 아마 이 구역의 거주자들이 창문으로 나가기에는 모두 너무 허약하다고 생각할 것이었다.

그녀는 아직 신체 능력이 충분했다. 꿈의 은퇴 계획이 어쩌다 이렇게 매끄럽고 소름 끼치는 스텝퍼드 시니어 빌리지*가 됐는지 모르겠지만, 탈출할 때가 왔다. 자신을 해방시킨 후 아나를 구출할 방법을 찾아낼 것이다. 아나라면 이해하겠지.

칼이 하얀 타일 바닥과 창틀에 핏자국을 남겼다. 닦을 시간이 없었다. 방충망을 밀어내고, 손가방과 가지고 있는 모든 베개들을 밖으로 던졌다. 높은 찬장에 손을 뻗을 때 쓰는 발판을 이용하니 충분히 높이 올라갈 수 있었다. 튼튼한 뼈에 감사 기도를 속삭이고 기어 나갔다.

대단한 낙하는 아니었다. 창문 아래 덤불이 충격을 완화해줬고 베개들이 부상을 최소화했다. 피 흐르는 손목에 팔

* 아이라 러빈의 소설 *The Stepford Wives* (1972)는 모든 아내들이 완벽하게 아름답고 집안일에 헌신하며 남편에게 절대복종하는 어느 교외 마을의 이야기를 다룬다. 어딘가 기이함을 느낀 주인공은 이 마을 여성들이 모든 개성을 잃고 완벽하게 세뇌된 로봇으로 대체되고 있다는 진실을 파헤치지만 이곳을 탈출하는 데에는 실패한다.

의 긁힌 자국들이 더해졌지만 신경 쓸 정도는 아니었다. 빠져나오기 전에 손을 뻗어 창문을 닫았다. 운이 좋다면, 그들은 이쪽으로 나갔을 리는 없다고 생각할 것이다.

욕실 창문은 마을을 도는 산책로를 향해 나 있었고 그 너머는 벽이었다. 조라가 알기로 산책로를 따라 늘어선 가로등에는 카메라가 없었다. 있다 해도 어쩔 수 없었다. 가장 안전한 방법은 나무 경계선 안에 머무르는 것이었다.

조라는 가로등 불빛을 벗어나 나무들의 그늘로 숨어들어, 큰 떡갈나무들 가까이 붙어 걸으면서 뿌리에 발이 걸리지 않도록 조심했다. 도움을 요청할 수 있는 스파이에게서 완전히 벗어났으니 지금 다치면 안 됐다.

헤드라이트. 숨을 멈췄다. 벌써 자신을 찾고 있을 리 없는데도 손이 자동으로 손목으로 갔다. 의료진이 집에 도착하고 있었다. 노크를 해보다가 자물쇠를 부수고 들어갈 것이다.

그들이 수색을 시작하기 전에 움직여야 했다. 조라는 빠르지는 않았지만 느리지도 않았다. 여전히 하루에 6킬로미터 정도 걸었고, 소변 건강 관리와 올바른 식생활과 심장 건강 배지들이 증명하듯 나이에 비해 건강했다.

이 거리에서 보면 집들은 모두 평화로워 보였다. 레크리에이션 센터, 아파트, 병원, 상점, 수영장, 공동 텃밭으로 이루어진 중앙 복합시설, 그리고 그 주변으로 펼쳐진 열네개의 막다른 골목. 가장 쾌적한 감옥, 자신이 실수로 만들 어버린 감옥.

감옥으로 지어지지 않은 감옥, 강이 관통하는 감옥은 없 었으니까. 벽 아래를 지나게 되어 있는 강들.

조라는 옷을 벗어서 손가방에 넣어두는 접이식 장바구 니에 구겨넣었다. 손가방은 가볍게 챙겼다. 추적이 불가 능한 현금과 피 나는 손목에 할 응급처치 용품, 휴지, 단백 질 바. 뭘 던질 정도의 팔 힘이 남아 있지 않았지만 가방과 옷가지는 꼭대기에 걸리지 않고 얇은 벽을 넘어갔다. 신 발 두짝도 마찬가지였다. 방금까지 돌아갈 생각을 조금이 라도 했었다면, 이제는 끝까지 가기로 한 셈이었다. 떠돌 이들은 현관문을 나서는 순간 바로 호위 드론이 배정됐다. 떠돌이로, 특히 알몸으로 잡히는 건 정말 최악일 것이다. 그래, 이게 답이었다.

아냐는 물에 들어가기 전 늘 먼저 확인하는 사람이었다. 조라는 우선 뛰어드는 쪽을 믿었다. 곧장 뛰어드는 게 늘 예상보다는 나았다. 이번에는 뛰어들 만큼 충분히 깊은지 확신이 들지 않아 걸어 들어갔다. 물이 찼지만 따뜻한 개 울보다는 찬 개울이 나았다. 피 흘리는 손목에 위험할 수 있는 박테리아가 적으니까. 정신도 더 또렷해지니 좋은 일 이었다. 긴 밤이 될 것이었다.

발목까지, 무릎까지, 허벅지까지, 허리까지. 얼음장처럼 차갑지는 않았지만 봄밤에 소름이 돋을 만큼은 차가웠다. 마지막으로 알몸으로 수영한 게 언제였더라? 삼십년 전? 사십년 전? 너무 오래전이었다.

벽의 틈으로 지나가려면 수면 아래로 몸을 웅크려야 했다. 쇠창살을 설치할 생각은 왜 안 했을까? 그건 논의된 적이 없었다. 아무도 노인들과 그들의 마지막 개인 소장품들이 있는 구역에 들어가려고 이 정도의 노력을 하지는 않을 테니까.

벽 너머의 강둑은 더 가파르고 미끄러웠다. 아니면 필사적으로 기어오르는 중이라 그렇게 느껴졌을 수도 있다. 그녀는 뿌리를 붙잡고 마지막 몇십 센티미터를 몸을 끌어올려 볼품없는 모습으로 땅바닥에 쓰러졌다.

옷가방이 쏟아져 있었다. 블라우스는 카디건과 바지에서 멀리 떨어지지 않은 땅바닥에 놓여 있었다. 양말은 여전히 함께 묶인 채였고, 신발 두짝은 그 바로 옆에서 정형외과의 볼품없는 크리스마스 장식품처럼 덤불을 꾸미고 있었다. 브래지어는 가지 너무 높은 곳에 걸려서 흔들어 떨어뜨릴 수 없었다. 옷가지 하나를 잃어야 한다면 그게 최선이라고 생각했다. 바지나 신발 없이 걷는 것보다는 브래지어 없이 걷는 게 나았다.

진달래 밑에서 손가방을 찾은 다음 휴지를 꺼내 물기와

진흙을 닦았다. 겉옷이 젖었다고 죽지야 않겠지. 지금까지는 순조로웠다.

이 벽 바깥으로 나온 지 너무 오래됐다. 가끔 박물관이나 콘서트에 가는 소풍을 제외하면 말이다. 단체로 나간 경우는 인정할 수 없었다. 자신만의 일정으로 벽 바깥으로 나온 지가 너무 오래됐다. 혼자 밖으로 나가는 걸 그만둔 건 그저 필요한 모든 것이 커뮤니티 내에 있었기 때문이었다.

그리고 아냐에게는 완벽했다! 여전히 함께 살 수 있고, 아직은 침대도 같이 쓸 수 있고, 몇분 안에 도움을 받을 수 있다는 게 좋았다. 조라가 아냐에게 도움이 필요하다는 걸 깨닫기도 전에 생체 측정기가 의료진을 부른 일이 두번 있었다. 자신보다 아냐의 상황을 더 잘 알고 있는 낯선 사람들 때문에 잠에서 깨는 건 공포스러운 경험이었다.

보름달이 나뭇가지 사이로 비쳐들었다. 조라가 짐작하기에 현재 위치는 주도로에서 60미터쯤 떨어진 계곡 아래였다. 숲은 도로보다 훨씬 아래쪽으로 개울을 따라 나란히 800미터 정도 이어지다가 순환 산책로와 만났다. 그 지점에서 한쪽 길은 개울을 따라 계속 이어지고 다른 쪽은 구불구불하게 도로를 향해 올라갔다. 개울을 따라 1.6킬로미터를 더 가면, 도로 아래를 지나며 숲이 듬성해지는 곳에서 더 가파른 길로 올라갈 수 있었다. 그들이 그렇게 멀리까지 수색할 생각은 않기를 바랐다. 사람들은 늘 여자 노인을 과소평가했다. 어쩌면 이번 한번은 그게 유리하게 작용할 수도 있었다.

산책로에서는 1.6킬로미터를 걷는 데 평균적으로 십칠 분이 걸렸지만 숲에서는 더 천천히 가야 했다. 뿌리에 걸려 넘어져 다쳐도 아무도 찾으러 오지 않을 것이었다. 느린 탈출을 가능하게 해준 바로 그 과소평가가 죽음을 의미할 수도 있었다.

추적당할까봐 시계나 휴대폰을 갖고 오지 않아서 얼마나 걸었는지 알 수 없었다. 조라는 물에 반사되는 달빛을 길잡이 삼아 개울을 따라 걸었다.

개울과 도로가 만날 것으로 예상한 지점에 거의 다다랐을 때, 나무 위에서 뭔가 윙윙거렸다. 박쥐나 올빼미겠지. 또 윙윙거렸다. 붕붕 맴돌았다. 고개를 휙 돌리니 개울 위로 회전 날개가 반짝이는 것이 보였다. 참새만 한 크기의 드론이었다.

아직 자신을 발견하지 못했다고 생각했지만 확신할 수 없었다. 마을 드론인지도 확신할 수 없었다. 그 드론들의 관측 거리에 대해 아는 게 없었고 크기가 더 클 거라고 생각했다. 조라는 돌멩이를 찾으면서 어린 시절만큼 정확히 던질 수 있을까 생각했다. 옷가지는 벽을 넘겼지만, 그건 정확성보다는 궤도의 문제였다.

"자라 스타인 씨인가요?" 작디작은 스피커로 왜곡돼 목소리가 어리게 들렸다. 조라는 귀를 기울였다.

"아니요." 이름도 제대로 못 맞히는 걸 보니 마을에서 온 게 아닐 수도 있었다. 계속 걸었다.

드론이 따라왔다.

"확실한가요? 자라, 죄송합니다, 조라 스타인, 82세, 키 178센티미터, 몸무게 77킬로그램, 백발, 갈색 눈, 케어링 시즌스 오브 톨 파인스에서 밤 11시 15분에 마지막으로 목격. 그나저나 세상에서 가장 끔찍한 요양원 이름이네요. 엉성한 번역 같아요."

요양원은 아니었지만 엉성한 번역 같긴 했다. 그렇다고 말할 생각은 아니었지만. 이름이 바뀐 게 끔찍이도 싫었다.

"익숙해질 거야." 아냐는 말했었다. "이름이 중요한 건 아니잖아. 우리 집이라는 게 중요하지."

물론 아냐가 옳았다. 중요한 건 아늑한 집에서 함께 살고, 공용 텃밭에 자신들만의 구역이 있고, 카페에 단골 테이블이 있고, 친구들이 가까이 있다는 것이었다.

"그래서, 당신이 아니라는 건가요?" 드론의 목소리에 의심이 가득했다. 조라의 머리 바로 위에 떠 있었다.

"미안해요. 나 아니에요. 그런 분을 보면 찾고 있다고 전할게요. 좋은 밤 보내세요."

계속 걸으며 드론이 따라오지 않기를 바랐다. 따라왔다.

"아무래도 당신이 그 사람 같아요." 드론이 말했다. "이미 케어링 시즌스 오브 톨 파인스 반경 3.2킬로미터 이내 모든 도로를 수색했는데 오늘 밤 밖을 걸어다니는 사람은 당신뿐이에요. 키는 추정하기 어렵지만 나이는 맞는 것 같고요."

조라는 드론을 가늠해봤다. 회전 날개에 베이지 않고 잡을 수만 있다면 개울에 빠뜨려버릴 수 있을 것이다. 하지만 무장했다면? 혹은 조종자가 마지막 좌표를 알아서 어차피 신고한다면?

한숨이 나왔다. "만약 내가 그 사람이라고 하면, 그렇다는 말은 아니지만, 설명할 때까지 신고를 미뤄줄 수 있나요?"

드론이 더 가까이 내려왔다. 조라가 자연스럽게 손을 뻗어보았지만 닿지 않으려는 듯 위아래로 깐닥거렸다.

"그러죠, 뭐." 인상을 찌푸리는 게 목소리를 통해 들렸다. "당장의 신체적 위험에 처해 있지는 않다는 걸 확인해주시겠어요? 다쳤다면 신고하기 전에 당신과 얘기했다는 걸 기록에서 조작해야 해요. 납치당했거나 다쳤는데 신고하지 않으면 제가 곤란해져요."

"납치당하지 않았고 다치지도 않았어요. 즉각적인 위험은 없어요."

드론이 물러났다.

조라는 걷기를 멈췄다. 조종자가 즉시 신고하는 대신 자기 말을 들어주도록 하기 위해서였다. 개울 위로 크고 평평한 바위가 툭 튀어나와 있어서 앉았다. "케어링 시즌스에서 온 게 아니라면, 그들이 외주를 맡긴 건가요?"

"아니요. 저는 독립적으로 활동해요."

"독립적이라고요? 분명히 날 찾고 있었잖아요. 내 이름도 알고 있고."

"실종 취약자 신고가 들어왔어요."

"나는 '취약자'가 아니에요! 실종도 아니고요. 내가 나온 거예요."

"여기 보면 '집에서 멀어져 헤매고 있을 가능성 높음. 추적자에게는 위협이 되지 않음. 길을 잃고 혼란스러워하는 자로 대할 것'이라고 나와 있어요. 실례지만 이런 말을 해도 된다면, 길을 잃었거나 혼란스러워 보이지는 않네요."

"칭찬으로 받아들일게요." 조라는 반쯤 미소 지었다가, 자신이 참새 크기 헬리콥터에 사람한테 하듯 미소를 보이고 있다는 걸 깨달았다. 다시 덤덤한 표정을 지었다.

"그러세요. 제가 찾는 대부분의 '취약자'들은 혼잣말을 중얼거리거나, 울거나, 자고 있어요. 당신은 진흙투성이지만 목적지를 분명히 알고 있는 것처럼 보이는군요."

"알고 있어요. 그런데 당신이 가는 걸 방해하고 있죠. 그러니까 괜찮다면……"

"뭐가 괜찮다는 거죠? 신고는 해야 해요."

조라가 한숨을 쉬었다. "왜요? 실종이 아니라고 했잖아요. 나는 스스로를 책임질 수 있어요. 숲에서 산책하고 싶으면 하는 거지, 남들이 상관할 건 아니에요."

"저, 무슨 말인진 알겠지만, 지금이 제정신이 아닌 사람이 잠깐 멀쩡해진 그 순간이 아니라는 걸 제가 어떻게 알죠? 저는 이 전화를 해야 해요. 왜 아직 안 했는지 모르겠네요. 우리가 얘기하는 동안 분 단위로 포인트를 잃고 있어요."

"포인트요?" 조라가 달빛 아래서 드론을 자세히 살폈다. 헤드라이트를 사용하지 않는 걸 보니 적외선 카메라가 있을 것이다. 드론 설계에 대해서는 잘 모르지만 맞춤 제작 같아 보였다. 얼굴이 있으면 좋겠다고 생각했지만 그럼 더 기괴했을 것이다.

"답을 기다리고 있어요." 아무 대답이 없자 조라가 말했다. 개울에 조약돌을 던지고, 바위 주위를 더듬어 돌멩이를 더 찾았다.

"선생님 같은 말투네요. 선생님이었나요?"

"환경노인학을 강의했어요."

"그게 뭔지 전혀 모르겠는데요."

"노인들과 그들이, 그러니까 우리들이, 사는 장소를 연구하는 거예요. 아이러니하게도 말이죠."

"그게 직업이에요?"

조라가 인상을 찌푸리며 카디건을 벗었다. 집을 떠날 때보다 조금 더 서늘했지만 여전히 기분 좋은 날씨였다. "아직 내 질문에 답을 안 했어요. 나는 당신 질문에 답을 했고요. '포인트를 잃는다'는 게 무슨 뜻이죠?"

"슬루스잇 들어보셨어요?"

"미안하지만 아니요." 조라는 일어나서 스트레칭을 했다.

"앱이에요. 어디서든 할 수 있는데, 여기처럼 경찰관이 부족해서 순찰을 돌 인원이 모자라는 커뮤니티에서 가장 인기예요. 누구나 기본 레벨을 할 수 있어요. 드론은 필요 없고 폰이든 태블릿이든 뭐든 기기만 있으면 돼요. 실종자, 반려동물, 도난 차량을 찾으면 포인트를 받아요. 범죄자들도 찾을 수 있지만 접근하면 안 되고요, 알죠? 그리고 1만 포인트 이상을 모았을 때 십팔세 이상이라면 단순히 제보하는 걸 넘어서 사람을 따라다닐 수 있는 레벨로 올라갈 수 있어요. 드론이 있다면요."

목소리가 열정적으로 변했다. 말하면서 제스처를 하는 것처럼 드론이 위아래로 움직였다. "거기서 1만 포인트를 얻고, 범죄 기록이 없고, 부상을 알아볼 응급처치와 심폐소생술 자격증이 있으면 슬루스잇 프로 레벨로 올라갈 수 있어요. 그럼 전에 무료로 하던 모든 일에 대해 실제로 현상금을 받죠! 거기서 또 특정 점수에 도달하면 프로 플러스 레벨로 올라갈 수 있고요. 그러면 기본적으로 청부업자가 되는 거죠. 경쟁할 필요도……”

조라의 카디건이 드론을 맞추자 드론의 목소리, 아니, 조종자의 목소리가 끊겼다.

“미안해요.” 조라가 말했다. “나는 게임의 포인트가 아니랍니다.”

주워둔 돌멩이로 드론을 세번 후려쳤다. 손가락 아래서 회전 날개가 멈출 때까지. 그런 다음 통째로 물속에 담갔다가, 젖은 스웨터에 감겨 무거워진 드론을 바위 위에 남겨두었다.

그 물건에게는 조금 미안했다. 아니, 조종자에게. 직접 제작한 것 같아 보였다. 누군가의 정성스러운 작품을 파괴한 것이었다. 자신의 잘못은 아니다. 그들이 자신을 쫓아왔으니 이런 일의 위험은 그들 스스로 감수해야 했다.

조종자는 분명히 드론과의 연결이 끊긴 지점을 기준으로 현재 위치를 신고할 것이다. 최대한 빨리, 멀리 가야 했다. 경찰이 숲으로 들어온다면 어느 쪽에서 올까? 아마 훨씬 위쪽의 등산로 입구 주차장으로 차를 몰고 올 것이다. 이 지점에서 거기까지는 400미터 정도밖에 안 될 것이다. 구불구불한 길을 감안하면 조금 더 될 수도 있지만, 어디라도 자신이 제일 먼저 도착할 수는 없었다. 그리고 여기서 찾지 못하면 반대편 등산로를 따라와서 다리에 도착하기 전에 그녀를 발견할 것이었다.

숨어 있을 유일한 방법은 강을 건너 반대편의 더 가파르고 등산로도 없는 비탈을 오르는 것뿐이었다. 꼭대기에 뭐가 있는지 기억나지 않았지만 그쪽에 있는 도로나 주택가로 기어오른 다음, 그들이 여기 숲에서 자신을 찾는 동안 다른 곳에 숨으면 아마 좀 나을 것이다. 야외가 아닌 그런 곳 말이다.

용병 하나가 자신을 찾았다는 건 다른 이들도 찾을 수 있다는 말이었다. 드론으로 가득 찬 하늘을 상상했다. 모두 격자 모양을 이뤄 자신을 찾으면서 신고할 권리를 놓고 서로를 격추하는. 민간 드론이 총을 가질 수 있으리라고는 생각하지 않았지만, 사람들 찾아다니는 것도 허용되지 않는다고 생각했으니 더이상 누가 알겠는가. 사람들이 게임 포인트를 위해 서로를 신고하며 돌아다닌다는 생각도 소름 끼쳤지만 깊이 생각할 시간은 없었다. 계속 움직여야 해.

이쪽 개울은 바위투성이에 얕았다. 젖지 않도록 다시 양말, 신발, 바지를 벗었다. 작은 드론이 옆에서 붕붕 떠다니며 바지를 말아올리지 않고 왜 벗냐고, 사람들이 보고 있다는 걸 모르느냐고 묻는 걸 상상했다. 그 생각을 머리에서 떨쳐내고 이끼로 미끄러운 바위들 사이를 조심스럽게 건넜다.

상상일까, 아니면 방금 떠나온 쪽 비탈에서 빛이 위아래로 흔들리고 있는 걸까? 바지를 입고 신발을 다시 신었다.

발아래 땅은 낙엽으로 부드럽고 퇴비 냄새가 났다. 나무들은 오래된 것과 새로운 것이 섞여 있는 모양새였다. 새 나무들을 목표로, 가장 가파른 부분을 피해 각을 이루어 걸으며 가장 질긴 어린 나무들을 붙잡아 몸을 지탱했다. 여기서 넘어지면 아무도 찾지 못할 것이다.

아냐는 조라에게 무슨 일이 생겼다고 걱정할 테지만 누가 들어주기나 할까? 더 나쁜 건, 자신이 탈출하면서까지 알리려 한 문제들을 아무도 알아차리지 못할 것이라는 점이었다. 아냐는 병원에 영원히 갇힐 것이다. 그게 바로 느릿느릿 어떻게든 언덕을 올라가는 조라의 원동력이었다. 어디든 도달해야 했다. 상황을 바꿔야 했다.

능선에 가까워졌을 때 조라는 높은 나무 울타리들을 따라 돌다가 공원 녹지와 맞닿은 울타리 없는 마당을 발견했다. 다른 밤이었다면 멈춰 서서 풍경을 감상했을 것이다. 아냐가 함께 있었다면 이 집은 얼마나 하는지, 누가 사는지, 그들이 어떻게 방과 방 사이를 오가는지 추측해보았겠지. 이 야생의 마당은 숲과 자연스럽게 이어졌고, 기둥을 받친 덱이 그 공간 위로 길게 뻗어나와 있었다. 다른 밤이었다면 주민들이 밤하늘을 보는지, 숲을 보는지 궁금해했을 것이다. 오늘 밤은 그저 그들이 깊이 잠들어 있기를, 경계경보나 드론이나 개가 없기를 바랄 뿐이었다.

덱 아래의 흙은 모래투성이에 푸슬거렸고 잡을 나무도

없어서 마지막 몇 미터가 가장 힘들었다. 경보기가 있을까 봐 덱 지지대는 피했지만 집 옆에 있는 수도에서 물을 마실 뻔했다. 식수라는 보장만 있었다면 그랬을 수도 있지만, 오늘 밤은 이미 넘치게 위험을 감수했다. 위쪽 길에 다다라서는 이슬 젖은 잔디에 쓰러지고 싶은 충동을 억눌렀다. 계속 가야 해.

조라는 이 주택가가 있다는 걸 어렴풋이 기억했지만 어떤 지도와 어떻게 연결되는지는 전혀 감이 없었다. 계곡을 등진 집들을 오른쪽에 두고 계속 가면 큰길을 찾을 수 있기를 바랐다. 계속 걷는 수밖에 없었다.

"와!" 옆에서 목소리가 들렸다. "아직도 가고 있네요."

조라가 빙 둘러봤지만 아무도 보이지 않았다. 물도 못 마시고 잠도 못 자고 온 힘을 다 써서 환각이 시작되는 것 같았다.

"당신이 타이니를 죽였어요."

다시 둘러봤다. 이번엔 더 자세히. 드론이 이마 높이에, 손이 닿지 않는 거리에 떠 있었다. 먼저 것보다 크고 더 투박했다.

"남은 부분이 있나요, 제 드론에?"

"모르겠어요." 조라가 말했다. "그애를, 아니, 그걸 내 스웨터에 싸서 놔뒀어요."

"스웨터에 관해선 알고 있어요. 당신이 있었던 곳에 스웨터가 있어서 포인트를 조금이라도 받을 수 있었거든요. 하지만 단서 포인트지, 회수 포인트가 아니에요. 타이니를 다시 만들어야 한다면 그걸로는 충분치 않아요. 그리고, 그애를 어떻게 가져오죠?"

"내가 걱정할 문제는 아닌 것 같은데요."

"당신이 그앨 죽였잖아요."

"당신이 날 신고하려고 했으니까요. 실제로 신고했고요. 드론을 부숴서 미안하고, 다시 만들 수 있기를 바라요. 제발 이제 날 좀 내버려둬요." 드론에다 대고 다른 드론에 대해 사과를 하고 있다니, 터무니없는 상황이었다. 다시 걷기 시작했다.

"당신 지금 막다른 골목 쪽으로 가고 있어요."

조라가 눈을 가늘게 뜨고 앞쪽을 봤다. 막다른 골목은 생각하지 못했다. "왜 알려주는 거죠?"

"제가 신고했을 때 큰길에 있으면 더 빨리 찾을 거예요. 당신은 실종자지 범죄자가 아니잖아요. 왜 발견되기 싫어하는 거죠? 그 장소에서 다른 실종자들도 발견한 적이 있는데 그들은 헤매다 길을 잃은 거였어요. 당신이 타이니를 죽이기 전까지는 그들에게 따라잡히는 걸 그렇게까지 싫어하는 줄 몰랐어요."

"죽였다는 말 좀 그만했으면 좋겠네요. 그리고, 따라잡히는 걸 싫어하지 않는다면 애초에 왜 나왔겠어요?"

226

“그건 답이 안 돼요.”

이 사람한테 말해야 할까? 조라에게는 전화기도 없었고 손목은 자해를 했다는 표시로 구멍이 패어 있었다. 나무에 걸려 브래지어를 잃어버렸고 스웨터는 드론 살해에 희생했다. 계곡을 올라오면서 흘린 땀이 살갗에서 말라 체온이 떨어졌다. 마실 물을 위해서라면 살인도 할 수 있을 것 같았다. 이 길이 돌아가는 길이라면 큰 도로를 찾는 데 몇시간이 걸릴 수도 있고, 그래도 여전히 그 어디도 아닌 곳에 있을 것이다.

“당신 드론들은 만났으니까,” 조라가 말했다. “자기소개를 하세요. 그럼 내가 왜 여기 있는지 말해드리죠.”

드론은 한숨을 쉬더니 조라가 조금 전 지난 교차로로 되돌아가는 동안 옆에서 위아래로 움직였다. 조라는 이 길이 더 나은지 물어볼까 고민했다. 더 넓으니까 이게 더 빠른 길일 수도 있었다.

“제 이름은 지나예요.”

“그리고?”

“역시 선생님이시네요, 맞죠.” 질문이 아니었다. “저는 길 잃은 사람들을 찾아서 포인트를 받아요. 레벨 업해서 실제 돈을 받을 수 있게 되기까지 253포인트 남았어요. 참, 203포인트요. 당신 스웨터로 50포인트를 받았거든요.”

“누가 날 찾고 있는 거죠?”

"모르겠어요." 드론이 말했다. "아직 목록에 있어요. 경찰이 나서기엔 너무 이르고요. 그래서 슬루스들이랑 처음에 앱에 신고한 사람이 찾고 있죠. 당신을 집에 데려가려고 애쓰고 있는 것 같아요, 아마도."

"거긴 집이 아니에요."

"뭐라고요?"

"거기 살고 있지만 집은 아니에요. 집이라고 생각했는데, 실수였어요. 그래서 나온 거예요. 변호사와 통화하고 싶고, 신문사와 통화하고 싶어요. 나쁜 일들이 벌어지고 있거든요."

"그럼 경찰한테 얘기해드릴까요? 지금 당장 신호를 보낼 수 있어요."

"길 잃은 늙은 여자 취급할 거예요. 달래서 진정시킬 사람으로 대하지, 말을 들어줄 사람으로 대하지 않을 거라고요."

"이해가 안 되네요. 뭐가 그렇게 심각한 상황이었던 거죠?"

"마을에서 내 전화를 차단하고 있어요. 이메일도 감시하고요. 우리가 겪고 있는 문제들을 조금이라도 암시하는 말은 절대 밖으로 나가지 않아요."

"뭐라고요? 세상에. 확실한가요?"

"물론 확실하죠." 조라가 화를 냈다. "다른 선택이 있었다면 이런 탈옥을 했을 거라고 생각해요? 봐요, 아무도 들어주지 않는다고요."

"알겠어요, 알겠어요. 제가 들어주고 있잖아요. 죄송해
요. 이 동네를 나가려면 정지 표지판에서 우회전하세요. 여
긴 미로예요. 당신 전화를 왜 차단하는 거죠? 여전히 이해
가 안 되네요. 그리고, 그렇게 나쁘다면 왜 거기 살아요?"

조라가 한숨을 쉬었다. "처음에는 나쁘지 않았어요. 내
가 설계를 도왔거든요."

"잠깐, 뭐라고요?"

"말했잖아요, 내 분야가 환경노인학이라고. 개발 프로
젝트에 컨설턴트로 참여했어요. 시니어들을 위한 완벽한
환경이 되도록 만든 거예요. 아직 독립적으로 살 수 있는
사람들을 위한 소규모 주택. 혼자 살 수 없는 사람들을 위
한 생활 보조 시설과 병원. 사람들이 활동적으로 지낼 수
있는 부지. 이웃들, 훌륭한 활동들. AI 모니터링. 건강한 생
활과 사교 활동을 위한 인센티브 시스템. 서류상으로는 완
벽해요. 작업에 참여한 모든 사람이 자신들도 은퇴해서 거
기 살 자리를 예약해달라는 조건을 넣었어요. 그런데 작년
에 매각됐고 새 회사는, 뭐, 꼼수를 좀 썼다고 해두죠."

"무슨 꼼수요?"

"그게 당신과 무슨 상관이죠? 그들이 날 데려가려고 급
습할 때 내가 눈치채지 못하게 하려고 계속 말을 시키는
거예요?"

"아직 다시 신고 안 했어요."

“왜요? 포인트를 다 받을 텐데요.”

“이제 궁금해졌어요. 어차피 첫 타임 보너스는 놓쳤고요. 두번째는 한시간 후나 돼야 해요. 그래서, 어떤 꼼수를 쓴다는 거예요?”

“우선, 내 집에서 딸이나 변호사에게 전화를 못 걸게 해요. 전화가 스트레스를 유발한다고 그 시스템이 판단했거든요.”

“그래서 탈출한 거군요?”

“그래서 나온 거 맞아요. 하지만 그게 유일한 문제는 아니에요. 그들은 모든 걸 추적해요.”

“모든 걸 추적한다고요?”

“건강상 도움이 되도록 만들어진 거였어요. 모니터링 시스템 말이에요. 하지만 그건 너무 모든 걸 감시하고, 이젠 그걸 우리에게 불리하게 이용하고 있어요.” 조라는 손목을 들어 보였다. 상처에서 피가 흐르다가 멈추기를 몇 번 반복하더니 이제는 그냥 스며 나오고 있었다. 마른 피가 팔뚝에 얼룩을 만들었다. “모든 걸 측정해요. 수면, 소변, 칼로리 섭취. 집 안에서 어떻게 움직이는지, 충분히 활동적인지, 너무 목적 없이 돌아다니는지 추적하고요. 원래 의도했던 것보다 훨씬 더 많이 침범하죠.”

“하.”

“그러고는 인간 직원 대부분을 해고했어요. 입수하는

모든 데이터를 종합하는 DOC라는 새 프로그램을 도입했는데, 뭐의 줄임말인지도 모르겠네요. 이제 숫자 말고는 아무것도 중요하지 않아요. 그리고 아냐의 숫자가 맞지 않으니까 집에 올 수 없다고 말하는 거예요. 집에 있으면 괜찮을 텐데. 우린 서로 돌봐주니까요."

"선택할 권리가 없나요, 집에 있기로?"

"아냐의 수치가 맞아야 한다는데, 지금은 맞지 않아요." 조라가 눈물을 삼켰다. 드론 앞에서는 울고 싶지 않았다. "우리가 선택할 수 있어야 해요."

"모니터링 프로그램이 당신의 설계에도 있었나요?"

조라가 고개를 저었다. "그런 식으로는 아니에요. 현관 출입용 칩은 괜찮았어요. 열쇠 잃어버릴 걱정을 안 해도 되니까요. 돈을 충전할 수도 있어서 카페에 가서 지갑을 깜빡했다는 걸 깨달아도 되돌아올 필요가 없고요. 내 생각엔 배지와 포인트도 정말 효과 있죠, 당신의 슬루스 프로그램처럼. 하지만 숫자를 바탕으로 누군가가 집에 갈 수 있는지 없는지 결정하는 건 말이 안 돼요. 인간적인 부분을 필요로 하는 일들이 있어요. 알고리즘이 인생의 중대한 결정을 내리게 하려던 건 아니었다고요."

"어쩌면 알고리즘이 인생에서 더 나은 결정을 내릴지도 모르죠. 감정은 개입시키지 않고 그냥 냉정하고 확실한 사실들에 기반해서요."

"당신 같은 사람들이 하는 말이죠. 드론을 가진 현상금 사냥꾼이니까."

"전 현상금 사냥꾼이 아니에요. 이미 감정을 바탕으로 결정을 내릴 수 있다는 걸 보여드렸잖아요. 이 드론 뒤에 사람이 없었다면 당신은 벌써 빅브라더에게 돌아가는 길이었을 거예요. 드론에 AI를 탑재하는 다른 슬루스들도 있어요. 제가 보기엔 재미없지만, 성과는 얻어요. 잠을 자기 위해 중간에 쉴 필요가 없으면 훨씬 더 많은 포인트를 받을 수 있거든요. 당신은 저를 만난 게 운이 좋았다고요."

"맞아요. 미안해요."

"숙여요."

"네?"

"오른쪽 나무 뒤로 숨으세요. 다른 드론이 오고 있어요."

조라는 시키는 대로 하고, 투박한 쿼드콥터가 길을 따라 오는 걸 지켜봤다. 자신을 따라다니는 드론보다 더 시끄러웠고 앞에 헤드라이트를 비추며 날았다. 그들이 가던 방향에서 오다가 그들이 온 길 쪽으로 향했다.

"좋아요, 안전해요."

"고마워요." 조라가 말했다.

"천만에요. 아까 그건 태그007이었어요. 18,000포인트를 가지고 있는 사람인데, 신고하기 전에 당신 얘기를 들어볼 생각은 전혀 없었을 거예요. 그냥 그렇다고요."

"고맙다고 했잖아요."

"이해했는지 확실히 하려는 거예요. 저는 듣고 있다고요. 도와드리고 싶고요."

옆에서 위아래로 움직이는 기계를 바라봤다. 읽을 수 있는 표정도, 진정성을 측정할 방법도 없었다. 다른 드론에게서 조라를 숨겨줬지만 그것도 분명히 자기를 위한 거였다. 하지만 아직 아무도 조라를 끌고 가지 않았고, 얼마나 지났는지 모르겠지만 그들이 이미 따라잡았어야 할 만큼 충분한 시간이었겠다는 느낌이 들었다. 어쩌면 이 사람을 믿을 수 있을지도 몰랐다.

"정말로 도와주고 싶은 거예요? 아니면 아까 말한 것처럼 큰길로 가는 걸 도와서 그들이 더 빨리 데려갈 수 있게 하려는 거예요?"

스피커가 드론의 한숨이라도 흉내 내는 듯 지직거렸다. "도와드리고 싶어요. 어쨌든 단서로 몇 포인트는 받았으니까요. 이 동네에서 빠져나가게 해드릴 수도 있고, 어쩌면 당분간은 다른 사람들이 찾지 못하게 할 수도 있어요. 그게 얼마나 소용이 있을지 모르겠지만요. 당신이 뭘 할 수 있다고 생각하는지도 아직 확실히 모르겠어요. 왜 폰을 안 가져왔죠, 그 벽 바깥으로 나오자마자 변호사에게 전화할 수 있었을 텐데?"

"폰을 추적할까봐 두려웠어요."

"그러네요. 그래서, 계획이 뭐예요?"

조라는 생각했다. "공중전화를 찾아서 노먼에게 전화하는 거? 그다음에 뭘 해야 할지는 모르겠지만 적어도 시작점은 되겠죠."

"공중전화가 뭐예요?"

"됐어요. 음."

일분 동안 조용히 걸었다. 아니, 조라가 걸었고 드론이 보조를 맞췄다.

"저기…… 어차피 곧 배터리를 교체해야 해요. 제 집까지 올 수 있다면 제 전화를 써도 좋아요."

"정말요?"

"정말요. 길 따라서는 1.6킬로미터 정도 더 가야 해요. 더 빨리 걸을 수 있나요? 배터리가 팔분 남았어요."

"스무살 때도 팔분 만에 1.6킬로미터는 못 갔을걸요. 지금은 말할 것도 없고."

"그러네요. 음. 지붕 위로 날아가면 거리가 훨씬 줄어요. 제가 당신을 여기 두고 주니어를 집에 데려가서 배터리를 교체하고 다시 오면 어때요? 당신은 다른 슬루스들로부터 숨어 있어야겠죠. 십분 정도 후에 돌아올게요."

조라가 대답하기 전에 드론이 다시 말했다. "가야겠어요. 당신 옆에 떠 있으면서 얘기하는 게 배터리를 빨리 소모시켜요. 이것까지 죽으면 내보낼 세번째 드론은 없어요."

드론이 집들 위로 날아갔다. 조라는 윙윙거리는 소리가
사라질 때까지 집중해 들었다. 날아간 대략적인 방향은 알
았지만 그 사이에 얼마나 많은 구불구불한 길과 막다른 골
목이 있는지 누가 알겠는가. 멈춰 서서 자신의 말을 들어
주려 하지 않을 슬루스 드론이 얼마나 많을지도 말이다.
근처 마당에는 야트막한 돌담이 있었다. 최대한 조용히 담
위에 앉았다. 드론 소리가 들리면 뒤로 숨겠지만 지금은
그냥 앉아 있었다.

몇시간이 지난 것 같았다. 돌판이 뼛속까지 차가움을 전
했고 일초 일초 더 딱딱해졌다. 노먼에게 하고 싶은 말을
연습했다. 이 시간에 낯선 번호로 전화가 걸려와도 받아주
기를 바랐다.

두번 불빛이 지나가 조라는 담 뒤로 웅크렸다. 하나는 자
동차였고 다른 하나는 앞서 지나간 것과 같은 드론이었다.

익숙한 드론이 돌아오자 안도감이 밀려왔다, 이 미심쩍
은 구원자에 대한 안도감이.

"아직 여기 있었군요!"

"돌아왔네요." 조라가 말했다.

"오겠다고 약속했잖아요."

"당신이 그렇게 믿을 만한 상대는 아니라서요."

"그럴 수 있죠. 조금 더 걸을 수 있겠어요?"

조라가 다리를 폈다. "솔직히 말할게요. 온몸이 쑤시

기 시작했어요. 힘이 그리 많이 남지는 않았지만 천천히 1.6킬로미터는 더 갈 수 있어요."

느리게 지난 1.6킬로미터는 조라에게 남은 모든 것을 앗아갔다. 사암砂巖으로 지은 밋밋한 목장 주택에 도착했을 때 조라의 정신을 깨어 있게 한 건 엉덩이의 찌르는 듯한 통증뿐이었다.

"뒤쪽으로요." 드론이 말했다.

살인자의 집 같지는 않았다. 걱정이 됐다면 드론이 배터리를 교체하러 사라졌을 때 도망쳤어야 했다. 넓은 보도를 따라가다보니 뒤쪽 문이 활짝 열려 있었다.

"들어오세요." 안에서 목소리가 들렸고 드론이 따라 했다.

드론은 새처럼 날아들어 어수선한 작업대에 내려앉았고, 회전 날개의 바람으로 종이들이 흩날렸다. 조라가 그 뒤를 따라 작은 원룸 아파트로 들어갔다. 왼쪽에 드론이 자리 잡은 갤리 주방*이 있었고, 오른쪽에는 높은 책장 하나로 작업 공간과 분리되어 침대가 놓여 있었다.

"난장판은 신경 쓰지 마세요." 이번엔 드론의 메아리가 없었다.

조라가 목소리 주인을 찾으려고 아래위로 두리번거렸

* 싱크대가 좌우 양쪽으로 배치된 좁고 긴 주방.

다. 책장 뒤에서 휠체어를 탄 여자가 나왔다.

"직접 만나서 반가워요." 여자가 말했다. "지나예요."

"조라예요."

지나는 젊었지만, 조라는 더이상 나이를 잘 가늠하지 못했다. 조던보다는 어리고 자신이 가르치던 학부생들보다는 나이가 있어 보였다.

"무슨 생각 하는지 맞혀볼게요. 예상했던 것과 다르죠?"

"뭘 예상해야 할지도 몰랐어요. 그러니까 '타이니를 어떻게 다시 가져오라는 거냐'고 말한 이유가 이거였군요. 왜 개울가에 기어 내려가서 그걸, 그애를 가져오지 않는지 이해하지 못했거든요."

"네. 그 점에선 운이 좋았던 것 같아요. 타이니의 GPS에 따르면 그들이 당신 스웨터를 가져갈 때 같이 가져간 것 같거든요. 그러니 기어 내려갈 필요 없는 곳에 가서 찾을 수 있을 거예요. 어쨌든 좀 앉으셔야죠. 완전히 지쳤겠어요."

조라는 기운을 내려고 애썼다. "먼저 화장실, 그리고 물, 그다음 전화, 그러고 나서 앉을게요."

"우선순위군요. 알았어요. 화장실은 저기예요."

휠체어가 들어갈 수 있도록 문을 뗀 상태였지만 조라는 사생활 따위에 신경 쓸 겨를이 없었다. 집에서는 너무나 싫어하는 화장실 거울이 항상 잡을 것을 사용하라고 말해서 일부러 손잡이를 안 썼다. 오늘 밤은 손잡이를 잡았다.

그러지 않으면 다시 일어날 수 없을까봐 두려웠다. 나오니 지나가 물컵과 휴대폰을 건네고는 주방으로 사라졌다.

조라는 물을 벌컥벌컥 마셨다. 지금까지 맛본 것 중 최고였다. 휴대폰은 여전히 함정처럼 느껴졌지만, 걱정하기엔 너무 늦었다.

고맙게도 그는 새벽 4시 반에도 전화를 받았다. "노면, 조라 스타인이에요. 아냐가 우리 뜻에 반해서 병원에 입원해 있는데, 빼낼 수가 없어요."

전화 저편에서 들려오는 그의 목소리는 따뜻함과 걱정을 내뿜었고 즉시 상황의 심각성을 이해한 듯했다. 그가 욕을 중얼거리고 그 사이사이로 변호사다운 문구들이 섞여 나오는 걸 듣고서야 조라는 그가 자신을 믿어주지 않을까봐 얼마나 걱정을 했었는지 깨달았다. 안도의 한숨을 내쉬었다. 집에 있었다면 랜딩엄 부인이 이미 진정용 차를 다 내다 버렸을 것이다.

전화를 끊고 잠시 후 지나가 다시 바퀴를 굴려 들어왔다. 아마 듣고 있었겠지만 괜찮았다.

"고마워요." 조라가 말했다.

"천만에요. 꼼짝 못 하는 상황에 놓이는 건 끔찍하죠. 저도 그런 적이 있거든요."

"있었지만, 이젠 아닌가요?"

"그러려고 노력 중이에요. 온라인으로 드론을 팔아요.

유료 슬루스잇 레벨까지 갈 수 있으면 대박일 테고요.”

“나 때문에 포인트를 잃게 해서 미안해요.”

지나가 어깨를 으쓱했다. “다른 포인트가 있겠죠.”

“쉬운 일인가요?”

“아주 쉽지는 않아요. 배터리 때문에 드론들이 갔다 올 수 있는 거리에 제약이 있어요. 더 효율적으로 만들려고 하고 있지만, 파워가 셀수록 배터리가 무거워지고 회전 날개가 더 힘차게 돌아야 하고…… 악순환이에요. 그래도 어쨌든 받는 사건은 충분히 많아요.”

조라의 지친 뇌에 아이디어가 떠오르기 시작했다. “누가 사건을 시스템에 올리는 거죠?”

“포털이 있어요. 누구나 할 수 있지만, 자신이 신고한 사람이나 물건을 찾을 수는 없고 직계가족도 안 돼요. 제가 위층에 사는 집주인을 실종자로 신고한 다음 ‘찾았다’고 하면 한달 동안 차단당해요.”

“케어링 시즌스에서 실종된 사람을 신고한다면요?”

“당신을 말씀하시는 건가요?”

“아니요. 내 아내와 자기 뜻에 반해 병원에 갇힌 다른 사람들이요. 그 사람들을 신고하면 어떨까요?”

고민하는 지나의 얼굴이 자기 시야를 벗어나 있는 문제를 가늠하듯 일그러졌다. “지역 슬루스들이 전부 케어링 시즌스로 몰려가는 걸 언론에 제보하면 어떻게 될지 상상이 가시나요?"

조라는 상상해봤다. 스무대의 타이니와 주니어 들이 병원 층 창문에 부딪히고, 정문으로 날아들어서는 병실이 있는 층으로 올라가 사람들을 확인하는 모습을 그려봤다. 드론 뒤의 조종자들이 알고리즘으로는 할 수 없는 방식으로 질문하고 이야기를 들어주는 모습을. AI 의사 문제를 드론 군대로 해결할 수 있다는 생각이 우스웠지만, 조라는 피곤했고 그 상상은 가능성의 영역에서 그렇게 멀리 있는 것처럼 보이지 않았다. 곧 해가 뜰 것이고, 이미 모든 게 조금 더 밝아 보였다. 계획했던 삶도 여전히 손 닿는 곳에 있는 것만 같았다.

더 잘 말하는 법

나는 1915년에 영화 대사 외치는 일을 시작했어. 지금은 무성영화라고 부르지만, 그때는 그게 전부였으니 앞에 '무성'이란 말을 붙일 필요도 없었지.

영화들은 사실 무성이 아니었어. 진짜로는 말이야. 옆방에 살던 베스 모리스는 리빙턴 극장에서 영화에 맞춰 피아노를 쳤어. 큐시트를 보면서 치기도 하고, 없을 때는 즉흥으로 연주하기도 했어. 베스는 나보다 몇살 위로 누나 친구였지. 나는 베스를 사랑했는데 ― 진부한 이야기라는 건 알아 ― 그녀는 나를 단 한번도 거들떠보지 않았어. 그것도 뻔한 이야기일지 모르지. 하지만 전에 이 일을 하던 부부가 버펄로로 이사를 가게 됐을 때 나와 골더를 추천해준 사람이 바로 베스였어. 정확히 말하자면 베스는 골더를 추천했고, 골더가 낯선 남자와 연애 장면을 읽어야 하는 상황을 피하려고 나한테 꼭 같이 해야만 하다고 한 거였지. 나는 고작 열세살이었지만, 그래도 동생이랑 하는 게 낫다고 생각한 거야.

관객 중 상당수는 글을, 그러니까 영어를 못 읽었어. 그래서 베스의 추천을 받은 요세프 랜스키는 우리 남매를 하루 불러서 시험 삼아 자막을 소리 내어 읽게 했어. 나는 남자 대사를, 골더는 여자 대사를 맡았어. 확성기는 번갈아 사용해야 했지. 확성기로 연기해본 적 있어? 이 직업에 이름이 없는 이유가 바로 그건데, 내 기억에 우린 그냥 외침꾼으로 불렸어. 우리가 대사 해석에 너무 감정을 넣으면 랜스키는 연기는 배우들한테 맡기라면서 우리는 그저 외치는 대가로 돈을 받는 거라는 사실을 상기시켜주었지. 그래서 그냥 외쳤어.

우리의 첫 영화는 시다 배라* 주연의 「어리석은 자가 있었네」였어. 유명한 대사로 "키스해줘, 내 바보"라든가 야수 어쩌고 악마 저쩌고 같은 말들을 해야 해서 남매 사이에는 확실히 무리였지. 우리는 예상 못 한 전개에 놀랐지만 그래도 최대한 야한 대사들을 소화하려고 노력했어. 골더가 훗날 인터뷰에서 이 얘기를 했는지 기억이 안 나는

* 19세기 미국 무성영화 시대의 유명 배우. 「어리석은 자가 있었네」는
  프랭크 파월 감독의 1915년작.

데, 골더의 연기는 바로 여기서 시작된 거였어. 주디 셀리
그가 되기 전엔 우리 누나 골더였던 거야, 확성기를 통해
남동생과 함께 영화 대사 외치는 일을 하던.

자막 외치는 일의 또다른 특이한 점은 관객에게도 소리
쳐 응답할 권리를 준다는 거였어. 그 일을 처음 했던 밤, 나
는 깜짝 놀랐어.

"순결은 아침을 먹는다." 내가 외쳤지. 그 첫 영화에서
나는 내레이션과 남자 대사를 모두 읽어야 했어.

"뭐라고?" 뒤쪽에서 누군가 물었어. 제목이 지나가고
바로 다음에 한 소녀가 인형을 옆자리에 앉히고는 정식으
로 차려진 식탁에 앉는 장면이 나올 때였어. "말이 안 되잖
아. 그게 무슨 뜻이야? 이디시어*로는?"

"'그 소녀가 아침 먹기를 한다'(dus maydele est frish-
tik)야." 어둑한 구석에서 다른 사람이 답했어. 그러자 다
들 한마디씩 거들었어. "'소녀'(dus maydele)라고 안 했잖
아. 다른 말 했는데, 뭐라고 했지?" "'순결'innocence이 소녀
라는 뜻이야. 잘못한 게 없는 아이 말이야." 그건 리투아니
아 억양이었지만, 목소리로 짐작하기에 영화관에 있던 대
부분의 사람들은 우리 남매와 마찬가지로 갈리치아** 출

---

* 독일어에 히브리어와 슬라브어가 섞인 언어. 타지에 이주한 유대인
  들이 흔히 사용한다.
** 18세기 후반 오스트리아·헝가리제국의 한 주.

신이었어. "그럼 왜 그렇게 말하지 않았지? 그리고 아침 먹기를 한다는 게 무슨 말이야? 아침식사는 나도 알아. 아침은 먹는 거지, 동사가 아니잖아." "'단식을 깬다'breaks fast고 말하면 되나?" "애들은 단식 안 해."

더이상은 참을 수 없었어. 그래서 확성기에 대고 말했지. "지금 막 먹으려는 거 보면 알잖아요. 아무것도 모른 채 어른 흉내를 내는 거니까 '순진하다'는 뜻으로 '천진난만한 여자애'(imshildike maydele)라고 말한 거라고요."

그 장면은 겨우 삼십초에 불과했는데, 관객을 조용히 시키다가 다 지나갔어. 이어서 다음 자막, 너무 다행스럽게도 뜻이 분명한 "다음 날 아침"을 외친 순간 랜스키가 내 팔을 붙들더니 옆으로 잡아끌었어. "대사를 외치라고 돈을 주는 거라고 했지." 그가 속삭였어. "해석은 저 사람들한테 맡기라고. 그게 저 사람들이 너만큼 영어를 배울 수 있게 도와주는 거야."

혼이 난 나는 나머지 자막은 관객이 알아서 해석하도록 내버려뒀어. 내 영어 실력은 부모님이 고집스럽게 가르친 덕분이었지. 부모님은 교양 있는 분들이었고, 뉴욕이 주지 못한 것들에 이미 지쳐 있었지만 학교에서 우리한테 가르쳐주지 않는 건 직접 가르쳐주셨거든. 우리 남매가 확실하게 영어와 이디시어 모두 유창하게 읽고 쓰고 말할 수 있도록 했고, 독일어와 프랑스어 동화책도 읽어주셨어. 부모님은 언젠가 우리가 감사하게 될 거라고 하셨는데, 실제로 그랬는지는 기억나지 않지만 그랬기를 바라. 부모님은 두 분이 이룬 기반 없이 우리가 이만큼 자랄 수 없었다는 걸 분명히 아셨겠지만, 그건 나중 이야기야. 그 일을 처음 하던 밤, 설명하지 말라는 말을 들은 후로 우리는 자막만 외쳤고 나는 불만을 속으로 삭였어.

일이 끝나고 돈을 주면서 랜스키가 말했어. "둘 다 잘했어. 원하면 계속하도록 해. 목소리가 갈라져도 괜찮다. 단, 말대꾸는 하지 마라."

"얘도 알아들었을 거예요." 골더가 나를 흘깃 봤어. "다시는 안 그럴 거라고요." "약속할게요." 내가 말했어. 그 일을 계속하고 싶었거든.

그렇게 내 영화 경력은, 보잘것없긴 하지만, 더글러스 페어뱅크스와 같은 해에 시작됐어. 이 이야기를 먼저 하는 건, 칠년 뒤 마침내 페어뱅크스를 만나게 되었을 때 난 이미 그의 목소리 역할을 적어도 열두번은 했다는 걸 분명히 알려두려는 거야.

나는 그날 원래는 거기 있을 예정도 없었어. 친구 레니의 엄명으로 잠시 대타를 하고 있던 것뿐이었어. 부탁을 들어준 셈이지. 골더가 진짜 연기를 하러 떠난 후 두달 남짓 더 버틴 나는 그때쯤 이미 리빙턴에서 일하기를 그만둔 상태였어. 그 두달 동안 나는 제일 크게 말해도 속삭이는 정도밖에 안 되는 어떤 여자와 맞은편에서 대사 외치는 일을 했는데, 나눠 쓰던 확성기에서는 늘 그 여자 숨결의 양배추 냄새가 났어. 그후로 밤에는 그랜드 극장에서 표를 팔고 낮에는 동네에서 일어난 사건들을 『이브닝 월드』지에 전화로 제보해 푼돈을 벌었지. 브룸가에서 누가 트럭에 치였다든지, 오차드가의 어느 주택에 소방관들이 출동했다든지, 아니면 어느 날 오후 오스터네 가게에서 시장이 모두에게 에그크림을 샀다든지 등등 말이야. 그 모든 기사가 내 이름 없이, 내가 쓴 글은 한줄도 없는 채로 신문에 실렸어.

내가 가장 원했던 건 영화 대본 쓰는 일이었어. 내가 외쳤던 대사들보다 나은 대사를 쓰는 일, 처음부터 그걸 직접 만들어내는 일. 편집이 아니라 창작을 하고 싶었던 거야. 몇년 전엔 심지어 125번가 페리를 타고 허드슨강 건너 포트 리에 자리 잡은 스튜디오들에 직접 찾아가 일하겠다고 제안하기도 했지.

"제가 글을 좀 쓰는데요"라고 폭스 스튜디오 경비원에게 자신 있게 말해봤지만 돌아온 건 꼬마 양아치 역으로 잠깐 출연할 수 있는 기회뿐이었어. 지금까지도 그게 어떤 영화였는지조차 모르겠어. 그러다 스튜디오들이 모두 캘리포니아로 떠났고, 시나리오를 쓰겠다는 내 꿈도 같이 앗아갔지. 그렇게 실망한 후에는 차라리 신문에 글을 쓰고 싶다고 생각했지만 어떻게 해야 그럴 수 있는지를 몰랐어. 사건 제보 전화가 내가 해낼 수 있는 최대치였던 거야.

그러니까 내가 그 페어뱅크스 기자회견에 초대될 리는 없었어. 전날 욤 키푸르* 예배에 레니 만델과 같이 늦는 바람에 회당 안이 아니라 열린 창문 밖에 모인 군중 속에 서 있지만 않았다면 말이야. 기도서도 없이 길바닥에 서 있던 터라 우린 쉽게 산만해졌고, 대화는 곧 그의 고민으로 옮겨갔어.

고민은 이거였어. 수요일에 자이언츠 대 양키스의 월드 시리즈가 시작되는데 그건 처음으로 라디오 중계까지 하는 중요한 경기였고, 미드타운 호텔들이 관광객으로 가득 찰 정도여서 수많은 기자들이 원래 하던 업무 대신 그 열기를 취재하도록 다른 곳으로 파견된 거야. 그러자 몇몇 기자들은 대타를 구했고 그들은 또다른 기자들과 자리를 바꿨지. 레니는 누군가를 설득해서 화요일에 불릿 조**의 투구 훈련을 보러 갈 수 있게 됐는데, 그러려면 페어뱅크스의 「로빈 후드」 홍보 행사에 가줄 다른 기자가 필요했어.

"제가 할게요." 내가 제안했어.

그는 고개를 저었어. "우리 편집장이 투구 훈련을 보러

* 과거의 죄에서 정화되기를 기도하는 유대 예배 중 금식의 날.
** 1920~38년 활약한 야구 선수 찰스 윌버 로건의 별명.

가라고 공식적으로 허락한 게 아니야. 『월드』지 소속 기자가 가야 해."

"그래야만 할까요?" 나는 기회를 감지했어. "엄밀히 말하면 저도 『월드』에서 일하잖아요, 글은 안 쓰지만. 게다가 말씀하신 대로 대부분 대리로 올 거고, 당신도 다른 기자 부탁으로 가는 거였잖아요. 이번주엔 다들 야구에 관심이 쏠려 있으니까요. 충분히 할 수 있어요. 대신 가줄게요."

그는 망설였어. "알겠지만 입 열면 안 돼. 네가 영화에 대해 하고 싶은 말이 있을 거라는 건 알지만 듣기만 해야 해. 다른 기자들이 질문하면 너는 그 질문과 답변을 받아 적는 거야. 끝나면 내 이름으로 전화해서 기사를 불러주고. 혹시 문제 생기면 『헤럴드』지에서 왔다고 거짓말해."

레니도 자기 이름으로 기사를 쓰진 못했지만 그때 이미 성공 가도에서 나보다 몇 단계 위에 올라 있었어. 욤 키푸르는 서로에게 작은 호의를 베풀기 좋은 날 같았지. 그는 야구를 볼 수 있고 나는 기회를 얻는 거야. 사소한 속임수가 있는 건 맞지만 아무도 해치지 않는 속임수였지.

다음 날, 리츠칼턴으로 들어가면서 나는 빈민가 취재 담당이나 빈민가 출신 꼬마가 아닌 것처럼 보이려고, 또 그렇게 호화로운 곳에 와본 적 없는 사람처럼 보이지 않으려고 애썼어. 로비에 있는 사람들이 모두 은행가처럼 보여서 더 힘들었는데, 그때는 시내에서 실제로 만명 규모의 은행

가 대회가 열리고 있다는 걸 몰랐어. 나는 가구처럼 녹아
들기 위해 최선을 다했어.

호텔에 들어온 것도, 엘리베이터를 탄 것도 처음이었어.
다른 두 남자랑 같이 타게 됐는데, 그중 한명이 내가 가려
던 층수를 말하길래 뒤에 숨어서 그들이 진짜 신문기자들
인지 아니면 나 같은 가짜인지 눈치를 살폈어. 그 사람들
옷은 덜 해졌고 둘 다 올라가는 내내 조용히 서 있었어. 엘
리베이터 조작하는 소년은 내가 영화 대사 외치기를 시작
했을 때 나이와 비슷해 보였어. 제복은 흠잡을 데 없이 깔
끔했지만 적어도 두 치수는 커 보여서 내 해진 소매가 조
금은 덜 부끄러웠지.

다른 두 남자가 나보다 먼저 내렸고 나는 뒤따라갔어.
우리가 들어선 방은 사람과 가구로 미어졌어. 십분 일찍
도착했는데 그건 십분 동안 침묵의 자리싸움을 해야 한다
는 뜻이었지. 벽 속으로 사라져버리고 싶었지만 그림이 빈
틈없이 걸려 있었고, 다른 모든 표면도 꽉 차 있거나 장식
되고 꾸며져 있었어. 안락의자에는 검이 놓여 있었고 궤짝
위에는 모형 비행기가, 테이블 위에는 깃털 달린 화살이,
또다른 테이블에는 만찬이 펼쳐져 있었고 구석에는 수집
가용 긴 활이 있었어. 다른 남자들과 나는 수첩을 꺼내 들
고 팔꿈치를 몸에 붙인 채 빈 소파 주변에 빽빽하게 자리
를 잡았어. 구석에서 전화벨이 집요하게 울렸지만 우리는

푹신한 카펫에 푹푹 빠지는 발을 이리저리 옮기면서도 그 걸 무시했어.

정해진 시간이 되자 더글러스 페어뱅크스와 메리 픽퍼 드가 개인 대기실에서 나와 자리에 앉았어. 메리는 영화 속에서와 달리 머리를 올리고 있었고, 동화 속 상상의 정 원에서 피어나는 꽃향기를 풍기는 것 같았어. 더글러스는 얼굴이 까무잡잡했는데 그 방의 누구보다 더 어두운 피부 였고, 가만있는 게 힘들어 보일 정도로 에너지가 흘러넘치 는 모습이었어. 「로빈 후드」 포스터에 있는 뾰족한 턱수염 은 밀었지만 남은 콧수염이 정말 멋있었어.

그가 자리에 앉으려는 순간 전화가 다시 울렸고, 잠시 미 소가 사라졌어. 나는 그와 갑작스러운 동질감을 느꼈어. 그 가 내 삶을 이해한다거나 내가 그의 삶을 이해한다는 식의 억측이 아니라, 우리 둘 다 주변 사람들에게 자신이 제자리 에 있다는 걸 설득해야 하는 역할극을 하고 있다는 느낌이 었지. 물론 영화계의 왕과 여왕이 방 안에 있으니 그 누구 도 내겐 조금의 관심도 기울이지 않았지만. 그들은 태양이 었고 우리 모두는 그 주위를 돌기 위해 와 있는 거였지.

"피곤해 보이네요, 더그." 한 사진기자가 소리쳤어. 놀 리는 거였을 수도 있어. 내겐 그렇게 보이지 않았거든.

"전국을 횡단해 뉴욕까지 오는 기차 짐칸에서 곡예하느 라 그렇죠." 메리 픽퍼드가 농담을 던지며 탄탄해 보이는 남편 옆구리를 쿡 찔렀어. "우리가 내리자마자 기차들이 드디어 쉴 수 있다며 환호할 정도였어요."

"아니, 환호한 건 뉴욕에 돌아오게 돼서 기쁜 당신이었겠지. 문명! 쇼핑과 공연의 땅." 페어뱅크스가 말했을 때, 나는 그의 목소리를 한번도 들어본 적 없다는 걸 깨달았어. 그에게 꽤나 잘 어울리는 목소리였지.

모두 웃었고 다른 질문과 답이 이어졌어. 나는 시킨 대로 최대한 조용히 지켜보면서 보고 들은 것을 모두 기록하려 최선을 다했지. 테이블 위에 놓인 음식을 보지 않으려고 애썼어. 욤 키푸르 다음 날이었기 때문에 금식 후의 그 특별하고 거룩한 허기를 느끼며 일어난 참이었거든. 그렇게 많은 음식을 아무도 먹지 않고 있었는데, 내가 손댈 수 있는 것도 아니었고 규칙도 몰랐으니까. 그래서 영화를 보는 것처럼, 음식은 저 영화배우들이나 만질 수 있는 것이라는 듯 행동했어. 레니가 랜스키였다면 내 귓가에 속삭였겠지. "관찰하라고 돈을 주는 거라고 했지. 음식은 저들에게 맡겨두라니까."

어떤 기자가 구석에 놓인 긴 활들을 가리키며 장식품이냐고 물었어. 나중에 알게 되었지만 그때는 몰랐던 게, 그 질문을 한 사람은 이미 자기 질문의 효과를 알고 있었던 게 분명하다는 점이었어. 페어뱅크스는 그걸 개인적인 모욕으로 받아들였어. 아니, 영화 속 모든 스턴트를 직접 했다는 건 우리가 다 아는 사실이잖아? 페어뱅크스는 「쾌걸 조로」와 「삼총사」에서 검술을 익힌 것처럼 활쏘기에도 아주 자연스럽게 빠져들었다고 했어. 이제는 아주 훌륭한 명사수라고. 심지어 직접 보여주겠다고 했어.

그렇게 우린 리츠칼턴의 옥상에 올라가게 됐고 페어뱅크스와 홍보 담당자, 이름으로 소개된 유일한 다른 사람인 앨런 드완 감독, 그리고 우리 기자들 무리 전부 함께였지. 완벽한 사진 한장에 굶주린 사진기자들, 빽빽한 지면에 인용할 한줄이라도 더 따내려는 진짜 기자들과 속임수가 들킬까봐 뒤쪽에 붙어 있는 나 같은 가짜 기자들까지 말이야.

완벽한 10월의 어느 날이었어. 그건 확실히 기억해. 옥상, 햇볕, 산들바람, 너무 덥지도 춥지도 않은 온도. 야구하기에도 완벽한 날씨여서 레니는 폴로 그라운드에 가서 좋은 시간을 보내고 있을까, 날씨는 일주일 내내 이렇게 좋을까 하는 생각이 들었어.

페어뱅크스는 포스터 속 웅크린 자세를 재현하려고 옥상 난간에까지 올라가고 싶어했지만 드완 감독이 말렸어. 그 배우가 가슴을 쫙 펴더니 긴 활을 들어 올려 도시 속 보이지 않는 지점을 겨냥했어. 사진기자들도 주변으로 몰려들어 자신들의 목표 지점을 겨냥했지.

그 순간을 담은 사진 중 내가 본 건 딱 하나였어. 그 사진에서 그 위대한 배우는 도시 위 저 높은 곳, 장식 처마 위에

다리를 벌리고 서 있지, 맞춤 양복 차림에 골동품처럼 보이는 맞춤 활을 들고. 그 뒤편으로는 드넓은 하늘과 옥상들이 펼쳐져 있고 멀리 맨해튼 다리가 보여. 강한 왼팔을 쭉 뻗어 활시위를 당긴 채 화살은 시위에 걸려 있어서 마치 현대판 로빈 후드 같아. 자세, 화살, 활, 모든 게 약간 위로 향해 있어. 그 사진은 화질이 안 좋아서 그 아름다운 날을 그저 그런 회색으로 표현했지만 내 기억과 일치해.

프랭크 케이스*의 회고록에 나오는 버전에서는 그의 친구 더그가 이웃 옥상에 정확하게 화살을 떨어뜨렸다고 쓰여 있지만 케이스는 그 일이 자신의 호텔인 앨곤퀸에서 일어났다는 듯이 말했어. 거기 있긴 했던 걸까? 나는 그때는 그를 알아보지 못했을 거야. 그가 말한 게 드완 감독의 버전보다는 진실에 더 가깝지만 두 사람 모두 그 일화를 모호하게 만드는 방식으로 이야기했고, 동의할 수 있는 몇가지 사실만 가지고 제멋대로 각색했어. 진실은 시간이 지날수록 퇴색하는 법이니까.

바로 이쯤에서 페어뱅크스의 화살이 무엇을, 누구를 꿰뚫었는지 말해줘야겠지. 내용을 건너뛰고 싶다면 찾아볼 수도 있겠지만, 내 이야기는 날아가는 화살과는 달라서 직

---

* 앨곤퀸 라운드테이블 전성기의 앨곤퀸 호텔 소유주. 당시를 회고한 책을 여러권 썼다.

선으로 가는 대신 리빙턴으로 되돌아가. 1915년 12월, 골더와 나는 그때쯤 거기서 거의 일년째 일하고 있었어. 우리는 호흡이 잘 맞았고,「어리석은 자가 있었네」둘째 날부터는 모든 연애 대사를 서로에게가 아니라 베스의 피아노 쪽을 향해 읽는다는 식으로 서로 합의한 불문율도 있었어. 관객 반응에 흔들리지 않고 외쳐야 할 대사만 외칠 뿐 해설을 덧붙이지 않는 법을 배웠지.

12월쯤 되자 골더는 배우가 되기로 결심했어. 누나는 해야 할 일, 즉 대사 외치는 일을 했지만 억양에 변화를 주면서 어떤 상영에서는 고뇌하는 인물로, 다른 상영에서는 부끄러운 줄 모르는 인물로 캐릭터를 해석했어. 랜스키는 그걸 알아챘다 하더라도 언급하지 않았거나, 아니면 우리한테 기대한 일에서 벗어나는 건 아니니 신경 쓰지 않았겠지.

배우들, 그러니까 내 누나 같은 사람들은 공연을 거듭하면서도 그걸 흥미롭게 유지하는 법을 알아. 나는 결코 배우가 못 됐지. 처음 몇번의 상영 때는 모든 영화가 황홀하다고 느꼈지만 얼마 지나지 않아 정신이 다른 오락거리를 찾기 시작했어. 누나가 '이번에는 어떻게 다르게 읽을까'를 고민했다면 나는 '이걸 어떻게 개선할까'를 고민했어. 잘라낼 장면, 추가할 장면, 같은 정보를 다르게 전달할 방법들을 찾기 시작했지. 그 모든 건 내가 외치는 대사들에도 영향을 미쳤어. 왜냐하면 그런 것들에 관심을 갖기 시작하면 어떤 대사를 바꿔야 할지 생각하지 않을 수가 없거든. "순결은 아침을 먹는다" 같은 대사가 그 예일 텐데, 비록 그걸 어떻게 개선할지 고민을 시작한 건 「어리석은 자가 있었네」가 끝난 지 몇달 후였지만 말이야.

좋은 자막은 늘 좋았어. 외치고 또 외쳐도 질리지 않았지. 하지만 어떤 자막들은 달랐어. 볼수록 짜증나는 대사들은 상영을 거듭할수록 더 별로였어. 집에 걸어가는 길에 골더가 무슨 일이 있냐고 물으면 나는 그 못나고 어색한 대사들을 읊고서 어떻게 하면 더 낫게 만들 수 있을지 제안했어. 골더에게 말하는 건 도움이 됐지만 나쁜 대사들은 신발에서 빼내지 못한 돌멩이처럼 나를 멍들게 했지. 그걸 말하는 것 말고는 다른 방법이 없었으니까.

그러다 12월이 되어 「더블 트러블」을 만나게 된 거야. 페어뱅크스의 첫 영화는 아니었지만 내가 기억하는 첫 영화였어. 그럴 만한 이유가 있었지. 페어뱅크스는 플로리언 아미던이라는 소심하고 땀에 전 남자를 연기했는데, 기차역에서 머리를 얻어맞은 뒤에는 지킬 박사와 하이드 씨처럼 다른 인격이 튀어나오는 역할이었어.

영화 자체는 꽤 재미있었는데 자막은 처음부터 별로였고 점점 더 나빠졌어. "죽음을 부르는 속도"라고 나는 확성기에 대고 외쳤어. 벌어지고 있는 일이랑도 안 맞았고 너무 과장돼 보였지. 일 때문에 지쳐 쓰러졌다고 말하고 싶으면 그냥 그렇게 말하면 되잖아. 대사의 의미를 두고 왈가왈부하던 관객들도 동의했어.

"그 속도가 영향을 미치기 시작했고, 그에게 투표로 휴가가 주어졌다." 투표로 휴가를 받는다고? 휴가라는 개념 자체가 거기 있던 모든 사람에게 생소했지만 그렇다 해도 휴가를 투표로 받는다는 건 말이 안 되는 소리였어.

강도 사건 이후에 나온 자막에는 편집자 주가 달려 있었어. "실어증은 정신적 질환으로 최고의 소설가와 극작가 들이 입증한 바 있다." 이건 왜 필요했을까? 그 앞에는 "이 불행한 사건 이후 오년 동안 플로리언의 삶은 공백이었다"라는 대사가 있었는데, 내가 볼 땐 관객들이 이야기에 몰입해야 할 바로 그 순간에 그걸 쓴 작가들을 상기시켜 서사에서 시선을 돌리게 할 뿐이었어. 연기는 훌륭했고 영화도 잘 만들었지만, 그 대사들을 입 밖으로 뱉어야 한다는 건 정말 참기 어려웠지.

어느 쌀쌀한 밤 — 날짜는 기억나지 않지만 이가 딱딱 부딪치고 확성기를 쥔 손가락에는 감각이 없는 데다 다른 손은 주머니 깊숙이 찔러넣었던 건 기억해 — 나는 더이상 참지 못했어. 랜스키가 말대꾸하지 말라고 했지만 대사를 바꾸지 말라고 한 적은 없었거든. 그는 보이지도 않았어. 아마도 몸을 녹이려고 영사실에 들어가 있었을 거야.

나를 거슬리게 하던 첫번째 자막이 나왔을 때 나는 쓰인 그대로 "죽음을 부르는 속도"라고 읽었어.

"그게 대체 무슨 말이야?" 관중 속 누군가가 소리쳤어.

"너랑 달리 열심히 일한다고, 이 기생충 같은 놈아*." 누군가 대답했지.

나는 입을 꾹 다물었지만 점점 참기가 힘들어졌어. 추위 때문인지, 대사 때문인지, 아니면 관중 때문인지. 다음 자막을 두고 벌어질 입씨름이 두려웠어. 그래서 잠시 후 그 대사가 나왔을 때, 나는 "그 속도가 영향을 미치기 시작했고, 그에게 투표로 휴가가 주어졌다"라고 말하는 대신 "그는 아플 때까지 일했고, 그들은 그에게 휴가를 주었다"라고 말했어. 간단하고 직설적이면서도 품위가 없진 않았지.

누나의 따가운 눈초리를 예상했지만 대사를 바꾼 것에 대해 아무 말도 없었어. "외치라고 돈을 주는 거라고 했지" 하며 옆구리에 나타나 속삭이는 랜스키도 없었고. 관객 중 글을 읽을 줄 아는 누군가가 왜 대사를 바꿨냐고 물어볼 줄 알았지만 아무도 아무 말도 하지 않았어. 말대꾸하는 사람조차 없었어. 나의 평범한 대사가 그 특정 장면에서 관객들을 만족시켰던 거야. 어쩌면 그 기생충이라고 불린 사람만 빼고 거기 있던 모두가 열심히 일하는 것과 지쳐 쓰러지는 걸 이해했던 거지.

---

* 원문에 이디시어 시노러(schnorrer)를 써서 관객 집단이 문화적으로 공유하는 바가 있음을 드러냈다.

그날 밤 돈을 줄 때 랜스키가 아무 말도 하지 않은 걸로 보아 아무도 그에게 불평하지 않았구나 싶었어. 집으로 돌아오는 길에 골더나 베스가 언급하기를 기다렸지만 그들은 추위를 피해 서로에게 바짝 붙은 채 나를 그냥 혼자 생각하도록 내버려두었어.

더 이상한 건 다음 날 밤 내가 다시 "그 속도가 영향을 미치기 시작했고, 그에게 투표로 휴가가 주어졌다"로 돌아갈 준비를 하고 있을 때, 자막 카드에 "그는 아플 때까지 일했고, 그들은 그에게 휴가를 주었다"라고 쓰여 있는 걸 발견한 거야. 난 내가 만든 바로 그 대사에서 말을 더듬었고 어둠 속에서 누군가가 나를 비웃었지.

누나의 반응을 보려고 고개를 돌렸는데, 누나는 확성기를 휙 낚아채 내가 놀라서 놓친 다음 대사를 외쳤어. "블러젯 판사가 그를 배웅하는 마을 대표단을 이끌었다." 그래서 집에 가는 길에 나는 정신이 팔려 대사를 놓친 것 때문에 놀림을 받았지만 골더와 베스 둘 다 내가 고친 대사에 대해서는 아무 말도 안 했고, 그 대사는 다음 날도, 또 그다음 날도 계속 바뀐 채로 남아 있었어. 급기야 나는 대사를 바꾼 게 상상 속의 일이었나 생각하기 시작했지.

그후 네번째 상영에서 나는 씌어 있는 대사 대신 원래 대사를 외쳤어. 그러자 곧바로 대사를 수정하기 전에 들었던 그 혼란스러운 웅성거림이 다시 일었는데, 자막을 쓰인 대로 읽지 않는다고 불평하는 사람은 없었지. 영화가 끝난 뒤 나는 용기를 내 골더에게 뭔가 달라진 걸 눈치챘는지 물었어.

"오늘은 삑사리가 한번밖에 안 났어." 누나가 말했어.

나는 원래 대사를 그대로 두었지만 그 일이 있은 뒤로 새 영화가 상영을 시작할 때마다 매번 이 이상한 능력을 시험할 방법을 찾아냈어. 언제나 내 생각에 더 낫게 만드는 쪽으로 여기저기 대사를 고친 거야. 수정하는 건 통했지만 완전히 새로운 방향으로 만드는 건 안 통했어. 하루는 어떤 로맨틱한 장면에 재버워키 시*의 첫 구절을 암송해보았는데 이건 먹히지 않았지. 골더는 정신이 나갔냐는 듯이 나를 쳐다봤고 랜스키는 그날 밤 일당 절반을 떼고 주면서 "쓰인 대로 외치라고 돈을 주는 거다"라고 말했어.

그때부터 나는 개입해서 정말로 좋아진다고 생각되는 자막들을 수정하는 데 집중했어. 대부분 상영이 끝날 즈음엔 내가 뭘 바꿨는지조차 기억하지 못했지. 한두번은 힘들게 번 7센트를 들여 오후 시간에 다른 극장에 가 내가 이미 대사를 외우고 있는 영화를 봤는데, 원본 자막을 사용하는지 아니면 내가 덮어쓴 자막을 사용하는지 확인하기

---

* 루이스 캐럴의 『이상한 나라의 앨리스』(1871)에 나오는 시. 의미는 짐작할 수 있지만 사전상 존재하지 않는 신조어나 혼성어가 많이 포함된 작품을 가리킨다.

위해서였어. 언제나 내 자막이었어. 일단 내가 말하면 그렇게 굳어져버리는 거야. 어떻게 그럴 수 있는지, 나로부터 퍼져나가는 건지 아니면 즉각적으로 바뀌는 건지는 알 방법이 없었어.

이제 그 영화들 중 일부는 사라지고 분해되거나 불탔어. 시간에 묻힌 거지. 너도 그게 내 대사라는 사실은 모른 채 그중 몇몇을 들어본 적 있겠지만, 내가 여기서 인정한 것 외에는 그게 어떤 대사인지도 모를 거야. 나는 몇년간 일하면서 대사 작가들을 많이 만났는데 그들조차 바뀐 대목이 있다는 걸 눈치채지 못한 것 같았어. 나 자신도 기억하는 것보다 잊어버린 게 더 많아.

이 작고 기묘한 능력은 내가 영화 대사 외치는 일을 하는 동안에만 유지되었어. 가끔 다른 곳에 가서도 신문 헤드라인을 바꿔 말해 그게 스스로 재배열되기를 기대하거나 다른 극장 관객석에서 수정한 대사를 속삭이는 걸로 그 능력을 시험해보았어. 뉴저지행 배를 탔던 그때는 완벽한 대사를 만들어내기 위해 일주일 전부터 공을 들였어. 나는 폭스 스튜디오 문 앞에서 "제가 글을 좀 쓰는데요"라고 말하고, 그 말이 실현되기를 바라며 머릿속으로 그 단어들이 자막 카드에 인쇄된 모습을 떠올렸어.

안 통했지.

이 능력은 나와 확성기와 자막 카드, 혹은 나와 확성기와 리빙턴 극장, 아니면 또다른 무언가의 조합이었던 것 같아. 그 무언가가 뭐든 간에, 골더와 내가 그 극장을 떠나자 함께 사라져버렸어. 나는 다른 일을 구했고 네게 말해준 일도, 말할 가치가 없는 일도 했지만 단 한번의 예외를 제외하면 그 작은 마법조차 부릴 수 있는 일은 없었어.

호텔을 나설 때 나는 기차 탈 5센트 동전조차 없었어. 돈이 있었다고 해도 걸어갔을 거지만. 한시간 정도 걸렸어. 일어난 일들을 정리하고 잃어버린 수첩에 있던 것들을 전부 기억해낼 수 있을지, 그리고 레니에게 정확히 뭐라고 말해야 할지 생각할 시간이 필요했어. 페어뱅크스가 호텔에서 기자들을 만났고 그다음 모두를 옥상으로 데려갔어. 그 옥상에선, 잠깐, 무슨 일이 있었지? 거기 있던 다른 신문기자들 중 아는 사람이 있어서 물어보면 좋겠는데 얘기했듯 나는 아무하고도 말을 하면 안 되는 상황이었고, 아무튼 전부 다 낯선 사람들이었고, 어찌 됐든 나는 두번째 화살이 날아간 후 서둘러 거길 떠났어.

그날 저녁, 진짜 직장인 극장으로 걸어가는 길에 레니가 나를 따라잡으며 말했어. "페어뱅크스 건은 전화 송고 했어?"

고개를 끄덕였어. 거짓말이었어, 호텔에서 다른 사람인 척한 것 말고는 새해 들어 처음 한 거짓말. 나는 레니가 야구와 그날 벌어진 다른 일들에 치여서 단순히 신문 지면이 부족했구나 하고 어림짐작할 만큼 충분한 기삿거리가 있기를 바랐어. 그 사건이 별일 아닌 것, 지면을 차지할 가치가 없는 것이기를. 레니가 어떻게 됐는지 말해주길 기대하는 얼굴로 쳐다봤어. 나는 버텼고, 일분쯤 지나자 레니는 불릿 조의 속구와 양키스의 가능성이 어디 있다고 보는지에 대해 이야기하기 시작했어.

다음 날, 나는 긁어모아 만든 4센트를 들여서 『헤럴드』와 『트리뷴』을 샀어. 기자들이 그 사건에 대해 어떻게 썼는지 읽고 싶었거든. 『헤럴드』에는 3면에 기사가 실렸어. "의문의 화살, 5번가에서 한 남성에 명중." 뭐가 의문이란 거지? 『헤럴드』 기자는 그 화살이 날아갈 때 바로 내 옆에서 있었잖아! 나는 계속 넘겼고 14면에서 "콧수염은 있고 턱수염은 없는 페어뱅크스 도착"이라는 기사를 발견했어. 픽퍼드를 길게 인용했지만 옥상에 대한 언급은 없었지.

『트리뷴』에는 "화살에 찔린 모피상, 페어뱅크스는 스턴트 연습 부인"이라는 기사가 있었어.

스타 배우의 대변인은 "페어뱅크스 씨가 활을 쐈다는 이야기는 홍보 담당자가 지어낸 것인데 불행히도 부상당한 남성의 사고와 시간대가 겹쳤네요. 페어뱅크스 씨는 오늘 오후 호텔 옥상에 있지 않았고 화살을 쏘지 않았습니다"라고 선언했어. 그것도 당혹스러웠지. 모든 신문사 기자들이 옥상 위에 있었는데, 아니, 최소한 진짜 사진기자들이 기자인 척하는 우리 옆에 서 있었는데.

이 둘을 연결 지은 건 『이브닝 월드』의 다른 누군가였어. 나는 전화 송고를 하지 않았으니 보도도 없겠거니 하고 『이브닝 월드』는 사볼 생각도 안 했어. 그런데 레니가 극장 매표 창구로 와서 유리창에 3면을 쿵쿵 갖다 대며 헤드라인을 보여주는 거야. "경찰, 셀리그먼을 맞힌 화살의 책임자 추적."

"이게 언급할 가치도 없었다고?"

나는 어깨를 으쓱했어. "그 사람들이 일이 정리되기 전까지는 쓰지 말아달라고 했어요."

레니는 마치 내가 그의 지시를 완전히 오해했다는 듯 잔뜩 실망한 눈으로 바라봤어. 다시는 나한테 대리 업무를 부탁하지 않았고, 얼마 지나지 않아서 『이브닝 월드』는 내게 돈을 주고 제보 받기를 그만뒀지.

그후 며칠 동안 여러 신문이 전한 이야기, 내가 그 자리에 없을 때 일어난 일들은 이래. 경찰은 골동품처럼 보이는 수상한 화살 두개를 발견했는데, 하나는 이스트 45번가의 공사장 옥상에서, 또 하나는 모피상 에이브러햄 셀리그먼의 몸에서였어. 셀리그먼은 5번가 뒤편의 자기 가게 4층 창가에 서 있다가 화살에 가슴을 관통당한 거야. 할렘 위쪽의 플라워 병원으로 이송됐다가 용커스에 있는 집으로 돌아갔고, 그후에 페어뱅크스의 변호사가 그를 방문했어.

신문들은 그가 그 소동에 대한 보상으로 현금을 제공받았는지 「로빈 후드」 시사회 표를 받았는지 아니면 다른 뭔가를 받았는지 밝히지 않았지만, 그랬을 거라고 짐작해. 대형 스캔들이 될 수 있었던 일이 조용히 유야무야된 전개를 보면 말이야. 신문들도 붙잡고 늘어지지 않았으니 그 일은 전기의 각주와 잘못 기억된 어떤 일화로만 남았지.

이 모든 이야기는 다시 한번 나를 리츠칼턴 옥상으로 데려가. 내가 기억하는 건 이래. 햇살은 따뜻했지만 주위를 둘러싼 건물들 위 노출된 위치라 바람은 매서웠어. 페어뱅크스와 그의 포즈, 그리고 하늘로 쏘아올린 화살 한발.

내 생각에 그가 실제로 쏠 거라고는 우리 중 누구도 예상하지 못했던 것 같아. 그 스스로도 첫번째 화살을 날릴 생각이었는지조차 확실치 않고. 그의 손가락이 활시위를 놓은 몇초 사이에 느긋하게 농담을 주고받던 무리 전체가 얼어붙었어. 화살이 어디로 갔는지 눈으로 따라갈 만큼 재빠른 사람은 없었어. 정말 그랬는지는 알 수 없지만, 그는 마치 원하는 곳으로 화살을 보냈다는 듯이 만족스럽게 고개를 끄덕였어.

맨해튼의 바람 부는 옥상에서 화살을 쏜 상황이라 우리는 모두 놀라서 겁을 집어먹었고 뭔가 잘못된 것 같다는 말을 감히 꺼내지 못했어. 진짜 기자였다면 언론의 진실성이라는 방패 뒤에 숨을 수 있었겠지. 이야기에 개입하지 않고 관찰한다는 의무 뒤에 말이야. 우리 중 누구도 그를 막지 않았어.

두번째 화살을 쏠 때, 나는 페어뱅크스의 자세가 얼마나 정확한지 알아챘어. 활을 든 팔의 어깨는 편안했고 화살촉에서부터 당겨진 팔꿈치까지 이어지는 선은 매끈했어. 고급 양복 차림인데도 운동선수처럼 보였어.

나는 그의 시선을 따라가려고 애썼어. 서쪽으로, 5번가 쪽으로, 보이지 않는 어떤 목표를 향해. 맨해튼에서 과녁으로 삼을 만한 게 대체 뭐가 있단 거지? 다음 날 『트리뷴』은 근처 교회 옥상의 환기구를 겨냥했다고 썼지만, 내 기억에 도통 그는 목표가 어디라고 말한 적이 없고 그 방향에 교회가 있었는지조차 떠오르지 않아. 성 패트릭 대성당은 우리 등 뒤 몇 블록이나 떨어진 곳에 거대한 모습으로 버티고 있었고.

화살이 날아가기 직전, 활을 든 그의 팔꿈치가 살짝 과하게 펴지며 어깨가 내려앉았어. 왜 그런 생각이 들었는지 모르겠지만 그의 동작을 너무나 주의 깊게 보고 있었기 때문에, 방금 전까지 그의 팔이 완벽한 선을 이루고 있다가 흐트러지는 걸 봤기 때문에, 화살이 그가 의도한 곳으로 가지 않을 거라는 예감이 스쳤어.

나는 그걸 슬로모션으로 봤어. 영화 속 장면처럼, 재앙이 다가오는 그 기이한 순간을, 모든 걸 막을 수 있을 것 같으면서 동시에 그 무엇도 피할 수 없게 느껴지는 그 순간을. 화살은 활을 떠나 서쪽으로 날아갔고, 옥상 가장자리에 있던 내 위치에서 내려다보이는 뉴욕은 개미만 해 보이는 사람들로 넘쳐났어, 길 위에, 창가에, 자신들을 향해 화살이 날아오고 있다는 걸 전혀 모르는 사람들로.

우리는 때때로 선택의 기로에 서. 이렇게 할 수도 저렇게 할 수도 있는 순간들. 내가 관찰자로 남아 본 것을 기록해 전했다면 진짜 특종을 손에 넣을 수 있었을 거야. 모두가 본 화살의 궤적뿐 아니라 배우의 궁술 자세에 대한 짧은 평까지 곁들여서. 그냥 토막 뉴스가 아니라 나만의 정식 기사. 신문기자로서의 경력, 기사에 적힌 내 이름, 인쇄된 나의 문장.

그건 거의 슬로모션이었어. 이런 생각들은 나중에 회상하며 끼워넣은 것들이지. 그때 내가 무슨 생각을 했는지 말할 수는 있지만 사실 당시엔 아무 생각도, 선택도 하지 않았어. 내가 취한 행동은 분명히 기자로서의 열망에 셔터를 내린 것이었는데도 말이야. 어쩌면 부모님이 읽어주셨던 동화 속 이야기를 떠올렸는지도 몰라, 저주가 완전히 풀리지는 않더라도 약하게 만들 수 있다는 식의 이야기를. 새로 쓰는 게 아니라 고쳐 쓰는 것. 화살은 이미 날아가고 있었어. 어쩌면 이미 맞힌 뒤였을 수도 있지.

나는 결심했어. 난 이미 수없이 그의 목소리를 대신한 적이 있었어. 이번에는 확성기도, 극장도, 자막 카드도, 상대역을 해줄 누나도 없었어. 그의 앞에서 말도 할 수 없었어, 레니는 그 점을 분명히 했으니까. 하지만 나는 확성기를 쥔 것처럼, 마치 자막 카드를 외치는 것처럼 낼 수 있는 최고 성량으로 외쳤어. "정말 다행이야! 화살은 피해를 입히지 않았어."

그 순간 옥상에 있던 모두가 나를 쳐다봤어. 나는 가짜들 사이에서 유일하게, 그것도 아주 이상한 방식으로 스스로를 드러낸 가짜가 된 거야. 그들 중 누가 두번째 화살의 위험한 궤적을 알아챘는지, 옥상에서부터 열린 창문을 통과하기까지의 경로를 추적했는지는 알 수 없었어. 페어뱅크스는 내 행동을 이해할 수 없다는 듯 쳐다봤어. 문제는 화살이 아니라 나라는 듯이 말이야. 그의 홍보 담당자가 내 쪽으로 오기 시작했지만 다른 사람들은 다시 나를 무시하고 배우의 솜씨를 칭찬하며 환호하고 있었어. 세번째 화살은, 날아갔대도 나는 보지 못했어.

그 홍보 담당자보다 먼저 계단으로 달려갔거든. 옥상에서 내려와 건물을 빠져나올 때 아무도 나를 붙잡지 않았어. 나는 호텔에서 반 블록 남짓 떨어진 매디슨 애비뉴 건너편에 도착할 때까지 멈추지 않았지.

오른손을 보니 흑연이 묻어 있었어. 흑연을 보니 수첩이 생각났는데, 뒤적여봐도 주머니는 텅 비어 있었어. 옥상에서는 분명 가지고 있었는데. 하늘로 날아간 화살, 입에서 터져나온 문장, 펄럭이며 손에서 떨어진 수첩. 그러다 위쪽 장식 처마를 올려다봤어. 혹시 페어뱅크스와 그의 활이 보일까 했지만 아까 그 자리에 있던 사람의 흔적은 없었어, 옥상 위에도 아래에도. 집까지 걸어간 다음 극장으로 갔고 화살이 어디에 떨어졌는지 확인하기 위해 신문을 산 이야기는 이미 했지.

이게 다야. 셀리그먼을 맞힌 의문의 화살과 그것을 쏜 사수가 어떻게 연결되었는지, 어쩌다 옥상에 있던 기자들 중 누구도 그날 본 것에 대해 아무 말도 하지 않게 되었는지, 그 부분은 이미 알고 있지. 골더와, 그 연기와, 베스와, 나중에 유성영화에서 각본 손보는 일을 하게 된 내 경력에 대해서도 이미 이야기한 것 같은데, 어쩌면 마지막 부분은 빼먹었을지도 모르겠군.

좋은 일이었어. 비록 내 이름은 단 한번도 직접 올리지 못했지만 확실히 나는 그 일을 사랑했어. 몇년 후 더그 페어뱅크스와 같은 방에 있게 된 것도 그 덕분이지. 어릴 때 그의 대사를 외쳤던 얘기를 했더니 유성영화에서 다시 자기 목소리를 해달라고 농담을 하더군. 낯익다는 듯이 나를 쳐다봤지만 어디서 봤는지 떠올리지는 못했어. 우리가 공유했던 게 무엇인지 그는 몰랐고 나도 알려줄 필요는 없었어. 그를 위해 한 일이 아니었으니까. 일을 하다가 잠시 쉬면서 완벽한 10월의 하늘을 감상하던 누군가가 배우의 홍보용 화살에 맞아 죽는 건 옳지 않다고 생각했기 때문에 그런 거지.

내가 어떻게 진짜 영화계에 발을 들였는지, 어린 시절보다 훨씬 정당한 방식으로 엉성한 대사와 엉성한 장면들을 고쳤는지 같은 건 언젠가 다른 날에 풀어낼 이야기일 거야. 하지만 내가 잠시나마 마법을 알았다는 이야기를 하고 싶었어. 아주 작지만 진짜인 마법을, 그리고 딱 한번, 그걸 써서 세상에 작지만 진짜인 좋은 일을 할 수 있었다는 것을. 적어도 나는 그랬다고 믿어.

날 위해 기억해줘

단어들은 잡히지 않았다. 왔다가도 사라졌다. 사람도, 사건들도 마찬가지였다. 보니는 뮤즈가 언제나 생생하고 강렬하며 완벽하게 형성된 이미지를 속삭여주어 다행이라고 생각했다. 비록 그 이미지들이 다른 것들을 밀어내버릴지라도 말이다. 그러기로 합의한 적은 없었지만 그게 바로 대가였고, 요즘 들어서는 점점 더 많은 걸 가져가는 것 같았다. 그래도 괜찮았다. 머릿속 이미지를 흐트러뜨리지 않고 캔버스 위로 옮기기만 하면 됐으니까.

이번 이미지는 꿈에서 흘러나왔다. 불안한 꿈이었는데, 누군가 아는 사람을 보았고 붐비는 거리를 따라 그 사람을 쫓아갔다. 누군지는 알 수 없었지만 반드시 닿아야 한다는 느낌만은 확실했다. 깨어났을 때도 그 이미지가 남아 있었다. 희미한, 알아볼 듯 말 듯 흐릿한 형체가.

침대 옆 협탁의 수첩은 어디 있는지 굳이 찾아볼 필요도 없었다. 손을 뻗자 바로 잡혔다. 처음 빈 페이지가 나올 때까지 넘겨 대충 스케치했다. 단순히 자리를 채워두는 임시 기록, 나중에 캔버스로 끌어낼 때까지 기억을 돕기 위해서였다.

침대 옆 의자에는 물감 묻은 작업용 멜빵바지와 회색 멜란지 티셔츠가 걸려 있었다. 그걸 입고 슬리퍼를 신었다. 수첩을 멜빵바지 뒷주머니에 찔러넣고 차를 끓이러 부엌으로 갔다.

가스레인지에는 다이얼이 없었다. 늘 있던 수탉 볏 모양 주전자도 레인지 위에 보이지 않았다. 하지만 잠시 후 조리대 옆 콘센트에 전기주전자가 꽂혀 있는 것을 발견했다. 버튼을 누르자 파란 불이 켜지며 윙 하는 소리가 났다. 컵과 차는 제자리에 있었으므로 이상한 점은 거기까지였다. 보니는 조리대에 기대어 서서 수첩을 꺼냈다.

스케치 다음의 첫번째 빈 페이지에 "레인지 다이얼은 어디 갔지?"라고 적었다. 두 페이지를 뒤로 넘겼다. "기억할 것들"이라고 적힌 페이지가 있었지만 지금 찾는 건 그게 아니었다. 세 페이지 더 뒤로 가자 질문과 답이 목록처럼 나열되어 있었다. 자기 글씨로 쓰인 첫번째 질문, "레인지 다이얼은 어디 갔지?"

그 아래 같은 필체의 답, *"사람들이 내 안전을 위해 치워*
버렸다. 내가 주전자를 올려둔 채로 물이 다 끓어 없어질
때까지 휘파람 소리를 내도록 내버려둔 적이 있었다."

자신의 낡고 아름다운 주전자가 사라진 이유가 설명되
긴 했지만 보니는 자신이 그렇게 무책임한 짓을 했다는 걸
믿을 수 없었다. 아마 그림에 몰두하다 정신이 팔린 모양
이었다. 뮤즈가 그녀를 부르면 다른 모든 건 미끄러져 사
라지곤 했으니까.

전기주전자는 휘파람 소리도 내지 않았다. 부드럽게 딸
깍 소리를 냈는데 보니는 아직 귀가 좋았고, 파란 불빛이
사라지자 티백에 물을 붓고 크림과 설탕을 넣은 뒤 식탁에
앉았다.

그때 한 여자가 부엌으로 들어왔다. 풍성하고 자연스러
운 곱슬머리가 온화한 얼굴을 감싸고 있는 키 큰 흑인 여
성이었다. 짙은 녹색의 실내용 가운을 걸치고 있었다. 가
운 차림으로 집에 침입하는 사람은 없을 테니 한번 믿어보
자고 생각한 보니는 애써 태연한 척하기로 결정했다.

"좋은 아침이에요." 보니가 말했다. "차 마시고 싶다면
뜨거운 물이 있어요."

"좋은 아침이에요, 보니. 고마워요. 수첩 첫 장을 읽어보
세요."

보니는 수첩을 맨 처음 페이지로 넘겼다. 역시 자기 글씨

로 쓰인 첫번째 질문은 "내 집에 있는 이 여자는 누구지?"였다.

그 아래 답이 있었다. *"그녀의 이름은 패티다. 나를 도와준다. 나와 함께 이 집에 산다."*

흥미롭군. 보니가 고개를 들어 그 여자, 패티를 보았다. 패티는 부엌에서 익숙한 몸짓으로 움직이고 있었다. 수첩의 존재도 알고 있었다. 보니가 다시 수첩을 내려다보았다. "이 여자는 언제부터 여기 있었던 거지?"

똑같이 앙상한 필체로 적힌 답, *"이년."* (그런데 이 메모를 스스로에게 남긴 지는 얼마나 된 걸까? 그래, 이년 하고 조금 더 됐겠지.)

"이 여자는 대체 어디서 온 거야?"

"집이 필요한 사람과 독립을 유지하기 위해 누군가가 필요한 노인을 연결해주는 기관."

그 아래 다른 필체로 적힌 문장, *"그녀를 행복하게 해줘요. 그녀가 떠나지 않아야 당신이 집에 머무를 수 있습니다."*

내 수첩에 또 누가 글을 쓴단 말인가? 이런 식으로 기억할 것들을 적어두기 시작한 건 어린 시절 처음으로 기억이 사라졌을 때부터였다. 다른 누구도 이 사실을 알 리가 없는데 하물며 뭘 적어넣는다는 건 말도 안 되는 일이었다.

그리고 "그녀를 행복하게 해줘요"라니. 이게 대체 무슨 말일까? 물론 사람들에게 화를 낸 적은 있었다. 하지만 언제나 상대가 그럴 만한 짓을 했을 때뿐이었다. 에이전트를 집에서 쫓아내며 붓과 팔레트 나이프를 투창처럼 내던진 기억이 났다. 낯선 사람에게 그런 짓을 한 적은 없었다.

그 사람은 왜 그래도 왔더라? 기억해내려 애썼다. 그림이 완성되지 않았는데 완성됐다고 말했기 때문이었다. 아직 무언가가 빠져 있었다. 보니가 아직 마지막 작품을 작업 중일 때 그가 작품을 전시회에 가져가겠다며 포장꾼들과 함께 찾아왔다. 서둘러 끝낼 수는 없는 일이었다. 그러니 쫓겨나도 왔다.

보니의 입에서 웃음소리가 새어나왔고 부엌의 여자가—이름이 뭐였더라?—고개를 돌려 물었다. "뭐가 그리 우스워요?"

"아무것도 아니에요. 그냥 기억이 나서요. 내가 좋아하지 않는 사람이 마땅한 대가를 치르는 장면이요."

그 여자가 옆으로 다가와 시럽이 소용돌이처럼 얹히고 건포도들이 별자리처럼 흩뿌려진 따끈한 시리얼을 놓아주었다. 아직 아침식사는 생각도 하지 못했는데. 누군가 집에서 식사를 챙겨준다니 도움이 되는 일인 것 같았다. 보니는 늘 먹는 걸 잊곤 했으니까. 해야 할 일이 너무 많았다.

그 여자를 행복하게 해줘요. "고마워요."

보니는 시럽을 섞으려 했지만 시리얼이 너무 묽어 소용돌이만 더 생겼다. 숟가락으로 원을 그리며 저었다. 마치 거대 가스 행성 표면을 가로지르는 폭풍 같다고 생각하다

274

가 그 생각이 어디서 나왔는지 의아해졌다. 천문학에는 늘 별 흥미가 없었지만 마음속 눈에는 대리석 무늬의 행성이 떠올랐고, 그 행성과 꿈속에서 본 인물이 뒤섞였다. 뮤즈가 보낸 것이 분명했다. 애초에 머릿속에 없던 걸 떠올리게 하다니, 그녀의 뮤즈다운 일이었다. 그렇다면 그건 무얼 대체한 걸까? 당장 일어나 작업을 하고 싶었지만 감사할 줄 모르는 사람처럼 보이고 싶지 않아 억지로 몇숟가락을 삼켰다.

밝고 따뜻한 작업실로 걸어 들어가는 보니의 얼굴에 미소가 번졌다. 전 주인이 이 아파트에 살 때 여기는 햇볕을 즐기기 위해 설계한 공간이었다. 집을 보여줄 당시에는 열대우림 하나 분량의 초록 식물들로 연출되어 있었다. 보니는 식물들을 뚫고 창문을, 태양을, 유혹하는 빛을 바라보았다. 식물은 방해물이었다. 부동산 중개인이 남편은 어디 있냐고 물었고 보니는 남편 없어요, 이 집은 나를 위한 거예요, 여성해방운동에 대해 들어본 적 있나요, 하고 무척 기분 좋게 말했다. 집값은 첫번째 대형 전시회에서 번 돈으로 현금으로 지불했다.

이젤 위에는 캔버스 하나가 이미 놓여 있었다. 완성된 것처럼 보였다. 그린 기억이 없었지만 자신의 화풍은 알아볼 수 있었다. 어깨가 아닌 어깨, 얼굴이 아닌 얼굴, 물감이 조개껍데기처럼 겹겹이 몇 센티미터 두께로 덧대여 있었다. 보니는 그림 속 형상을, 형상이 아닌 형상을 만져보았다. 나의 뮤즈. 너무나 가까우면서도 여전히 불분명한. 자신은 이 그림을 다 그리고서 만족했던 걸까? 아주 끔찍하게 잘못된 그림이었다.

캔버스를 바닥에 내던져 짓밟아버리고 싶은 충동을 참았다. 둘러보니 구석에 천을 씌워 준비해둔 캔버스는 세개뿐이었고, 이게 틀리고 틀리고 또 틀렸다 해도 망쳐버릴 이유는 없었다. 요즘 새 캔버스를 구하는 게 얼마나 어려울지 누가 알겠는가?(이 질문도 나중에 묻고 답하기 위해 수첩에 적어두었다.) 사포로 갈아내고 다시 밑작업을 하면 된다. 어쨌든 색감은 괜찮았다.

캔버스는 무겁지 않았지만 바닥으로 옮기던 중 손가락 사이로 미끄러져 떨어졌다. 모서리에 왼쪽 가운뎃발가락을 찧었고 보니는 아파서 비명을 질렀다.

"괜찮으세요?" 다른 방에서 누군가 물었다.

"괜찮아요." 보니가 대답했다. 슬리퍼 속이 뜨뜻하게 느껴졌지만 통증은 짧고 강렬한 섬광처럼 스쳤다가 사라졌다. 발가락은 나중에 처리하면 된다.

보니는 새 캔버스를 이젤에 올려놓고 등을 돌렸다. 버스 옆면만큼 거대한 작품을 그리던 삼십대에도 백지 상태의 캔버스를 두려워한 적은 없었다. 빈 캔버스는 어떤 사람들이 말하는 것처럼 도전이나 조롱이 아니었다. 작품은 구상하는 순간 이미 완성된 것이나 다름없었다. 좌절이 찾아오는 것은, 온다 해도, 오히려 마지막 단계에서였다. 눈앞에 구현된 결과물이 머릿속 이미지와 맞아떨어지지 않을 때, 평생을 갈고닦은 기량으로도 여전히 닿지 못할 때. 다행히 그런 경우는 드물었다.

비평가들에 따르면 버스만 한 거대 작품들이 그녀의 최고 걸작들이었다. 기량과 재능과 훈련, 그리고 뮤즈의 비전이 합쳐져 극에 달한 결과가 바로 '여행' 시리즈였다. 보니 스위틀러브를 이야기할 때 사람들이 떠올리는 작품들은 바로 그것들이었다.

보니는 휘트니 미술관 회고전을 떠올렸다. 네점의 대형 '여행' 시리즈와 그 전후의 소품들이 함께 전시되었다. 문이 열리고 관객들이 시야를 가리기 전에, 모든 것의 중심에 선 그 느낌. 그 중심에 서서, 천천히 몸을 돌리는 순간 머릿속 뮤즈가 거의 행복이라 할 기운을 내뿜으며 말했다. 그래, 이제 정말 가까워졌어, 거의 다 왔다고. 틀렸지만, 아주 가깝다고. 뮤즈는 틀린 것에 대해 보니를 탓하지 않았다. 보니는 맞는 길 위에 있었다.

보니가 언제나 갈망한 건 바로 그 느낌이었다. 자신이 만든 작품이 뮤즈를 기쁘게 하는 순간의 느낌. 그 기쁨은 환희의 연쇄처럼 몸 전체로 퍼져나갔다. 때로는 마지막 섬세한 터치를 더하고 물러서서 바라볼 때 찾아왔고, 때로는 여러 작품이 한 방에 모여 울림을 만들어낼 때, 서로 공명하며 본래 그래야 할 전체에 가까운 무언가를 형성할 때에야 비로소 찾아오기도 했다.

자신이 서 있는 곳을 중심으로 사방으로 내뻗치듯 퍼져나가는 그림들을 바라보며 보니는 눈을 감고 빙글 돌았다. 빈 곳을 찾았다. 더 큰 퍼즐에서 빠진 조각이, 새 그림이 있어야 할 자리를.

"보니 이모?" 익숙한 목소리가 물었다. 조카 로리가 여기 있을 리 없는데. 그애는 대학에 다니고 있었다.

보니는 눈을 떴지만 아무도 보이지 않았다. 아니, 문가에 한 여자가 서 있었다. 뭔가가 날아올까봐 몸을 움츠릴 준비가 된 것처럼 망설이는 모습이었다. 그 여자는 로리의 목소리를 가졌지만 로리이기엔 너무 나이가 많아 보였다. 보니는 방해꾼이 사라지기를 바라며 노려보았다.

"그림 그리는 중에 방해해서 죄송해요."—적어도 그 여자는 이게 그림 그리는 거라는 걸 알아차릴 정도로는 똑똑했다—"괜찮으신지 보러 왔어요. 세상에, 발이 어떻게 된 거예요?"

발을 내려다보니 핑크색 슬리퍼 위로 붉은 꽃이 번지고 있었다. 어쩌다 이렇게 됐지?

자신을 보니 이모라고 부르는 사람이 작업대 아래 파묻혀 있던 의자 위의 물건들을 밀쳐내고 그녀를 앉힌 뒤, 슬리퍼를 벗겼다. 가운뎃발가락 발톱 밑 피부가 벌어졌고 그 발가락과 양옆 발가락들이 피로 끈적거렸다. 발톱 자체는 자갯빛 얇은 막 같았고 그 밑으로 아름다운 검보랏빛 소용돌이가 퍼져 있었다. 부러진 걸까? 아마도. 까딱거려보자 통증이 번뜩 스치며 동시에 다른 무언가가 찾아왔다. 정확히 말로 할 순 없었지만 놓치기 전에 지금 당장 그걸 그려야 한다는 건 알 수 있었다. 검보랏빛 폭풍 같은 소용돌이, 거대한 가스 행성.

"아파요?"

"아니, 별로." 왜 피가 나는지 알 수 없었지만 그 질문이 나오지 않아서 다행이었다.

"잠깐만요, 닦아드릴게요. 보기보다 심하지는 않은 것 같아요."

사물은 언제나 실제보다 심해 보이게 마련이었다. 보니의 조카 로리 ― 이 사람과 똑같은 목소리를 가진 ― 는 비 오는 날 숲속을 걷다 낮게 드리운 나뭇가지에 이마를 베인 적이 있었다. 얼굴이 피투성이 커튼 같았는데 다친 줄도 모른 채 달려와 보니에게 찾은 걸 보여주려고 했었다. 그때 찾은 게 뭐였더라? 개구리였을까? 보니가 어린 시절 머릿속에 담아 집으로 가져온 것과는 전혀 다른 것. 로리의 상처는 헤어라인 근처를 가느다랗게 베인 데 불과했다.

보니는 자기 앞에 무릎을 꿇고 앉아 물에 적신 휴지로

발가락을 닦아주는 여자를 내려다보았다. "우리 조카 로리랑 똑같은 흉터가 있네." 그녀가 여자의 이마를 만지며 말했다.

"저 로리예요, 보니 이모." 로리라기에는 너무 나이 들어 보이는 여자가 짜증과 인내가 섞인 목소리로 대답했다.

그럴 수도. 로리일 수도 있겠지. 더 이상한 일도 일어난 적이 있었으니까. 기억은 장난을 치고, 뮤즈는 기억을 앗아간다. 세월이 허무 속으로 압축된다. 사람들은 얼굴을 바꾼다. 어떤 아이는 숲속에 들어갔다가 개구리를 들고나오고, 또 어떤 아이는 숲속에 들어갔다가 머릿속에 뮤즈를 담아 나온다.

보니는 창작과 관련해 수천번 패널로 참여했지만 뮤즈를 들이마셨다고 말하는 사람은 단 한명도 없었다. 그래서 자신도 말하지 않았다. "영감은 어디서 얻느냐"는 질문에 수천가지 우스꽝스러운 대답을 꾸며내 진실을 피했다. 확실히 교양 있는 자리에서 언급할 만한 이야기는 아니었다. 일초 전에도 그런 말은 하지 않았을 테고 아마 일초 후에는 또 잊어버릴 것이다. 뮤즈 자체가 아니라 그 기묘하기만 한 순간을, 무언가가 바스러지고, 공기가 달라지고, 숨을 들이쉬며 내면에서 그것의 존재를 느꼈던 순간을, 들어온 것이 몸속에 집을 짓고 바로 그 순간부터 그녀를 새롭게 만들어가던 것을.

뮤즈가 되기 전에 그건 다른 무언가였다. 그것 역시 스스로를 새롭게 만들었다. 이건 최근에야 알아낸 사실이었다. 평생 외면해온 생각이기도 했다. 선물로 받은 말의 입속을 살피지는 않으니까,* 혹은 자신을 선택한 뮤즈를 의심하지는 않으니까. 아니, 어쩌면 평생 알고 있었지만 이제야 기억해낸 것일지도 몰랐다. 로리의 개구리와 베인 이마와 함께 숲속의 그 무엇, 그 색깔들, 포자들, 손을 댔을 때 바스러지던 모습, 그리고 그걸 들이마시던 순간까지.

"이제 다 됐어요." 무릎을 꿇고 있던 여자가 말했다. 보니는 자신이 신발을 신어보던 중인가 했지만 발에는 붕대가 감겨 있었고 신발은 없었다.

"이 가게는 서비스가 엉망이군." 그녀가 점원에게 말했다.

"여긴 가게가 아니에요, 보니 이모. 저는 조카 로리고요. 슬리퍼 다시 신겨드릴게요. 그림 더 그리실 거예요?"

보니가 여자를 바라보았다. 분명 로리였다. 하지만 로리가 언제부터 신발 가게 점원이 된 거지? 로리는 대학에 다니고 있지 않았나? 아니다. 로리는 대학에서 일했다. 로리는 아이가 둘 있었고 폴 뉴먼을 닮은 아내가 있었다.

"아이들은 잘 있니, 로리?" 이름은 기억나지 않았지만 마음속으로 얼굴을 떠올릴 수 있었다. "여섯살과 아홉살

* 호의로 준 선물에 가치를 따지지 말라는 서양 속담.

쯤 됐지?"

로리는 기뻐하는 듯했다. "리오는 위원회 때문에 답답해하지만 꾸역꾸역 해내고 있어요. 레이철은 이제 자리를 잡아서 평화봉사단 활동을 즐기고 있고요. 방문 허가가 나면 저희도 가보려구요."

"참 좋구나." 보니가 말했다. 묻고 싶은 게 많았지만 무지해 보일까봐 입 밖에 내지 않았다.

"점심 드실래요?"

벌써 오전을 다 보내버린 걸까? 보니는 시계를 흘끗 보았다. 아니, 아직 11시였다. "아직. 할 일이 있어."

로리가 바닥에서 무언가를 한움큼 집어 들더니 보니의 머리에 입을 맞추고 나갔다. "조금 더 있을게요. 이모 준비되면 같이 먹고 얘기해요. 말씀드리고 싶은 게 있어요."

보니는 이미 수다는 충분히 떨었다고 느꼈지만, 그렇게 말해버리면 무례한 일일 것 같았다. 그림은 저절로 그려지지 않는다. 그리고 혼자 남으니 오늘 무엇을 하려던 건지 전혀 기억이 나지 않았다.

보니는 좌절감에 혀를 쭉 빼물었고, 뭐라도 발로 걷어차고 싶은 충동을 억눌렀다. 예전 같으면 작업실에 온 방해꾼들을 내쫓았을 것이다. 그녀가 작업하는 동안 감히 들어오는 사람은 없었다. 그건 내내 혼자 살아온 이유의 일부이기도 했다. 할 일이 너무 많았다.

캔버스는 여전히 백지였다. 백지가 두렵진 않았다. 하지만 맥락을 놓쳐버린 게 문제였다. 멜빵바지 주머니에서 수첩을 꺼내 넘겼다. 실마리를 찾아서, 뮤즈를 깨울 무언가를 찾아서. 자신의 필체로 적힌 질문이 페이지마다 가득했다. 답이 있는 것도, 없는 것도 있었다.

끝에서 두번째 페이지에서 찾던 걸 발견했다. 거칠고 단순한 스케치. 형상 비슷한 것 하나뿐이었지만 다시 보는 순간 꿈속의 것과 거의 비슷한 형상과 색채가 떠올랐다. "고마워." 그녀는 뮤즈에게 속삭였다. 머릿속 그림이 환해지며 캔버스 위로 스스로 쏟아졌다. 그녀는 팔레트 나이프로 그걸 따라갔다.

보니는 작품 속에 빠져들었다. 먼저 형태를 잡는 첫 단계. 그다음에는 이미 무엇을 하고 있는지 알았고 스케치는 더이상 필요하지 않았다. 장난삼아 수첩에서 스케치를 찢어내 그림에, 형상이지만 형상이 아닌 무언가의 등이지만 등 아닌 어딘가 가운데 자리에 붙였다. 자정처럼 어두운 남색으로 덮어버리고 나면, 자정과 하늘빛과 우주의 색을 뒤섞고 나면, 촉수, 불꽃의 혀, 손가락, 이를 평면 너머 앞으로 내뻗듯 팔레트 나이프로 파도를 불러내고 나면 아무도 눈치채지 못할 것이다.

깊이 들어갈수록 캔버스와 머릿속 이미지가 가까워졌다. 비결은 모든 것을 차단하는 것이었다. 쥐가 나는 손가락도, 어깨의 통증도, 다리의 피로도 무시하는 것. 뮤즈는 그 모든 것들을 무시했다. 이제는 그런 것들을 기억조차 하지 않았다.

뒤로 물러서서 작품을 바라보았다. 뮤즈가 제대로 해냈다고 말해주기를, 기쁨을 떠먹여주기를 기다리며. 인식의 충격과 함께 그 순간이 왔다. 그녀는 작업대 밑의 잡동사니에 묻혀버린, 아침에 버렸던 캔버스를 찾으려 몸을 숙였다.

두 그림은 똑같지 않았다. 같은 대상, 같은 윤곽, 마찬가지로 어깨 아닌 어깨, 얼굴 아닌 얼굴, 마찬가지로 의도적인 흐릿한 형상. 뭐가 다른 걸까? 오늘의 그림은 아침의 그것에는 없던 바로 이거라는 느낌을 주었다. 오늘 색채를 조금 더 잘 썼을지도, 그리고 물감의 질감도. 아니면 형상이 조금 더 가까워졌나? 그래, 아마 그랬다. 같은 주제의 변주.

작품 완성과 함께 찾아드는 탈진 상태가 서서히 정신을 잠식했다. 배가 고팠고 화장실도 가고 싶었으며 온몸이 물감투성이였다. 씻으러 욕실로 향했다.

거실로 돌아오자 중년의 백인 여자가 소파에 앉아 서류뭉치를 들여다보고 있었고, 키 큰 흑인 여자는 부엌에 서서 그릇에 뭔가를 섞고 있었다. 보니는 다시 욕실로 들어가 몸을 숨기고 수첩을 꺼냈다. 자신의 필체로 빼곡한 질문 페이지들을 넘기며 그들이 누군지 설명해줄 무언가를 찾았다.

"내 집에 있는 이 여자는 누구지?"

"그녀의 이름은 패티다. 나를 도와준다. 나와 함께 이 집에 산다."

아마 부엌에 있는 여자가 패티일 것이다. 다른 여자는 어디서 본 듯했다.

"보니, 점심 드시겠어요?" 패티라는 이름의 여자가 말했다. "씻는 소리가 들려서 미리 준비했어요."

배려심 깊은 일이었다, 정말로. 보니는 수첩을 다시 주머니에 넣고 밖으로 나섰다. 식탁에는 세 사람의 자리가 차려져 있었다. 그녀가 평소 쓰던 그릇들이었다. 중앙에는 삼각형으로 잘라 쌓아둔 토스트 접시와 샐러드 그릇, 그리고 치킨 혹은 참치 샐러드가 담긴 그릇이 있었다.

패티라는 이름의 여자는 보니가 제일 좋아하는 자리를 피해서 앉았다. 그 자리가 부엌에서 가장 가까웠는데도 말이다. 라디에이터와 가까우면서도 창밖을 볼 수 있는 자리라 보니는 그 자리를 좋아했다. 오늘 하늘은 냉랭한 푸른 빛이었고 실처럼 가는 구름이 줄무늬를 이루었다.

다른 여자가 와서 세번째 자리에 앉았다. 보니의 어머니를 닮았지만 어머니는 아니었다.

"샌드위치 드릴까요, 아니면 샐러드 드릴까요?" 패티가 물었다.

"샐러드로 할게요." 보니가 말하자 접시가 그녀 쪽으로 넘어왔다.

"보니 이모, 좋은 소식이 있어요." 어머니를 닮았지만 어머니가 아닌 여자가 말했다. 분명 로리겠지, 로리보다 한참 나이 들어 보이긴 하지만. 로리만이 그녀를 '이모'라고 불렀으니까.

"좋은 소식이라니 듣고 싶네."

"포워드 미술관에서 이모 작품 회고전을 열고 싶대요."

보니가 미소 지었다. "휘트니에서 한번 회고전을 했지. 바로 이거라는 느낌에 거의 근접했어."

"기억해요." 로리가 빵 위에 치킨 샐러드를 수북이 올리며 말했다. "이모는 뭔가 때문에 실망했지만 평론가들은 열광했죠. 어쨌든 포워드는 특별전 공간이 엄청 크고, 어떤 사람이 이모 작품의 패턴에 관해 쓴 글을 읽고는 거기 언급된 작품들 전부에다 다른 작품들까지 큰 전시를 해보자고 해요."

흥미롭군. "그 글에는 어떤 작품이 언급됐니?"

"'여행' 시리즈는 당연히 포함됐고 더 최근 작품도 얘기했어요. '변형'과 '진화'요."

'변형'이라니! '변형' 연작은 보니의 뮤즈가 가장 좋아하는 작품들이었다. 뮤즈의 작은 자화상들. 뮤즈 스스로를 위한 공간을 만들기 위해 파낸 통로들, 숨은 장소들, 발화發火

하는 시냅스와 휴식하는 시냅스들, 사랑의 망토를 두른 엔도르핀. 대부분 개인 구매자들에게 팔렸고 한곳에 모인 적은 없었다.

하나의 이미지가 보니의 뇌리를 번쩍 스쳤다. 크고 작은 그림들로 가득한 방. 휘트니가 아니었는데. 더 딱 맞아떨어지는 무언가가, 틀린 느낌이 수정된 무언가가 있었다. "내가 의견을 내도 될까?"

로리의 얼굴에 전에도 여러번 이 대답을 한 적이 있다는 듯 인내하는 표정이 떠올랐다. "그 글을 쓴 사람은 객원 큐레이터인데 조율은 충분히 가능해요. 그 사람 논지에 이모가 동의하는지 반대하는지에 달려 있어요."

"그게 뭔데?"

"패턴이요."

또다른 이미지, 어깨 아닌 어깨, 얼굴 아닌 얼굴, 군중 속의 형상, 뻗어오는 손, 형상 아닌 형상이 별무리처럼 포자로 흩어지는 모습, 물 위의 기름 막 같은 검보랏빛 소용돌이.

"얼마나 빨리?"

"9월이요. 지금은 1월이고요."

"시간이 부족해. 그렇게 촉박한 일정으로 어떻게 한다는 거야?"

"수첩의 세번째 페이지를 보세요, 보니 이모."

세번째 페이지,

기억할 것들

엄마를 닮은 여자는 로리.

집에 사는 여자는 패티. 패티에게 물건을 던지지 말 것.

내 작업의 회고전이 예정되어 있음.

보니가 고개를 들었다. "이미 진행 중인 거야?"

"벌써 일년째 준비하고 계세요."

보니는 정신이 아찔했다. 이렇게 중요한 걸 어떻게 잊을 수가 있지? 이걸 잊었다면 또 뭘 잊고 있는 걸까?

보니는 빈틈을 메워보려 애썼다. "왜 처음 말해주는 것처럼 얘기한 거니? 나 바보 아니야. 조종하려고 하지 마."

"조종하는 게 아니에요." 로리가 말했다. "처음부터 이모가 기억한다고 가정하고 말하기 시작하면 보통 되돌아가야 하거든요."

"그럼 난 이미 의견을 냈겠네?"

"매 단계마다요, 보니 이모."

보니가 입술을 깨물었다. "무슨 미술관?"

"포워드요. 이모가 거기 가보셨는지 모르겠어요. 비교적 최근에 생긴 미술관인데 정말 흥미로운 전시들을 해왔어요. 전시 도면을 몇장 가져왔는데, 보시겠어요? 서명하실 것도 몇가지 있어요."

"그래. 전시에 대해서는 에이전트한테 물어봐야겠지만, 좋아."

맞은편 여자가 한숨을 쉬었다. "이모가 에이전트를 또 잘랐어요. 지금은 이모랑 저뿐이에요."

"오! 당신이 내 새 에이전트인가요? 그 멍청이가 없어져서 다행이네. 우리 전에 만난 적 있나요?"

맞은편 여자가 다시 한숨을 쉬었다.

기억할 것들

엄마를 닮은 여자는 로리. 내 작업의 회고전이 예정되어 있음.

저 여자는 왜 자꾸 내게 질문을 하지?

그렇게 보이지 않지만 그 여자는 로리다. 그 질문들은 객원 큐레이터가 전시 해설을 쓰기 위해 보내온 것이다.

새 연작이 회고전에 포함될까?

그렇다! 로리가 객원 큐레이터에게 사진을 보냈고 그는 작품들이 전시에 어울린다고 판단했다.

기억할 것들

그가 패턴에 관해 물으면 의도한 것이었다고 말할 것.

그 남자가 말하는 그 글은 무엇인가?

제목은 "내적 여정, 외적 여정, 그리고 보니 스위틀러브의 작품에 나타난 자아의 급진적 지리학." 레비 레즈닉이라는 사람이 썼다. 반쯤은 천재적이고 반쯤은 헛소리다. 나는 그 글을 읽었다. 내가 다시 읽겠다고 하면 로리는 짜증을 낼 것이다.

기억할 것들

그가 패턴에 관해 물으면 의도한 것이었다고 말할 것. 그가 왜 지난번에는 아니라고 했느냐고, 왜 그가 잘못 짐작한 거라 말했냐고 묻는다면, 자존심을 접고 기억나지 않는다고 말할 것.

그가 맞다고, '여행' 시리즈에 숨겨진 건 별자리가 확실히 맞다고 대답할 것. 그가 맞다고, 옆에서 보면 「진화 #7」은 기아나 고지*의 입체지도이며, 임파스토**를 조각할 때처럼 썼다고 말할 것.

중요: 새 연작이 회고전에 포함될까?

그렇다.

그들이 선택한 작품들을 내 마음대로 배치하게 해줄까?

* 남아메리카 대륙 북부의 구릉성 고지.
** 유화에서 물감을 두껍게 겹쳐 칠하는 기법.

이미 그랬다. 로리와 내가 함께 도면을 그렸다. 로리 말에 따르면 몇달 전의 일이다. 큐레이터는 그게 정말 혁신적인 기획이라고 했고, 미술관은 보도자료에 그걸 강점으로 내세웠다.

"정말 이 길이 맞나요?" 보니가 운전자에게 물었다. "끔찍한 동네군."

"이 동네 와본 지 꽤 됐잖아요, 이모. 이모가 기억하는 것과 달라요. 미술관이 먼저 들어서고, 그다음에 동네 창고 공간에 예술가들이 들어오기 시작했거든요."

뒷좌석에 있던 다른 여자가 말했다. "전 이 근처에서 자랐어요. 블록 전체가 콘도 때문에 밀려났죠. 모두들 집세를 감당 못 해 쫓겨났어요."

운전자가 그녀를 "이모"라고 불렀으니 이 사람은, 너무 나이 들어 보이기는 하지만 조카 로리일 것이다. 다른 여자가 누군지는 확신하지 못했다. 보니는 창밖으로 지나가는 건물들을 바라보았다. 어쩌면 운전자 말이 맞을지도 몰랐다. 예전보다 거리에 사람들이 많았고 창고들은 더이상 널빤지로 못질되어 있지 않았다. 언제 이렇게 바뀐 거지? 그녀는 치맛자락의 작은 구슬 장식을 만지작거렸다. 긴장해서가 아니라 손이 심심하지 않은 편이 낫기 때문이었다.

운전자가 차를 미술관 입구에 댔다.

"문 앞에 내려줄 필요 없어. 나 걸을 줄 알아."

"알아요! 오늘 저녁 내내 서 계실 테니 몇 걸음이라도 아껴드리려고요."

그 말은 일리가 있었다. 하지만 일단 불평을 하고 나니 사과하고 싶은 마음이 들지 않아서 보니는 주차장에서 입구까지 걸어가는 동안 한마디도 하지 않았다. 다행히 편한 신발을 신었고, 아직은 환했다. 그녀는 한 손을 핸드백 속에 넣어 수첩을 꼭 쥐었다. 다른 여자가 팔을 내밀기에 그 부축을 받아들였다.

미술관 문에는 관람 시간이 5시까지라고 적혀 있었지만 문은 아무 저항 없이 활짝 열렸다. 로비는 공업단지였던 동네의 역사를 기억하면서도 거기에 빚지지 않은 듯 세련된 디자인이었다. 벽돌과 강철, 얼룩덜룩한 시멘트 바닥, 열린 공간과 떠 있는 벽들. 보니는 운전자를 따라 ─ 이제 보니 조카 로리였다 ─ 빈 복도를 걸었다.

유리문 앞에 도착했다. 갤러리였다. 자신이 잘 차려입고 온 걸로 보아 파티에 온 게 분명했다. 보니는 주머니에서 수첩을 꺼냈다.

"우린 당신의 전시회 개막식에 온 거예요, 보니." 자신을 부축해주고 있던 여자가 말했다.

"어서요, 보니 이모." 다른 여자가 문을 잡아주었고, 자신을 "이모"라고 부를 사람은 로리뿐이니 그녀는 조카 로리가 틀림없었다. 보니가 납득할 수 있는 것보다 나이 들어 보였지만 말이다.

그녀는 환하게 불 밝힌 방으로 들어섰다. 입구 왼쪽에 바가 설치되어 있었고 젊은 바텐더 둘이 빛을 받아 반짝이며 춤추는 모양으로 코발트색 와인 병들과 작은 전구 줄을 배치하고 있었다. 파티 참석자 없는 파티였다. 그녀는 수첩을 꺼내 "사람들은 다 어디 있지?"라고 적고는 다시 주머니에 넣었다.

"우리가 한시간 일찍 왔어요." 옆에 선 여자가 보니가 방금 적은 질문을 본 것처럼 말했다. "이모가 사람들 방해 없이 그림을 보고 싶다고 일찍 오자고 하셨잖아요."

몰래 엿보는 건 예의가 아니었지만 그 대답은 유용했다. "고마워."

그녀는 "사람들에게 방해받지 않고 그림을 보려고 내가 먼저 왔다"라고 적었다. 질문과 답이 이렇게 깔끔히 들어맞으니 기분이 좋았다.

보니는 어떤 작품인지 보려고 더 가까이 다가갔고, 뮤즈가 기억 하나를 그녀에게 차 보내줬다. 이건 그녀의 전시회였다. 그들은 전시회에 대한 그녀의 제안을 들어주었다. 바를 지나가기도 전에 알 수 있었다. 커다란 공간 안에 서로 높이를 달리해 천장에서 늘어뜨린 그림들. 벽과 벽이 겹치고, 그림이 그림에 겹치는 구조였다. 장미 꽃잎처럼.

그녀는 자신이 상상했던 효과가 그대로 나기를 바랐다.

대부분의 그림은 본 지 수십년이 지났지만 바깥벽을 이루는 '여행' 연작은 자기 집처럼 익숙했다. 조개껍데기처럼 겹겹이 덧대인 거대한 검은 면들, 조각된 물감의 파도 아래 숨은 색깔들. 잊어버렸다가 이제야 기억나는 비밀들. 뮤즈가 예전에 무엇이었는지, 어디를 여행했는지, 그녀를 선택하기 전 그 끝없는 시간 동안 누군가에게 털어놓고만 싶어 몸살을 앓던 뮤즈의 비밀들.

보니는 아무거나 설명 패널 하나를 집어 읽었다.

"「여행 #6」, 보니 스위틀러브, 캔버스에 유채, 1956.

스위틀러브의 '여행' 연작은 여러 관점에서 볼 수 있다. 형태, 양식, 색채를 탐구하는 방식은 유희적이면서도 기술적으로 능란하다. 또한 평범한 관람자에게는 숨겨진 비밀들을 품고 있다. 천문도, 지형적 특성, 생리학적 경로가 그것이다. 뒤로 2.4미터, 오른쪽으로 60센티미터 떨어져서 바라보면 「여행 #6」은 1944년 대서양 허리케인 시즌의 이동 경로를 드러낸다."

이건 분명 뮤즈가 그녀에게조차 말해주지 않은 비밀들이었다. 보니는 단지 매개자일 뿐이었다. 아니, 그렇게 말하는 건 좀 부당하다. 재능도 기술도 직업윤리도 없는 매개자라면 이 작품은 탄생하지 못했을 것이다. 이건 협업이었다, 비록 뮤즈가 시키는 모든 세부 내용의 의미를 그녀가 다 알지 못했더라도.

1944년이라면 대서양 허리케인이었을 것이다. 보니는 아버지가 창문에 판자를 대고, 자신과 언니와 어머니에게 창 없는 식료품 저장실에 앉아 있으라고 했던 기억을 떠올렸다. 그뒤로 더 센 허리케인도 겪었지만 그녀가 기억하는 첫 허리케인은 그것이었다. 나무들을 쓰러뜨리고, 없던 곳에 연못을 만들고, 익숙한 풍경을 바꿔놓았다. 그로부터 오래 지나지 않아 그녀는 혼자 숲속으로 들어갔다가 머릿속에 뮤즈를 담고 숲에서 나왔다.

모든 설명을 다 읽는다면 자신의 예술에 대해 온갖 것들을 알게 될 것이었다. 큐레이터는 준비를 많이 해왔다. 그가 물으면 그녀는 그래요, 의도적이었어요, 물론이죠, 하고 말할 것이다. 더 안전한 거짓말. 보니가 기억하지 못하는 진짜 이유를 아무도 이해하지 못할 때 치매 진단을 받아들이는 것만큼이나 안전하다. 뮤즈를 보호하고, 자신도 보호하는 것. 그것만은 아무리 많은 것이 미끄러져 나갔더라도 결코 잊지 않은 두가지였다.

"괜찮으세요, 보니 이모?" 누군가 물었고, 보니는 손을 저어 질문을 밀쳐냈다. 방해는 안 돼. 안 돼, 여기가 어디든 여기서는, 누군가가 마침내 그녀의 작업을 제대로 된 방식으로 한데 모아놓은 이곳에서는.

그녀는 '여행'을 지나 '진화'로 들어갔고, 거기서 자신이 지형도를 숨겨놓았다는 것을 알게 되었다. 아직 발견되지 않은 지리적 특성들, 기묘한 MRI 연작, 정체불명인 무언가의 부분 유전체까지. 하지만 '진화'를 볼 때 그녀가 보는 건 그게 아니었다. 그녀는 황금빛에 감싸인, 너무 밝아서 볼 수 없는 자신의 뮤즈를 보았다. '진화' 다음은 '변형'으로 이어졌다. 관람객에게 더 가까이 오라고, 안을 들여다보라고, 그녀의 안을 들여다보라고 애원하는 아주 작고 극도로 정밀한 작품들. 뮤즈가 보금자리를 틀고 집을 만든 곳, 어디까지가 뮤즈이고 어디부터가 자신인지 더이상 구분할 수 없게 된 작업들. 모두 스물일곱점, 3의 세제곱, 프랙털 패턴으로 하나의 벽에 모여 있는 작품들.

그리고 마지막으로, 중심에는 신작들이 있었다. '일별', 그녀가 무수히 만든 것들 중 번호가 붙은 열두점의 '일별'이었다. 그려진 형상이 아닌 형상들, 의도적으로 초점을 흐린 형상들, 빛의 몸, 천체의 몸, 한때는 몸을 가졌으나 더이상 갖지 않게 된 것들.

보니는 중심, 자신이 창조한 것들의 중심에 서서 바깥쪽을 보았다. 이 위치에서는 모든 것의 일부를 볼 수 있었다. 미완의 '여행', 진행 중인 '진화', 일련의 '변형'들, 그리고 이제 너무 가까워 거의 손이 닿을 것 같은, 그 진정한 실체 혹은 실체였던 것을 거의 알 수 있을 것 같은 무언가의 '일별'. 그녀의 뮤즈가 빛났다. 뮤즈는 행복을 발산하면서, 보니가 눈앞에 보고 있는 것들을 재반사하는 이미지들을 통해 말했다. 그래, 바로 이거야, 이게 맞아, 날 위해 이걸 기억해줘.

날 위해 기억해줘. 뮤즈가 보니를 기쁨으로 가득 채웠고, 그녀는 집에 돌아가 물감 앞에 설 때까지 기억을 붙들 수만 있다면, 단 한번일지라도 그것의 진짜 얼굴을 포착할 수 있을지 모르겠다고 생각했다. 지금으로부터 아주 멀리 있을 때, 뮤즈가 되기 훨씬 전에 그게 무엇이었는지를 기억하는 그 얼굴을 말이다. 보니는 수첩을 움켜쥐었지만 종이와 펜으로는 이걸 붙들어맬 수 없었다. 선으로는 가둘 수 있겠지.

날 위해 기억해줘. 그게 말했고, 보니는 자신이 잊어버리기 전까지는 기억하리라는 것을 알았다. 숨을 내쉬어 뮤즈를 놓아 보낼 때까지, 자신의 뮤즈가 새로운 누군가에게로 옮아가 영감을 불어넣고, 아주 긴 이야기를 들려주고, 새로운 매개를 통해 이야기하고 또다시 이야기될 때까지. 날 위해 기억해줘. 그게 말했고, 보니는 잊어버리기 전까지는 기억하겠다고 약속했다.

산맥은 그의 왕관

왕립 측량단이 한낮에 기계를 몰고 내 밭을 가로질렀다. 불을 다 끄는 데 여섯시간이 걸렸다.

그들은 멈추지 않았다. 새 황제의 문장紋章을 그린 깃발이, 황제 자신의 옆얼굴을 그린 깃발이 바람에 펄럭이며 휘날렸다. 우리 농장의 북쪽 경계, 옴멘 비르쿠의 땅에서, 내 두마리 말이 끄는 쟁기와 같은 느릿한 속도로, 하지만 더 높고 더 넓게, 동화 속 용처럼 불을 뿜으며 딱정벌레처럼 철갑을 두른 채 그들은 왔다.

재앙은 어떤 속도로든 일어날 수 있다. 내 해바라기 밭에 10미터 폭의 길을 내며 천천히 베어나가는 그 기계를 보며 그렇게 생각했다. 말은 순식간에 누군가를 짓밟을 수 있지만 그 사람이 죽는 데는 몇주, 몇해가 걸릴지 모른다.

곤충 떼는 하룻밤 사이에 내려앉아 아침이면 추수할 것이 아무것도 남지 않을 수도 있다.

이번 건 느린 재앙이었다. 나는 이랑 수를 가늠할 시간이 있었다. 바람이 어느 쪽으로 부는지, 우리 집 쪽으로 번질지 확인할 시간이. 비르쿠를 떠올릴 여유와, 그의 의류 작물도 같은 운명을 맞았을지 생각해볼 시간이. 지금 철이 흙을 살찌우는 계절이고, 이모작의 계절이라는 것을 다행으로 여길 시간이. 해바라기 스물다섯이랑이 타는 건 건초나 붉은밀 스물다섯이랑이 타는 것보다는 작은 재앙이었다. 태우는 건 토양을 비옥하게 해주긴 하니까.

나는 부엌 창가에 서서, 밭의 움직임을 포착하기 직전에 우려둔 박하차 머그잔을 꼭 쥐고 있었다. 잔이 손안에서 식어갔다.

"뭘 보고 있어?" 라라가 방으로 들어오며 물었다. 내가 대답하지 않자 내 시선을 따라갔다. "저게 뭐야? 왜 가만히 보고만 있어? 불이 번지기 전에 꺼야지!"

나는 고개를 저으며 깃발을 가리켰다. "막지 않는 게 좋아. 지나갈 때까지 기다리자."

"그럼 적어도 양동이라도 준비하자. 말들도 옮겨두고."

그녀가 옳았다. 창밖 풍경에 걸린 주문을 깨뜨리기 위해 필요한 말이 바로 그거였다. 우리는 아이들에게 물을 길어 오라고 시켰다.

“앞문으로 나가렴,” 나는 아이들에게 말했다. “기계한테 들키지 않게.”

“기계 속 사람들한테.” 라라가 나를 흘겨보며 말했다. 역시 또 옳았다. 괜한 괴물 이야기로 겁줄 필요는 없으니까.

나는 아이들과 함께 앞문으로 나갔다. 헛간까지 들키지 않고 갈 방법은 없었지만, 괴물은 이미 헛간과 집을 지나 있었다. 기계 옆이나 뒤에서 누가 보고 있는지는 알 길이 없었다.

말들은 발굽을 구르고 꼬리를 휘두르며 동요한 모습으로 나를 맞았다. 불 냄새를 맡은 것이다. 스타가 가장 깨끗해서 그 녀석에게 안장을 얹고 나머지에게는 고삐를 씌웠다. 한마리를 타고 세마리를 끄는 건 아무리 상황이 좋아도 쉽지 않았으니, 맨등에서 해보려 하지 않고 안장을 얹은 게 다행이었다. 녀석들은 모두 반은 짐말 품종이라 본래 온순하지만 불과 내 서투른 산만함이 불안을 가중시켰다. 아이들 중 하나를 데려왔으면 훨씬 수월했을 것이다. 생각이 없었다. 내 정신은 불에 가 있지 않고 기계 꼭대기에서 펄럭이던 문장에 가 있었다.

불길을 잡지 못하고 바람이 거세진대도 그나마 방화선 역할을 할 만큼은 길이 넓었다. 필요하다면 아이들은 길 건너로 보낼 수도 있었다. 나는 그렇게 혼잣말하며 우리 진입로를 올라가 도로를 건너 마리스네 집으로 향했다.

마리스 가족과는 사이가 좋았던 적이 없지만, 엘룸은 나를 한번 보더니 빈 우리로 가는 문을 열어주었다.

"뭐가 타는 거지?" 엘룸이 스타의 안장을 벗겨 문 옆에 털썩 내려놓는 내게 물었다. "내 해바라기 밭이야. 그런데 그것만은 아니야. 큰 기계야, 왕실 문장을 휘날리더라고."

그가 고개를 끄덕였다. "얘들아!" 집 쪽으로 소리쳤다. 문이 열리며 장남 이안노가 얼굴을 내밀었다. "신발 신어라. 케이네에 불났다. 우리 모두가 필요할 거야."

우리 집 뒤편 공기는 연기로 자욱했다. 우리는 말없이 함께 서둘렀다. 서로의 농사 방식을 못마땅하게 여겨왔다는 사실이나, 우리가 땅을 팔지 않겠다고 했던 것에 대해 그가 아직도 앙심을 품고 있다는 건 중요하지 않았다. 우리 집 불을 못 잡으면 그의 집까지 잿더미가 될 테니까.

호스를 풀어 연못에서 물을 퍼 올릴 준비를 마쳤을 때쯤 기계는 내 땅의 남쪽 끝에 닿아 있었다. 마리스 가족 전체와 우리 가족 전부가 달라붙었는데도 큰불을 잡는 데 여섯 시간이 걸렸다. 연못 물의 절반을 퍼냈는데, 이건 나중에 우리가 해결해야 할 일이었다. 우리는 운이 좋았다. 불길이 더 번지지는 않았으니까.

"고마워요." 내가 마리스 가족에게 말했다. 그들이 집에 돌아가면 자기네 먹이와 물로 우리 말들을 먹일 거라는 것을 알고 있었다. "아침에 데리러 갈게요."

“너희 가족도 똑같이 해줬을 거야.”

남은 일은 밤새 타고 지나간 띠 모양 자리를 걸으며 잔불을 꺼뜨리는 것뿐이었다. 피로가 온몸을 파고들었지만 어둠은 오히려 일을 수월하게 해주었다. 라라는 아이들을 재우려 집 안으로 데려갔다. 아이들을 달래는 건 그녀가 더 잘했다.

잠시 후 그녀가 다시 나왔다. “문에 들어서기도 전에 둘 다 선 채로 잠들었어.”

우리는 남쪽 경계까지 걸어 내려갔는데, 고대의 경계를 이루던 커다란 돌들이 자갈처럼 부서져 흩어져 있었다. 남쪽 하늘이 불길로 훤하게 밝았다.

“뭘 하고 있는 걸까?” 라라가 북쪽으로 몸을 돌리며 물었다.

“모르겠어.” 내가 말했다.

“정말 정교했어.” 라라가 말하며 우리가 미처 보지 못한 타고 있는 줄기를 걷어차서 장화로 흙 속에 묻어 꺼뜨렸다. “이 이랑들 바깥으로는 아무것도 타지 않은 거 봤어? 우리가 불을 끄지 않았더라도 제풀에 꺼졌을 것 같아. 이 줄들은 태웠겠지만 다른 이랑은 건드리지 않았을 거라고.”

“그럼 우리가 헛고생을 했단 말이야?”

“꼭 그런 건 아니야. 내가 틀렸을 수도 있고. 그리고 그들이 인접한 이랑에 불이 번지는 걸 어떻게 막는지는 몰라도 바람을 통제할 수는 없으니 조심하는 편이 낫지.”

우리는 걸으며 흙덩이를 걷어차고 잔불을 밟아 껐다. 발이 아팠고 허리도, 어깨도 아팠다. 밤마다 안고 잠자리에 들던 그 익숙한 통증이 아니었다. 다음 날 일어나서도 온몸이 쑤실 정도의 통증이었다.

다음 장날, 모든 대화는 화재에 관한 거였다. 첫번째 가판대에서 내가 말린 갈색콩을 통에서 한 주걱 퍼 담으려 하자 신 다비가 단단한 손아귀로 내 손목을 붙들었다.

“정말이야?” 그녀가 물었다. 그녀의 손가락 마디는 산봉우리처럼 울룩불룩했고 종잇장처럼 얇은 피부 아래로 뼈가 도드라졌다. “정복자의 군대가 또 왔다고?”

나는 그 손가락을 하나씩 떼어내고 그녀의 손을 꼭 잡아 내려놓았다. 이곳에 산 지 십오년이 지났지만 북쪽 출신인 내가 느끼기에 이곳 사람들은 너무 쉽게 남의 몸을 만졌다.

“정복자의 문장을 달고 있었어. 하지만 그의 병사들인지, 마법사들인지, 풀려난 사냥개들인지는 몰라. 불을 지르면서 계속 움직이더라고. 멈춰서 말을 걸진 않았어.”

“쳇. 개들이지.”

“다른 사람들이랑 얘기해봤어? 작물을 잃은 집이 얼마나 되는지 알아?”

“비르쿠는 알다시피 그렇고, 북쪽으로 세 농가 더. 너희 남쪽으로도 최소 네곳. 일렬로 쭉.” 그녀가 허공에다 북에서 남으로 선을 그었다.

"그 너머로는?"

그녀가 어깨를 으쓱했다. "누가 알겠어? 거기까지밖에 소식을 몰라."

"한번도 망설이지 않았다고?"

"이 근처를 지날 땐 그랬어. 다른 데로 방향을 틀었거나, 어디 들러서 먹고 싸고 자고 했대도 적어도 여기서는 아니었고. 케이, 다시 말해줘. 너 그자와 같은 지역 출신은 아니었지?"

그자. 황제, 정복자. "아니야. 그자는 바다 건너 서쪽 어딘가에서 왔어. 우리 쪽으로 올 땐 산에서 처음 나타나긴 했지만. 열여섯해 전, 여기 처음 오기 훨씬 전에 말이야. 거기 요새를 세웠지."

"그자 때문에 떠난 거야?"

"맞아, 그때 떠난 건 그자 때문이야. 하지만 난 스물다섯이었고 몸이 근질근질할 때라 어차피 머지않아 떠났을 거야. 농사짓기 좀더 수월한 데서 살고 싶다는 생각은 늘 했거든. 물론 어디서나 쉽진 않지만, 여기 흙은 더 비옥하고 겨울도 덜 춥지."

신은 내 자루에 콩을 한 주걱 더 쓸어넣고, 내가 내민 값을 손사래 치며 거절했다.

시장을 걸으며 나는 늘 그랬듯 어린 시절의 장터 물건과 이곳 물건이 어떻게 다른지 곰곰이 떠올렸다. 그때 시장에는 전자제품이 가득한 좌판들이 있었는데 이제 그런 물건들은 황제의 성벽 안을 벗어나서는 허락되지 않는다. 북쪽의 시장은 오래 보관할 수 있는 말린 식품들로 가득했고, 바다 쪽에서 소금에 절인 생선을 들고 오거나 남쪽에서 싱싱한 과일과 채소를 들고 오는 사람이 나타나면 물건은 금세 동나곤 했다.

여기 사람들은 누구나 직접 농작물을 길렀지만 좌판에 줄지어 놓인 것들은 다른 면에서 필요한 것들이었다. 직접 만드는 것보다 사는 편이 쉬운 건 무엇이든 있었다. 직물과 옷, 장신구, 냄비와 프라이팬, 재갈과 마구. 라라와 나는 우리 옷을 직접 지어 입었지만, 하루 종일 껍질을 까느라 쑤시는 손으로 저녁에 또 뜨개질을 하거나 버터를 휘젓거나 가죽을 꿰매고 싶지 않은 마음 또한 이해했다.

어느 좌판을 가도 상인들은 작물을 잃은 우리와 말을 섞고 싶어했다. 호기심에 찬 관심도, 실리적인 관심도 있었다. 그 기계가 한번 왔다면 다시 올 수도 있으니까. 모두가 내 가방에 뭘 조금씩 더 넣어주었고, 나는 남부 사람들에 대한 생각을 백번 천번 또 고쳐먹었다. 말할 때 너무 가까이 다가오긴 했지만 여기선 궁핍한 이를 혼자 버티게 내버려두지 않았고, 도움을 청하게 만들지도 않았다.

"내가 더 산 건 아니야." 집에 돌아와 넘치게 담긴 안장 가방을 부엌 바닥에 내려놓으며 말했다. "다들 뭔가 주고 싶어했어."

"예전의 당신이라면 자존심 때문에 못 받았겠지." 라라가 콩 자루를 들어 올리며 말했다. "우리 처음 만났을 때만 해도 자선으로 해석될 수 있는 건 뭐든 거절했잖아."

나는 그녀를 품에 안고 풍성한 머리카락에 얼굴을 묻었다. 달콤한 곡식 냄새가 났다. "우리가 처음 만났을 땐 먹여 살릴 가족이 없었잖아."

"그랬으면 안 됐지!"

그녀의 장난은 언제나 마음을 편하게 해준다. 나는 그녀의 장난스런 손찌검을 받아주고, 같이 먹거리를 정리하기 시작했다.

"어쨌든," 잠시 뒤 내가 말했다. "그땐 너무 어려서 때로는 사람들의 도움이 필요하다는 걸 몰랐어."

한달 뒤 그들이 두번째로 왔을 때, 라라와 나는 텃밭에서 일하고 있었다. 우리 둘 다 고개를 숙인 채 무릎을 흙에 대고 있었고, 땅은 며칠 전 내린 비로 말랑했다. 말발굽으로 해바라기 사이 고랑을 헤집으며 그들이 거의 코앞에 닥칠 때까지 소리조차 듣지 못했다.

그들이 밭 가장자리에 이르자 선두의 말이 목을 뻗어 줄기 하나를 통째로 꺾어버렸다. 그들은 바로 이런 모습으로 다가왔다. 기수 셋, 검은 말 셋, 그중 하나가 거대한 노란

꽃을 질질 끌고 있었다.

우리는 일어섰고, 공격적으로 보이지 않으려고 손에 든 연장을 흙에 내려놓았다. 그들도 공격적으로 보이지는 않았다. 깃발도, 기계도 없었다. 하지만 그들의 안장 덮개와 겉옷에는 금색 바탕에 붉은색으로 왕관을 쓴 옆얼굴이 수놓여 있었다. 이 지배자는 상징적 표현에 시간을 낭비하지 않았다. 그 스스로가 자신의 사자였고, 자신의 성이었으며, 자기 권력의 상징이었다.

"이 밭이 당신들 거요?"

라라가 고개를 끄덕였다.

"황제의 명에 따라 불탄 자리를 빈 땅으로 남겨두고 잡초가 나지 않게 관리하시오."

나는 해바라기에 시선을 고정했다. 말은 아직도 줄기를 씹고 있었고 꽃은 위아래로, 위아래로 까딱거렸다. 그 덕에 병사들이 덜 위압적으로 보이긴 했다.

"이 밭에서 나오는 수입 없이 어떻게 살아남으라는 거요? 여긴 작은 농장입니다. 스물다섯이랑은 결코 적은 게 아니에요."

병사가 어깨를 으쓱했다. 그 표정에 동정이 어린 것 같았다. "나는 모르겠습니다. 하지만 내가 당신 처지라면 명령을 거스르진 않겠소. 심어봤자 다시 불태워질 것에 시간과 돈을 낭비하느니 그 땅은 없는 셈 치는 편이 나을 거요."

그들은 밭 쪽으로 갔다. 남은 작물들을 더이상 짓밟지 말고 길로 돌아가라고 말하고 싶었지만 그들을 자극하지 않는 편이 낫다는 걸 알고 있었다. 그들이 고랑 사이로 사라질 때쯤 아까 말하던 병사의 말이 꽃을 떨궜다.

"대체 왜 이러는 걸까?" 그들이 들을 수 없을 만큼 멀어지자 라라가 물었다. "새 길이라도 내려는 건가? 길은 이미 있는데."

"모르겠어. 기계와 마법사가 다시 들이닥치는 것보다는 시키는 대로 하는 게 낫겠지."

라라가 무릎을 꿇고 삽을 집어 들더니 겨울 채소 사이에 불쑥 올라온 잡초 뿌리를 캐냈다.

"할 수 있을까?" 나는 여전히 버려진 꽃을 보면서 물었다. "봄에 그렇게 많이 땅을 놀릴 여유가 있을까?"

"역병, 날씨, 벌레, 아무것에도 빼앗기지 않는다면 할 수 있겠지. 이윤 폭은 더 줄어들 테고 우리가 통제할 수 있는 건 아무것도 없어. 하지만 더 나쁠 수도 있었다고 봐."

병사들과 황제 일이라면 언제나 더 나쁠 수 있었다. 잠시 후 나도 그녀 옆에 무릎을 꿇었다.

그날 밤 마리스네가 저녁을 먹으러 왔다. 우리는 불이 났던 밤 한마음이 된 이후 그들과 더 친해지려 애썼고, 대체로 잘되고 있는 듯했다. 엘룸이 붉은밀 빵을 구워 왔는데 시큼하면서도 달콤했고, 우리는 한덩어리씩 뜯어 내가 만든 콩수프에 찍어 먹었다.

"뭘 하려는 건지 모르겠어." 타리 마리스가 말했다. "왜 그냥 땅을 빼앗지 않는 거지?"

"똑똑한 거지." 라라가 말했다. "땅을 앗아가면 그걸 관리할 사람을 찾아야 하잖아. 이렇게 하면 우리가 관리하게 내버려두고 우리한테 보유세도 거둘 수 있으니까."

나는 세금까지는 생각도 못 했다. "그게 가능해? 경작지였을 때랑 같은 세율로 세금을 매길 수 있단 말이야?"

"그 사람들은 뭐든 하고 싶은 대로 할 수 있어요." 이안노 마리스가 우리 쌍둥이들에게 얼굴을 일그러뜨려 보이자 아이들이 낄낄 웃었다. 이안노는 이제 말은 어른처럼 했지만 자기보다 어린애들과 함께 있을 때면 여전히 아이처럼 굴었다.

"그들이 너희 땅이 아니라 우리 땅을 지나가서 정말 다행이야." 라라가 말했다. "너희는 먹일 입이 훨씬 많잖아. 그리고 우리가 심을 게 줄어들면, 너희 필요할 때 도울 시간도 더 생길지 몰라."

타리가 미소를 지으며 막 불러오기 시작한 배에 손을 얹었다. "서로 도우면 되지."

세번째 방문은 겨울의 한가운데였다. 헛간에서 마구에 기름을 치고 있을 때 쌍둥이들이 달려왔다.

"그게 나타났어요." 애시가 말했다.

"하늘에." 세이블이 말했다.

나는 닦고 있던 뱃대끈의 마른 땀 자국을 한번 더 문질렀다. "새?"

"그거요." 애시가 되풀이했다. "뚱뚱한 물고기 모양이었어요. 새처럼 나는 게 아니에요."

"얼마나 커?"

세이블이 손가락을 벌려 보였다. "근데 하늘에 있잖아요. 멀리 있는 큰 매도 참새만 해 보이다가 가까이 오면 이렇게……" 세이블이 큰 매의 날개처럼 보이게 손가락을 쫙 펼쳤다.

"똑똑하네. 하늘에 있는 그거 보여줄래?"

나는 걸레를 내려놓고 아이들을 따라 잿빛 대낮 속으로 나섰다. 우리는 일주일째 해를 보지 못했다. 말들에게 물을 먹이려면 얼음을 깨야 할 정도로 추웠지만 눈은 내리지 않았다.

"보여요?" 세이블이 물었다. 북쪽 나무들이 이루는 선 아래로 불룩한 배를 가진 거대한 무언가가 내려앉고 있었다. 금색 바탕에 수놓은 붉은색 옆얼굴이 흘끗 보였다.

"아빠를 부르러 오다니 잘했어. 저건 비행선이란다."

"비행선." 애시가 그 단어를 굴려보았다. "왜 한번도 본 적이 없어요? 저 위에 탈 수 있어요?"

"위가 아니라 안에 타는 거야." 내가 말했다. "한번도 못

본 건 황제가 기술을 자기만 쓰려고 감춰놓았기 때문이지. 황제는 비행선도 있고 우리에게서 빼앗아간 온갖 것들을 갖고 있어. 그중엔 꽤 유용한 것도 있고. 좋은 것도, 아주 나쁜 것도 있지. 너희 둘이 지금 당장 할 일은 마리스네로 달려가서 내가 데리러 갈 때까지 거기 있는 거야. 당장, 아주 빨리 뛰어. 마리스네에는 너희가 얼마나 빨리 달릴 수 있는지 시험해보려 했다고 전해주렴. 둘이 꼭 붙어 있고!” 마지막 말은 아이들이 내달릴 때 덧붙였다.

아이들은 엘룸과 타리에게 비행선 얘기를 할 것이고, 두 사람은 내가 아이들을 안전하게 맡기려고 보냈다는 걸 알아챌 것이다. 나는 방문객들을 맞기 위해 몸단장을 하러 갔다.

그들이 도착하기까지는 몇시간이 걸렸다. 황제가 보낸 군단은 이번에는 길을 통해 호버카를 타고 왔다. 남쪽으로 내려온 직후에 합병이 된 이후로 몇년 동안 호버카는 한번도 보지 못했다.

그들이 도착했을 때 우리는 바깥에서 기다리고 있었다. 그들의 의도가 무엇인지 모르니 집 안으로 들이는 것보다 밖에서 맞는 게 나았다. 일행은 여섯이었다. 여자 셋, 남자 셋. 그중 하나는 작고 피부가 검었는데, 내 고향이나 적어도 그 근방 출신 같았다. 다른 여자 하나는 황제의 붉은색과 금색 옷을 입고 있었는데 지난 몇년간 보아온 보병 군복은 아니었다. 군인다운 자세로 서 있는 건 그녀뿐이었고 그녀만이 눈에 보이게 권총을 차고 있었다.

말을 한 남자는 등이 굽고 뼈가 도드라질 만큼 말랐으며, 길고 좁은 턱 때문에 이가 빽빽이 몰려 말이 약간 부자연스러웠다. "황제께서 당신의 협조를 요청하십니다."

"요청인가요, 아니면 요구인가요?" 내가 물었다. 라라가 눈치를 주려고 내 쪽으로 몸을 기울였다. 나는 꿋꿋이 서 있었다. 그들을 도발하지 않는 게 좋다는 건 알았다. 도발하려는 게 아니라 분명히 하려는 거였다.

좁은 턱이 팔짱을 꼈다. "요구가 맞습니다. 황제께서는 당신의 협조를 요구하셨습니다. 황제께서는 왕립 측량단을 비행선에 태워 보내셨고……"

나도 모르게 끼어들었다. "당신들이 그 왕립 측량단인가요?"

"그렇소."

"여보, 황제 폐하의 사절 말씀에 그만 끼어들면 어떨까, 설명 좀 하시게?" 라라는 더이상 돌려 말리지 않았다.

"죄송합니다." 내가 말했다. "이제 안 끼어들게요."

그가 다시 시작했다. "황제께서 당신의 협조를 요구하십니다. 폐하께서는 왕립 측량단을 비행선에 태워 보내셨고, 당신의 땅에 가능한 모든 계절에 해바라기를 심고 유지해야 한다고 결정하셨습니다."

"우리 땅 전부에요? 대체 무슨 이유로요?" 나는 또 참지 못하고 물었다. "애초에 그게 가능하지도 않다는 걸 알긴 하시나요? 작물에는 제철이 있어요."

"가능한 모든 계절에." 그가 되풀이했다.

라라는 더 외교적으로 굴려고 애썼다. "제 짝이 묻고자 하는 건, 황제께서 꽃이 자연스러운 성장과 소멸의 주기를 따른다는 걸 이해하시는지 하는 점입니다. 여기서도 겨울에는 자라지 않는다는 점을요."

"황제께서는 이해하십니다. 텃밭은 계속 가꿀 수 있고, 겨울에 꽃을 키우라고 요구하지도 않을 겁니다. 왕실 농학자들이 일정표를 제공할 테니 당신과 이웃들은 동시에, 그리고 반복해서 확실하게 꽃이 만개하도록 하면 됩니다."

"반복해서라고 하셨죠." 내가 말했다. "그럼 붉은밀이나 건초용 풀은 전혀 기르면 안 되는 건가요? 해바라기 수입만으로 어떻게 살아남으라는 거죠? 가축은 어떻게 먹이고요? 텃밭이나 해바라기로 말을 먹일 수는 없어요." 라라의 차분한 어조를 따라 해보려 했지만, 내 질문은 내 귀에조차 날카롭게 들렸다.

좁은 턱은 두 손을 들어 보이고 어깨를 으쓱했다. 불편해 보였다. 그토록 많은 농장을 다녔을 텐데 자기가 전하는 말에 여전히 불편해하는 걸까?

나는 말을 이었다. "그건 그렇다 치고, 우리 농장이 시장에 내다 팔 붉은밀과 콩을 생산하지 않으면 산에 있는 당신네 사람들은 뭘 먹고 살 겁니까?"

"모두가 해바라기를 기르는 건 아닙니다. 당신들 줄무늬 서쪽에 붉은밀을 기르는 재배자들의 큰 무리가 있을 겁니다."

이번엔 라라가 어이없다는 표정을 지었다. "우리 줄무늬라고요? 그럼 그쪽은 우리가 해바라기를 기르는 동안 내내 붉은밀을 기르는 건가요? 왕실 농학자들은 토양이 붉은밀을 일년에 한번 이상 감당 못 한다는 건 알고 있겠죠? 중간중간에 의류 작물을 재배하거나 밭 태우기를 하지 않고 돌리면 토양의 영양분이 사라지고 이후 생장이 위축된다는 것도요?"

"왕실 농학자들이 그 모든 질문에 대한 해답을 마련하고 있습니다."

"왜요?" 내가 물었다. "이 모든 게 대체 무슨 의미가 있는 거죠? 우리는 황제의 농민들이에요. 반역 같은 건 없었습니다. 우리를 무너뜨리거나 증명할 필요가 없다고요."

지금까지는 좁은 턱이 줄곧 말했지만 이번에는 일행 중 한 여자가 앞으로 나섰다. 그녀가 손바닥을 펴 작은 단추 하나를 보였고, 그건 꽃 피듯 투사도投射圖로 펼쳐졌다.

"이건 황제의 비행선에서 내려다본 황제의 영토입니다. 작년 늦여름, 황제께서는 자녀들과 여행 중이셨는데, 따님이 북쪽의 어느 바위 해안 구간이 폐하의 코와 닮았다고 말했습니다. 여기, 보이시죠?”

지도를 확대하자 실제로 코처럼 보이는 돌출부가 보였다. “그리고 두 자녀분은 그 생각을 더 키워나갔어요. 산속 호수는 황제의 푸른 눈. 북쪽 산맥은 그 자체로 황제의 왕관. 그렇게 닮은 점을 보여주자 황제께서는 무척 기뻐하셨습니다. ‘보아라, 이 땅은 내 것이 되도록 정해져 있었구나’라고 말씀하셨죠.

황제께서는 닮은 점이 어디까지 이어지는지 직접 확인하겠다며 대륙 전역을 순행하길 고집하셨습니다. 여기 남쪽에서는 겉옷 테두리를 이룰 지역들이 황금색으로 ─ 당신의 해바라기죠 ─ 둘러쳐져 있었는데, 마침 황제께서 가장 좋아하시는 예복도 황금색입니다. 그래서 황제께서는 모든 것이 그대로 유지되어야 한다고 결정하셨습니다. 가능한 한 일 년 내내, 황금색 테두리에 붉은색 망토로요.”

라라도 나도 아무 말도 하지 못했다. 어안이 벙벙해 지도를 멍하니 바라보았다. 바위로 된 코와 턱, 눈, 왕관이 된 산맥, 예복이 된 들판. 우리 가족의 파멸이 황금빛으로 펼쳐져 있었다. 측량사의 설명이 이어지는 내내 내 안에서 질문 하나가 자라났지만 차마 입에 올릴 수가 없었다. 알아야 했을지도 모르지만, 알고 싶지는 않았다.

라라 역시 같은 생각을 하고 있었는지 목소리를 냈다.

"우리가 예복의 바깥 테두리라고 말씀하셨죠. 그 경계 밖 사람들은 어떻게 되나요? 황제의 제국 안에, 동쪽에도 더 많은 땅이 있어요. 우리 공동체의 이웃들이요." 그녀가 지도 위 선을 따라 내려갔다.

여자가 고개를 저었다. "황제께서는 자신의 형상 바깥에 있는 토지를 유지하는 데 관심이 없으십니다. 그 장소들은 더이상 제국의 일부로 존재하지 않습니다."

"더이상 존재하지 않는다니요?" 내가 물었다.

"그들의 땅은 제국의 일부가 아닙니다. 그 사람들은 더이상 시민이 아닙니다. 많지는 않아요. 경계가 놀랄 만큼 깔끔하거든요."

"깔끔하다라." 나는 그 선의 동쪽에 있는 우리 밭들과 그 너머의 이웃들을 떠올리며 되뇌었다. "그럼 황제께서, 음, 그 땅들을 더 깨끗이 하겠다고 할 위험은 없습니까? 그쪽 작물이 황제의 색이나 선을 방해한다면요?"

일행 중 또다른 여자, 왜소한 체구의 사람이 말했다. 나처럼 피부색이 어둡고 검은 안경을 썼으며 내가 몇년간 듣지 못한 억양, 내 고향 말씨와 가까운 억양을 가지고 있었다. "의심하겠다는 겁니까?"

군인 여자가 그녀의 옆구리를 쿡 찔렀고 그녀는 말을 고쳤다. "새 황제께서는 일관성의 대가이십니다. 모든 백성에게 영광을 가져다줄 이 찬란한 구상을 다 함께 칭송해야

합니다." 믿는다는 소리는 아닌 것 같았다.

"우리는 행성에서 가장 거대한 예술 작품이 될 겁니다." 남자 중 하나가 말했다. "제국에 영광을."

"제국에 영광을." 나는 무미건조하게 말했다.

라라가 고개를 저었다. "이 기회를 주신 데 대해 황제께 감사의 말씀을 전해주세요. 이제 가시려는 거죠?"

좁은 턱이 고개를 끄덕였다.

"언제 다시 오시나요?" 내가 물었다. "이미 심은 붉은밀을 거둘 시간은 있습니까?"

"언제 거두느냐에 달렸습니다. 황제께서는 우리에게 완전한 태피스트리를 만드는 데 앞으로 일곱달을 더 주셨습니다. 다음에 측량할 때 당신네 밭이 황금빛이기만 하다면……"

그들이 차로 돌아가려 할 때, 왜소한 여자가 라라 쪽으로 다가와 손을 맞잡았다. "행운을 빌어요, 그래요." 마치 우리가 똑같은 소원을 전하기라도 했다는 듯이 그녀가 말했다.

군인 여자가 기다렸다는 듯 그녀의 팔을 붙잡았다. 다정한 몸짓은 아니었고, 잘 보지 못하는 여자를 이끄는 건지 죄수를 호송하는 건지 분간할 수 없었다. "그런 건 하면 안 되는 거 알지." 그들이 멀어질 때 군인 여자가 말하는 소리가 들렸다.

우리는 그들이 길을 따라 내려가 마리스네 쪽으로 방향을 트는 걸 지켜보았다.

"엘룸이 깜짝 놀라겠네." 내가 말했다. "다들 불탄 선 위의 농장들만 영향을 받을 거라고 생각했으니까."

"그 여자가 만나는 사람 모두에게 똑같이 행운을 빌어주는지 궁금하네." 라라가 말했다.

"누가? 뭘?"

라라는 길 쪽을 힐끗 본 뒤, 손바닥을 펴 작은 씨앗 몇알을 내보였다. "안경 쓴 여자 말이야. 내 손에 슬쩍 흘려줬어. 뭔지 알겠어?"

나는 씨앗을 받아 손바닥 위에서 엄지로 한알을 굴렸다. 고개를 끄덕였다. "북쪽 식물에서 난 거야. 용암꽃. 우리는 이걸 다른 건 뿌리 내리지 못하는 산비탈 어디에나 심었지. 그런데 그 여자는 왜 너한테 씨앗을 준 걸까?"

"맞게 판단한 거지. 그 여자가 당신 손을 잡았다면 당신은 손을 빼버렸을 테니까."

"그러네, 맞아. 하지만 왜 용암꽃일까?"

"꽃색이 뭐더라?"

"핏빛 빨강, 적주황, 적금, 황금." 내가 말했다. "그래서 그런 이름이 붙었지. 흐르는 용암처럼 보여서. 억센 걸로는 어디에도 뒤지지 않으니 아마 여기 아래 지방에서도 잘자랄 거야. 다만 열여덟해마다 한번만 핀다고."

"그래서? 넌 이제 농부야, 케이. 이건 무슨 쓸모가 있지?"

나는 한숨을 쉬며 과거를 떠올렸다. "떠나오기 전에 꽃 피는 걸 두번 봤어. 한번은 어렸을 때, 또 한번은 갓 어른이 되었을 때. 어머니가 날 산으로 데리고 올라가 한아름씩 베어 왔지."

"뭐에 쓰려고?"

"아버지가 그 섬유로 천을 짰어. 아주 근사한 천이야. 여름철 말의 털처럼 부드러워. 그리고 어머니는 꽃을 달여 염료를 만들었지. 염료를 제대로 만들면 온갖 꽃색이 다 나왔어. 황제가 여왕을 쫓아내기 전엔 여왕님도 우리 집에서 천을 사 가셨지."

"우리는 빨간색을 기르면 안 되는데 왜 그 여자는 빨강으로 피는 씨앗을 줬을까?"

나는 어깨를 으쓱했다. "나름의 작은 반항?"

"그랬다면 사람을 잘못 골랐지. 우린 돌볼 아이들이 있어. 말썽을 일으키기엔 너무 늙었고."

"우리한테 아이가 있다는 걸 몰랐을 수도 있지."

그녀가 나뭇가지에 매달린 그네를 가리켰다.

일리 있었다. "좋아, 아이가 있다는 건 알았겠네."

"어쩌면 당신한테서 같은 북부 사람을 본 걸지도."

라라가 집 쪽으로 걸어갔고 나는 뒤따랐다. 부엌에서 씨앗들을 그릇에 담았다. 겨울 창밖으로 아직은 듬성하지만 푸르게 자라고 있는 우리의 붉은밀을 내다보았다.

"궁금한 게 있어." 라라가 말했다. "용암꽃이 얼마나 빨리 자란다고 했지?"

"육십일인가? 구십일? 빠른 편일 거야, 아마. 첫해 초여름에 첫 꽃이 피고, 그후로는 열여덟해 동안 다시 안 피지."

"그럼 작물 밑에서도 자랄 수 있어? 이랑 사이나 아니면 밀이나 해바라기 밑에서? 방해가 될까?"

"뭘 방해한다는 거야, 여보?"

"다른 작물을 질식시키진 않을까, 우리 밭에 심으면?"

"뭘 하려는 건데?"

"용암 식물로 그 사람에게 새 망토를 지어줄 수 있잖아. 모든 색이 뒤섞인 근사한 망토를……"

나는 생각해보았다. "심각하게 퍼져서 위험할 것 같아. 하지만 봄갈이로 밭을 통째로 뒤엎기 전에 심고 수확하고 뿌리를 손으로 다 걷어낸다면 한 철 만에 다시 죽일 수 있을지도 모르지. 아니면…… 잠깐."

"잠깐?"

나는 식탁에 앉아 눈을 감았다. 손가락으로 이마를 두드렸다.

"여보, 뭐 하는 거야?"

"계산, 라라." 나는 잠시 더 눈을 감고 숫자를 다시 확인했다. 고개를 들고 활짝 웃었다. "그 여자는 '행운을 빌어

요, 그래요'라고 한 게 아니었어. '행운을 빌어요, 두해예
요'였지. 이년. 이년 후면 산의 용암꽃이 그가 온 뒤 처음으
로 피게 돼."

"그래서?"

"그 여자가 집을 떠나 흩어진 다른 북부 사람들에게도
씨앗을 나눠주고 있다면, 아마 모두가 산의 개화와 때를
맞춰 이년 뒤에 피도록 심기를 바라는 걸 거야."

나는 눈을 감고 지도 초상화 전체에 핏빛 얼룩이 번져가
는 광경을 떠올렸다. 그의 장엄한 코 위로, 그의 금빛 망토
단 위로 점점이 피어나는 꽃무늬.

눈을 뜨자 라라가 눈살을 찌푸리고 있었다. "만약 그런
식으로 심은 사람들을 처벌하면? 또는 개화를 놓치면? 지
금 이야기하는 건 상징적인 행위야, 너의 토마토처럼. 정복
자가 그 의미를 이해하지 못하면 모든 건 허사가 될 거야."

그녀 말이 옳았다. 내 다른 생각에도 끌렸지만 그녀의
생각이 현실성 있었다. "당신 말이 맞아, 여보. 지금 씨앗
을 심자. 황제에게 망토를 만들어주는 거야."

용암꽃 씨앗은 잘 적응했다. 꽃이 필 무렵이 되자 마지
막 붉은밀이 충분히 자라 그 꽃을 감춰주었다. 나는 어릴
적 어머니를 도울 때처럼 애시와 세이블에게 줄기와 꽃을
수확하는 법을 가르쳤다. 다시 필요할 때를 대비해 씨앗은
따로 모아두었다.

마리스네가 겨울 장터에서 은실과 검은 염료를 구해 비단을 짰다. 섬유를 직물로 바꾸는 그 지난한 과정을 도와주러 우리 집에 자주 들렀다.

황제에게 바칠 만한 망토를 겨우 만들 수 있을 만큼의 양을 짰다. 그가 계획을 바꾸게 할 순 없어도 적어도 옷 취향은 바꾸게 할 수 있을지 모른다. 우리의 선물, 황제에게만이 아니라 우리의 모든 이웃에게 주는.

황제의 축제는 초가을, 해바라기가 절정일 때 열렸다. 그때쯤 우리는 모두 해바라기에 질려 있었다.

우리는 궁에서 기른 것처럼 보이도록 말들을 매끈하게 빗어주었다. 나는 애시와 세이블을 시켜 마구를 닦고 마차를 쓸었다. 라라가 길 먼지가 묻지 않도록 망토를 담요로 곱게 싸두었다. 타리 마리스는 언제라도 출산할 태세였기에 엘룸과 집에 남고 장남 이안노만 우리와 함께 보내주었다.

이 전통을 시작한 뒤로 지난 십년 동안, 황제는 늘 훌륭한 마차를 타고 나타나 자신이 백성들의 사람임을 보여주었다. 그런데 이번에는 축제 장소 근처 들판에 그의 비행선이 계류하고 있는 게 보였다.

"보나 마나 공중에서 자기 예술품을 살펴려는 거겠지." 라라가 씁쓸함을 감추지 않고 말했다. 지금 우리를 끄는 말들은 여름 풀로 살이 올라 윤기가 흐르지만, 우리는 둘다 저장된 여름 곡물과 건초 없이 이 말들이 겨울을 어떻게 날지 걱정이었다.

"좀 더 가까이 가도 돼요?" 세이블이 마차 밖으로 몸을 내밀며 물었다. "보고 싶어요!"

나는 그애 옷깃을 붙잡아 다시 자리에 앉혔다. "지금은 안 돼. 이 거리에서 즐겨. 줄부터 서야 하거든."

우리는 이안노에게 말을 맡기고 황제의 방문에 맞춰 화환과 깃발로 꾸며진 장터 광장으로 들어갔다. 공물을 바치는 줄이 이미 길게 늘어서 있었다.

"왜 선물 보관소에 망토를 맡기지 않는 거예요?" 애시가 물었다. 과거에는 늘 그랬다. 면담도 원치 않았고 필요도 없었기 때문이다. 황제를 직접 보고 싶다는 마음은 가져본 적이 없었다.

"우리가 직접 드릴 만한 가치가 있는 걸 만들어본 적이 없었잖아." 라라가 말했다. 내 대답보다 훨씬 더 외교적인 대답이었다. 아이들에게 우리가 황제에게 불만을 가진 적이 있다는 생각을 심어주지 않는 편이 나았다. 아이들은 돌아서서 그대로 말을 옮길 수도 있으니까. 분별력이 생길 만큼 자라면 설명해줄 수 있을 것이다. 지금 하려는 일이 우리 모두를 끝장내지 않는다면 말이다.

줄에 자리를 잡고 아이들을 장터 통로에서 놀도록 풀어주었다. 우리는 신 다비와 그의 손자 뒤에 섰는데 둘은 해바라기 씨가 든 바구니를 들고 있었다. 우리가 그동안 매해 바쳤던 바로 그런 종류의 선물, 씨앗과 기름, 황제의 겨울 저장고를 위한 탈곡한 붉은밀.

그런 선물을 들고 줄에 서는 건 별 의미가 없었다. 잠깐이라도 황제의 얼굴을 보려는 게 아니라면 말이다. 아니, 어쩌면 내가 생각한 것보다 더 나은 선물일지도 몰랐다. 그 손자가 바구니를 한번 들어 옮기는 순간, 바구니 자체에 "그분은 곧 땅이요 이 땅은 그분이니라"라는 글귀가 장식되어 있는 게 보였다. 문법을 떠나서 아부로는 그럴듯했다.

"거긴 뭘 들고 있어요?" 노파가 내게로 몸을 기울여 팔로 감싸고 있는 것을 훔쳐보려 했다.

"망토예요, 신 다비." 라라가 말했다.

이맘때치고는 날이 더운 편이어서 담요로 싼 망토를 껴안은 팔꿈치 안쪽이 땀으로 젖었다. 나는 망토를 적시지 않으려고 몸에서 조금 띄워 들었다.

한시간이 더 지나 마지막 직선 구간에 도달했다. 줄 끝에는 검열관들의 탁자가 있었다. 그 너머에, 황제를 대면해서 공물을 바칠 자로 선택된 이들을 맞는 천막이 있었다. 라라가 내 뺨에 입을 맞추고는 공물을 혼자 바치도록 나를 두고 물러났다. 메시지를 전하기 위해 둘 다 목숨을 거는 것은 피하기로 했던 것이다. 라라는 자기가 하겠다고 했지만 — "케이, 당신은 눈치가 없는 편이니까" — 나는 내가 하겠다고 고집했다.

한시간이 더 흐르고, 나는 검열관의 탁자 앞에 섰다.

"이름?" 검열관이 물었다.

"케이 바카리. 우리 가족과 마리스 가족의 선물을 가져왔습니다. 함께 만들었어요."

나는 담요를 펼쳐 공물을 드러냈다. 여름 말의 털처럼 부드럽고 여러 색이 어우러진, 붉은색과 금색의 망토. 은색과 검정색으로 짠 비단에, 이 땅에서는 결코 만들어낼 수 없는 색들로 이루어진 붉은색과 금색 망토. 금테 두른 예복의 촘촘한 칼자국에 의해 잘려나가고 내쳐진 모든 농장을 품으며 굽이치는 형상의 붉은색과 금색으로 된 망토.

검열관이 의자 등받이에 몸을 기댔다. "훌륭한 의복이로군." 놀라움이 밴 어조로 그가 말했다. "황제께 직접 전달하시오."

나는 고개를 끄덕이며 두려움을 삼켰다.

탁자를 지나 황제의 천막 바로 바깥, 훨씬 짧은 줄로 안내되었다. 내 앞에는 열세가닥을 땋아 해바라기 모양으로 만든 빵을 든 여자가 서 있었다. 그녀 앞엔 두 사람, 곧 한 사람, 그러다 마침내 찌푸린 얼굴의 경비병을 바라보며 닫힌 천막 앞에 나 혼자 서 있었다.

천막 덮개가 갈라지고 경비병이 고개를 끄덕였다. 안은 예상한 것보다 더 시원하고 밝았다. 나는 망토가 바닥에 닿지 않게 신경 쓰며 무릎을 꿇었다.

"일어서라. 무엇을 가져왔는지 보자."

나는 일어나 눈을 들었다. 황제는 단상 위 금색 옥좌에 앉아 있었다. 처음으로 든 생각은 저런 옥좌를 마을에서 마을로 옮기려며 얼마나 무거울까 하는 것이었다. 모서리의 조명등이 그 공간을 밝히고 있었다. 기계식 선풍기가 그에게로 바람을 밀어 보내 왕관 아래의 머리칼을 흔들었다.

세월은 그에게 너그러웠다. 마지막으로 그를 본 건 도시의 거리를 호버카로 질주하던 모습, 그를 조준하기엔 충분할 정도의 짧은 순간이었다. 그때 그는 젊고 수척했으며 전사다운 근심을 짊어진 전사였다. 첫번째 토마토가 머리에 명중했을 때 그의 얼굴에 떠오른 표정을, 그 공포와 분노와 당혹감을 나는 아직도 기억한다.

이제 그의 표정은 한결 부드러웠다. 깃발의 옆얼굴 초상은 실제보다 그를 더 크고 더 날렵하게 만든 거였다. 아무리 황제라 해도 어떻게 인생의 모든 순간에 얼어붙은 초상의 완벽함을 따라갈 수 있겠는가.

두 아이가 그의 발치에 앉아 손을 놓으면 스스로 내달리는 기계 말을 갖고 놀고 있었다. 애시와 세이블 또래였다. 나는 저 나이대 아이들이 무심코 던진 말이 어떻게 수천 농부의 운명을 좌우하게 되었는지 상상해보려 애썼다.

그 생각을 떨쳐내며 담요를 내려놓고 망토를 펼쳤다. 두 팔을 쭉 뻗어 망토를 높이 들어 올렸다. 전등 빛을 받아 용암꽃의 붉은색과 금색, 주황색이 빛났다. 망토 너머를 볼 수 없었지만 그가 숨을 들이쉬는 소리가 들렸고, 작은 말들이 달리기를 멈추었을 때 아무도 태엽을 되감아주지 않았다.

“아버지, 이것 보세요!” 아이 하나가 말했다. “스테인드글라스 같아요.”

“아름다워요, 아버지!” 다른 아이가 말했다. “받으실 거죠, 그죠? 받으셔야 해요. 지금 입으신 것보다 더 멋져요.”

팔이 떨렸지만 내릴 엄두가 나지 않았다.

“고맙다.” 마침내 황제가 말했고, 누군가 다가와 내 손에서 망토를 받아 갔다. 나는 빈손이 되었다. “정말 뛰어난 공물이다. 이런 건 본 적이 없다. 자랑스럽게 입을 것이며, 너희 지역을 호의로 기억하겠다. 고맙다.”

그가 부드럽게 한 손을 들어 두 손가락을 튕겼다. 경비병이 나타나 내 팔꿈치를 잡았다.

나는 용기를 끌어모았다. 망토만으로도 충분할지 모른다. 내가 말을 덧붙이지 않아도 될지 모른다. 내년엔 다른 색을 허락하고, 우리가 살아남을 수 있을 만큼 작물을 윤작해 거둘 수 있게 해달라고 설득하기에 이걸로 충분할지도 모른다. 하지만 어떻게 거기에만 기대겠는가?

“폐하,” 내가 말했다. “한말씀 올려도 되겠습니까.”

그의 손은 마치 무릎 위로 내려놓는 걸 잊은 것처럼 여전히 허공에 매달려 있었다. 경비병이 다시 내 팔꿈치를 끌어당겼다.

"부디." 내가 말했다.

황제의 딸이 기계 말의 태엽을 감던 손을 멈추고 올려다보았다. "아무도 남지 않아요……"

"……아버지가 손가락으로 그렇게 한 다음에는요." 그의 아들이 일어서며 예상 못 한 행동을 한 장난감을 보듯 나를 바라보았다. "왜 아직도 여기 있어요?"

"저…… 제게도 여러분과 또래인 쌍둥이가 있습니다." 내가 말했다. "그애들도 여러분처럼 가끔 서로의 말을 마저 이어 하기도 하죠. 그 아이들이 굶을까봐 걱정입니다."

"굶는 게 뭐야?" 딸이 물었다.

나는 황제를 흘끗 보는 위험을 감수했다. 그의 손은 더 이상 허공에 떠 있지 않았고, 나는 좋은 징조로 받아들였다. 심호흡을 한번 더 하고 말을 이었다.

"제국 전체를 당신의 초상화로 만들겠다는 생각 말입니다. 저도 젊었을 때 그 해안선을 직접 보았고, 놀랍도록 닮았다고 생각합니다. 하지만 당신께서 곧 땅이고 땅이 당신이라는 생각을 받아들이신다면, 좋은 계절의 아름다움뿐 아니라 나쁜 계절의 황폐함도 함께 받아들이셔야만 합니다."

그는 잠시 언짢은 표정을 지었지만 말은 하지 않았다. 나는 계속했다.

“겨울이 오면 당신 망토의 한 귀퉁이는 해어질 것입니다. 가뭄이나 메뚜기 떼가 드는 해에는 당신의 예복이 누더기처럼 보일 겁니다. 큰 폭풍이 해안선을 바꾸어 당신의 턱을 일그러뜨리거나, 당신의 눈인 호수가 범람해 얼굴 전체를 덮을 수도 있지요. 그리고 산맥, 당신의 왕관인 산맥은 비밀을 품고 있습니다. 저는 산지 출신이고, 그곳에 길들일 수 없는 것들이 있다는 걸 알고 있습니다.

제국을 당신의 형상으로 새기겠다는 그 발상은 경이롭습니다.” 나는 그의 아이들을 힐끗 보았다. “하지만 이 땅이 잠시 당신의 초상화였다고 선언하고, 당신의 모습을 기념하는 지도와 그림을 남긴 다음, 땅은 땅의 일을 하도록 놓아두고 농부들은 그들의 필요에 따라, 즉 당신 백성들의 필요에 따라 농사를 짓도록 하는 것이야말로 진정 특별하지 않겠습니까? 덧없는 것이 때로는 영속함보다 더 귀한 법입니다.”

나는 다시 무릎을 꿇어 물러남을 고하고, 그가 무슨 말을 하기 전에 달아났다. 천막 덮개가 내 뒤에서 닫히는 순간, 담요를 안에 두고 나왔다는 걸 깨달았다. 돌아갈 생각은 없었다. 그의 얼굴에는 내 말을 곱씹는 기색이 어려 있었고 그게 내가 바랄 수 있는 전부였다.

망토가 황제를 설득해 본디의 작물로 돌아가라는 허락을 얻지 못한다면 이년 뒤에는 바다 건너에서 그가 도착한 이래 처음으로 산의 용암꽃이 필 것이다. 이년 뒤면 산맥이 붉게 물들 것이다. 그를 부끄럽게 할 피의 왕관이, 측량사의 꽃들이 그의 옷자락을 물들일 것이다. 그때까지 마음을 바꾸지 않거나 그 생각을 완전히 버리지 않는다면, 어쩌면 그것이 바꾸게 해줄 것이다. 내가 심으러 온 씨앗이 바로 그거였다. 이제 우리는 뿌리 내리기를 기다리기만 하면 됐다.

참나무 마음이 모이는 곳

「참나무 마음이 모이는 곳」에 대하여(기고자 5명, 주석 5개, 댓글 7개)

→「참나무 마음이 모이는 곳」(Roud 423, Child 313)은 영국의 전통적인 포크 발라드임. 많은 전통 가요들과 마찬가지로 작사가는 미상. 차일드(Child)가 20절을 필사했고 21절은 나중에 추가됨.(그런데 알 수 없는 이유로 여기 포함되어 있음. 가사 해설 담당자들에게 계속 연락해서 이걸 삭제하거나 별도 항목으로 넣으라고 요청했지만 아무도 응답하지 않았고 그들이 한 일이라곤 그 구절 주위에 대괄호를 넣은 것뿐임. 가끔은 이 사이트가 정말 싫음.) 대부분의 현대 녹음본은 구절 중 일부를 선택해서 부르는데 20절

전체를 부르는 경우는 거의 없었음. 여러가지 다른 제목들이 있으며 등장인물 이름은 다양한 브로드사이드*와 포크, 또는 록 버전에 따라 달라짐. ─BonnieLass67(추천 11개)

→ 이 노래는 '아름다운 엘렌' '엘렌과 윌리엄' '다정한 윌리엄의 마음'이라고도 전해 내려옴. 발라드 「로빈 후드와 깨어나는 숲」에 나오는 먼 사촌 격의 노래도 있는데, 이 버전은 윌리엄을 로빈 후드로 바꾸고 그에게 복수 서사를 부여함. 이 노래가 다른 사람 이야기를 훔쳐다 로빈 후드에게 부여한 처음은 아니지만 그래도 그건 모방 과정에서 발생한 악성 변형이라고 봄. ─BonnieLass67(추천 7개)

→ 이 노래는 존과 앨런 로맥스의 1934년 저서 『미국 발라드와 포크송』에 '참나무 자매들이 지켜보는 동안에'라는 제목으로, 여러모로 변형되고 미국화된 상태로 기록됨. 현대에 이 발라드(또는 그 변형곡)는 존 바에즈, 그레이트풀 데드, 킹스턴 트리오, 윈드할로우 페어, 돌리 파튼, 잭 화이트, 메탈리카 등 다양한 아티스트들이 녹음하거나 라이브로 연주한 바 있음. 각기 어떤 구절을 선택했고 어떤 순서로 부르기로 했는지에 따라 노래의 의미가 달라

---

* 16세기부터 19세기까지 노래 가사(주로 발라드)를 담아 판매되던 한 장짜리 인쇄물.

짐. ―BonnieLass67(추천 6개)

▷아이돌 프로그램에 나왔던 그 끔찍한 버전 들어보셨나요? 어떤 결승 진출자가 그걸 "부서진 마음이 모이는 곳"이라고 불러서 망쳐버렸죠. ―HolyGreil

▷여기서 굳이 언급하지 않으면 그런 게 있다는 것조차 모른 척할 수 있음. ―BonnieLass67

→ 이 노래는 프랜시스 제임스 차일드가 기록한 유명한 발라드 중 하나로 두 연인의 밀회와 그 후유증에 대한 우화적인 이야기이다. ―Dynamum(추천 2개, 비추천 1개)

▷너무 환원적인 설명인 듯. 대체 어떤 억지 해석에 꽂힌 건지 모르겠네. 노래에 살인, 교수형, 그리고 숲속의 끔찍한 무언가도 있잖아. 평범한 연인들의 밀회와는 거리가 멀지. ―BarrowBoy

▷그러시든가요. 그냥 '노래에 대하여라는 항목에 이게 단순히 몇절로 된 노래인지만 나와 있는 게 좀 그래서 누군가는 약간 요약을 해야 한다고 생각했어요. 사람들은 대부분 노래를 어떻게 해석할지 토론하려고 여기 오지, 차일드의 발라드 목록 목차에 이 노래가 어디 있는지 알아보려고 오는 게 아니잖아요. ―Dynamum

→ 마크 라이들 박사가 2002년에 『민속』지에 발표한

「'참나무 마음이 모이는 곳'에 대한 법의학적 분석」이라는 논문은 이 노래의 변형들이 보이는 주요 차이점과 공통점, 그리고 그 함의를 탐구했다. 저서 『장미와 가시』에서 웬디 레서는 전통 가요가 이야기에 공백을 남겨두는 이유는 바로 청중이 그 공백을 채울 정보를 알고 있으리라 예상했기 때문이라고 설명한다. 이 노래를 알던 청중은 사라졌고, 그 공백을 채우던 정보도 함께 사라졌다. 라이들은 그 공백을 메우려고 시도했다. ─HolyGreil(추천 1개)

▷드디어 동지 발견! 나보다 먼저 라이들의 작업을 언급한 사람 처음 봐요. 올해 라이들과 그의 작업과 그의 실종에 관한 다큐멘터리를 만들 정부 지원금을 받았어요. 다큐멘터리 제목은 '잃어버린 모든 장소에서 사랑 찾기'가 될 예정입니다. 라이들의 블로그 이름을 따서 지은 거고요. 라이들의 블로그, 읽어봤나요? 논문에 담긴 것보다 더 깊이 파고드는 내용이에요. 학술 논문에서 못 하는 개인적인 방식으로 파고들죠. ─HenryMartyn

▷아뇨, 논문만 읽었어요. 라이들이 실종됐다는 것도 몰랐음. 한번 확인해볼게요! ─HolyGreil

▷@HenryMartyn 이 곡에 대한 당신의 마지막 포스팅 이후로 이년이 지났네요. 당신이 말한 다큐멘터리 소식을 계속 기대하고 있어요. ─HolyGreil

킹스턴 트리오의「참나무 마음이 모이는 곳」듣기

존 바에즈의「참나무 마음이 모이는 곳」듣기

윈드할로우 페어의「참나무 마음이 모이는 곳」듣기

스틸아이 스팬의「참나무 마음이 모이는 곳」듣기

그레이트풀 데드의「참나무 마음이 모이는 곳」듣기

메탈리카의「참나무 마음이 모이는 곳」듣기

모비 케이 딕의「참나무 마음이 모이는 곳」듣기

잭 화이트의「참나무 마음이 모이는 곳」듣기

더 디셈버리스트의「참나무 마음이 모이는 곳」듣기

사이러스 매더슨의「부서진 마음이 모이는 곳」듣기
[BonnieLass67에 의해 플래그됨] [가사 해설 담당자
ModeratorBot에 의해 플래그 해제됨]

「참나무 마음이 모이는 곳」가사 전문(전통) (기고자 7명, 댓글
68개, 반응 19개)

(동음이의어 항목으로 다른 버전 보기)

(관련 노래 보기)

어느[1] 가을[2, 3] 바람이 차갑게 불어와

붉은 잎사귀를[4] 가지에서 벗겨낼 때

아름다운[5] 엘렌은[6] 연인을 만나러 달려갔지

참나무 마음이 모이는 곳으로[7, 8]

1. 일부 버전은 "가을이면"으로 시작함. 초기 브로드사이드 중 하나는 특히 "가을마다"로 시작했다는 점을 주목할 만함. ─BonnieLass67

2. 더 유명한 「바버라 앨런」처럼 이 발라드도 계절을 설정하는 것으로 시작한다. 물론 「바버라 앨런」에서 계절은 새로운 사랑의 계절인 봄이다. ─HolyGreil

3. 「바버라 앨런」의 "즐거운 5월/푸른 봉오리가 모두 부풀어 오를 때"는 1880년 히트곡인 「공원의 분수」, 일명 「공원을 거닐면서」에서도 반복돼요. "어느 날 나는 공원을 거닐고 있었지/아주아주 즐거운 5월에/장난기 가득한 두 눈에 놀랐고/순식간에 내 불쌍한 심장을 도둑맞았네." 「운명의 사원」* 스타일로 문자 그대로 심장을 도둑맞는다는 내용이 아니었다면 이 노래를 언급하지 않았을 거예요. ─Dynamum

4. 가을에 붉은 잎을 가진 나무로는 블랙 체리, 꽃산딸나무, 서어나무, 사워우드, 레드 오크, 화이트 오크, 날개붉나무, 스위트 검, 붉은단풍나무가 있다. 제목을 생각하면 이건 레드 오크나 화이트 오크를 언급하고 있다고 추정하는

---

* 영화 '인디애나 존스' 시리즈의 제2편 제목. 심장을 꺼내는 제물 의식 장면이 유명하다.

게 합리적이다. ─HangThaDJ

　▷화이트 오크와 레드 오크는 영국 토종이 아닌데. ─BarrowBoy

　▷어쩌면 원래 '참나무 마음'oaken hearts이 아니라 '마가목 마음'rowan hearts이었을 수도 있지 않을까요? 마가목 열매는 붉은 카펫을 만들 수 있고, 게다가 마가목 나무에 대한 멋진 신화들이 많잖아요. ─Dynamum

　▷A) 마가목 버전의 기록은 없음.(내가 틀렸다면 @BonnieLass67, 당신은 버전 전문가 같으니 확인 부탁.) B) 마가목 잎은 붉은색보다는 노란색으로 변함. C) 그 구절은 열매가 아니라 붉은 잎이라고 말하고 있음. ─BarrowBoy

5. 이 노래 속 여성이 그 행동에도 불구하고 거의 모든 버전에서 '아름답다'고 언급된다는 점이 흥미롭네. ─Rhiannononymous

　▷그저 그녀가 금발이라는 뜻일 수도 있지 않을까요? ─Dynamum

　≫BarrowBoy가 이것을 억지 주장으로 표시함

6. 다른 버전에는 셀 수 없이 많은 다른 노래들에서 볼 수 있는 흔한 이름들 '매기' '폴리' '몰리' '제니' '페기' 등이 등장하며 또한 '엘스위스'라는 이름도 나오는데, 이것은 다른 발라드에서는 본 적이 없음. 이름의 유래를 고려해 버드나무가 등장하는 버전이 있는지 찾아봤지만 발견

하지 못함. ─ BonnieLass67

7. 아마도 숲인 듯. ─ HangThaDJ

8. 2002년 논문 「'참나무 마음이 모이는 곳'에 대한 법의학적 분석」과 이후 블로그에서, 펜실베이니아 대학교 교수 마크 라이들 박사는 이 발라드의 정확한 기원을 추적하려고 시도했다. 박사는 모든 발라드에서 그 유래가 된 특정 사건이나 장소를 추적할 수는 없지만 이 노래에는 그게 가능하다고 생각하게 만드는 몇가지 특징이 있다고 말했다. 그는 영국에 흔한 두종의 참나무 중 영국참나무 잎은 가을에 붉은색이 아닌 구릿빛 갈색으로 변하고, 유럽산 졸참나무 잎은 노란색으로 변한다고 지적했다. 비록 노래에서 붉은 잎이 참나무 잎이라고 구체적으로 말하지는 않지만, 유일하게 구체적으로 언급된 나무가 참나무이고 바로 노래의 가장 오래된 알려진 이름에도 들어가 있으므로, 참나무라고 말할 때 그건 아마도 진짜 참나무를 의미할 것이다. 라이들은 북미산 참나무가 붉은 잎이라는 조건에 더 확실하게 부합할 수 있다고 지적했다. 그럴 경우, 이 노래는 영국에서 미국으로 전해지는 노래들이 더 흔하던 시기에 반대로 미국에서 영국으로 흘러들어왔거나, 아니면 누군가가 이 노래가 나올 만큼 성숙하기에 충분할 정도로 일찍 북미산 참나무를 영국으로 들여왔을 것이다.(왜 성숙해야 하냐고? 참나무를 이야기할 때 비쩍 마른 작은 묘목

을 떠올리는 사람은 아무도 없으니까. 그리고 나중 절에 "울퉁불퉁 옹이 진 고목"이라는 표현이 등장한다.) 초기 연구에서 라이들은 수입 참나무 군락과 다리, 가파른 제방이 있는 근처 마을을 찾는 데 성공하지 못했다. 나중에 식물학자와 이야기를 나눈 후, 라이들은 영국에 심어진 미국 참나무가 반드시 자생지에서와 같이 밝은색을 띠지는 않는다는 것을 알게 되었다. 주된 붉은색 색소인 안토시아닌은 선명하고 맑은 가을날이 있어야 기세를 올린다. 흐리고 축축한 기후에서는 똑같이 그럴 수가 없다. 라이들 박사는 나무 종만으로는 발라드를 추적할 수 없을 것이라고, 하지만 여전히 추적할 다른 단서들이 남아 있다고 결론 내렸다. ─HenryMartyn

   ≫BonnieLass67이 이것을 멋진 내용으로 표시함

다정한 윌리엄은 정육점 주인의 아들을 약탈했지[9, 10, 11, 12]
그녀의 마음을 온통 사랑으로 물들이고
다리[13, 14] *아래서*[15, 16] *만나자고 전했네*
참나무 마음이 모이는 곳에서

9. 이 구절은 윌리엄을 강도로 설정해서 그가 처한 운명을 자업자득처럼 보이게 하고, 다음 구절은 엘렌이 첫째 연에서 암시한 것처럼 아름답고 순수하다고 생각하게 만

들어. — Rhiannononymous

10. 킹스턴 트리오의 버전에서는 이 부분이 "다정한 윌리엄은 정육점 주인의 아들이었지/그녀의 마음을 온통 사랑으로 물들이고"로 바뀜. — BonnieLass67

11. '다정한 윌리엄'은 컴벌랜드 공작 윌리엄 왕자의 지지자들의 별명이었어요. 그는 토리당의 적들에게는 '도살자* 컴벌랜드'로 알려져 있죠! 그는 상대적으로 젊은 나이에 자손 없이 사망했어요. 관련 있을 가능성이 있을까요? — Dynamum

≫BonnieLass67이 이것을 억지 주장으로 표시함

≫BarrowBoy가 이것을 억지 주장으로 표시함

▷컴벌랜드 공작 윌리엄 왕자와 이걸 연결할 만한 건 전혀 없어. 완전 헛다리 짚은 거야. — BarrowBoy

12. 마크 라이들 박사는 이 노래의 기원을 정확히 파악하려고 시도하는 과정에서 이 구절이 실제로 "다정한 윌리엄, 로버트 부처의 아들"로 읽혀야 한다는 이론을 제기했다. — HenryMartyn

▷리버풀에서 태어나 호주 정치인이 된 로버트 부처라는 사람이 있었음! 그는 세 아들과 다섯 딸이 있었지만, 이 발라드에서 언급되기에는 너무 늦게 태어났을 듯. —

* 노래에 나오는 '정육점 주인'과 같은 단어 Butcher를 사용했다.

HangThaDJ

▷맞아요, 라이들은 그를 인정하지 않았어요. 이 노래의 변천사와 호주를 연결하는 건 아무것도 없죠. 유명한 로버트부처일 필요도 없었고, 단지 노래에 들어갈 가치가 있을 만큼 충분히 지역적으로 유명한 사람이기만 하면 됐어요. 그래서 라이들은 아들 이름이 윌리엄인 로버트 부처 중에서 특이한 상황으로 사망했을 가능성이 있는 사람을 찾으려 했어요. 라이들은 찾던 걸 발견했죠. 골이라는 마을에 살았던 로버트부처라는 이름의 나이 든 변호사가, 교수형 금지가 인기 있는 쟁점이던 시기인 1770년대에 "비극적이게도, 교수형만이유일하게 적절한 대응인 상황들이 있다"고 말하며 이상할 정도로 열정적인 교수형 찬성 편지를 썼던 거예요. '범죄'가아니라 '상황'이라고 했죠. 라이들은 블로그에서 자신이 직접 골을 확인하러 영국에 갈 거라고 말했어요. 인터넷 카페인지 뭔지 하는 곳에서 한번 더 게시물을 올렸는데 ─ 스마트폰 이전 시대라 온라인 접속이 가능한 유일한 장소였던 것같아요 ─ 어쨌든, 한번의 짧은 업데이트 이후 다시는 게시물을 올리지 않았어요.(그에 대한 다큐멘터리를 만들고 있다고 언급했던가요? 이번 10월에 골을 방문할 계획이에요. 그곳의 마을 역사 협회를 운영하는 여자랑 연락해서 약속도 잡았어요. 몇가지 답을 얻을 수 있기를 바라고 있어요.) ─
HenryMartyn

▷정말 매력적인 이야기! 당신의 다큐멘터리는 정말 흥미로울 것 같아요. ─ HolyGreil

▷라이들의 블로그 '잃어버린 모든 장소에서 사랑 찾기'도 한번 보세요. 연구 내용을 조금 덜 학술적인, 좀더 포크송적인 버전으로 만든 거거든요. 그와 그의 호스트 사이트 둘 다 사라졌지만 아직도 웨이백 머신*에서 찾을 수 있어요. ─ HenryMartyn

▷이 로버트 부처한테 교수형 당한 아들이 있었던 거임? 뭐 때문에 교수형 당함? ─ HangThaDJ

▷말했듯이 난 마을 역사학자인 제니 커크와 메시지를 주고받았어요. 부처의 편지가 그들의 박물관에 있다고 하더라고요. 아무 일도 일어나지 않는 동네라 박물관이래야 방 하나짜리 박물관 겸 기념품 가게일 뿐이라고 내게 경고했는데, 바로 그런 동네이기 때문에 부처의 편지가 런던에서 출판됐다는 사실이 골 출신의 누구에게 일어난 일보다 더 큰일 중 하나였던 거죠. 그에게는 네 아들이 있었는데 그중 한 명의 이름이 윌리엄이었어요. 아들 윌리엄이 교수형으로 죽기는 했지만 범죄나 재판에 대한 언급은 어디에도 없어요. 라이들이 이걸 흥미로운 단서라고 생각한 이유를 알 것 같아요. ─ HenryMartyn

* 과거 웹사이트 모습을 저장해 다시 볼 수 있게 해주는 아카이브 서비스.

▷라이들이 거기 온 적 있는지 물어봤나요? —HolyGreil

▷제일 먼저 물어봤죠! 그런데 왔다 해도 아마 자신이 어릴 때였을 테고, 방문객 기록은 보관하지 않는다고 말했어요. —HenryMartyn

▷난 역사 협회 여자들은 늘 깐깐한 노파들이라고 봄. —HangThaDJ

▷제니는 깐깐한 노파는 아니에요. 내가 알아요. —Henry Martyn

13. 영국 버전에서는 다양하게 "다리" 또는 "톨^{toll} 브리지"*임. 초기 미국 버전 중 하나에서는 "톨^{toll} 브리지,"** 돌리 파튼 버전에서는 "폴스^{Fall's} 브리지"이다. '폴스 브리지'가 폴스라는 사람의 다리를 의미하는지, 아니면 가을과 관련된 더 시적인 버전을 의미하는지는 불분명함. —BonnieLass67

14. 만약 그게 통행료를 받는 다리라면, 어쩌면 월리엄이 결국 치르는 대가가 그 통행료일 수도 있어. —Rhiannononymous

≫BarrowBoy가 이것을 억지 주장으로 표시함

15. 윌리엄이 그녀에게 다리 아래에서 만나자고 했다는 사실은 강도 구절과 잘 어울려. 우리는 앞의 연을 보

---

* 통행료를 받는 다리.
** 높은 다리.

고 그가 다정하다고 생각하게 되는데, 곧바로 강도일 뿐만 아니라 젊은 여자를 다리 아래로 유인할 사람이라는 말을 듣기 때문이지. 어쩌면 그건 못생긴 깡패를 '이쁜이'라고 부르는 것처럼 아이러니한 다정함일 수도. ─ Rhiannononymous

16. 여러분! 여기 도착했어요! 골에요! 이 마을엔 노래에 언급된 거의 모든 게 있어요. 마을, 숲, 가파른 제방이 있는 돌다리. 10월인데도 붉은 잎 카펫은 없지만 다른 건 모두 일치하는 것 같아요. ─HenryMartyn

>HolyGreil이 이것을 멋진 내용으로 표시함

"가지 마," 엘렌의 두 언니가 말했지[17, 18, 19, 20]
"좋은 일이 따를 리 없어
달빛 비치는 다리 밑에서 만난 남자에게는[21]
참나무 마음이 모이는 곳에서"[22]

17. 언니들은 여기서 일종의 그리스 코러스 역할임. ─ HangThaDJ

>BonnieLass67이 이것을 억지 주장으로 표시함

18. 엘렌과 언니들은 세 운명의 여신을 상징해요. ─ Dynamum

>BarrowBoy가 이것을 억지 주장으로 표시함

19. 여기서 언니들은 그냥 엘렌에게 경고하려는 언니들일 뿐이라고 생각해왔어. 좋은 언니라면 으레 그러니까. 가족 누군가가 여자한테 지금 만나는 남자가 좋지 않다고 경고하는 노래는 많아. —Rhiannononymous

20. 로맥스가 기록한 미국 버전의 제목이 '참나무 자매들이 지켜보는 동안에'였다는 점을 다시 한번 주목할 만함. —BonnieLass67

21. 그럴 수도, 하지만 만약 전체 연을 경고로 받아들인다면, '달빛 비치는 다리 밑에서 만난 남자에게는 좋은 일이 따를 리 없다'는 건 엘렌에게 위험이 있으니 가지 말라고 경고하는 걸 수도, 아니면 그 남자에게 문제가 생길 거라는 경고일 수도 있지. 후자의 경우 그들은 엘렌 자신이 윌리엄에게 좋지 않다고 말하는 걸지도 몰라. 그런데 이 특정 상황에 대해 언니들이 너무 많이 알고 있는 것 같아. 단지 밤에 다리 밑에서 남자를 만나는 게 좋지 않다는 것뿐만 아니라, 특히 참나무 마음이 모이는 그 특정한 다리 밑에서 밤에 남자를 만나는 것에 대해 말하는 걸 보면 말이야. —Rhiannononymous

▷또는 참나무 자매들이 지켜보는 곳? —BonnieLass67

22. 큰따옴표는 물론 구전으로 전해진 노래의 일부는 아니지만, 내가 본 모든 악보와 브로드사이드에 큰따옴표가 있음. 이 연에서 코러스는 정말 언니들이 인용한 무언가의

일부처럼 들림. 마치 이 장소가 이미 잘 알려져 있었던 것 처럼 말이야. ─ BonnieLass67

아름다운 엘렌은 눈을 돌렸지
오래전에 이미 결정했기 때문에[23]
마을이 잠든 사이에 그를 만나기로[24, 25]
참나무 마음이 모이는 곳에서

23. 이런 종류의 노래에서 예상할 수 있는 뻔한 방식으 로 전개돼. 젊은 여성은 현명한 연장자들의 조언을 거부하 고 사랑을 선택하며, 자신의 가족이 옳았고 스스로 비극을 자초했다는 걸 너무 늦게 알게 되지. 이 발라드는 나중에 그런 예상을 비틀어.(그런데 '널 망치게 될 거야'라는 통 상적인 경고의 의미가 아니라면 언니들이 왜 이걸 원하지 않는지는 의문이야.) ─ Rhiannononymous

24. 마을 자체가 참나무 마음이 모이는 곳에서 잠든다는 의미라고 생각했었어요. ─ Dynamum

▷그건 그냥 멍청한 거네. ─ BarrowBoy

▷저기요! "했었다"라고 했죠. 게다가, 아마도 사람들보 다 나무가 먼저 거기에 있었을 테니까 엄밀히 말하면 어느 쪽이든 내가 맞아요. ─ Dynamum

25. 라이들이 찾아낸 마을인 골은 작고 울창한 숲에 인

접해 있었고 예전에는 그 숲이 더 컸을 겁니다. 주도로는 남북으로 이어졌고 남쪽으로 향하는 길은 숲을 지나 오래된 돌다리를 건너죠. ─ HenryMartyn

▷지금 여기 도착했어요! 버스 타는 시간이 정말 오래 걸렸어요. 주요 고속도로가 골을 지나지 않아서 마을이 꽤 고립돼 있어요. 하지만 그 덕분에 숲이 여전히 숲으로 남아 있죠! 다리까지는 좀 걸어야 하고 밤에는 매우 어둡지만 갈 만해요. 다리에 "윌리엄 왔다 감"이나 "엘과 윌" 같은 낙서가 새겨져 있기 바랐다는 걸 인정해야겠군요. ─ HenryMartyn

아름다운 엘렌은 가볍게 발걸음을 뗐네
가을의 붉게 물든 담요 위로[26, 27, 28]
그녀가 자신의 사랑을[29] 만나러 달려갈 때
참나무 마음이 모이는 곳에서

26. 피일 수도 있어요! ─ Dynamum

27. 이제 첫 부분에 예고되었던 내용으로 돌아오게 되네. 거기선 나뭇잎들이 가을바람에 의해 벗겨지고 있었다면 여기서는 이미 땅에 떨어져 있지. 하지만 엘렌은 애인을 만나러 가. ─ Rhiannononymous

28. 이거 한번 들어봐요. 만약 "어느 가을에" 대신 테드가 사용한 "가을이면"이라는 버전의 도입부를 따른다면

이건 매년 일어나는 일인 거라고요. 나뭇잎이 빨갛게 물들면, 다정한 엘렌은 또 떠난다는 거죠. 그렇다면 시작 부분과 이 연이 다르면서도 반복되는 게 설명돼요. 이건 늘 일어나는 일인데 특별히 윌리엄에게 일어나는 일은 지금 일어나고 있는 일인 거죠. —HolyGreil

≫HenryMartyn이 이것을 멋진 내용으로 표시함

29. 여기서 엘렌의 가벼운 발걸음과 "자신의 사랑"이라는 표현은 화자의 관점에서 볼 때 엘렌이 사랑에 빠져 있으며 속일 의도가 없음을 알려줘. 그래서 듣는 사람은 뒤에 일어나는 일에 한층 더 놀라게 되지. —Rhiannononymous

젊은 윌리엄은 달빛 비치는 곳에 서 있었지
엘렌은 그에게 다가갔을 때[30]
키스해 그의 심장을 훔쳤네[31]
참나무 마음이 모이는 곳에서

30. 일부 버전은 "그에게 다가갔을 때" 대신 "그를 덮쳤을 때"를 사용하지만 그건 만남의 성격을 확실히 바꾸게 됨. —BonnieLass67

31. 여기서도 노래는 청자의 기대를 가지고 놀아. 우리는 '심장을 훔쳤다'의 의미를 사랑에 빠졌다라고 해석하지만, 다음 연은 그게 끔찍할 정도로 문자 그대로의 의미

임을 드러내니까. —Rhiannononymous

엘렌은 다정한 윌에게 보여달라고 간청했지[32]
그가 다른 사람들과 어떻게 다른지[33]
그 사랑이 진실함을 증명해달라고[34]
참나무 마음이 모이는 곳에서

32. 이 연의 위치가 흥미로워. 왜냐하면, 앞의 연이 사실이라고 믿는다면 엘렌은 이미 그에게 달려들었거나 다가갔고 문자 그대로든 비유적으로든 심장을 훔쳤으니까. 그럼 왜 이런 요구를 하는 거지? —Rhiannononymous

▷어떤 버전은 이 구절을 더 앞으로 옮기기도 함. 일부는 이전 연 앞으로 옮기고(이 경우 그들이 이미 같은 장소에 도착했으니 "그에게 다가갔을 때" 대신 "그를 덮쳤을 때"와 어울림) 또다른 버전은 이걸 셋째 연으로, 즉 다리로의 초대 바로 뒤에 배치해서 마치 이것이 엘렌의 응답인 것처럼 만듦. —BonnieLass67

▷오! 안 그러면 이 연이 간청으로 행동을 막고 있는 것처럼 보이니까, 그 둘 중 어느 쪽이든 더 말이 되네. 엘렌은 이미 일을 시작한 후에 요구하는 거잖아. 두 사람이 이미 이에 대해 이야기를 했고, 이 연에서는 그가 약속한 걸 해주기를 바라는 게 아니라면 말이야. —Rhiannononymous

33. 이건 이런 일이 전에도 있었음을 암시해요. 뭔가 우울하네요. 남자들이란…… —Dynamum

34. 그를 증명해달라는 엘렌의 요청에 대한 답은 주어지지 않았어. 아니면 다음에 오는 연이 그가 자신을 증명해야 하는 시험인 거고. —Rhiannononymous

그녀는 그의 뛰는 심장을[35] 집어넣었네
울퉁불퉁 옹이 진 어느[37] 오래된 것[38] 속에[36]
봄의 해빙이[40] 오면 소생하도록[39]
참나무 마음이 모이는 곳에서

35. 이걸 비유적으로 해석할 방법은 정말로 없어요. 게다가 웩, 왜 아직도 뛰고 있는 거죠? —Dynamum

36. 가슴에서 심장을 뜯어내고는 이렇게 섬세하게 심장을 두었다는 게 아이러니함. —HangThaDJ

37. 일부 초기 버전에는 "울퉁불퉁 옹이 진 '그녀의' 오래된"이라고 되어 있음. —BonnieLass67

38. 울퉁불퉁 옹이 지고 오래된 무얼 말하는 걸까요? 이상한 묘사군요. —Dynamum

▷ '울퉁불퉁 옹이 진 오래된 것'＝아마도 매우 오래된 나무인 듯. —Rhiannononymous

▷저기요, @HenryMartyn, 당신이나 라이들은 이런 나무

를 찾았나요? —HolyGreil

　▷내가 본 모든 나무는 새로 자란 것들이었어요 —Henry Martyn

39. 아마도 엘렌은 자신이 찾아가면 나무 속에 있는 그의 심장이 더 빨리 뛸 거라고 생각하는 것 같아요. —Dynamum

　≫BarrowBoy가 이것을 억지 주장으로 표시함

40. 이건 '소생하다'의 다른 표현인 것 같아. 사전적으로 소생하다는 "능동적인 성장과 발달 단계에 들어가다"(예를 들면 씨앗이 흙 속에서 소생하는 거)라는 뜻이니까. —BarrowBoy

　▷그런데 그럼 왜 땅속이 아니라 오래된 나무 속에 놓았을까요? —Dynamum

　▷그걸 내가 어떻게 알아. —BarrowBoy

그리고 가슴 안에 정성껏[41] 지었네
나뭇가지와 낙엽으로 된 둥지를[42]
도토리[43, 44] 한알 그곳에 놓여 자라도록
참나무 마음이 모이는 곳에서

41. 다시 말하지만, 전체 작업에서 이 부분에 엘렌이 얼마나 많은 공을 들였는지가 수상할 정도로 강조돼 있어

요. —Dynamum

42. 블로그에서 라이들 박사는 "엘렌이 행하고 윌리엄이 동의한 것처럼 보이는 이 교환의 진정한 본질이야말로 이 발라드에 남아 있는 가장 큰 미스터리이다"라고 말했죠. 제니 커크는 저의 골 지역 민속 연구를 돕고 있어요. 말했던 박물관이 형편없다는 건 사실이었지만, 제니는 훌륭해요. —HenryMartyn

43. 이 도토리가 그의 무덤에 있는 묘목이 되는 걸까요? —Dynamum

44. 재밌는 사실: 만개의 도토리 중 오직 하나만이 참나무가 됨. —HangThaDJ

그리고 그가 그녀를 돌아보았네
여전히 답을 구하는 눈빛으로[45, 46]
엘렌은 그에게 두번[47] *키스하고 거기 그를 남겨두었지*[48]
참나무 마음이 모이는 곳에서

45. 이 구절에서 그가 식물인간 — 말장난* 죄송 — 상태는 아니라는 걸 분명히 하려고 애쓰고 있는 것 같아. 질문할 정도로 의식이 있는데 그럼 진작에, 진작에 엘렌

* 죽어서 나무 속에 놓인 인간을 식물인간으로 칭한 것.

을 쳐다보고 물어봤어야 하는 거 아님? "저기요, 제 심장 좀 돌려주실래요? 그거 지금 쓰고 있어서요" 이런 식으로. ─Rhiannononymous

46. 일종의 주문에 걸린 거 아닐까요? ─Dynamum

≫BarrowBoy가 이것을 억지 주장으로 표시함

▷억지 표시 좀 그만해요! 몇줄 뒤에 보면 정말 목소리가 없으니, 주문도 말이 안 되는 건 아니죠. 지금 눈으로 질문을 하려고 하잖아요. ─Dynamum

▷@BarrowBoy 매번 억지 주장 표시하고 남의 이론 까기만 하고 본인 의견은 하나도 안 내놓네요. 이 발라드에 관심이 있긴 한가요? ─Dynamum

▷이 노래 별로 안 좋아함. 멜로디는 괜찮지만 브리지가 필요함. ─BarrowBoy

▷엄밀히 말하면 브리지 있음. 돌로 만들어진 오래된 브리지…… ─HangThaDJ

▷아 진짜. 노래를 싫어하는데 왜 여기 있는 거죠? ─Dynamum

▷달달한 가사 해설 레벨 배지 따려고. 님은? ─BarrowBoy

▷나는 이 노래도 좋아하고 진짜 흥미롭다고 생각해요! 많은 노래들이 단순한데, 이렇게 일종의 탐정팀 같은 게 만들어지는 곡들이 너무 좋아요. BonnieLass는 배경 자료나 역

사 담당, 패기 넘치는 젊은 현장 전문가 Henry, 닥치는 대로 정보를 제공하는 DJ, 음악학을 아는 Greil, 언어를 섬세하게 읽는 눈을 가진 Rhiannonymous, 이런 식으로요. —Dynamum

▷그럼 님은? 개그 캐릭터임? —BarrowBoy

▷다들 싫어하지만 어쩔 수 없이 참아주고 있는 당신보단 낫네요. —Dynamum

▷@HenryMartyn이 우리의 현장 연구원이라면 답글을 더이상 안 단다는 걸 어떻게 설명하죠? 마지막 답글이 지난 연에 대한 거였는데 일년도 넘었고, 다른 노래에도 게시물을 올리지 않고 있어요. 영화 얘기 더 해주길 바라면서 계속 확인하고 있는데. 본명을 알았으면 좋았을 텐데. —HolyGreil

▷음. '정부 예술 지원금'과 '마크 라이들' '잃어버린 모든 장소에서 사랑 찾기'를 검색하니까 펜실베이니아에서 힌트가 나왔어요. 그는 월리엄스포트Williamsport(월리엄의 포트 William's Port인지? 우연일까요?)라는 도시 출신 헨리고, 지원금을 받았을 때 펜실베이니아 대학교 4학년이었던 것 같아요. 실제 성은 실례일 수 있으니 여기 올리진 않을게요. —Dynamum

▷진짜 탐정 활동을! 정보 감사. 음. 지원금 공지에는 이름이 있는데 연말 발표회에는 참석하지 않은 것 같음. —HolyGreil

354

47. "두번"이 의미가 있을까? 심장 훔칠 때 이미 한번 키스했는데. 그런데 이게 두번째 키스인지, 아니면 두번 더 키스하는 건지 불분명해. ─Rhiannononymous

▷두번째 키스가 그의 목소리를 앗아간 것 같아요. ─Dynamum

▷이미 눈으로 질문하려고 했다는 건 사실임. ─Holy Greil

▷내가 주문 걸렸다고 했을 땐 비웃더니! 이게 다 정확히 진실에 근거해야 하는 건 아니잖아요. 그냥 키스를 좋아하는 걸 수도 있어요. ─Dynamum

48. 엘렌은 어디로 간 거지? 이 노래에서 엘렌과 언니들은 이 마을 사람들처럼 느껴지지가 않음. ─Rhian-nononymous

젊은 윌리엄은 마을로 갔네
그의 발은 여전히 길을 알고 있었지[49]
그는 자신의 세월을[50, 51] 뒤에 남겨두고 왔음을 알았네[52]
참나무 마음이 모이는 곳에

49. 이 길을 너무 자주 다녀서 저절로 알고 있나봐요.('마음으로' 알고 있다고 말할 뻔) ─Dynamum

50. "자신의 세월"=남은 나날들일까? 이제는 덤으로

사는 삶인 거? —Rhiannononymous

51. 다른 버전에는 그의 "세월"year 대신 그의 "두려움" fear이라고 되어 있음. 또 어떤 버전에는 "무언가"를 남겨 두고 왔다고 나옴. —BonnieLass67

52. 이거 보면 진짜 주문에 걸린 것 같음. 자기가 뭘 하고 있는지, 무슨 일이 일어났는지도 모르고 비틀거리며 돌아오는 느낌. —HangThaDJ

▷정말 고맙네요! 내가 말했죠. —Dynamum

("일어나," 그가 외쳤지만 아무도 듣지 못했네[53, 54, 55]

"사악한 여자를 찾아라[56, 57]

내 삶과 목소리를 훔쳐간 여자를

참나무 마음이 모이는 곳에서")

53. 엘렌이 목소리를 가져갔다는 건 그전에 전혀 언급이 없는데. —BarrowBoy

54. @Moderator 이 구절을 삭제하거나 맨 아래에 추가 하면 안 되나요? 20세기 버전 중 소수에만 있고 이전 버전 에는 없는 부분입니다. 원래 발라드의 일부가 아니죠. — BonnieLass67

≫가사 해설 담당자 ModeratorBot이 이 의견을 접수했으 며 관리자에게 전달할 것임

55. 이러면 얘기가 완전 달라지는 거 아님? "사악한 여자"는 완전 다른 사람이 쓴 것 같은데. 이 연만 아니면 윌리엄은 그냥 일어나는 일에 순응함. —Rhiannononymous

56. 그가 엘렌을 어디서 찾아야 할지 모른다는 게 흥미로움. 마을 사람들이 행동을 개시할 때도 집으로 찾아간다는 내용은 없어. —Rhiannononymous

57. 그가 안됐다고는 생각하지만 여기서 좀 찌질해 보이긴 함. 다들 와서 자기 얘기 들어달라고 한밤중에 마을 광장에서 소리치는 식이니까. 이게 윌리엄 잘못이라는 건 아니지만, 애초에 다리 밑에서 만나자고 말할 때 여자한테 닥칠 수 있는 문제는 전혀 고려하지 않은 거임. 그리고 어떻게 보면 엘렌의 시험에 동의한 것처럼 보이기도 하고? —HangThaDJ

그리고 마을이 그에게 왔을 때[58]
그는 자신의 이야기를 들려줄 수 없었네[59]
그들의 아들[60]*에게 어떤 운명이 닥쳤는지도*
참나무 마음이 모이는 곳에서

58. '마을이 그에게 왔다'는 거 이상하게 느껴지는 사람 저뿐인가요? 윌리엄은 어디 있었던 거죠? 마을은 마을 사람들을 의미하는 거고, 그들이 그의 집으로 왔다는 의미인

것 같죠, 아마도? —Dynamum

59. 일부 초기 버전에는 '할 수 없었네'could not 대신 '하지 않았네'would not로 되어 있음. —BonnieLass67

▷하! '하지 않았다'would not = 나무의 옹이wood knot! 이해 됨요? —Dynamum

≫BarrowBoy가 이것을 억지 주장으로 표시함

▷@Dynamum 억지 주장이라도 좋은데요. BarrowBoy 신경 쓰지 마시길. —Rhiannononymous

60. 그들이 다음에 하는 행동을 고려하면 이 집합적인 "그들의 아들"이 엄청나게 흥미로움. 이 노래에는 망가진 가족들이 정말 많잖아. —Rhiannononymous

▷잠깐, 집합적인 거라고요? '마을의 아들'처럼? 저는 윌리엄과 엘렌의 아들이라는 의미에서 "그들의 아들"이라고 생각했거든요! —Dynamum

▷그렇게 생각해본 적은 없지만 말 되네요! 특히 '소생'과 관련된 모든 것을 고려하면 더요! 씨앗을 소생시키는 것에 대해서는 이야기했지만, 자궁을 소생시키는 것에 대해서는 생각 못 했네요. —Rhiannononymous

≫Rhiannononymous가 이것을 멋진 내용으로 표시함

≫BonnieLass67이 이것을 멋진 내용으로 표시함

≫HangThaDJ가 이것을 멋진 내용으로 표시함

모두 슬픈 눈빛으로[61] 그를 바라보았지
그러다 심장 박동을[62, 63, 64] 들어보더니
그를 교수대에[65] 매달고 말았네
참나무 마음이 모이는 곳에서[66]

61. 슬픈 눈빛은 이런 일을 전에도 본 적이 있다는 느낌을 주네요. —Dynamum

62. 심장 박동을 들으려고 한 게 그들이 그의 이야기에서 전에 본 적 있는 뭔가를 떠올렸기 때문인지, 아니면 그가 아파 보였기 때문인지 불분명함. —Rhiannononymous

63. 그가 말 못 하고 있었던 거 기억하지? —BarrowBoy

64. 이 노래가 쓰일 당시에 사람들이 심장 박동에 대해 알고 있었을까요? —Dynamum

▷헐. 위키피디아라는 걸 들어는 봄? —BarrowBoy

65. 그냥 가서 목매달아버렸다는 사실이 항상 소름 끼치게 무서워요. 심장 박동이 없어서 겁먹은 건 이해할 수 있지만 그래도…… —Dynamum

66. 모든 연 중에서 이 연이 "참나무 자매들이 지켜보는 동안에" 대신 "참나무 마음이 모이는 곳"이라고 했을 때 가장 말이 안 되는 부분임. —BonnieLass67

▷맞아요, 마을의 교수대는 참나무 마음이 모이는 곳과 같은 장소일 리가 없죠. 참나무로 만든 교수대가 참나

무 마음을, 그게 뭐든 간에, 담고 있다고 치지 않는 한 —
Rhiannononymous

▷짐작했을지 모르지만 골은 이백년 전쯤 교수대를 해체
했어요. —HenryMartyn

그리고 숲에서[67] 아름다운 엘렌은 울었네[68]
진정으로 그를 사랑했기에[69]
자신만의 방식으로[71, 72] 그를 차지하려[70] 했었기에
참나무 마음이 모이는 곳에서

67. 엘렌은 그를 남겨두고 떠났는데, 여기서 다시 숲에 있
는 게 흥미로워요. 집에 가지 않은 걸까요? —Dynamum

68. 아직도 "아름다운"이라고 부르는 거 가능? —Barrow-
Boy

69. 노래가 이걸 알려준다는 게 흥미로움. 그렇지 않았
다면 그녀가 괴물 같다고 생각했을 텐데. 뭐, 엘렌의 행동
은 여전히 끔찍하긴 하지만, 어쨌든 그게 사랑 때문에 그
런 거라면 좀 나은가? —Rhiannononymous

70. 어떤 버전은 "차지하다" 대신 "지키다"라고 표현
함. —BonnieLass67

71. 이 "자신만의 방식"이 엄청 많은 걸 담고 있음. —
Rhiannononymous

72. 어떤 버전에서는 "그가 사랑을 증명해주기를 바랐기에"라고 하는데, 이전에 그녀가 그에게 요구했던 증명이 무엇이든 간에 그걸 떠올리게 함. ―BonnieLass67

그리고 엘렌의 언니들은 머리를 숙였네[73]
"좋은 일이 따를 리 없어
달빛 비치는 다리 밑에서 만난 남자에게는
참나무 마음이 모이는 곳에서"

73. 그들의 최대 히트곡인 「내가 말했지」를 앙코르 공연하러 돌아온 그리스 합창단. ―HangThaDJ

횃불을 든 마을 사람들이 몰려갔네[74, 75]
숲의 위험을 제거하기 위해[76, 77]
그들이 목매달았던 소년의 복수를 하기 위해[78]
참나무 마음이 모이는 곳에서

74. 이 연과 앞의 두 연, 그리고 다음 한 연은 종종 다른 순서로 불리곤 함. ―BonnieLass67

75. 횃불과 쇠스랑을 든 마을 사람들은 일단 나는 반대임. ―HangThaDJ

76. 참나무를 태우려는 거네. 마을 사람들이 자기들이

태워야 할 특정한 나무를 알고 있다고 믿는다면, 윌리엄이 교수형 당하기 전에 정확하게 알려준 게 틀림없음. ―Rhiannononymous

▷스포일러: 진짜로 찾을 수 있는 모든 참나무를 전부 다 베고 태워버렸어요. 제니의 언니들은 그게 야만적이었다고 말하는데, 나도 그 결과를 직접 봤어요. 그런 관행을 멈춘 지 사십년이 지났기 때문에 지금은 모든 게 새로 자란 것들이지만, 그때 입은 피해는 여전히 남아 있어요. ―HenryMartyn

77. 실제로 어떤 위험으로부터 마을을 보호할 수 있다고 생각하는 건지 궁금하네요. 다른 남자들도 이런 식으로 빼앗긴 적이 있는 걸까요? 한번 이런 일이 일어나게 놔두면 더 많이 일어날 수도 있으니까…… ―Dynamum

≫BarrowBoy가 이것을 억지 주장으로 표시함

▷아 진짜. 가서 다른 사람한테나 억지 주장 표시해라. 우리 지금 다 엘렌 얘기 하고 있는데, 그 언니들은 지켜보는 것 말고 하루 종일 뭐 하는 걸까요? 그리고 @HenryMartyn, 그 마을 기록에는 심장을 뺏긴 사람들에 대해서 뭐라고 나오나요? ―Dynamum

▷제니 말로는 막을 수 없었던 화재로 모든 오래된 출생 및 사망 기록을 잃어버렸대요. ―HenryMartyn

78. 불쌍한 윌리엄은 당장 목매달아야 한다고 느껴놓고 엘렌이 그에게 저지른 잘못에 대해 복수하러 나서는 거

임? 분노의 방향이 좀 잘못된 듯. ─ HangThaDJ

> 하지만 다리 밑에선 아무 흔적도 보지 못했네[79]
> 가파른 제방[80] 아래에서도
> 아무도 그 장소를 찾을 수 없었네[81, 82]
> 참나무 마음이 모이는 곳에서

79. 다리 밑에서 나무를 못 봤다는 건지 엘렌을 못 찾았다는 건지? 불분명함. ─ Rhiannononymous

80. 가파른 제방은 라이들 박사가 찾고 싶어했던 또다른 구체적인 지리적 단서였죠. ─ HenryMartyn

▷확인함: 여기 있어요! 다리는 지금은 일종의 마른 협곡 같은 곳 위를 지나가지만 양쪽 제방은 가팔라요. 그리고 신기한 거! 돌 때문인지, 이끼 때문인지, 아니면 어떤 광물 때문인지 모르겠지만 무언가가 여기 땅으로 스며들어 다리 근처 나뭇잎들을 빨갛게 물들이고 있는 것 같아요. 라이들 박사가 이걸 봤을지 궁금하네요. ─ HenryMartyn

81. 참고로 이 연의 1행과 3행은 이 발라드 전체에서 유일한 각운임. ─ Rhiannononymous

▷일부 초기 버전은 셋째 줄이 "아무도 불쌍한 윌리엄의 심장을 찾을 수 없었지"임. 하나의 각운만 있는 건 이상하니까, 이 줄이 원본이고 앞의 버전이 나중에 만들어졌을 가능

성이 있음. ─BonnieLass67

▷윌리엄의 심장을 못 찾았다는 거면, 마을 사람들이 찾지 못한 오래된 나무가 하나 있었다는 뜻일까요? ─Dynamum

▷@HenryMartyn이 숲 전체를 다 뒤질 수는 없었겠지 ─BarrowBoy

▷재밌는 사실! '숲'은 전통적인 법적 정의로는 군주가 소유하고 사냥터로 지정된 땅을 의미함. ─HangThaDJ

▷그럼 숲 전체를 수색할 수는 없다는 거네. ─BarrowBoy

82. 왜 15연이 지나고서야 이 생각을 하고 있는지 모르겠지만, 참나무들이 모이는 것에 대해 노래를 만들었으면 그 반대는 흩어지는 거 아닐까요? 참나무들이 때때로 다른 곳으로 흩어져 있기 때문에 찾을 수 없었던 걸 수도 있죠. 어쩌면 이 노래 전체가 근처 참나무들에게 이런 이상한 일이 일어나기 시작하면 어떻게 해야 하는지 알려주기 위해 존재하는 것 같기도 해요. 그래서 높은 다리, 가을의 다리 등 서로 다른 이름으로 불리는 거고요. 나무들이 모이고 흩어지는 순환이 있었고, 이 마을은 이 경고를 널리 퍼뜨려서 스스로를 보호하려고 더 열심히 노력했을 수도 있겠죠. ─Dynamum

≫BarrowBoy가 이것을 억지 주장으로 표시함

긴 겨울이 지나고 해빙이 왔네[83, 84]

그것은 봄을 싹틔웠지

윌리엄의 무덤에서는 묘목이 자라났지[85]

참나무 마음이 모이는 곳에서

83. 데드는 이 연을 단조 대신 장조로 바꿈. —HolyGreil

84. 킹스턴 트리오는 이 연으로 끝을 맺음. —Bonnie-Lass67

85. 우리 정말 이 묘목에 대해선 이야기하지 않을 건가요? —Dynamum

▷묘비가 매우 닳아 알아보기 어렵지만 윌리엄 부처의 무덤이라고 생각되는 곳을 찾았어요. 나무는 없었는데, 난 다음 연이 무덤에서 자란 묘목도 베어졌다는 뜻이라고 해석했습니다. —HenryMartyn

그리고 매년 봄[86] 마을 사람들은

횃불과 도끼를 숲으로 가져오지

자라난 모든 묘목을 베어버리기 위해[87, 88]

참나무 마음이 모이는 곳에서

86. 이 연에는 라이들 박사의 마지막 큰 단서 두가지가 담겨 있어요! "매년 봄"이 암시하는 건 이유는 모르지만 여전히 전해 내려오는 마을 전통 같은 게 있을 수 있다는

뜻이었어요. 라이들은 블로그에서 자신이 찾은 골 마을에 퍼레이드와 모닥불이 있는 연례 봄 축제가 있다고 쓴 바 있죠. ─HenryMartyn

87. 라이들은 자기가 찾고 있는 마을이 다 자란 참나무로 가득한 숲 근처에 있을 거라고 추측했어요.(수세기 동안 숲이 벌목된 곳이 많기 때문에 반드시 그런 곳이 있진 않을 수 있다는 점도 염두에 두었지만 말이죠. 라이들은 이전 시대에 숲이 우거졌던 곳도 살펴봤어요.) 그러다가 이 연이 암시하는 바를 깨달은 거죠. 참나무로 가득한 숲을 찾는 대신, 마을에서 참나무를 계속 베어냈다는 가정하에 이례적으로 참나무가 없는 숲을 찾아야겠다고 생각한 거예요. 그래서 지금 내가 직접 확인할 수 있는 건, 골 근처의 숲이 오래된 서어나무와 물푸레나무 등으로 가득 차 있지만 참나무는 거의 없다는 사실이에요. 여기 있는 참나무들은 더 어린데, 마을 축제의 최근 변화와도 일치해요. 예전에는 봄이 끝날 무렵 모든 참나무를 베어 모닥불에 태우는 행사가 있었는데, 환경보호론자들이 소모적이고 잘못된 관리법이라고 주장해 1970년대에 이 관행을 중단했어요. 올해 축제에는 내가 너무 늦게 도착했지만, 이제 마을 사람들은 축제를 위해 베어낸 나무 한그루만 상징적으로 태운다고 해요. ─HenryMartyn

≫BonnieLass67이 이것을 멋진 내용으로 표시함

88. 이게 숲의 묘목들에 대해서는 설명해주지만 윌리엄의 무덤에 있는 묘목에 대해서는 설명이 안 됨. 그들은 그것을 베었을까, 아니면 남겨두었을까? ―Rhiannononymous

▷나도 그 묘목이 궁금했어요! ―Dynamum

▷그 질문에 답이 될 만한 구절이 포함된 브로드사이드가 하나 있음. "그리고 그날 마을 사람들이/윌리엄의 묘목을 뿌리 뽑았을 때/모두에게 구슬픈 울음소리가 들렸다/참나무 마음이 모이는 곳에서" ―BonnieLass67

▷왜 그게 널리 포함되지 않았을까? 너무 좋은데. ―Rhiannononymous

▷차일드가 출처를 마음에 들어 하지 않았을 수 있음. 그 버전에서는 분명히 원본인 '나무에 대한 복수' 연을 대체했었음. ―BonnieLass67

여전히 때때로[89] 찬바람이 불어
나뭇가지에서 붉은 잎들을[90] 벗겨낼 때
아름다운 엘렌은 또다른 사랑을[92] 데려가네[91]
참나무 마음이 모이는 곳으로[93]

89. 일부 초기 버전에는 "때때로" 대신 "어딘가에"라고 되어 있음. 나무를 찾지 못했더라도 그 장소는 알려져 있을 테니 "어딘가에"는 그닥 말이 안 됨. ―BonnieLass67

▷그 "어딘가에"는 라이들 박사가 마지막 블로그 게시물에서 추측했던 거예요. 그 게시물은 그의 실종 후 널리 퍼졌는데, 그의 원래의 법의학적 작업을 칭찬했던 많은 사람들은 감상적이고 사실에 근거하지 않은 것이라 조롱했어요. 그는 이 마을을 찾기 위해 매우 열심히 노력했지만 막상 찾고 나서는 "어딘가에"라는 말 하나가 이런 일이 한곳 이상에서 일어났다는 걸 의미할 수도 있다는 고민을 시작한 거죠. 그건 노래가 광범위하게 퍼졌다는 걸 빼고 모든 논리를 약화시켰어요. —HenryMartyn

▷실종에 대해서는 아무 말도 안 했잖아요! 무슨 일이 있었던 거임? —HolyGreil

▷런던에 도착해 골로 향하고 있다고 말한 마지막 게시물 이후, 라이들은 게시를 중단했고 그의 공개된 모든 이메일 주소는 튕겼어요. 그는 교수직으로 돌아가지도 않았죠. 아무도 그를 기억하지 못하고 경찰 기록에도 아무것도 없어요.(한번 파볼까 함.) 미제 사건이죠. —HenryMartyn

90. 목소리나 참나무에 갇힌 심장을 훔치는 건 별문제되지 않는다는 듯 논의하면서, 붉은 잎에 대해서는 정확한 식물학적 설명만 받아들이려 한다는 점을 지적하고 싶네요. 모든 행이 완벽하게 진실에 기반할 필요는 없죠. 마법? 전조? 특정 연도에 안토시아닌 양을 바꾸는 날씨 패턴? 시적으로 공명하는 이미지?(@BarrowBoy, 내가 선수 칠 거

임.) ─ Dynamum

　　≫Dynamum이 이것을 억지 주장으로 표시함

91. 이 연의 현재 시제가 마치 아직도 계속되고 있는 것처럼 느껴져서 좋아. 그리고 여기서 '데려가다'take의 다양한 의미도. 연인으로 취하다, 생명을 앗아가다, 또는 '참나무 마음이 모이는 곳으로 또다른 사랑을 데려가네'라는 문장 전체가 마치 그를 가족에게 소개하기 위해 집으로 데려가는 것 같아. ─ Rhiannononymous

92. 그리고 화자는 여기서 다시 우리가 의심할 이유가 없다는 걸 상기시켜주지, 엘렌이 데려가는 건 희생자가 아니라 사랑이라는 말로. ─ Rhiannononymous

93. 라이들은 마지막 블로그 게시물에 이렇게 썼어요. "이 발라드의 이상한 점 중 하나는 우리가 이게 어떤 종류의 이야기인지 확신할 수 없다는 것이다. 괴물 같은 나무들에 대한 경고인가, 아니면 괴물 같은 연인들에 대한 경고인가? 숲 관리에 대한 교훈적인 이야기인가? 마을 사람들의 행동을 영웅적이라고 칭송해야 하는가? 골 축제는 그렇다고 암시하지만, 그렇다면 왜 엘렌은 그렇게 모호하게 묘사되는가? 어쩌면 우리는 이걸 다정한 윌리엄과 아름다운 엘렌의 연애 이야기로 노래해야 할지도 모른다. 만약 앞뒤가 맞지 않는 '사악한 여자' 연을 무시한다면, 두 연인 모두 서로의 기대를 배신하지 않았고, 그들의 이야

기가 비극으로 변한 건 오직 마을 사람들 때문이다."—HenryMartyn

▷여기 머물면서 제니와 그녀의 언니들 이야기를 듣고 나니, 앞의 모든 것이 조금씩 다 맞다는 생각을 하게 되었어요. 어쩌면 라이들이 옳을 수도 있죠. 이건 사랑에 대한 이야기이고, 사랑은 주고받는 것을 포함하며, 어떤 사람들은 다른 사람들보다 더 많이 요구한다는 메시지를 담고 있다는 점에서 말이에요. 기꺼이 줄 의향이 있다면, 항상 그렇게 나쁜 건 아니죠. —HenryMartyn

▷@HenryMartyn 친구 제니에게 축제를 피한 오래된 참나무가 있는지 물어봐줄 수 있나요? "아무도 그 장소를 찾을 수 없었네" 혹은 "아무도 불쌍한 윌리엄의 심장을 찾을 수 없었지"라는 구절이 암시하는 대로요. —Dynamum

▷제안 고마워요! 제니가 하나 알고 있는 것 같다고 했어요. 오늘 밤 숲으로 또다른 산책을 갈 예정입니다. 여전히 내 영화의 적절한 결말을 찾고 있는데, 거의 다 온 것 같아요. 라이들이 이 발라드의 진실을 추적하던 곳에서 내가 라이들의 흔적을 찾고 있다는 게 묘하게 느껴져요. 마치 우리 모두가 서로를 쫓고 있는 것처럼 말이죠. 어쨌든 동지들, 계속 도와줘서 고마워요. 다른 건 몰라도 어쩌면 우리가 이 오래된 노래를 새로운 청취자들에게 전해주는 순환의 일부 아닐까요. —HenryMartyn

과학 지식!

우리 모두는 산에서 무사히 내려왔다. 우선 이 얘기를 해야 한다. 안 그러면 당신은 성급한 결론을 내릴 테니까. 우리 이야기를 안다고 생각할 것이다. 우리가 야만적으로 돌변해 서로에게 등을 돌렸다고. 그리고 당신이 어떤 종류의 미디어에 빠져 있는지에 따라, 인간의 승리를 바라는지 자연의 응징을 바라는지에 따라, 여덟명이 숲으로 들어가 여덟명이 나왔다는 말로 시작하지 않으면 무슨 일이 벌어졌을 거라 넘겨짚는 당신 자신의 천박한 추측에 따라 선정적인 세부 사항들을 덧붙이겠지.

실제로 있었던 일은 이렇다. 새벽 5시였고, 우리는 밴에 여행 짐을 싣고 있었다. 모두가 수면 부족, 카페인 부족, 영양 부족의 서로 다른 조합으로 지친 상태였다. 우리의 드림

팀 캠프 지도자인 킬러웨일과 고질라, 킬라와 질라가 가면서야 간식을 주겠다고 약속했기 때문이다. 그런데 질라가 마지막 배낭을 밴에 싣고 뒷문을 닫은 후 물러서다가 구멍에 발을 헛디뎌 발목을 삐었다. 발밑에서 마른 나뭇가지 부러지는 것 같은 소리가 나더니 곧바로 "신발" 하는 소리가 이어졌다. 고질라는 너무나 노련한 캠프 전문가여서 이런 상황에서도 참가자들 앞에서 욕은 하지 않았다.

소동이 벌어졌다. 킬라가 무전으로 간호사와 캠프 책임자를 깨웠고, 간호사는 구급차를 불렀다. 그런 다음 킬라는 너무 일찍 일어난 열두 살짜리 여섯 명을 다시 식당으로 데려갔다. 여행을 떠나기 전 캠프에 하룻밤만 있는 경우 오두막 숙소를 배정받지 못하기에 전날 밤 우리가 잔 곳이었다. 유일하게 깨어 있던 주방 직원들은 우리 상황을 안타까워하며 우리가 여행의 운명이 결정되기를 기다리는 동안 거대한 냄비에서 스크램블드에그와 토스트와 오트밀을 덜어 접시에 담아주었고, 심지어 원하는 아이들에게는 직원들만의 비밀 창고 속 좋은 커피까지 내주었다. 우리 중 몇몇은 이 여행을 얼마나 기대했는데 하며 투덜댔고, 나머지는 그저 조용히 실망한 표정을 지었다. 킬러웨일은 모두의 주의를 돌리려고 애썼다. 처음에는 일주일 계획을 검토했고, 그다음에는 '과학 지식'이라는 게임을 했다.

"과학 지식이 어떻게 게임이에요?" 루시아가 물었다. "그냥 사실이잖아요.”

“게임이 되는 방법이 다 있지.” 킬라가 말했다. “한 사람이 말한 사실은 이전 사실과 어떤 식으로든 연결돼야 해. 카드 게임에서 모양이나 숫자를 맞추는 것처럼. 희한한 것들은 추가 점수를 받고, 내가 모르는 것들도 추가 점수를 받아.”

“우리가 말하는 게 사실인지 어떻게 알아요?” 저스티나였다.

킬라가 주머니에서 핸드폰을 꺼냈다. “양심에 맡길게. 언제든지 찾아보고 확인할 수 있긴 한데, 답을 지어내야 이기는 게임은 백만가지가 있겠지만 이건 그런 게임이 아니야. 내가 먼저 할게. 모잠비크의 암컷 코끼리들은 엄니가 없도록 진화하고 있어.”

“진화는 되게 오래 걸리는 거 아니었어요?”

“밀렵에 대한 반응인 것 같아. 엄니 있는 코끼리들이 죽임을 당하면 엄니 없는 코끼리들만 새끼를 낳게 되는 거지.”

“코끼리들에겐 다행이네요.” 앤드리아가 말했다. “그러면 다음 사실은 코끼리나 엄니와 관련된 거여야 하는 거죠?”

케이티가 손가락으로 세며 말했다. “아니면 진화, 모잠비크, 암컷 동물, 새끼, 또는 밀렵도 가능해.”

킬라가 승인한다는 듯 고개를 끄덕이자 게임이 시작됐다. 루시아가 아기 호저를 포큐펫이라고 부른다는 사실을

제시하자 저스티나가 아기 고슴도치는 호글렛이라 불린
다고 했고,* 니키가 고슴도치는 일부 독성 식물에 면역이
있어서 그걸 씹은 다음 독이 가득한 침을 자신의 가시에
핥아 바르는데, 그래서 잡아먹으려는 동물은 가시만 있을
때보다 훨씬 더 끔찍한 충격을 경험하게 된다고 말했다.
거기서부터 게임은 '독이 있는'과 '유독성의' 간의 차이에
관한 의미론적 논쟁으로 넘어갔고, 결국 캠프 책임자가 식
당에 도착해서 사건 경과를 알려줄 때까지 계속됐다.

그때쯤 해가 뜨기 시작했지만 식당의 커다란 서쪽 창문
은 여전히 밤처럼 어두웠다. 캠프 책임자는 지치고 스트레
스 받은 표정이었는데, 사실 평소에도 거의 그랬다. 우리
는 여행이 망했다고 확신했다. 킬라도 우리만큼이나 이 여
행을 고대했다고 말하긴 했지만 혼자서 우리를 데려갈 수
는 없을 테니까. 그녀는 사년째 여행 지도자로 일해왔고,
이 특별한 배낭여행은 언제나 여름의 하이라이트였다.

책임자가 음료 코너로 걸어가 커피포트에서 여행용 머
그잔에 커피를 따르더니, 전날 밤 남은 거였는지 인상을
찌푸렸다. 아마 그랬을 것이다, 아직 아무도 주방에서 나
와서 갈아주지 않았으니까. 그녀가 몇모금 마신 후 우리에
게 걸어왔다. "기다려줘서 고마워, 애들아. 고질라는 병원

* 각기 포큐파인(porcupine)과 헤지호그(hedgehog)를 애칭화한 예를
  들고 있다.

에 도착했어. 엑스레이를 기다리고 있는데 깨끗한 골절인 것 같대.”

작년에 질라와 함께 카누 캠핑 여행을 갔던 케이티와 앤드리아가 안도의 소리를 냈다.

“그리고 좋은 소식이 있어.” 그녀가 말을 이었다. “대신 갈 다른 사람을 찾았어. 그러니까 여행은 여전히 가능해.”

킬라가 명백히 놀란 표정으로 그녀와 시선을 맞추려 애썼다. 책임자는 시선을 피했다. “이번 주에는 전담하는 연극 프로그램이 없어서 디바가 주니어 미술공예에 세번째 지도자로 배정되어 있었거든. 갈 의향이 있대.”

“젠장Crap.” 킬라가 말했다. 우리가 쳐다보자 그녀는 변명하려 했다. “내가 하려던 말은 ‘어스름한’crepuscular이야. 황혼과 관련된 뜻인데, 나는 황혼을 좋아해서 ‘멋지다’는 뜻으로 써.”

“어스름한!” 저스티나가 열정적으로 말했다.

캠프 책임자가 커피를 홀짝이고는 인상을 찌푸리며 계속했다. “고질라가 디바에게 자기 장비를 써도 된다고 했어. 그래서 지금 밴에서 질라의 배낭에 자기 옷을 싸고 있지. 곧 출발할 수 있을 거야.”

“어스름한!” 케이티와 앤드리아가 말했다. 앤드리아는 “젠스름한”이라고 말한 것 같았는데, 킬라의 의견에 더 가까운 것 같았다.

책임자가 우리를 향해 돌아섰다. "출발하기 전에 화장실 한번 더 다녀오는 게 어때? 특별히 야외 화장실 대신 실내 화장실 쓰게 해줄게." 실내 화장실은 보통 캠프 지도자들만 쓸 수 있었다.

우리는 현관 쪽으로 향했고, 킬라는 상사를 향해 돌아섰다. 그녀는 가만있지 않았다. "다른 사람은 못 찾았어요?"

책임자가 고개를 저었다. "미안해. 너희 둘 사이가 안 좋다는 거 알아."

"걔가 평생 하룻밤이라도 캠핑해본 적이 있기나 하대요? 자기 별명으로 '디바'를 고르는 애라구요. 연극 텐트를 운영하는 애잖아요." 킬라는 계속 불평할 기세였다. 디바는 아파트 전세 계약 날짜 사이가 비자 머물 곳이 애매해 여기 지원한 것뿐이었다. 아이들을 좋아하진 않았다. 게다가 자기 연극 텐트의 의상조차 만지는 걸 피하는 결벽증이었다. 한주가 끝나 청소 시간이 되면 사라지면서 말이다. 하지만 그런 말을 하는 건 그녀를 고용한 책임자에 대한 비난이기도 하니까, 킬라는 거기서 멈췄다.

"그래, 그럼 내가 여행을 취소하면 좋겠어? 저애들한테 네가 말할래? 디바 아니면 그냥 취소야. 여행 없음. 실망의 도가니. 게다가 부모들이 데리러 올 수 있는지, 아니면 부모들도 어디 갔는지 누가 알아. 프로그램 전체를 환불해줄 여유도 없고. 이게 피해를 최소화하는 옵션이야. 그냥 같이 갈 수 있다고 해줄래?”

가장 싫어하는 지도자와 일주일이라니. 아마 어느 참가자보다 더 많은 관리가 필요할 사람을 관리하며 일주일을. 그게 아니면 여행 없음, 게다가 모두를 실망시킨 사람이 자기라는 게 분명할 텐데.

킬라는 한숨을 쉬었다. “해볼게요.”

그렇게 우리는 모두 주차장으로 돌아갔다. 밴은 여전히 거기서 우리를 기다리고 있었다. 다만 지금은 디바가 거기서 무슨 요가 자세를 하고 있었다는 점이 달랐다. 키가 크고 철사처럼 마른 몸이 바람에 휘는 어린나무처럼 조수석 문 쪽으로 구부러져 있었다.

그녀가 우리를 발견하고는 미소 지었다. “안녕, 얘들아! 여행에 끼워줘서 고마워. 나는 디바야. 자기소개 게임부터 해볼까?”

킬라가 고개를 저었다. “벌써 몇시간이나 늦었어요. 출발해야 해요. 소개는 가는 길에 하면 돼요. 그리고……” 킬라가 디바에게 바짝 다가가 말해서 우리는 들으려면 애를 써야 했다. “그거 신으면 안 돼요.”

페디큐어를 하고 샌들을 신은 자기 발을 내려다보더니 디바가 과장되게 이마를 탁 쳤다. 사실 캠프에서 샌들은 샤워장과 물가를 제외하고는 허용되지 않았지만, 연극 텐트는 그녀만의 영지였고 자체 규칙이 있었다. “아, 갈아 신으려고 했는데. 아직 정신이 없었어요. 모든 게 너무 갑작스럽게 진행됐거든요. 일분이면 돼요.”

“등산화 있어요? 어그 부츠 신고 다니는 거 봤는데, 그걸 신고 하이킹하면 신발도 발도 다 망가질 거예요.” 디바가 인상을 찌푸리자 킬라는 없다는 뜻으로 받아들였다. “그럼 운동화는요?”

디바가 샌들을 직직 끌며 자기 오두막 쪽으로 달려갔다. 킬러웨일은 질라에게 일어난 일을 보고서도 디바는 안 다치나 하고 바라는 자신이 나쁘다고 생각했지만, 이 여행에 함께하는 기쁨은 빠르게 두려움으로 바뀌고 있었다. 어쨌든 적어도 패션 부츠는 막았다. 그게 친절에서 나온 행위인지 아니면 물집으로 인한 불가피한 징징거림을 피하려는 시도였는지는 모르겠지만.

우리는 밴에 올라 암묵적 서열에 따라 자리를 잡았다. 루시아와 저스티나는 맨 뒷줄, 지도자들이나 다른 사람들이 위로 기어 넘어가는 수모로부터 멀리 떨어진 곳에, 조용한 아이들은 지도자들 바로 뒤에, 케이티와 앤드리아는 그 사이에 끼었다. 킬라가 운전석에 올라 의자를 앞으로 당겼다. 마지막으로 운전한 질라는 킬라보다 키가 15센티미터나 컸던 것이다. 백미러를 조정하고 핸드폰을 연결하고 주소를 입력한 다음 짐 목록을 한번 더 점검하고 나니, 디바가 다행히도 멀쩡해 보이는 러닝화를 신고 돌아왔다.

고속도로에 진입하자 디바는 좌석에서 몸을 비틀어 우리 모두 자신에게 자기소개를 해야 한다고 우겼다. 그녀가 "세계 최고의 샌드위치"라고 부르는 게임을 이용해서 각자 이름을 말하고 앞서 말한 세계 최고의 샌드위치에 추가할 재료를 대는 식이었다. 케이티가 팔라펠*을 고르자 루시아가 그건 샌드위치의 상위 범주에 해당하는 거라 첫번째 선택으로 적절하지 않다고 했고, 앤드리아는 누텔라를 골랐으며, 메건은 아무 말도 안 해서 디바가 대신 칠면조를 골라주었고, 루시아는 토하는 소리를 내며 자기는 채식주의자라면서 과학 지식으로 사육 칠면조는 짝짓기조차 못 한다는 사실까지 알려준 다음 당근 피클을 골랐고, 저스티나는 절인 피클을 고르면서 "나는 절인 피클을 고를게"I pick pickled pickles라고 말했다. 그러자 뭔가를 다시 절이는 게 가능한지, 그러니까 절인 걸 또 절일 수 있는지, 아니면 한번 절인 것은 이미 절임 변화의 정점에 있다고 봐야 하는지에 대한 논쟁이 벌어졌다. 니키는 게임 내내 소설에 코를 박고 있다가 자기 차례가 오자 방해받는 게 짜증난다는 듯 샌드위치를 안 좋아한다고 말했다. 디바가 다그치자 아이스크림 샌드위치는 좋아한다고 했고, 그러자 재료가 아이스크림만 들어가는 건지 아니면 아이스크림 전체가

* 병아리콩을 으깨 만든 경단을 빵과 함께 먹는 중동 음식.

샌드위치 재료인 건지, 전체라면 샌드위치 안의 아이스크림 샌드위치인지에 대한 또다른 논쟁이 벌어졌다. 샌드위치의 한 종류인 거라고 킬라가 핸들 뒤에서 조심스럽게 말했지만 모두가 무시했다.

디바는 우리의 팔라펠-칠면조-누텔라-채소 피클-아이스크림 샌드위치를 드라마틱하게 공개하고 싶어했는데, 아마 우리 숫자가 여섯명보다 많았다면 더 굉장했을 것이다. 이 게임으로 그녀는 우리의 알레르기 목록 말고 대체 뭘 알아냈을까? 전날 밤 메뉴를 짤 때 우리가 이미 파악했던 것 외에 새로운 게 있었을까? 루시아 덕을 봐서 오디션에 참가하려는 저스티나의 욕망 말고는 별로 드러난 게 없었다. 적어도 우리 기분은 좋았다. 디바의 게임이 끝나자 킬라가 라디오를 팝 방송에 맞췄고, 조용한 두명 빼고는 모두가 한동안 노래를 따라 불렀다. 저스티나는 열정적으로 음을 틀렸다.

세시간 지점에서 주유를 하고 마지막으로 실내 화장실을 이용하기 위해 차를 세웠다. 킬라는 트럭 휴게소에서 디바를 붙잡고 진심 어린 대화를 나누며 이 여행에서 그녀의 역할에 대해 이야기해줄까 고민했지만, 그러다 그녀가 아이들과 함께 줄에 서 있는 걸 목격했다. 아이들은 모두 디바의 돈으로 초콜릿바를 하나씩 고르고 있었다. 상대할 가치가 없다고 판단했다. 문제는, 다른 사람들은 모두 그녀를 좋아한다는 것이었다. 짜증났다.

드라미스 히스 숲과 자연보호구역 표지판이 있는 지점
에서 주^州 도로를 빠져나왔다. 허가 추첨으로만 입장 가능.
"브랜딩이 별로네요." 디바가 말했다. "이렇게 긴 이름을
모자에 어떻게 넣어요?" 진입로 형태는 목적지가 가까이
있다고 착각하게 만들었지만 숲 안쪽으로 향하는 비포장
도로를 시속 25킬로미터로 한시간은 더 가야 했다.

등산로 입구에는 다른 차량이 없었다. 디바가 캠프 주방
에서 싸준 점심을 꺼내러 트렁크로 갔고, 킬라는 공원 관
리소에 접수를 하러 갔다. 그런데 공원 관리자는 외출 중
이었고 책상의 표지판에는 자율 시행이라고 쓰여 있었다.
방문객 정보와 면책 동의서를 작성해서 둘 다 용지 함에
넣으라고. 그녀는 방수 주머니에서 비상 연락망을 꺼내 우
리 정보를 베껴 쓴 다음 자신의 정보를 추가했다. 전날 밤
그녀는 비밀로 하겠다는 약속하에 우리에게 진짜 이름, 태
머라 헌트를 말해주었다. 여기 현실 세계에서 필요할 경
우를 대비해서였다. 그녀는 모든 사람의 파일을 갖고 있었
다, 디바만 빼고. 이름이 어맨다인 건 알았지만 성은 기억
나지 않았다. "어맨다 디바"라고 적은 다음 비상 연락처로
캠프 책임자의 이름과 번호를 추가했다.

양식 끝에는 몇가지 면책 관련 언급이 있었다. "나는 우
리 일행 모두가 자기 책임하에 하이킹하며, 미성년자인 경

우 부모나 보호자의 허가를 받았음을 확인합니다. 나는 이곳이 지정된 자연보호구역이며 공원은 그 경계 내에서 발생할 수 있는 어떤 일에도 책임지지 않음을 이해합니다. 나는 야생동물에게 접근해서는 안 됨을 이해합니다. 나는 우리 일행 중 누구도 자연보호구역에서 사냥이나 낚시를 하지 않을 것임을 인증합니다. 나는 우리가 살아 있는 나무를 손상하지 않을 것임을 인증합니다. 나는 화재 위험 표지판이 주황색 이상일 경우 불을 피우지 않을 것임을 인증합니다. 나는 우리가 지정된 원형 모닥불 구역 내에서만 불을 피울 것임을 인증합니다. 나는 우리 일행 중 누구도 자연보호구역에서 물건을 고의로 가져가지 않을 것임을 인증합니다. 나는 우리 일행 중 누구도 이 자연보호구역에 와본 적이 없음을 인증합니다." 우리는 전날 밤 이 모든 규칙에 대해 대화를 나눴고 그전에 우리 부모들이 모두 승인했다. 킬라는 성실하게 모든 줄에 이니셜을 적었다.

용지 함은 꽉 차 있었지만 양식을 여러번 접어 억지로 끼워넣었다. 그리고 지도 몇장과 허가증을 챙겼다. 허가증은 책상 위 캠프 이름이 적힌 폴더에 들어 있었다. 시스템이 정말 느슨해 보였지만, 아마 허가 없이 그 울퉁불퉁한 길을 한시간이나 운전해서 이 등산로까지 오는 사람은 없을 것이다. 이 지역은 아주 잘 보호되어 있었고 경쟁이 치열한 연례 추첨을 통해서만 배낭여행객들에게 개방되었다. 올해 당첨된 어떤 캠프 졸업생이 자기 자리를 기부해서 우리가 새로운 곳으로 오지 여행을 올 수 있게 된 것이었다. 그건 킬라가 생각하기에 최고의 직업이 주는 또 하나의 놀라운 혜택이었다.

멀리 있는 책상에 놓인 기상 라디오가 분 단위 업데이트를 요란하게 내보냈고, 킬라는 잠시 머물며 귀를 기울였다. 맑은 하늘, 낮에는 섭씨 20도, 밤에는 15도 내외를 확인해주었다. 들으면서 그녀는 벽의 포스터들을 훑어보며 자기가 모르는 정보가 있는지 살폈다. 산양이나 곰을 만나면 어떻게 할 것인가, 물을 정수하기를 잊지 말 것, 쓰레기는 되가져갈 것, 기타 등등. 이미 아는 것들뿐이었다. 그녀는 조사를 철저히 하는 지도자라는 자부심이 있었다. 공원 관리자가 없는 게 아쉬웠다. 그녀가 좋아하는 캠핑 비법이 바로 "제가 물어볼 생각조차 못 한 것 중에서 알아야 할 게 뭘까요?"라고 묻는 것이었으니까. 경험상 비밀 전망대나 피해야 할 장소 같은 온갖 멋진 답을 얻을 수 있었다. 공원 관리자들이 정보를 숨기는 습관이 있어서가 아니라, 답이 정해져 있지 않은 질문을 던지면 가끔 멋진 정보를 얻기 때문이었다. 아마 캠핑 기간 동안 공원 관리자를 마주쳐서 물어볼 기회가 있겠지.

우리는 점심을 먹고 바구니를 밴에 도로 집어넣은 다음 배낭과 장비를 정리하기 시작했다. 전날 밤 확인하고 무게를 재고 끈을 조정한 터였다. 모두 루시아가 새 가방을 자랑할 거라 예상했지만, 그애의 파란색에 회색 가방은 물려받은 것처럼 낡아 있었다. 저스티나만 모노그램이 있었다. 우리는 전날 저녁때가 되기 전에 배낭을 메고 걷는 연습을 하려고 캠프 주변을 짧게 하이킹했었다. 우리가 스쳐간 분대 중 하나에 앤드리아의 여동생이 있었는데, 우리가 여왕의 행렬이라도 되는 것처럼 손을 흔들어서 우리 모두 깜찍한 여왕의 손인사를 돌려주었다.

배낭을 메니 메건과 저스티나를 제외하고 우리 모두가 왜소해 보였다. 메건은 키가 크고 튼튼했고, 저스티나는 옆으로 넓고 튼튼했다. 니키는 할머니의 구식 프레임 배낭을 들고 왔는데, 뒤로 넘어갈 것처럼 보였지만 충분히 편하다고 했다. 지도자들은 모두의 짐을 최대한 가볍게 만들어주려 노력했고, 그건 공용 물건을 자신들 배낭에 더 많이 넣는다는 뜻이었다. 킬라 자신의 장비는 길들여져 있고 몸에 맞았다. 디바는 배낭을 들어 올릴 때 휘청했지만 내색하지 않으려 애썼다.

우리는 밴 구석구석을 살피며 중요한 게 좌석 밑으로 굴러가지 않았는지 확인했고, 킬라는 밴을 잠근 다음 혹시 잊어버릴 경우를 대비해 열쇠를 어느 지퍼 주머니에 넣는지 모두에게 보여주었으며, 핸드폰에 알림을 입력한 다음 핸드폰을 치워두는 것까지 보여주었다. 이 모든 걸 다 하고 나니 이미 오후 4시였다. 원래 12시 반에는 등산로에 있었어야 했다.

"오늘은 워밍업으로 하자." 킬라가 말했다. "한시간 정도 하이킹하고 캠핑할 장소를 찾기 시작하는 거야. 그러면 뭔가 쓸리거나 너무 무겁거나 등등의 경우 일찍 알 수 있고, 텐트도 전부 다시 확인할 수 있어. 내일은 일찍 출발해서 시간을 벌면 돼." 우리 모두 동의하며 고개를 끄덕였다. "누가 처음 선두로 가기로 했지?"

그것도 전날 밤 결정했었다. 킬라와 질라는 자기들만의 계획을 이미 세웠었는지도 모르지만, 우리한테 질문을 던져서 우리가 결정하는 것처럼 보이도록 했다. 우리 중 몇 명은 이미 지도 찾기 배지를 갖고 있었다. 우리는 준비되어 있었다.

앤드리아는 자신이 먼저 가겠다고 자원하지 않았는데도 우리가 전날 밤 자신을 뽑았다는 것에 대해, 속으로 기뻤지만 쿨한 척하려고 했다. 지도 찾기는 그애가 스카우트 활동에서 가장 좋아하는 부분이었다. 심지어 '좀비 탈출'이나 '서바이벌 게임' 같은 바보 같은 이름의 프로그램에 숨겨져 있어도 그런 기회를 항상 찾아냈다. 케이티도 그런 기회가 있을 때면 잽싸게 신청했고, 둘 다 너무 잘해서 종말 상황이 오면 서로의 친구가 되기로 오래전에 약속해두었다.

케이티는 몬스터나 외부의 힘을 진지하게 받아들였지만 앤드리아는 생존용 지리학에 더 신경을 썼다. 앤드리아는 TV쇼 「오프 코스」의 모든 에피소드를 봤고, 참가자들이 어디서 잘못했는지 항상 정확히 알았다. 심지어 아빠들이 앤드리아와 여동생을 쇼핑몰이나 영화관에 데려갈 때도 탈출로, 높은 곳, 숨을 곳을 찾는 연습을 했다. 아빠들이 앤드리아가 하고 있는 짓을 알아차리고 병원에 데려갔지만, 치료사는 그건 게임이고 강박이 아닌 한 해롭지 않다고 말했다. 그렇다고, 앤드리아는 맹세했다. 그저 모든 것과 모든 사람과의 관계에서 자신이 어디 있는지 아는 걸 좋아할 뿐이라고.

앤드리아가 지도를 달라고 손을 내밀었다. 우리가 전날 밤 경로 전체를 짰고 시작 부분은 꽤 단순했지만, 킬라가 건네주자 앤드리아는 그걸 다시 살펴봤다. 나무 표지판이 숲의 서로 다른 세 입구를 가리켰고 세가지 다른 모양이 등산로 이름과 함께 색깔로 표시되어 있었다. 그애는 표지판을, 그다음에는 우리 주변 나무들을 훑어보며 파란색 다이아몬드 모양 등산로 표시를 찾았다. 나침반을 꺼내 나무들을 진지하게 보다가 다시 지도를 봤고, 배낭을 고쳐 메고는 행진하듯 출발했다. 모두가 앤드리아 뒤를 따랐다.

첫 한시간은 다우림多雨林을 지나갔다. 경사만 약간 있어 시작이 쉬웠다. 빽빽한 양치식물 덤불이 등산로를 에워싸고 있었다. 이웍 숲* 같았다. 이끼 덕분에 거대한 침엽수와 큰잎단풍나무가 빅토리아 시대 유령처럼 보였다. 보이지 않는 새들이 머리 위 높은 곳에서 여섯가지는 되는 새의 언어로 서로를 불러댔다. 모든 게 초록이었다, 천가지 색조의 초록. 심지어 공기에서도 초록 냄새가 났다. 그런 게 가능한지 그 냄새를 맡기 전까지는 몰랐을 것이다. 해가 나무 사이로 내리쬐어 걷고 있는 우리에게 온기를 전해주었다. 앤드리아는 산맥 동쪽의 불이 여기까지는 닿지 않기를 조용히 기도했다.

강에 다다랐을 때 킬라가 앤드리아를 불러 세웠다. "뭐가 보이니?"

모두 잠시 조용해졌다. 킬라가 원하는 답이 아닐까봐 아무도 먼저 말을 꺼내지 않았다.

앤드리아는 참지 못했고 틀린 답은 없다고 생각했다. "강이요?" 그애는 지도와 실제 강 사이를 번갈아 봤지만 확인할 필요도 없었다.

"마실 물?" 케이티는 쓸모에 관해 묻는 거라고 생각했다.

루시아가 뒤를 이었다. "모닥불 허용 구역?"

"야외 화장실?" 저스티나였다.

* 영화 '스타워즈' 시리즈에 등장하는 가상의 종족이 거주하는 숲.

킬라가 모두에게 엄지손가락을 치켜세웠다. "맞아, 맞아, 맞아, 또 맞아. 오늘 밤은 여기서 묵는 게 어때?"

텐트는 꽤 치기 쉬웠다. 더구나 이인 일조니까. 앤드리아와 케이티는 딱 삼분 만에 자기들 텐트를 완성했다. 시간을 잰 건 그 둘뿐이었다. 메건과 니키는 서로 말은 안 했지만 의사소통이 잘됐다. 루시아는 저스티나에게 대부분의 일을 시켰지만 마침 저스티나가 놀랍도록 능숙했다. 킬라는 그 사이를 돌아다니며 돕고 격려했다. 디바는 사라져 버렸다.

킬라가 디바와 함께 쓸 텐트를 치고 나서 우리를 향해 말했다. "오늘 밤이 불을 피울 수 있는 곳에 있는 유일한 밤이니까 너희들 짝지어서 장작 모으는 거 어때? 마르고 죽은 것들만."

아주 쉬웠다. 앤드리아와 케이티는 마주 보더니 우리가 왔던 방향으로 떠났다. 야외 화장실 뒤에 쓰러진 나뭇더미가 있었던 것이다. 일분 뒤, 킬라가 디바를 찾으러 바로 그 방향으로 갔다. 디바는 등산로에서 몇 미터 떨어진 통나무에 앉아 맨발을 문지르며 핸드폰으로 통화하고 있었다.

"장난해요?" 킬라가 말했다.

디바가 고개를 들었다. "나중에 이야기하자, 언니. 오늘 밤에 문자할게."

"아니요," 킬라가 말했다. 목소리를 높여 통화 상대방에게도 들리게 하려는 듯했다. "일주일 내내 바쁠 거예요."

"뭐 하는 거예요?" 디바가 짜증스럽게 쳐다봤다.

"우린 아이들한테 일주일 내내 핸드폰 쓰지 말라고 했잖아요. 응급 상황이 아닌데 우리가 핸드폰을 쓰는 건 위선이에요. 치워요."

"불공평해요. 나는 이 여행에 올 예정도 아니었어요. 당신이 일주일 내내 내 삶을 포기하라고 할 순 없다고요."

킬라가 뚫어지게 쳐다보자 디바는 한숨을 쉬며 핸드폰을 배낭에 넣었다. "알았다고요오오."

킬라가 야영지로 돌아가려 등을 돌리자 디바가 한숨을 쉬며 중얼거렸다. "내가 오겠다고 하지 않았으면 이 여행 자체가 없었을 텐데. 날 애 취급하면서 명령하는 년이……" 앤드리아와 케이티가 디바의 표현에 다시 눈빛을 교환했다. 나무를 야영지로 가져가야 한다는 걸 알았지만 킬라의 반응을 듣고 싶었다.

"와줘서 고맙게 생각해요. 그리고 당신을 애 취급하려는 건 아니에요. 날 욕하고 날 싫어해도 돼요. 신경 안 써요, 나도 당신을 별로 좋게 생각 안 하니까. 하지만 이 아이들의 경험을 해치는 행동은 하지 말아요. 일년 중 유일하게 가족들로부터 벗어나서 평가받지 않고 자기가 되고 싶은 사람이 될 수 있는 기회니까요. 핸드폰이나 학교에서 괴롭히는 애들에 대해 — 아니면 또 모르죠, 자기들이 괴롭히는 애들일지 ── 생각하게 하고 싶지 않아요. 현실 세계에서 사람들이 서로에게 얼마나 형편없을 수 있는지 생각하게 하고 싶지도 않고요. 애들을 위해서 극복해보자고요. 안 그러면 당신이 오는 데 동의했는지가 문제가 아니라 차라리 돌아가는 게 낫다고 생각하게 될 거예요. 부탁해요."

킬라가 디바를 똑바로 쳐다봤다. 할 테면 해보라는 듯한 눈빛이었다. 부디 허풍이기를. 앤드리아는 지금 여길 떠나는 건 상상도 할 수 없었다. 바람에 나뭇잎이 바스락거리고 오솔길 위쪽에서 나뭇가지가 다른 나뭇가지 위로 떨어지며 툭툭 소리가 났다. 디바는 어깨를 으쓱하고 고개를 끄덕하더니, 킬라를 따라 야영지로 돌아갔다.

킬러웨일은 장작을 모으라는 말을 남기고 우리에겐 감독이 필요 없다는 듯 가버렸다. 루시아 생각에도 그랬다. 우리에겐 합치면 스물다섯개가 넘는 야생 배지가 있지 않은가? 우리는 모두 열두살에서 열네살 사이, 어린 동생을 돌보거나 심지어 집에 혼자 있을 수도 있는 나이가 아닌가? 장작을 모으는 일 정도는 믿고 맡길 수 있었다.

다른 애들은 숲속으로 들어갔고, 루시아는 조심스럽게 강둑으로 내려갔다. 저스티나가 몇걸음 뒤에서 따라왔다. 전나무 한그루가 터무니없는 다리처럼 물을 가로질러 쓰러져 있었다. 둘은 엉킨 촉수 같은 뿌리와 함께 거꾸러진 모든 것을 살펴보며 자기 자리를 잃고 더 큰 전체로부터 뜯겨 나오는 게 어떤 느낌일지 상상했다.

전나무는 죽은 지 오래되어 속까지 바싹 말라 있었다. 가지들은 쉽게 부러졌고, 루시아는 불쏘시개용으로 몇개를 모아 강둑에 더미로 쌓아두었다. 가지 하나가 두 손가락 사이의 첫번째 마디를 찔렀고 그 상처 위로 검은 핏방울이 맺혔지만, 킬라에게 말할 정도로 큰일은 아니었다. 루시아는 자신이 강인하다는 데 자부심이 있었다. 모든 일을 다 마친 뒤 직접 씻어낼 작정이었다. 누군가가 괜히 호들갑을 떨게 하고 싶지 않았다.

캠프에서 사람들은 가끔 루시아를 '관종'이라고 생각했지만 그건 아니었다. 집에서는 관심을 전혀 받지 못했고, 그래도 상관없었다. 루시아의 가족은 동물 구조 센터를 운영했다. 개 아홉마리, 말 여덟마리, 늙은 당나귀 세마리, 노새 한마리, 고양이 일곱마리, 염소 일곱마리, 아이 다섯과 수시로 바뀌어서 알 수 없는 숫자의 토끼, 닭, 햄스터 등등이 있었다. 루시아가 확실히 아는 게 하나 있다면 그건 서열이었다. 새로운 무리에 들어가면, 다른 누군가가 정해주기 전에 스스로 자리를 확보할 필요가 있었다.

루시아는 통나무 위에서 균형을 잡으며 건너편 강둑의 쓰러진 나무 끝을 향해 몇걸음 나아갔다가, 저스티나가 올라오자 물러났다. 루시아는 예전에 "그 누구도 당신과 똑같을 수는 없다"라는 포춘쿠키 운세를 뽑은 적이 있는데, 저스티나에게는 아무도 그 말을 해주지 않은 모양이었다. 저스티나는 루시아가 야영지로 돌아갈 때도 따라왔다. 아직 장작을 한아름도 못 모았으면서 말이다.

루시아는 그림자 같은 저스티나뿐 아니라 무리 전체의 관심을 받고 싶었다. 다른 애들은 더 큰 가지들을 찾아서 여러 방향으로 흩어져 있었다. 루시아는 생각했다. 우리는 장작 모으는 일을 믿고 맡길 만한 아이들이야. 그걸 재미있게 한다고 안 될 건 없지.

"게임 하나 생각했어." 우리 모두 야영지 근처에 있을 때 루시아가 말했고, 우리 모두 그애쪽으로 몸을 돌렸다. "각자 자기 나무를 하나씩 고르는 거야. 나중에 다시 알아볼 수 있어야 하는데, 나무를 다치게 하면 안 돼. 우리가 나무 지킴이니까. 그러고 며칠 후 돌아오는 길에 여기를 다시 지날 때 어느 게 누구 건지 맞혀보는 거야."

"사시나무들은 거의 복제품 같은데." 저스티나가 말했다. "전부 다 똑같이 생겼어."

루시아는 어이없다는 듯 과장되게 눈을 굴렸지만 그 점은 인정했다. "그럼 각자 나무 둥치를 하나씩 고르는 거야. 아니면 사시나무 말고 다른 걸 골라. 고른 둥치의 다른 점을 뭐든 외워뒀다 나중에 다시 알아볼 수 있게 하는 거야.

아니면 다른 사람들 눈에 안 띄는 곳에 뭔가를 놔두든가, 어떤 식으로든 표시를 해, 나무가 다치지 않는 선에서.”

“누군가 속임수를 쓰면 어떡해? 누가 맞게 골랐는데 다른 나무가 자기 거였다고 말할 수도 있잖아.” 또 저스티나였다.

“속이지 않을 거야. 우리는 스카우트고, 속임수는 불명예스러운 일이니까. 무슨 의미가 있어? 이긴다고 상 주는 것도 아닌데.”

모두 말이 된다는 듯 고개를 끄덕였다. 규칙은 받아들여졌고 게임이 시작됐다. 메건만 빼고. 메건은 겁먹은 것처럼 보였다. 항상 겁먹은 표정이긴 했지만 그래도 어쨌든 뭐든 다 해내긴 했다. 메건과 니키는 각자 다른 방식으로 조용했다. 니키의 침묵에는 위협이 담겨 있었다, 너한테 쓸 시간 따위는 없다는 듯한. 하지만 메건은 속을 알 수 없었다. 두려움일까? 불안? 루시아는 사람보다 동물이 훨씬 읽기 쉽다고 생각했다.

이번에는 우리 모두가 다른 방향으로 흩어졌다. 엄밀히 말하면 짝을 지어야 했다. 우리는 항상 짝을 지어야 했는데, 정말 지치는 일이었다. 루시아는 쓰러진 전나무를 지나 상류로 걸어가서 품종을 모르는 큰 잎의 나무에 다가갔다. 단풍나무의 일종인 것 같았다. 뭔가에 대해 가슴을 내민 것처럼 몸통이 강 위로 구부러져 있었다. 그렇게 휘어진 덕분에 강 위의 빈 공간을 활용해 꼭대기에 햇빛을 받을 수 있었다. 루시아는 이 나무가 스스로를 위해 기울인 노력을 높이 샀다.

규칙을 만든 게 자신이었지만 이제 어떻게 자기 나무를 표시할지 고민이었다. 나무껍질에 상처를 내는 건 반대였다. 뿌리 근처에 작은 돌무더기를 만들거나, 나뭇잎을 배열하거나, 둥치에 진흙을 바를 수 있었다. 그래, 그거다, 진흙으로 이니셜을. 루시아는 강둑으로 내려가 손에 진흙을 떴다. 손에서는 여전히 피가 스며 나왔고, 다른 사람은 볼 수 없는 뿌리 쪽에 작은 글자로 LT라고 쓰자 피가 진흙에 섞여 들었다.

만족한 루시아는 야영지로 가져가기 위해 죽은 나뭇가지를 몇개 더 모았다. 다른 아이들 넷이 돌아와 있었지만 저스티나는 없었다. 거참 잘됐네. 자기 그림자가 길을 잃으면 아마 자기가 혼날 게 뻔했다. 우리가 따라왔던 등산로를 조금 올라가보니 저스티나가 솔송나무 뒤에 쪼그리고 앉아 있었다.

"보지 마!"

"미안," 루시아가 말했다. "오줌 누는 줄 몰랐어. 길 잃은 건 아닌가 해서. 야영지 근처에 야외 화장실 있는 거 알지?"

"알아! 그런데 이제 넌 어느 나무가 내 건지 알게 됐잖아!" 저스티나가 말했다.

"오줌으로 표시한다고?"

"그럼 뭘로 하라고?"

진흙 이니셜에 대해 알려주고 싶진 않았다. 그러면 저스티나가 뭘 찾아야 할지 알게 될 테니까. 맞는 나무를 찾으려면 수많은 나무를 확인해야겠지만 말이다. 루시아는 인간의 후각으로는 오줌이 좋은 표시 방법이 아니라는 것도 굳이 지적하지 않았다.

"가자." 루시아가 말했다. "우리가 마지막이야. 걱정시키면 안 되잖아. 어느 게 네 건지 말 안 할게. 약속해."

저스티나가 바지를 올리고 솔송나무 뒤에서 나왔다. "고마워. 그리고 나 찾으러 와줘서 고마워! 넌 최고야."

루시아는 정말로 자기가 최고라고는 생각하지 않았지만 함께 지낸 짧은 시간 동안 다른 모두가 그렇게 생각하게 만들려고 꽤 열심히 노력했고, 적어도 한 사람은 믿어준 게 만족스러웠다.

우리는 모두 야영지에 다시 모였다. 누군가 강에서 굵은 가지 하나도 끌고 왔는데, 그건 장작으로 쓰기엔 너무 젖어 있었지만 나머지는 통나무, 가지, 불쏘시개가 적절히 섞여 있었다.

"잘했어, 애들아." 킬라가 말했고, 우리 중 몇몇이 격려에 고마워한다는 표시로 미소를 지었다. 우리는 스카우트고, 그녀의 승인을 위해서가 아니라 분명 팀 전체를 위해

하는 것이었지만 말이다.

저녁식사 후, 우리는 모닥불 주위에 둘러앉아 노래를 불렀다. 작은 가스버너로도 요리할 수 있었고 불이 필요치 않을 만큼 충분히 따뜻했지만, 킬라는 유대감 형성을 위해 첫날 밤 모닥불 주위에서 노래 부르는 걸 좋아했다. 몇 밤이나 가족과 떨어져 있어야 하는지, 혹은 어둠이나 그 속에 담긴 뭔가에 대해서도 생각하지 않을 수 있었다.

우리는 뭐가 쿨한 거고 누가 쿨한지에 대해 모두가 이야기하는 바로 그 나이였고 우리 중 일부는 그런 말들에 영향을 받기 시작했겠지만, 지금은, 그리고 몇 밤 더, 또는 몇 분 더 동안은 진심을 담아 노래를 불렀다. 메건조차 따라 불렀다. 자기 차례에 노래를 고르라고 했을 땐 고개를 저었지만 말이다.

이런 여행을 지도하면서 킬러웨일이 가장 좋아하는 부분이 이거였다. 이것과 경치. 이것과 잠시라도 기기로부터 벗어날 수 있다는 걸 아이들에게 가르칠 기회. 고개를 들어 주위를 둘러보게 하는 것. 어딘가에 그냥 존재하는 것. 이 모든 것이 바로 디바가 대놓고 고개를 숙인 채 허벅지 옆에 둔 핸드폰에 엄지손가락 하나로 타이핑하는 걸 봤을 때 그녀가 화가 난 이유였다.

"저기, 디바," 그녀가 말했다. "노래 하나 불러볼래요?"

디바가 깜짝 놀라며 핸드폰을 슬쩍 재킷 주머니에 다시 넣었다. 불 켜진 화면이 비쳐 보였다.

"난, 음, 난 노래는 잘 못하는데 이야기는 할 수 있어요. 애들아, 이야기 듣고 싶니?"

"무서운 이야기예요?" 케이티가 물었다.

디바가 씩 웃었다. "듣고 나서 말해줘."

킬라는 입을 열어 "첫날 밤에는 무서운 이야기 금지"라고 말하려 했지만, 아이들 앞에서 말하려니 뾰족한 수가 없었다. 평소 함께하는 파트너 고질라라면 말하지 않아도 당연히 알았을 일이었다. 어쨌든 우리는 모두 디바를 향해 몸을 돌렸고, 얼굴에는 흥분에서 두려움까지 다양한 표정이 어려 있었다.

"옛날 옛적에," 디바가 말을 시작했고, 킬러웨일은 디바가 왜 연극 지도자인지를 새삼 실감했다. 디바는 이야기꾼의 목소리로 바뀌어 있었다. 디바의 이력이 어땠더라? 지역 극단 출신이고, 밴쿠버까지 가서 TV 시리즈에 단역으로 몇번 출연했었다. 킬러웨일도 디바의 이야기 솜씨가 나쁘지 않다는 걸 인정해야 했다.

"옛날 옛적에, 아름다운 젊은 배우가 스카우트 캠프에서 아이들과 일하며 여름을 보내자는 초대를 받았어. 배우는 신이 났지. 숲속 오두막에서 살 기회였으니까. 소박하지만 기본적인 편의 시설은 갖춰진 곳이었고, 캠프 참가자들에게 연기에 대한 사랑을 심어줄 기회였거든. 그 배우는 시간을 들여 아이들을 위한 활동을 연구했고, 의상 텐트에 있는 모든 물건을 목록으로 정리하고 소독했어. 일을 잘하고 싶었거든.

삼주 동안은 대체로 순조로웠어. 하기로 한 일을 모두 하면서 보냈지. 그러다 특이한 일이 일어났어. 한 지도자가 다쳤는데 그 사람은 상급 캠프 참가자들을 데리고 배낭여행을 하는 사람이었고, 배우는 자신이 그 여행에 필요하다는 말을 듣게 됐어.

다른 선택지가 있느냐고 물었어. 그 배우는 어렸을 때 몇번 해보긴 했지만 캠핑을 별로 좋아하지 않았거든. 하지만 상사는 이게 '배정된 기타 업무'라고 말하며 협상의 여지가 없다는 걸 분명히 했어.

그래서 갔어. 하이킹하고 캠핑하고 모닥불 너머에서 형편없는 타코를 먹었지. 캠프 참가자들 모두가 그 배우보다 배낭여행에 대해 더 많이 알고 있었지만 그래도 최선을 다했어. 그 아이들에게 이야기를 들려주는 걸로 부족함을 메웠지."

"그냥 지금 일어나고 있는 일을 말하는 건가요?" 루시아가 끼어들었다. "이건 이야기가 아니잖아요."

"쉿," 디바가 말했다. "여기서부터 달라져.

여행의 막바지, 일행은 밴을 두고 온 주차장으로 돌아가는 길이었어. 들어갔던 바로 그 지점에서 숲을 빠져나왔는데, 잠깐 동안 그들은 길을 잘못 든 게 틀림없다고 생각했어. 그들이 떠나 있던 일주일 동안 주차장에 풀이 무성하게 자라나 있었거든. 자갈 사이로 어린 침엽수와 양치식물과 빨강, 주황, 금색의 잘 익은 산딸기가 주렁주렁 달린 덤불이 솟아 있었어. '길을 잘못 들었나봐.' 배우가 말했지.

'분명 이 장소가 맞아.' 항상 자기가 옳다고 생각하는 다른 지도자가 말했어. '난 틀린 적이 없어.' '누군가는 틀린 것 같은데요.' 가장 입이 가벼운 캠프 참가자가 말했어."

"저기요," 루시아가 말했다. "그게 나라는 거예요?"

"쉿," 디바가 말했다. "관계 없는 사람들이 오해받지 않게 하려고 이름은 바꿨어. 어디까지 했더라? 주차장이 있어야 할 곳에 어린 숲이 자라나 있었어. 공원 관리소는 지붕에 구멍이 났고 삼나무가 그 구멍을 뚫고 자라고 있었는데, 고속도로 옆의 오래된 헛간 같았지. 아무도 돌보지 않아서 저절로 무너져 내리는 그런 헛간 말이야."

"밴은 아직 있었어요?" 케이티의 목소리는 속삭임에 불과했다.

"있었어! 그 참아주기 힘든 지도자 말대로 거기가 맞는 장소라는 건 사실이었지. 하지만 밴은 거의 알아볼 수 없었고, 어린나무들로 에워싸여 있었어. 타이어는 썩어 없어져서 차는 네개의 녹슨 틀 위에 서 있었지. 차 위에는 이끼가 자라고, 창문은 깨지고, 쥐들이 좌석 천에 둥지를 튼 상태였어."

"그게 자기네 밴이라는 걸 어떻게 알았어요?"

"처음에는 몰랐어. 하지만 뒷문을 열었을 때, 일주일 전에 점심 도시락 보냉 상자를 두고 온 바로 그 자리에 파란색 플라스틱 보냉 상자가 있었거든. 플라스틱은 분해되는 데 오래 걸리니까."

"그리고 열쇠도 맞았을 거예요." 앤드리아가 말했다. "트렁크를 열었으니까, 열쇠가 맞았다는 거잖아요."

"잘 지적했어." 디바가 말했다. "다음엔 뭘 했을까?"

"핸드폰을 확인했을까요? 해야 하는 대로 핸드폰을 꺼뒀거나, 여분의 배터리나 태양광 충전지가 있었다면 아직 배터리가 남아 있었을지도 모르잖아요."

"오, 맞아! 그걸 시도했지. 하지만 아무도 받지 않았고, 신호도 전혀 잡히지 않았어."

"공원 관리소로 들어가야죠."

"맞아, 다음에 그렇게 했어. 배우가 들어갔지, 지붕의 나머지 부분이 무너져 캠프 참가자들이 다칠 수도 있으니까. 그리고 그녀가 뭘 발견했는지 아니?"

아니, 아무도 몰랐다. 메건은 울 것 같아 보였다.

"건물에는 더이상 문도 없었어. 배우는 그냥 걸어 들어갔지. 안쪽 벽에는 빗물로 망가진 포스터가 한장 있고 '이 사람들을 본 적 있습니까?'라고 적혀 있었어. 하지만 다 찢어져서 누구 사진인지 알 수 없었지. 빗물에 썩은 나무 책상이 하나 있고 그 위에 국립공원 달력이 놓여 있었는데, '2044년 7월'이라고 쓰여 있었어. 도대체 말이 안 됐어. 장난 달력이 틀림없었지. 그녀는 밖으로 나가 등산로 입구에 세워진 게시판을 발견했는데, 거기에 또다른 '이 사람들을 본 적 있습니까?' 포스터가 붙어 있었어. 그건 코팅이 되어 있었지. 그리고 포스터에 있는 사진은…… 바로 그 배우와 캠프 참가자들의 사진이었던 거야!"

"우리는 사진 안 찍었어요. 우리 아니에요. 사진 안 찍었다고요."

"포토샵이었을 수도 있잖아? 아니면 부모님들이 우리 사진을 줬다든지?"

"이건 절대 우리 이야기가 아니에요."

"하지만 맞아! 들었잖아! 우리 밴! 이십년이 지났다고!"

"아니야," 케이티가 침울하게 말했다. "이십년 이상 지났어. 달력에 2044년이라고 쓰여 있었지만, 그 달력은 분명히 사무소가 아직 사용되고 지붕도 뭐도 다 있고 그랬던 마지막 달의 거였어. 그다음에 더 많은 시간이 지났지, 더이상 관리되지 않는 동안. 그사이 지붕이 썩어서 무너지게 놔뒀던 거야. 우린 훨씬 더 오래 실종된 거지."

"우리가 아니야." 킬러웨일이 날카롭게 말했다. "그건 우리 이야기가 아니었어, 맞지? 말해줘요, 디바."

"그래, 당연히 아니지. 그냥 이야기일 뿐이야."

"엄마한테 전화하고 싶어요."

"안 하는 게 나을걸. 엄마가 안 받으면 어떡해? 여기 시간이 다르게 흘러서 벌써 백년이 지났을 수도 있잖아." 루시아가 거드는 어조로 말했다.

아이들 절반이 울 것 같은 표정이었다. 킬러웨일이 디바를 노려봤고, 디바는 즐거워 보였다.

"보여줘요." 킬라가 말했다.

"뭘요?"

"핸드폰 꺼내서 날짜 보여줘요."

"무슨 핸드폰이요?" 디바가 순진하게 물었다. 킬러웨일이 최고로 살벌한 눈빛을 쏘아 보냈다.

디바는 시키는 대로 하고는, 핸드폰을 치우기 전에 들어온 메시지에 답했다. "봤지? 아직 보내져. 언제든지 내 핸드폰 보여달라고 해. 그리고 킬라가 태양광 배터리를 가지고 있으니 쓸 수 있게 빌려주겠지. 그걸로 내 핸드폰 배터리가 떨어지지 않게 하면 우린 일주일 내내 계속 확인할 수 있어." 디바는 자신의 너그러움에 만족한 듯 보였다. 킬라는 살기등등했다. "만족했나요? 그냥 무서운 이야기였어요."

"별로 이야기 같진 않았어요." 니키가 말했다. 모두가 돌아봤다. 니키가 나서서 말한 건 처음이었나? 그랬을 수도 있다. "그건 결말이 아니잖아요, 반전이지. 이야기는 거기서 시작되는 거죠. 좋은 이야기라면 거기서부터 그들이 다음에 뭘 했는지 계속 말해줄 거예요."

"알았어, 좋아." 디바가 말했다. "다음에 그들은 뭘 할까?"

니키가 가슴에 팔짱을 꼈다. "당신 이야기지, 내 이야기가 아니잖아요. 당신이 알아내봐요. 낯선 사람이 도움을 줬는데 살인자 같은 특징을 가졌다든지, 한 여자가 마지막 퍼즐 조각을 맞춘 순간 그게 사실 자기 집 그림이고, 누군가 창문을 통해 들여다보고 있다는 걸 깨닫는 그런 도시 괴담도 아니잖아요. 그런 이야기에서는 곧 살인자가 그녀를 죽일 거라는 걸 다 알죠. 그렇게 될 게 아니라면 나머지 이야기를 해줬어야 해요. 그게 당신 상상력이 채워넣는 뻔한 결론이니까. 지금대로라면 그냥 우리를 겁주려고 그 모든 말을 한 것밖에 안 돼요. 돌봐줘야 하는 애들한테 할 짓이 못 되죠."

모두가 니키를 마치 머리가 두개 달린 괴물을 보듯 쳐다봤다. "왜요? 나 책 읽거든요. 혹시 몰랐다면 말해주는 거예요."

"그리고 우리 모두 너의 취미를 좋아한단다." 킬러웨일이 말했다. "정말 잘 지적했어. 이제 디바가 완전히 지어낸 불안한 이야기를 들었으니 한 곡 더 부르고 자러 가는 게 어때? 내일은 긴 하루가 기다리고 있어. 니키, 네가 노래 고르렴."

니키는 지도자들이 보통 캠프파이어 끝에 참가자들에게 세레나데로 불러주는 노래를 고르고, 킬러웨일과 디바를 기대하는 눈빛으로 쳐다봤다. 이번에는 킬러웨일이 디바를 쳐다보며 같이 불러야 한다는 신호를 보냈다. 디바가 응했다.

킬러웨일은 우리 모두 이를 닦고 텐트에 자리를 잡을 때까지 기다렸다가 디바와 함께 쓰는 텐트로 들어갔다. 디바는 침낭에 누워 눈을 감고 있었다. 텐트 지퍼를 열기 일초 전까지 휴대폰 화면이 텐트를 밝히고 있던 걸 킬라가 못 봤을 거라는 듯이. 같은 싸움을 또 할 가치는 없었다. 킬라는 다른 길을 택했다.

"당신 이야기 결말은 뭐죠?"

디바가 어깨를 으쓱했다. "아직 생각 안 해봤어요. 어렸을 때부터 누가 날 캠핑 보낼 때마다 생각하는 거거든요. 숲 입장에서는 시간이 다르게 흐르잖아요. 그러니까 숲속에서도 시간이 다르게 흐를 수 있지 않을까요?"

"왜 이 불쌍한 애들한테 그런 이야기를 하죠?"

"무슨 소리예요? 애들은 좋아했어요."

"오늘 밤 누가 무서워하면 당신이 달래는 거예요."

하지만 당연히, 디바는 그러지 않았다. 한밤중에 우는 소리가 들렸을 때, 킬러웨일이 손을 뻗어 흔들었지만 디바는 꿈쩍도 하지 않았다. 그리고 사실 누가 디바한테 위로 받고 싶겠는가? 이 아이들 중 아무도 원치 않았다. 킬라는 한숨을 쉬고 케이티를 도우러 갔다. 놀랄 것도 없이 케이티는 디바가 들려준 이야기에 대한 악몽을 꾸고 있었다.

케이티는 디바의 이야기에 그 정도로 영향을 받은 게 너무 싫었다. 그애는 언제나 이야기에 쉽게 겁을 먹었다. 오빠가 자라면서 안 보게 된 책들을 물려받았는데, 오빠에게 먼저 훑어보고 자신을 겁먹게 할 만한 것이 있는지 골라내라고 했다. 오빠가 놓친 것들은 엄마에게 부탁해서 치워버렸다. 집 안에 두고 싶지도 않았다. 여자 목에 리본이 묶인 이야기에 여전히 시달렸고, 스티븐 킹 책에 나오는 불쌍한 개는 말할 것도 없었다. 오빠 앤트완과 친구들이 공포영화를 볼 때 거실로 숨어들었던 모든 순간들에도 마찬가지였다. 그런 것들이 자신을 더 용감하게, 무감각하게 만들 거라고 생각했지만 비참하게 만들 뿐이었다. 이제 그 모든 걸 영원히 지고 다니게 됐고, 밤에 방에 혼자 있을 때 눈을 감으면 그 이미지들이 불청객처럼 찾아왔다. 케이티는 후회로 가득 찼다.

그게 그애가 캠프를 사랑하는 이유였다. 캠프에서는 무서워하거나 혼자일 일이 없었다. 언제나 짝이 있었고, 모든 걸 함께 해야 할 의무가 있었다. 한밤중에 오줌 누러 가야 할 때도 같이 갔다. 원치 않을 때도 그랬다. 자신도 그들을 위해 똑같이 해줄 거라는 걸 알았으니까. 케이티는 높은 곳도, 깊은 곳도, 대낮에 다가오는 어떤 것도 무서워하지 않았다. 암벽 등반과 래프팅을 좋아했다. 언젠가 상어와 함께 수영하고 싶었다. 그런 것들은 두려우면서도 짜릿했다.

디바가 그렇게 소름 끼치는 이야기를 할 거라고는 예상하지 못했다. 무서운 이야기가 대부분 그렇듯 그건 불쑥 다가왔다. 여기 자기 집에서 조각 퍼즐을 맞추고 있는 사람이 있는데, 창문 밖의 위험을 전혀 모른다. 여기 평범하게 지내는 아이들이 있는데, 자신들이 뭘 풀어놓으려는 건지 전혀 모른다. 반전을 예상했어야 했다. 그렇지 않으면 이야기가 아니니까.

니키의 말이 도움이 됐다. 좋은 이야기조차 못 된다면 진짜일 리가 없잖아? 뇌의 다른 부분이 진짜 이야기에는 규칙이 없다고 말하기 전까지는 그렇게 생각할 수 있었다. 오래오래 행복하게 살았답니다는 허구였다. 모두가 원하는 걸 얻는 것도 허구였다. 섹스하면 죽고 호기심 부리면 죽는다는 공포물의 법칙조차도 잘못되긴 했지만 공정함에 대한 어떤 공유된 감각이 작동했다. 현실은 교내 총기 난사와 기후 변화와 선량한 사람들과 북극곰이 승리하지 못하는 온갖 일들을 만들어냈다. 현실은 이상했다. 그러니 그들이 다시는 가족을 볼 수 없을 거라고 한 디바가 틀렸다고 누가 말할 수 있겠는가? 아니면 집에 도착해서 오빠가 문을 열었는데 이상한 머리와 옷차림을 하고 있거나, 그게 오빠가 아니라 오빠의 아들이라는 걸, 케이티가 일주일 전에 떠났을 때의 앤트완과 똑같은 나이의 아들이라는 걸 깨닫게 되는 그런.

눈을 감자 이 모든 생각이 케이티의 머릿속을 질주했고, 아무리 잠들려고 애를 써도 다시 숲으로 뒤덮인 주차장이 계속 떠올랐다. 공원 관리소 지붕의 구멍을 통해 부는 바람이. 이 이야기에는 괴물도 없었지만 그래도 겁이 났다. 머리카락과 옷에 배어든 멋진 모닥불 연기 냄새를 맡으면서 깊은숨을 쉬려 애썼다. 자신이 잠들지도 않았다고 생각했고, 소리를 밖으로 내고 있는지조차 몰랐다. 옆 텐트의 루시아가 "닥쳐!"라고 말할 때까지는. 그러다 어둠 속에서 깨어났을 땐 여전히 겁에 질려 있었다. 마치 세상의 다른 모든 사람이 사라지고 이 네개의 텐트만 남은 것 같았다.

그때 킬러웨일이 도와주러 왔다. 침낭 위로 케이티의 어깨에 안정감을 주는 손을 얹었다. "봐봐, 케이티, 악몽 꿨니?"

아직 말은 할 수 없어서 고개를 끄덕였다.

"그 이야기 때문이야, 아니면 다른 거?"

다시 고개를 끄덕였다.

"저기, 디바가 왜 그런 얘기를 했는지 모르겠지만, 걱정할 필요 없어. 니키가 하는 말 들었잖아. 좋은 이야기도 아니었어. 우리 모두 그건 불가능하다는 걸 알잖아, 그지? 핸드폰도 보여줬고. 필요하면 네가 직접 집에 전화해서 확인할 수도 있어. 그렇게 할래?"

하지만 너무 늦은 밤이라서 아무도 안 받으면 어떡하지? 엄마는 케이티가 떠나 있을 때 항상 받겠다고, 침대 옆에 핸드폰을 충전해두고 자겠다고 약속했지만, 만약 엄마가 전화 소리를 못 듣고 자거나 잊어버리면? 전화하지 않는 게 나았다. 케이티는 고개를 저으며 침낭 안에서 무릎을 꽉 끌어안았다.

킬라가 여전히 존재한다는 걸 아는 게 도움이 됐다. 킬라는 그들을 안전하게 지켜줄 것이다. 모두가 나중에 커서 그렇게 되고 싶어하는 지도자였다, 멋지고, 현명하고, 용감한. 응급 상황에서 자기 자신만 구할 것 같은 지도자들이 있고, 모두를 구할 거란 확신이 드는 지도자들이 있었다. 킬라는 후자였다. 케이티와 앤드리아는 둘 다 자신들의 종말 생존 팀에 영입할 첫번째 사람은 킬라가 될 거라는 데 동의했었다.

그리고 종말이 아니더라도, 케이티는 언젠가 캠프 관계자가 되는 게 꿈이었다. 이를테면 킬라가 서른살이 되어서 더이상 못 하게 되면, 그때 여행 지도자가 되는 것. 그리고 새로운 아이들에게 롤 모델이 되어 최고에게서 배웠다는 걸 보여주는 것. 캠핑 그룹에 유용한 일원이 되는 법을 보여주고, 생존과 관리가 양립할 있다는 걸 보여주고, 무엇을 먹고 먹지 말아야 하는지, 무엇을 태워야 하고 어디서 해야 하는지 보여주는 것, 그리고 항상, 항상, 항상 떠나기 전에 불을 완전히 끄는 법을 보여주는 것. 그런 식으로 훈련된 지도자라면, 가끔은 무서울 때 스스로를 진정시켜야 할지도 몰랐다.

케이티는 자신의 깊은 곳 어딘가에서 "괜찮을 거예요"라는 말을 끌어내 입을 통해 억지로 밀어냈다. 킬라는 킬라답게, 어쨌든 조금 더 지켜보다 갔다.

첫날 밤은 디바의 이야기와 케이티의 악몽 말고는 별일 없었다. 어두워진 지 얼마 안 돼 잠자리에 들었고 해 뜰 무렵 일어났다. 케이티와 앤드리아 말고는 모두 잘 잤고, 케이티는 지친 상태에서도 의연했다.

그 둘이 피곤했기 때문인지 지도와 나침반은 어찌저찌 저스티나의 손에 들려 있었다. 킬라가 그것들을 건네자 저스티나는 "진짜요?"라고 말했다. 그러고는 속으로 자책했다. 이번 여행에서는 더 결단력 있고 적극적인 태도를 보이겠다고 엄마한테 약속했기 때문이었다. 학년 내내 지니퍼 핸드를 따라다니며 숙제를 해주고, 지니퍼가 웃으면 따라 웃었다. 그러던 어느 날 지니퍼는 화장실에서 담배를 피우고 저스티나는 지니퍼가 수학 선생님에 대해 불평하는 걸 듣고 있었는데, 자신은 담배를 피우지 않았고 항상 거절해왔음에도 프린스 선생님이 들어오자 지니퍼가 담배를 떠안기고는 도망쳤고, 어쩌다보니 변명 한마디 못 한 채 온갖 야단을 맞은 건 저스티나였던 것이다.

우리는 걸었다. 파란 다이아몬드 표지판이 우리를 계속 위로, 위로 이끌었지만 경사는 완만했다. 암벽 등반처럼 기술적인 게 아니라 그저 한발 한발 앞으로 나아가는 것이었다. 그날 9.7킬로미터를 이동했고 다우림을 떠나 아고산대 숲으로 들어갔는데, 거기서 나무들은 서로에게 조금 더 많은 공간을 내어준 채 장식도 덜 달고 있었다. 다음 야영지에 도착했을 때 우리는 모두 흙바닥에 쓰러졌다.

"꼼짝도 안 할 거야." 저스티나가 선언했다. "최소한 내일까지는."

"나도." 디바가 운동화 한짝을 벗고 흰색 면 발목 양말을 벗겨낸 뒤 발뒤꿈치를 살폈다. 뭔가 잘못된 것이, 어둡고 분홍색 테두리가 있는 뭔가가 얼핏 보였고 디바는 그걸 손으로 감쳤다. 인정할 건 인정하자면, 불평은 하지 않았다.

킬라가 배낭을 뒤져 구급상자를 꺼냈고, 그 안에서 개별 포장된 소독 티슈와 공룡이 그려진 반창고를 꺼냈다. "자요. 하지만 더 움직여야 해요. 텐트도 쳐야 하고 저녁도 만들어야 하고 강에서 물 떠와서 정수도 해야 하니까."

"안 하면 어때요?" 디바가 신음했다.

"그건 우리가 아니라 애들이 정할 거예요." 킬라가 말했다. "배낭을 벗어두면 몇분 정도는 탐험할 수 있어요. 야외 화장실도 찾을 수 있을 거예요. 이 근처 어딘가에 있을 텐데."

우리는 하나둘씩 꾸물거리며 일어났다. 적어도 배낭은 더이상 메지 않아도 됐다. 걸어다니며 어깨를 돌리고 등을 쭉 폈다. 케이티와 앤드리아가 셔츠를 보라색으로 물들이며 열매를 가득 담아 돌아왔는데, 나눠 먹을 만큼 충분했다. 저스티나도 같은 덤불을 봤지만 누군가 안전하다고 말해주기 전까지는 무서워서 따지 못했다. 셔츠에 얼룩이 지는 것도 두려웠다.

"먹을 수 있는 거 맞죠?" 케이티가 물었다. "발견한 걸 확인하지 않고 그냥 먹지 말라고 했잖아요. 많이 있어서 좀 땄는데 새들 몫은 남겨뒀고, 덤불 하나를 싹쓸이하지도 않았어요. 늘 말씀하시는 것처럼요."

킬라가 하나를 집어 입에 넣었다. "블랙베리네! 여기서는 침입종이지만 먹어도 안전해. 확인해줘서 고마워. 이 색깔로 이렇게 생긴 걸 더 보게 되면 그것들은 괜찮을 거야. 다른 건 나한테 계속 확인해야 해."

저스티나는 루시아를 따라 다시 숲속으로 들어갔는데, 이번에는 열매가 주렁주렁 달린 덤불을 지날 때 블랙베리 하나를 따도 된다고 스스로에게 허락했다. 열매를 깨물자 잇새에서 즙이 터졌다. 달콤하면서도 새콤했고, 자신이 되고 싶은 사람과 베리 한알만큼 더 가까워진 기분이었다. 야외 화장실을 찾은 것도 자신이었다.

우리는 팀으로 협력해서 저녁식사를 만들고, 노래로 넘어갔다. 킬라는 디바 차례를 건너뛰어 그녀 옆의 앤드리아로 곧바로 넘어갔다. 솔직히 말하면 우리 모두 괜찮았는데, 저스티나가 참지 못하고 그걸 지적했다. 말하면서도 하지 말아야 한다는 걸 알았을 것이다.

"아, 내 실수." 킬라가 마치 원을 따라 돌다가 실수로 놓쳐 곧장 가버린 것처럼 말했다. "노래 안 했네요, 그렇죠, 디바?"

"다른 이야기가 있을 수도 있어요." 저스티나가 말했다. 케이티가 순전히 낙담한 표정으로 저스티나를 쏘아봤다.

디바는 눈치채지 못한 것 같았지만 킬라는 눈치챘다. "노래 대신 이야기를 하고 싶다면, 오늘은 무섭지 않은 하루를 보냈으니까 디바도 우릴 위해 무섭지 않은 좋은 이야기를 해줄 거야." 의도는 대체로 분명했다.

"다른 이야기 하나 해볼까." 디바가 말했다. 우리 모두 사전에 얘기된 게 아니라는 걸 알아챘다.

"옛날 옛적에, 젊고 아름다운 배우가 캠프 연극 프로그램을 가르치는 일에 초대받았어."

"이거 어젯밤이랑 똑같은 이야기예요?" 니키는 참지 못했다.

"아니, 들으면 알아. 계속한다?"

니키가 고개를 끄덕였다.

"연극 프로그램은 잘 진행되고 있었고, 배우는 여름 내내 그럴 거라고 생각했어. 너그럽게도 자원해서 다친 지도자를 대신해 배낭여행을 가기 전까지는 말이야."

"자원했다고요?" 킬라는 있었던 일을 왜곡하는 걸 참을 수 없었다.

"자원했어요. 나 말고 이야기 속 사람이. 그리고 사실, 이런저런 상황을 고려했을 때 그 배우는 숲에서 꽤 잘해냈어. 캠핑을 좋아하진 않았지만 그게 전에 해본 적이 없다는 뜻은 아니었어. 심지어 어렸을 때 가족과 함께 바로 그 공원에서 캠핑한 적도 있었거든! 그리고 괜찮은 신발과 양말도 가지고 있었지만 캠프에는 가져오지 않았어. 연극 프로그램을 운영할 예정이었지 배낭여행을 가려던 게 아니었으니까. 그런데도 여행에 자원했어, 발이 망가질 거라는 걸 알면서도. 그리고 모든 게 잘되고 있었고 모두 정말 좋은 시간을 보내고 있었지, 그때까지는."

디바는 거기서 멈추고 컵에서 코코아를 홀짝였는데, 그 극적인 정지는 겁에 질린 케이티가 "어떤 때까지요?"라고 속삭일 때까지 이어졌다.

"해가 북쪽에서 지는 날까지."

"해가 북쪽에서 질 순 없어요. 그건 불가능해요." 앤드리아가 그 점을 확인받고 싶어 킬라를 쳐다봤다. 킬라가 고개를 끄덕였다.

"물론 그럴 순 없지." 디바가 말했다. "그건 그들의 나침반에 뭔가 문제가 있다는 뜻이었어."

"하나만 가져왔다고요?" 루시아는 가차 없었다.

"내가 나침반이라고 했나? 나침반들을 말하려던 거야. 모든 나침반에 문제가 있었어. 그들은 너무 준비성이 철저해서 각자 두개씩 가져왔는데, 모든 나침반이 지는 해를 향해서는 북쪽을 가리켰어."

"그게 무슨 뜻이에요?" 누군가 속삭였다.

"음, 우선은, 그들이 아마 한동안 잘못된 방향으로 여행하고 있었다는 뜻이겠지. 마지막으로 확인한 때 이후로."

"저 확인했어요." 저스티나가 말했다. 우리가 마지막으로 해를 본 방향을 가리켰다. "저기가 서쪽이에요. 저기가 북쪽이고요. 약속해요, 확인했다고요. 맹세해요."

디바는 무시했다. "그건 잘못된 방향으로 여행하고 있었다는 뜻이었어. 그들이 길을 잃었다는 거지."

저스티나의 호흡이 거칠어졌다.

킬라는 참을 만큼 참았다. "우리는 길을 잃지 않았어. 얘들아, 우리는 길 잃지 않았고, 이건 이야기야. 우리가 왜 길을 잃지 않았는지 설명할 수 있겠니? 당황하지 말고 생각해봐."

"저스티나가 길 안내를 잘하고 있었어요. 엄청 좋은 길잡이예요." 디바의 이야기를 듣는 내내 미심쩍은 표정을 하고 있던 니키였다. 저스티나가 반짝, 고마워하는 미소를 지었다.

"파란 다이아몬드요." 케이티가 말했다. "나침반이 우리의 유일한 도구는 아니에요. 우리는 여전히 파란 다이아몬드를 따라가고 있어요."

"그 대목까지는 안 갔는데." 디바가 말했다. "그들은 자고 일어나서 결정하기로 했는데, 일어나보니 모든 나무에 파란 다이아몬드가 붙어 있었어."

"그만해요." 킬라가 말했다. "이건 재미없어요. 얘들아, 걱정하지 마. 지형도 있고, 지도도 있고……"

앤드리아가 어둠 속을 가리켰다. "강이요! 우리가 오르막을 오르는 내내 강이 왼쪽에 있었어요. 그리고 강이 어디로 향하는지 지도로 알아요. 내리막에서는 강을 오른쪽에 두고 걷기만 하면 돼요."

디바가 인상을 찌푸렸다. "이야기의 재미를 다 망치네."

"충분히 즐겁게 해줬어요." 니키가 말했다.

"근데 어떻게 끝나나요? 알아야 해요!" 저스티나가 나머지 우리에게 호소했지만 우리 모두 시선을 피했다.

디바가 슬프게 고개를 저었다. "미안해, 절인 피클. 마법이 깨졌어. 이제 절대 알 수 없을 거야."

둘째 날 밤은 그렇게 모두가 지쳐 텐트 속으로 쓰러지며 끝났고, 두시간 후 케이티의 악몽이 디바를 제외한 모두를 깨웠지만 디바는 꿈쩍도 않고 잤다. 저스티나도 아직 잠들지 못했는데, 머릿속으로 걸어온 길을 되짚어보며 자신이 길 안내를 거부했다면 우리 모두가 더 나은 처지였을지 궁금해하고 있었다.

"귀신 이야기." 셋째 날 저녁식사 후, 우리가 노래할 기회를 갖기도 전에 디바가 선언했다.

"안 돼요." 킬라가 말했다. 귀신 이야기의 반대는 뭘까? "과학 지식 하자."

모두가 그녀를 쳐다봤다. 절반은 안도하고 절반은 실망했다.

"과학 지식." 킬라가 되풀이했다. "내가 시작할게. 사실 우리는 대부분의 시간 동안 양쪽 콧구멍으로 다 숨 쉬는 게 아니야. 이쪽이나 저쪽으로 숨 쉬는데, 우세한 쪽이 하루 종일 바뀌어. 그러니 오른손잡이나 왼손잡이처럼 고정된 게 아니야."

모두가 잠시 조용히 숨 쉬며 자기 콧구멍을 확인했다.

"좋아." 루시아가 말했다. "끈모양이빨고래에 대한 사실을 알려줄게. 얘들은 머리 위로 교차하는 두개의 이빨이 있는데, 이빨이 자라면서 결국 입을 몇 센티미터 이상 벌리지 못하게 돼. 빨대로 마시는 것처럼 오징어 같은 걸 빨아 먹어야만 하게 되는 거지."

"그게 콧구멍이랑 어떻게 연결되지?" 케이티가 물었다.

"콧구멍은 얼굴에 있잖아. 입도 그렇고."

모두가 킬러웨일을 쳐다보며 판정을 기다렸다. 그녀가 고개를 끄덕였다. 좀더 자연스럽게 연결되는 걸 생각했었지만 이것도 규칙에 맞았다. 약간 억지긴 하지만 말이다.

"좋아." 케이티가 말했다. "외뿔고래의 뿔은 사실 그 중에서 유일한 이빨인데, 뒤집혀 있고 수백만개의 신경 말단이 노출돼 있어서 기본적으로 평생 긴 아이스크림 두통*을 안고 살아가."

킬라는 그게 실제로 사실인지 확신하지 못했지만, 우리 모두 불평하는 대신 고래를 안타까워하는 소리를 내자 그냥 넘어가기로 했다. 확인하려고 핸드폰을 꺼낼 생각은 없었다.

* 아이스크림 등 찬 것을 먹은 직후 나타나는 두통.

저스티나가 말했다. "코끼리에 대한 사실을 알려줄게. 코끼리는 한번에 몇개의 어금니만 갖도록 진화했어. 그게 닳아 없어지면 새 이빨이 나오지. 여섯번. 여섯번째 세트가 닳아 없어지고 나면 늙었을 때 잘 못 씹어서 죽게 돼." 저스티나가 루시아를 쳐다봤고, 루시아는 고개를 끄덕여 인정했다.

"시작이 좋네." 킬라가 말했다. "그런데 너희는 다들 어떻게 동물 이빨에 대한 사실을 그렇게 많이 알아?"

루시아가 씩 웃었다. "우리 단*이 몇년 전에 '이빨이 전부' 치아 위생 배지를 땄거든요."

"그 자국이 확실히 있네." 킬러웨일이 주위를 둘러보며 자기 말장난을 알아챈 사람이 있는지 살폈다. 니키가 엄지손가락을 하나 들어 올렸는데, 약한 긍정이었다. "이빨 말고 다른 것에 대한 사실 있는 사람? 새 라운드라고 생각하렴."

우리 모두 잠시 침묵했고, 그러다 앤드리아가 말했다. "가장 큰 자연군락**은 유타에 있는데, 사실 전부 하나의 나무야. 판도라고 불리는 사시나무이고 약 사만개의 줄기가 있어. 세계에서 가장 무거운 유기체이고 세계에서 가장 오래 살아 있는 것 중 하난데, 보통 나무처럼 나이테를 셀 수 없어서 얼마나 오래된 건지는 몰라."

* 스카우트에서 주로 쓰는 조직의 단위.
** 생육 조건이 같을 때 자연적으로 무리 지어 자란 식물 집단.

케이티가 인상을 찌푸렸다. "사만그루의 나무가 어떻게 하나의 나무가 될 수 있어?"

"하나의 유기체인데 줄기가 여러개 있는 거야." 루시아가 관심을 되찾으려고 열심히 말했다. "네가 머리에 네 일부인 수많은 머리카락을 가진 하나의 유기체인 것처럼."

그 잠깐 동안, 루시아는 치명타를 날릴 것 같은 느낌을 주었다. 케이티의 머리숱이 너무 많다거나 너무 적다거나 잘못 나 있다는 암시를 담은, 열두살짜리의 마음을 박살낼 수 있는 그런 한마디를. 하지만 킬라가 입을 열어 가로막기 전에 루시아가 마무리했다. "내가 하나의 거대한 유기체라면 나는 졸참나무 버섯이 될 거야. 오리건 주에 있는데, 무게로는 아니지만 면적으로는 지구상에서 가장 큰 단일 생명체야."

"졸참나무 버섯이 뭐야?" 저스티나가 물었는데, 답을 아는 것처럼 보였다. 저스티나는 언제나 그렇게 충실한 부하였다.

"물어봐줘서 고마워. 졸참나무 버섯은 때로는 버섯처럼 보이고 때로는 신발 끈처럼 보이고 때로는 이상한 우유색 수액처럼 보여. 지하에서 덩굴손처럼 퍼져. 앤드리아가 말한 숲처럼 하나의 거대한 유기체야. 엄청 커서 1만 제곱미터 넘게 걸쳐 있어. 나무들이 밀어내려고 애써도 주변의 모든 나무를 질식시켜 죽이는데, 정말 천천히 죽여서 이십년에서 오십년이 지나야 죽어."

"왜 그게 되고 싶어?" 니키가 몇시간 만에 처음으로 말했다. "왜 나무를 죽이고 싶은 거야?"

"나무를 죽이고 싶은 게 아니야. 그 은밀함이 좋은 거야. 천천히 죽이는 거, 지하로 이동하는 거. 스파이 같잖아. 아니, 암살자, 블랙 위도우*."

"블랙 위도우는 나무 안 죽여." 니키가 중얼거렸다. "이상한 걸 하고 싶어하네."

"그건 어디서 배웠어?" 킬라가 물었는데, 직감은 말렸지만 호기심이 생겨서였다.

루시아가 가슴을 펴고 말했다. "'우리 사이의 균' 배지요. 개미를 좀비로 만드는 균류와 나무를 돕는 좋은 균류에 대해서도 말해줄 수 있고, 독버섯처럼은 절대 안 보이는 지역 식용버섯 세가지도 구별할 수 있어요. 우리가 채집을 시작해야 한다면 말이죠. '숲 채집' 배지도 있거든요."

"채집할 필요 없어." 킬러웨일이 말했다. "버섯은 먹지 마."

니키는 숲속의 어떤 것도 두려워하지 않았다. 그리고 소설뿐 아니라 논픽션도 읽었다. 이 지역의 민속과 동식물을 조사해봤을 때 특별히 걱정스러운 건 없었다. 늑대, 곰, 퓨

* 마블 코믹스의 캐릭터.

마가 몇마리 있었지만 여름의 이 시점에 그들을 노릴 만큼 배고플 가능성은 없었다. 독사도, 미확인 생물체나 원주민 신화 속 괴물도 없었고 주목할 만한 거미는 딱 하나인데, 수줍음을 타는 걸로 알려져 있었다. 스노베리와 데스체리는 화려한 이름과 치명적인 아름다움을 가졌지만 쉽게 피할 수 있었다.

아니, 그런 건 겁나지 않았다. 니키가 싫어하는 건 사람들이었다. 그게 올해 캠프를 빠지겠다고 말하면서 할아버지에게 한 주장이었다. 니키와 조부모님은 조용한 삶을 살았다. 독서하는 삶. 학교는 괜찮았다. 때때로 배울 만한 흥미로운 게 있었고, 반에는 학생이 너무 많아서 선생님들이 니키가 사교 활동을 하거나 친구를 사귀게 하려고 애쓸 시간이 없었다. 캠프에서는 숨을 곳이 없었다.

친구를 사귀게 될 수도 있지, 할아버지는 말했었다. 뭔가 멋진 걸 볼 수도 있고. 하지만 결국 할머니가 당신 허리가 너무 안 좋아져서 더이상 캠핑을 할 수 없게 된 지금 캠핑이 얼마나 그리운지, 고산지대의 꽃이 만개한 걸 보는 게 얼마나 그리운지 이야기해서 니키는 가는 데 동의했다. 호수 지역에 도착해 고산지대의 꽃 사진을 찍기 위해서라도.

텐트는 아직 다 자라지 않은 두 사람에게도 비좁았다. 니키는 투덜이가 아니었지만 온갖 것이 그애를 깨웠다. 옆 텐트 케이티의 악몽, 낮은 목소리로 다투는 캠프 지도자들, 높은 가지 사이로 휘파람 부는 바람 소리, 깊은 대화를 나누는 수백만마리 청개구리들의 개굴개굴 소리와 점박이 올빼미의 후후 소리, 그리고 텐트 동료 메건의 모든 숨소리 하나하나가.

실은 메건의 숨소리가 아니라 숨소리가 안 난다는 사실 때문이었다. 니키는 그애가 수면 무호흡증이 있다고 확신했다. 그 기계를 받기 전의 할아버지처럼 말이다. 메건은 코를 골진 않았지만 한번에 몇분처럼 느껴지는 시간 동안 숨을 멈췄다가, 컥컥대며 침낭 안에서 몸을 뒤집고는(그것만으로도 무시하기 어려울 정도로 부스럭거리는 소리가 났다) 더 깊은 잠에 빠져드는 것이었다. 니키는 메건에게 그 얘기를 해야 할지, 지도자들에게 해야 할지, 아니면 그냥 계속해서 숨 사이 간격을 세야 할지 몰랐다. 몇분처럼 느껴지던 게 실제로는 약 15초에서 20초인 걸로 확인됐지만, 세지 않으면 영원처럼 느껴졌다.

"메건," 니키가 속삭였다. "나 화장실 가야 해."

온갖 것이 수면을 방해했음에도 메건은 꿈쩍도 하지 않았다. 니키는 두번째, 세번째로 시도했고, 그러고는 몇분 동안 정확히 얼마나 급한지, 결국 잠들어서 아침까지 잊을 수 있는 그런 상황인지, 아니면 텐트 밖을 흐르는 강물 소리를 들으면서 압박이 점점 심해져 피할 수 없게 되는 종류인지 고민했다.

메건이 같이 가고 싶지 않거나 깰 수 없대도 괜찮았다. 하지만 그러면 메건이 텐트에 혼자 있게 되고, 그애가 숨을 멈추거나 나뭇가지가 텐트에 떨어지거나 곰이 그애를 잘 포장된 간식으로 여기게 된대도 아무도 모를 것이다. 그런 걸 수용 가능한 위험이라고 부르는 건가? 메건에게는 선택권이 주어지지 않았지만, 메건도 니키에게 별로 선택권을 주지 않았다. 니키는 침낭을 걷어차고 빠져나와 헤드 랜턴을 집어 들고 신발을 신고는 텐트를 벗어났다. 등 뒤로 지퍼를 잠갔다. 메건이 혼자 무방비 상태일 때 아무것도 들어올 수 없도록.

메건을 특별히 좋아하지는 않았다. 시켜서 짝이 됐을 뿐이다. 케이티와 앤드리아는 말이 됐다. 실제로 함께 온 친구들이었으니까. 그리고 저스티나는 하마 등에서 곤충을 뜯어내는 공생관계의 새처럼 루시아에게 들러붙었다. 세 명을 한조로 만들자는 얘기도 있었지만, 그랬으면 안 그래도 좁은 걸 더 비좁게 만들었을 것이다. 그래서 메건과 니키가 남았다. 괜찮았다. 니키는 주변을 관찰하느라 너무 바빠서 말을 많이 안 했다. 필요할 때 말했고, 얘기할 가치가 있는 게 있을 땐 좋은 대화를 좋아했다. 니키가 아는 한 메건은 말하는 데 어떤 문제도 없었다. 그냥 말을 안 했고, 니키가 필요로 할 때 깨지 않았다.

니키의 헤드 랜턴이 야외 화장실을 비췄다. 몇년 전 캠프에서 누군가 변기 구멍에 손전등을 떨어뜨린 일이 있었고, 모두가 구멍 안에 귀신이 있다고 믿어버리고는 캠프 기간 내내 그 특정 화장실에 가기를 거부했었다. 니키는 너무 창피해서 그게 자기 거라고 인정하지 못했다. 할아버지는 손전등 때문에 화를 냈지만, 결국 마음을 돌려 대신 헤드 랜턴을 사주었다. 니키는 그 헤드 랜턴을 사랑했다.

오줌을 다 눈 뒤 아무도 깨우지 않으려고 최대한 부드럽게 문을 닫았다. 이 전체 작전을 혼자 수행한 게 자랑스러웠고, 이제 텐트로 돌아가서 코골이 메건 옆으로 슬쩍 들어가기만 하면 됐다. 그런데 야영지에 가까워지자 다른 누군가가 깨어 있는 게 보였다. 디바였다.

지도자 텐트가 그녀 뒤에서 펄럭이고 있었는데, 텐트를 열어두는 건 무례한 일이었다. 더 이상한 건 디바가 야외 화장실을 향해 걷는 게 아니라 등산로에서 수직으로, 강에서 멀어지는 방향을 따라 곧장 숲속으로 걸어가고 있다는 거였다. 양말도 신발도 신지 않은 채였다. 그건 캠프 규정 위반이었다. 디바의 발이 어딘지 약간 이상해 보였지만, 덤불 속을 움직이고 있어서 니키는 제대로 볼 수 없었.

"디바?" 니키가 크게 속삭이듯 불렀지만 캠프 지도자는 니키 쪽을 돌아보지 않았다.

니키가 해야 했던 일은 열린 텐트에 들러 킬라를 깨우는 것이었다. 뭘 해야 할지 킬라가 더 잘 알 테니까. 캠프 참가자 대신 지도자가 숲속으로 따라가는 게 더 말이 됐다. 하지만 지도자가 둘인 이유는 이거였다. 한명이 어딘가 가더라도 다른 한명이 나머지와 함께 있을 수 있다는 것. 캠프 지도자가 곤경에 처하는 건 계산에 들어 있지 않았다. 명백히 일어날 수 있는 일인데 말이다. 질라만 봐도 알 수 있었다. 하지만 질라는 다행히 출발하기도 전에 다쳤으니까 구조 상황이 필요하진 않았다.

어쨌든, 디바가 가봤자 얼마나 멀리 갈 수 있겠어? 니키는 따라갔다. 그들은 며칠 동안 강을 따라 수원지를 향해 꾸준히 오르막을 걸었지만 이건 다른 오르막이었다. 길이나 표시도 없이, 나무 속으로 곧장 이어지는.

"일어나요, 디바, 몽유병이에요." 니키가 시도했지만 디바는 멈추지 않았다.

니키는 바보 같은 짓을 하고 있었다. 다른 사람이 필요했다. 아니, 두명이 더 필요했다. 한명만 깨우면 무슨 일이 생겨서 킬라를 데리러 가야 하는 경우에 누군가는 또 혼자일 테니까. 케이티와 앤드리아를 깨우는 게 나았겠지만 케이티는 악몽 때문에 지난 이틀 동안 눈이 풀리고 죽은 듯 지쳐 있었다. 디바가 천천히 나무 쪽을 향해 화살처럼 일자로 걷고 있어서 니키는 몇초의 여유가 있다고 판단했다. 야영지로 뛰어갔다.

"루시아, 저스티나, 일어나." 텐트 뒤쪽에서 그애들의 머리 근처로 목소리를 냈다.

루시아가 신음했다. "악몽은 이제 그만."

"아니, 도움이 필요해. 나 니키야." 다급함을 알리려 이름을 덧붙였다. 니키와 친구는 아니더라도, 필요하지 않으면 절대 누구의 관심을 끌려 할 사람이 아니라는 걸 이제 알아야 했다.

텐트 지퍼가 열렸다. 니키가 앞쪽으로 뛰어갔다. 루시아가 침낭 속에 앉아 있었고 저스티나는 얼굴 위로 손을 들어 랜턴 빛을 가렸다.

"디바가 몽유병이야." 니키가 말했다. "다칠까봐 걱정되는데, 나 혼자 따라가면 무슨 일이 생겼을 때 디바를 돌보고 동시에 도움을 청하러 갈 수가 없어서."

"메건은 어딨어?" 저스티나였다. "텐트 동료가 네 짝이잖아."

"푹 자고 있어. 혼자는 아니야. 킬라와 케이티와 앤드리아가 바로 여기 있으니까. 얼른, 서둘러. 디바가 다치기 전에 따라잡아야 해."

루시아가 고개를 끄덕이며 신발을 신었다. "갈게."

저스티나는 언제나처럼 충실한 부관답게 루시아를 따랐다. "알았어, 하지만 우리한테 빚진 거야."

니키가 "아니야"라고 말하는 것과 동시에 루시아가 "아니야, 사람을 돕는 데 빚은 없어. 우린 스카우트잖아"라고 말했다.

그들은 니키를 따라갔다. 디바가 그랬던 것처럼 나무 사이로 곧장 나아갔다. 아무도 이러쿵저러쿵하지 않아서 좋았다. 빠른 속도를 유지했고, 니키의 헤드 랜턴이 길 아닌 길을 비췄다. 가장자리 그림자로 나무들이 어른거렸다.

얼마 지나지 않아 디바를 따라잡았다. 디바는 여전히 터벅터벅 앞으로 가고 있었다. 얼굴을 긁는 나뭇가지도 의식하지 못했다.

"디바, 일어나요." 니키가 감정 없이 말했다. 지도자가 첫 시도에 깨면 자신이 바보처럼 보일 것이다. 디바는 계속 걸었다.

"이봐요, 디바." 루시아가 음절에 맞춰 손뼉을 쳤다. 다른 애들을 돌아봤다. "디바 진짜 이름 아는 사람? 그 이름에는 대답할지도 몰라."

니키와 저스티나가 고개를 저었다. 니키는 킬라와 질라 둘 다 자면서도 캠프 이름에 대답하는 그런 지도자라고 생각했지만, 디바에 대해서라면 루시아가 옳았다.

"디바, 일어나요, 오디션 놓칠 거예요." 니키가 시도했다. 시도해볼 가치는 있었지만 반응이 없었다.

저스티나가 멈춰 서서 신발 끈을 묶고는 다시 따라잡았다. "흔들어볼까?"

니키가 고개를 저었다. "몽유병 환자는 물리적으로 방

해하면 안 된다고 알고 있어. 어떤 종류의 발작 중에는 그 사람을 만지면 안 되는 것처럼." 할아버지가 멍해지는 발작 반응을 보일 때, 니키는 함께 걸으며 사람들에게 무슨 일인지 설명하고 곤란한 일이 생기지 않도록 막으려 애써야 했다.

루시아는 생각에 잠긴 얼굴이었다. "앞질러 가서 길을 막으면 돌아서야 한다고 생각할까?"

하지만 앞길에 뭘 놓을 필요는 없었다. 바로 그 순간 디바가 철제 울타리에 얼굴을 박았고, 섬뜩한 금속성 덜컹거림이 선을 따라 울렸다. 다친 것 같지는 않았다. 발뒤꿈치로 뒤로 물러나더니 왼손을 뻗어 격자를 만졌다.

"몽유병 환자가 기어오를 수도 있어?" 저스티나가 속삭였다. 디바가 알아듣고 아이디어를 얻었다고 비난받지 않을 정도의 낮은 목소리였다. 울타리는 대략 2.5미터 높이로 건설 현장이나 도시의 사나운 개 주위에 치는 그런 종류였다. 니키는 답을 몰라서 대답하지 않았다. 어느 쪽이든 곧 알게 될 거였다.

긴 일분, 이분, 혹은 삼분 동안 가만히 서 있었다. 실제 시간은 알 길이 없었다. 측정 장치 없이 어두운 숲에 서 있으면 시간은 무한했다. 니키가 막 누구 시계 있냐고 물으려는 순간, 디바가 울타리에서 물러나 주머니에 손을 넣었다가 뭔가를 던졌다. 그건 니키의 헤드 랜턴 빛에 반짝이면서 호를 그리며 울타리 너머로 날아가 반대편 거대한 나무의 가지에 떨어졌다. 모두가 캠프 지도자를 쳐다봤다. 그녀의 두 손은 이제 울타리 위에 있었다.

"밴 열쇠였어?" 루시아가 물었다. "제발 밴 열쇠가 아니라고 말해줘."

"확실히 열쇠고리였어." 니키가 말했다.

디바가 긴 한숨을 쉬고는 말했다. "기억이란, 나의 사랑하는 세실리, 우리 모두가 지니고 다니는 일기장이에요." 디바가 돌아섰고, 바로 뒤에 서 있던 저스티나와 거의 부딪칠 뻔했다. 저스티나는 술래잡기 놀이를 할 때처럼 펄쩍 뛰어 물러났다. 아이들은 지도자를 따라 숲을 지나 캠프로 돌아갔고, 디바는 텐트로 기어들어 침낭 위에 쓰러져서는 즉시 고요해졌다.

세 소녀는 잠든 신생아를 지켜보는 부모들처럼 디바를 잠시 바라봤다. 더러운 발을 가진 신생아. 발바닥에는 뭔가 실처럼 가늘고 스펀지처럼 보이는 검은 것도 붙어 있었다.

"텐트 지퍼 잠글까?" 저스티나가 물었다.

"킬라를 위해서라도." 루시아가 동의하며 지퍼를 더듬었다. "이런 말 하기 싫지만, 우리 다시 올라가야 할 것 같아."

"잠깐, 뭐라고?" 저스티나는 혼란스러워 보였다. "우리가 할 일은 했잖아. 지도자를 확실한 죽음에서 구했어. 이제 자면 되는 거야."

니키도 피곤했지만 루시아가 무슨 말을 하는지 이해했다. "지금은 열쇠가 어디 있는지 알아. 아직 확실할 때 가져와야 해, 새가 훔쳐가거나 떨어져서 바람이 나뭇잎이나 솔잎 같은 걸로 덮기 전에. 어쨌든 이상했잖아, 그치? 지도를 많이 보진 않았지만 울타리가 있다는 건 본 기억이 없어."

"지도에 없는 건 아마 길 근처가 아니어서고, 이 공원에서 숲을 마구 밟고 다니면 안 되기 때문이 아닐까."

"아마도."

니키와 루시아가 눈빛을 교환했다.

"다시 자야 한대도 괜찮아." 루시아가 말했다. "니키랑 내가 짝으로 가면 돼."

"짝은 그렇게 되는 게 아니야! 너희 둘이 가면 나는 우리 텐트에 혼자 남는다고."

"내 텐트에서 자면 돼." 니키가 제안했다. "메건이 깨면 너희 둘 다 혼자가 아니야."

"하지만 너희한테 무슨 일이 생기면?" 충성스러운 부관이 물었다. "숲에 너희 둘만 있는데 누군가 발목을 다치면 다른 한명은 그애를 두고 도움을 청하러 가야 하잖아."

"좋은 지적이야." 루시아가 말했다. "너도 같이 가야 할 것 같아."

"하지만 그래도 누군가 발목을 다칠 경우 여전히 한 명은 여기로 혼자 뛰어오는 거잖아."

"그게 일반적인 짝 시스템이랑 뭐가 달라?"

"하나는 야외 화장실이야. 하나는 숲이고."

"지도를 남기면?"

"아니면 다른 사람을 더 데려가자."

그들은 잠시 케이티와 앤드리아 각각의 장점을 두고 입씨름하다가 둘 다로 결정했다. 이때쯤 되자 아무리 어려워도 메건을 깨우는 걸 더이상 피할 수 없었다. 그래야 공평했다. 모두 모험을 떠나면서 의도적으로 자신만 빼놨다는 걸 안다면 어떤 기분일지 상상해보라. 빼놓은 이유가 죽은 듯이 자고 있어서라고 해도 말이다. 니키가 케이티와 앤드리아를 깨우러 갔고, 루시아와 저스티나는 메건을 깨우러 갔다. 정말로 흔들어야 했고, 메건은 일어나면서 주먹을 휘둘러서 루시아의 팔을 쳤다. 루시아는 대수롭지 않게 여겼다. "우리 집은 당나귀들을 키웠어. 이건 아무것도 아니야."

모두가 일어나서 정신을 차리자, 캠프 지도자들이 깨서 참가자들이 모두 사라졌다고 당황하지 않도록 지도에 표시해서 자기 침낭 위에 놔두자고 케이티가 제안했다. 물론 당황하겠지만 조금은 덜 당황할 수도 있으니까. 케이티가 자신이 선두로 갈 때 가지고 있던 지도를 지퍼락에서 꺼냈다.

“어, 이것 봐.” 케이티가 니키의 헤드 랜턴 빛 아래서 더 자세히 보며 말했다. “여기가 너희가 갔던 데야?”

지도 위의 특징 없는 얼룩을 가리켰는데, 바랜 빛에 초록색인지 파란색으로 음영 처리가 되어 있었다. 한쪽 가장자리를 따라 작은 글씨 대문자로 “숲 보호구역”이라고 쓰여 있었다.

니키가 몸을 기울여 보고는 고개를 끄덕였다. 빛이 흔들렸다. “일정에 없어서 그 지역을 제대로 안 봤던 것 같아.” 그애가 펜을 꺼내 언덕 위로 직선을 긋자 보호구역을 가로질렀다. 공책 한장을 찢어 다 같이 메모를 남기자고도 제안했는데, 좋은 공책이라 너그러운 제안이라고 생각했지만 뭐라고 써야 할지 합의하지 못해서 그냥 지도 여백에 이렇게 썼다. “걱정하지 마세요. 아침식사 시간까지 돌아올게요.”

루시아가 니키 손에서 펜을 가져가 마침표를 느낌표로 바꾸고는 걱정하지 말라는 느낌을 강조하기 위해 웃는 얼굴을 그렸다. 케이티의 야광 손목시계에 따르면 새벽 3시였다. 어디든 올라갔다 돌아오기에 충분한 시간이었다.

메건은 자신이 잠을 깊이 잔다는 걸 알고 있었다. 엄마는 그게 훌륭한 특성이고 적극적으로 길러야 하는 것이라고 말했다. 언젠가 룸메이트가 생기거나, 파트너가 생기거나, 반려동물이 생길 거라고. 도시에 살면서 사이렌 소리 속에서도 자게 될 거라고. 메건네 아파트 아래층 아이리시 바에서 싸우는 소리와 취한 목소리가 쏟아져 나올 때 그 소리를 견디며 자는 것처럼 말이다. 엄마는 그 바가 반경 32킬로미터 내에서 가장 시끄러운 곳이라고 했다.

유일한 문제는 일어나는 게 물속을 통과해, 흙을 통과해, 겹겹의 꿈을 통과해 싸워서 올라오는 것처럼 느껴진다는 점이었다. 특히 다른 캠프 참가자들에 의해 깨워졌을 때 그랬다. 그애들 대부분은 한번도 메건에게 말을 걸려고 들지 않았었는데, 지금은 디바가 던져버린 열쇠 묶음을 찾으러 가는 탐험에 같이 가겠냐고 묻고 있었다. 밴 열쇠일 수도 아닐 수도 있는데, 캠프 지도자 텐트에 몰래 들어가 밴 열쇠 주머니를 확인하는 건 아마도 선을 넘는 짓이라고 모두가 생각했지만, 열쇠가 던져진 건 확실하니 되찾아야 한다는 것이었다. 메건은 목적지도 제대로 이해하지 못했다. 언덕, 울타리, 숲. 그저 따라갔다.

니키가 길을 이끄는 것 같았고 그건 특이했다. 머리에 불을 달고 있었고 다른 몇명은 손전등을 갖고 있었다. 메건은 헛디디지 않고 한발씩 앞에 놓는 데 집중했다.

높은 철제 울타리에 도착했다.

"숲 보호구역이라는 건 나무를 보호하는 거야, 아니면

그 안의 다른 걸 보호하는 거야?" 저스티나가 불과 삼십분 전에 여기 왔던 적이 없는 사람처럼 울타리를 쳐다봤다.

"고고학적인 걸 수도 있어."

"아니면 방사능."

"아니면 보호하려는 식물이 있거나."

"아니면 동물!"

"방사능이었으면 다른 종류의 울타리에 표지판도 더 많을 거야." 니키가 말했다. "그거나 위험한 동물이었으면 '출입 금지' 표시가 있겠지. 어쨌든 주변에 위험한 동물은 많아."

"좋아, 그러니까 뭔가를 가두기보다 안전하게 지키려는 것일 가능성이 더 높네. 그럼 우리가 들어가는 게 잘하는 짓일까? 보호받는 식물을 해치면 어떡해?"

"열쇠를 가져와야 해. 멀리는 안 갈 거야."

"근데 무단침입 하지 말라는 표지판이 보이면 안 할 거지?"

약속.

세명은 울타리 선을 따라 왼쪽으로 백걸음을 가며 입구를 찾았다. 다른 세명은 반대 방향으로 똑같이 했다. 아마 어딘가에 문이 있기는 할 텐데 능선 위나 반대편에 있을 수도 있었다. 여기는 아니어서, 우리는 돌아왔다.

어쨌든 원래 지점에서 울타리를 오르는 게 가장 합리적이었다. 디바가 던진 열쇠가 나무에서 반짝이는 걸 그대로 볼 수 있었으니까. 다만 무단침입을 가장 직접적으로 인정하는 것처럼 보였기 때문에 그 방법을 미뤘을 뿐이다. 울타리를 돌아가거나 문을 통과하는 건 탐험이었다. 하지만 넘어가는 건 위반이었다.

"내가 올라갈게." 루시아가 제안했다. "우리 집에 정말 말썽쟁이인 염소가 있어서 울타리를 잘 타."

"아니면 내가 할까? 헤드 랜턴이 있으니까."

"헤드 랜턴은 빌려줄 수 있잖아, 니키."

니키가 랜턴에 손을 올렸는데, 놓아주기 싫어하는 것 같았다.

"짝끼리 하는 게 어때? 같이 갈 수 있어." 앤드리아가 케이티의 소매에 손을 얹으며 말했다.

케이티는 그 전략이 마음에 들지 않는 듯했다. "근데 꼭 짝이어야 해? 우리 다 같이 보고 있을 거잖아. 필요하면 다른 사람이 따라 들어가거나 뛰어가 도움을 청할 수 있지만, 보호지역에 두 사람이 들어가는 건 우리가 뭔가를 해칠 수 있는 곳에 더 많이 발을 들인다는 뜻이야."

이 속도라면 새벽까지 논쟁을 해야 할 것이었다. 모두가 여기 함께 올 만큼은 용감했지만, 이제 실제로 마주하고 나니 아무도 정말 뭔가를 하고 싶어하지는 않는 것 같았다. 뭐, 루시아는 준비된 것 같았지만, 아무튼 자신을 말려도 괜찮다는 듯이 자원한 후로 아직까지 움직임이 없었다.

평소처럼 아무도 메건에게 주의를 기울이지 않았다. 누군가 메건이 울타리에 손을 올린 걸 보기도 전에 메건은 이미 반대편에 있었다. 모두가 그애가 거기 있는 걸 잊었던 것처럼 쳐다봤다.

"이럼 말이 되지?" 메건이 쉰 목소리로 말했다. 목청을 가다듬었다. 마지막으로 말한 게 언제였더라? "나는 너희들보다 적어도 15센티미터는 더 커. 저건 높은 가지니까 누가 울타리를 가장 잘 오르는지는 중요하지 않아. 누가 가지에 닿을 수 있는지가 중요하지."

모두 진지하게 고개를 끄덕였다.

"근데 누가 손전등 좀 빌려줄 수 있어? 니키 너의 헤드랜턴일 필요는 없어. 특별한 거라는 거 알아."

앤드리아가 작고 낡은 빨간색 손전등을 울타리 그물망 사이로 건넸다. 손전등은 이미 켜져 있었고, 그 빛줄기가 나무 사이를 가로질렀다. 메건이 방향을 틀어 밑으로 내렸다. 누군가를 눈부시게 하고 싶지 않았다. 그리고 정말로 더이상 어떤 말도 하고 싶지 않았다. 이미 일주일 내내 했던 것보다 더 많은 말을 했다. 그래서 모두에게 인사를 하고 돌아섰다.

메건은 울타리에서 나무까지 5, 6미터 정도를 조심스럽게 걸어갔다. 손전등을 아래로 비춰 이끼, 양치식물, 묘목, 큰 나무가 우거진 바깥 가장자리의 어린나무 뿌리 등 연약해 보이는 것들을 밟지 않는지 확인했다. 발걸음 소리가 두꺼운 바늘잎 낙엽 담요에 묻혔다.

문제의 나무는 거대한 싯카가문비나무였다. 우리 모두가 손을 맞잡고 넓게 팔을 뻗어도 여전히 중간쯤까지밖에 닿지 못할 만큼 컸다. 메건이 가지를 올려다봤다. 나무들은 어둠이었지만 그 너머 하늘은 밝았고, 백만개의 별들이 총총했다.

디바는 던지는 힘이 꽤 좋았다. 열쇠고리가 손가락에 반지 끼워지듯 가지 끝에 걸려 있었다. 정말 이럴 확률이 얼마나 될까 싶은 시나리오였다. 열쇠고리는 아래에 공예 시간에 만들 법한 땋은 플라스틱 끈이 달려 있었고, 포드라고 쓰인 알람 장치와 열쇠 하나가 달려 있었다. 그게 디바가 그걸 왜 던졌는지는 설명해주지 않았지만, 우리가 여기올라온 게 옳았다는 건 보여주었다.

문제의 가지에 닿을 수 있는 사람이 자기뿐이라는 메건의 말도 맞았다. 우리 중에서 가장 큰 메건조차도 가지를 내리려면 점프해야 했다. 첫 시도는 소극적으로 보였다. 손을 뻗으면 셔츠가 올라가고, 메건은 사람들이 자기 배꼽을 보는 걸 아주 싫어했다. 튀어나온 배꼽이었기 때문이다. 10센티미터 남짓 차이로 놓쳤다.

"할 수 있어, 메건." 누군가 외쳤다. 우리가 정말로 믿는다는 걸 알려주는 물리적인 지지의 파도가 메건을 휩쓸었다. 그애가 우리 무리를 등지고 돌아섰고, 이번에는 손가락이 끈을 스치며 움켜쥘 수 있었다. 가지가 휘어지며 메건과 함께 내려왔다가 열쇠고리가 미끄러져 떨어지자 제자리로 튕겨 올라갔고, 그애는 발밑의 바늘잎에 미끄러져 뒤로 넘어졌다.

엉덩이와 등과 팔꿈치로 세게 떨어졌다. 머리는 아니어서 다행이었다. 창피했다. 루시아였다면 고양이처럼 튀어 올랐겠지만 메건은 고양이 같지 않았다. 메건은 다들 그렇듯 스스로를 완전히 통제하지 못했다. 등이 아팠다. 옆으로 구른 다음 앉는 자세로 몸을 밀어 올렸다. 손바닥과 팔꿈치에서 가문비나무 바늘잎을 골라냈다. 피는 아주 조금밖에 나지 않았다. 누군가 자신을 부르는 소리를 들은 것 같았지만 아이들 무리 중 한명 같지는 않아서, 정신을 차리려 고개를 흔들었다. 머리를 부딪히지는 않았다.

우리는 잠시 후에 도착했다. 우리 모두 울타리를 올라 메건을 구하러 간 것이다. 법석을 떨며 그애를 돌보고, 밴 열쇠를 살펴보고, 한 사람씩 거대한 가문비나무 줄기에, 바늘잎이 깔린 숲 바닥에 손을 대보았다.

“와.” 앤드리아가 말했다. 누군가 더 부드럽게 “와”라고 메아리를 만들었다.

“아야.” 저스티나가 말했고, 나머지 우리도 각자 등을 만졌다.

'괜찮을 거야.' 메건이 생각했고, 우리 모두 그애가 소리 내어 말했다는 듯 안심하며 고개를 끄덕였다.

와, 케이티가 생각했고, *와*의 느낌이 우리 머릿속에 메아리쳤다.

우리는 모두 오라고 생각했고, 우리 모두 다시 *와* 하고 생각했고, 그러다 루시아가 소리 내어 말했다. "과학 지식, 얘들아." 그래서 니키는 머릿속으로 *아니야*라고 생각한 다음 소리 내어 말했다. "아니, 새 게임이야, 과학 이론. 과학적 타당성과 상관없이 어떤 이론이든 대는 거."

"집단 망상." 앤드리아가 말했다.

"단체로 꾸는 꿈." 케이티가 말했다.

"좀비 균류." 저스티나가 말했다.

"난 나무에 진흙으로 표시했는데 피가 좀 섞인 것 같아." 루시아가 고백하듯 단숨에 말했다. "그리고 저스티나는 나무에 표시하려고 오줌을 쌌고"

"야." 저스티나가 말했고 잠시 모두가 상처받은 느낌이었지만, 루시아에게 나쁜 의도는 없었다. 나무에 표시를 함으로써 우리 모두가 어떻게든 숲에 자신을 심어버린 게 아닐까 하는 두려움뿐이었고, 니키는 우리 모두 일주일 내내 숲에서 오줌 누고 이 닦고 뱉고 숨을 쉬었으니 숲은 이미 우리 DNA를 가지고 있다는 점을 지적했다. 만약에……

들어봐. 메건이 다른 애들을 향해 생각했고, 우리는 모

두 다시 입을 다물었다. 여섯 명은 시끄러웠다. 생각으로도, 목소리로도 시끄러웠다. 하지만 우리의 소음 뒤에, 우리의 소음 아래에, 우리의 소음 주위에, 소리를 넘어선 무언가가 있었다. 우리 중 누구도 아직은 말하지 못하는 언어로 정보를 교환하려 했고, 우리 모두는 가만히 있으면서 그걸 들으려 했다, 그게 뭐든 간에. 그럴 수 없었다. 그럴 수 없었지만 그건 무엇인가를 전해주었다. 하나의. 느낌. 안전하다는. 보호. 우리는 작으니까, 완전한 높이에 도달해 우리의 왕관으로 별들에 닿으려면 수세기가 걸릴 테니까.

우리는 소매로 눈을 닦았다. 알지 못하면서도 알았다, 이건 집단 망상도 아니고, 단체로 꾸는 꿈도 아니고, 좀비 균류도 아니라는 것을.

"돌아가야 해." 앤드리아가 속삭였다. 아무도 움직이지 않았다. 날카로운 슬픔이 우리 사이를 지나갔다. 종결의 감각. 캠프가 끝날 때와 같은 느낌. 캠프가 끝난다는 건 캠프가 아닐 때의 생활로 돌아간다는 뜻이고, 거기서는 다른 사람이 되어야 하고, 아무도 해 질 녘에 세레나데를 불러주지 않는다는 걸 알 때의 느낌. *이 기억도 희미해질까?*라는 질문이 우리 모두를 관통했다. 우리의 가지를 올려다보는, 그다음엔 가장 시끄러운 목소리들로 발아래 균근* 초고속도로를 여행하는 우리의 뿌리를 내려다보는 시선들.

아직 우리에겐 그런 단어들이 없었지만, 그 단어들은 나중에 우리의 탐구에서, 우리의 일상에서, 우리의 비밀스런 침묵의 대화에서 생겨날 것이었다.

나무들이 이상하게도 너무 밝은 빛으로 빛났고, 다른 손전등이 우리를 향해 흔들리며 오고 있다는 걸 깨닫는 데는 잠시 시간이 걸렸다. 불빛이 우리를 파랗고 하얗게 칠하며 그 자리에 붙박았다.

"거기 누구세요?" 루시아가 소리쳤다. "디바?"

"공원 관리자다." 우리가 모르는 목소리가 들려왔다. 손전등에 눈이 부셔 보이지는 않았다. "너희 *너희*는 여기 *여기* 있으면 *있으면* 안 *안* 돼 *돼*."

누군가 *도망쳐*라고 말했다. 아니면 누군가가 우리 모두가 들을 만큼 크게 생각했다. 케이티가 아직 앉아 있는 메건을 일으켜 세우기 위해 손을 내밀었고, 우리는 모두 울타리를 향해 달렸다. 니키의 믿음직한 헤드 랜턴이 우리를 안내했다. 루시아가 가장 빨리 올라가서 넘었다. 말썽쟁이 염소 덕분이었다. 우리는 발이 땅을 떠났을 때 불안한 단절감을 느꼈다. 신발을 철제 그물망 틈에 밀어넣으면서는 집단적으로 숨을 참았고, 그런 다음 반대편에서 땅이 우리를 다시 환영했을 때는 말 없는 안도감을 느꼈다.

* 고등 식물의 뿌리와 균류가 긴밀하게 결합해 공생관계를 이룬 뿌리.

뒤를 돌아봤지만 손전등은 따라오지 않았다. 우리는 울타리를 향해 달리면서 공원 관리자를 지나칠 때 슬쩍 본 집단적 이미지를 공유했다. 신발도 없고 특징도 없는 공원 관리자의 형상. 얼룩지고 찢어진 유니폼에서 덩굴손이 쏟아져 나오는.

우리가 캠프 지도자 텐트 밖에 열쇠고리를 떨어뜨려두고 각자의 텐트로 기어들었을 때는 여전히 어두웠다. 우리 눈은 피로로 따가웠다. 정해진 대로 텐트 안에서 부츠를 벗어 출입구 안쪽에 놓았다. 양말을 벗고 손가락과 발가락을 살펴보며 궁금해했다. 변화하면서 변하지 않는 게 가능한지, 우리 몸에서 뿌리나 바늘잎이나 솔방울이나 포자가 자라나는 것은 아닌지.

아침에 킬라는 밴 열쇠가 왜 흙바닥에 떨어져 있는지, 왜 우리 모두가 축 처져 있는지 의아해할 것이다. 우리 중 아무도 말하지 않을 것이다. 디바는 양말과 신발을 신어 우리에게 발을 숨길 것이고, 우리는 다시는 이곳에 돌아올 수 없다는 사실과 디바를 향해 밀려드는 연민 같은 감정을 분명히 알기에 그 상실의 아픔을 다시 느낄 것이다. 디바는 마치 그걸 그제야 알아챈 듯 깜짝 놀랄 것이다. 우리는 강을 따라 하이킹을 계속할 것이다.

그날 늦게, 우리는 목적지인 고산 초원에 도착할 것이고 얼음처럼 차가운 청록색 호수에 손가락을 담그고 산양과

늑대와 과꽃과 야곱의 사다리* 사진을 찍을 것이다. 작은 가스버너로 저녁밥을 짓고, 둘러앉아 노래를 부르고, 그러고 나면 디바는 한 배우가 캠프 참가자 무리와 함께 산에 올랐는데 참가자가 몇명인지 기억할 수 없는 데다 그 수가 계속 바뀌는 이야기를 할 것이고, 저스티나가 끼어들어 "기억이란, 사랑하는 세실리, 우리 모두가 지니고 다니는 일기장이에요"라고 말할 것이고, 디바는 왜 오스카 와일드를 인용하는지 물을 것이고, 우리는 모두 낄낄 웃음을 터뜨릴 것이다.

그후 디바는 이야기를 끝내려는 척하겠지만 킬라가 그녀를 멈출 것이고, 우리는 텐트로 자러 갈 것이고, 킬라는 디바에게 아이들이 모두 하나의 팀처럼 점점 더 잘 지내면서 더 잘 어울리게 된 것 같다고 말할 것이고, 디바도 그걸 알아챘다고 말할 것이다.

케이티는 두시간 후에 악몽으로 깨겠지만 비명을 지르는 대신 우리를 찾을 것이다. *거기 있어?* 합창단은 응 응 응 응 응 하고 대답할 것이고, 뒤이어 머뭇거리는 듯한, 응은 아니지만 응처럼 느껴지는 또다른 어떤 것이 이어질 것이다. 우리는 텐트에 몇분 더 누워 있다가 한 몸처럼 다 같이 침낭을 끌고 공터로 나갈 것이고, 별들을 올려다보며

* 꽃잎이 사다리 가로대처럼 층층이 달린 고산지대의 야생화 종류.

우리의 왕관이 그 별들에 닿으려면 얼마나 걸릴지 상상하
며 잠들 것이다.

이야기라는 불안한 지도가 선물이 될 때

세라 핀스커(Sarah Pinsker)는 무언가를 잃어버린 사람들의 이야기에 오래 머무는 작가다. 한국에 소개되는 두번째 소설집 『로스트 플레이스』(원서 출간 2023년)에서 핀스커가 특히 집요하게 들여다보는 것은 상실 그 자체보다 상실 이후의 감각이다. 이미 달라져버린 세계를 다시 살아낼 방법을 모색하는 사람들의 불안과 두려움을, 그리고 그 가운데 번지는 움직임을 포착하는 언어가 이 작품집을 채우고 있다. 오래된 이야기를 반복해서 찾는 사람, 변해버린 걸 알면서도 어떤 장소로 돌아갈 수밖에 없는 사람, 제도와 기술이 바꾸어놓은 삶의 조건 속에서 뜻밖의 연결을 만들어내는 사람들은 모두 어떤 의미에서 길을 잃은 사람들이지만 그렇기에 자신만의 지도를 만드는 사람들이기도 하다. 핀스커의 이전 소설집인『언젠가 모든 것은 바다로 떨어진다』(2025, 원서 출간 2019년)와 비교해 작품 속 세계가 어둡게 느껴지기도 하지만,『로스트 플레이스』를 관통하는 정서는 상실에 대한 애도나 회한이라기보다는 공포와 향수가 뒤섞인, 서늘한 유머와 다정한 연대가 공존하는, 그리고 해석이 닿지 않는 불안과 경쾌한 창조의 열망이 얽혀 있는 무언가다.

핀스커의 작품은 민담이나 전설 같은 구비 서사뿐 아니라 음악이나 공연 등 다양한 매체적 형식을 실험의 장으로 활용해왔고, 이야기의 내용만큼이나 이야기가 전달되는 방식이 언제나 중요한 문제였다. 이번 작품집은 잃어버린 장소와 불안정한 기억을 공통 주제로 삼아, 이야기의 힘과 한계를 탐구하는 위태로운 여정을 다채로운 형식으로 담아낸다. 민요 가사를 해석하는 온라인 포럼의 댓글 스레드, 액자 형식으로 중첩되는 회고담, 무성영화 변사의 목소리, 권력과 서사가 맞물리며 작동하는 마술적 언어 등 다양한 형식적 장치들이 곳곳에 등장하는데, 이러한 문학적 장치는 작품의 내용이면서 동시에 그 세계를 견디고 해석하는 여러 방식의 토대다. 인물들이 저마다의 방법으로 달라진 현실을 이해하려 애쓰듯, 작품들 역시 각기 다른 형식을 빌려 상실과 변형을 감당하는 감각을 빚어내는 것이다. 더이상 온전한 세계를 기대할 수 없게 되어버린 인

물들이 더 절실하게 세계를 자기 것으로 만들려 한다는 이
야기들. 이 작품집의 아름다움은 그 느리고 불완전한 지도
그리기의 과정에 있다. 이 글은 이야기가 가진 힘과 그 힘
이 불러오는 공포, 그리고 변해버린 세계를 다시 점유하는
사람들의 움직임이라는 두 갈래를 따라『로스트 플레이
스』를 읽어보려 한다.

　이야기를 만드는 사람, 이야기에 갇힌 사람

　상실 앞에서 사람이 가장 먼저 하는 일은 어쩌면 이야기
를 만드는 일이다. 잃어버린 것에 이름을 붙이거나 형태를
부여하고, 그것이 왜 사라졌는지, 우리에게 무엇을 남겼는
지를 설명하려 한다. 핀스커가 이 작품집에서 오싹할 정도
로 파고드는 것은 그 이야기 만들기의 역설이다. 이야기는
그 어떤 상실도 메우지 못한다. 오히려 이야기할수록 잃어
버린 것의 윤곽이 선명해지고, 그 선명함은 위안보다 공포
에 가까운 감각을 불러오기도 한다. 핀스커의 소설에서는
서사가 진실인지 아닌지와 무관하게 이야기가 사람들의
삶을 움직일 수 있다는 사실이 그 어떤 초현실적 현상보다
무서운 힘으로 작동한다. 인물들은 이야기를 꾸며내거나
통제한다고 믿지만 어느 순간 그 이야기의 일부가 되어 있
고, 독자도 그 불확실성의 매혹에 끌려 들어간다.

　이 역설을 가장 날카롭게 보여주는 작품이 바로「두개

의 진실과 하나의 거짓말」이다. 어린 시절 출연했던 TV 쇼의 녹화 테이프를 뒤지는 주인공 스텔라와 친구 마코의 현재 속에 쇼 진행자가 아이들에게 들려주던 으스스한 이 야기들이 삽입되고, 그 이야기들은 다시 현재의 삶으로 침투해 들어온다. "옛날 옛적에 빨리 가고 싶어하는 작은 소년이 있었어요"로 시작해 "고속도로에서 모든 차들을 지나쳐 최대한 빨리, 그리고 영원히, 계속 운전을 했답니다"로 끝나는 이야기를 쇼 진행자 바로 옆에서 들었던 아이는 자라 한밤중에 더 빨리 가려고 누군가와 경주하다 고가도로에서 추락해 사망한다. "자신이 누구인지를 자신이 누가 될 수 있는지와 기꺼이 바꾸려 했"던 소녀의 이야기를 바로 옆에서 들었던 아이는 어떤 게 자기 삶의 진실인지 알지 못하는 어른이 되어버린다(「두개의 진실과 하나의 거짓말」). 화자인 스텔라가 습관적인 거짓말쟁이로 설정되어 있어 처음부터 이 목소리를 신뢰할 수 없다는 점은 읽기를 더욱 불안하게 만들고, 독자는 이야기가 진행될수록 아득한 두려움을 품게 된다. 쇼 진행자의 말이 실제로 예언적 효력을 지닌 것이었는지, 아니면 스텔라의 해석이 그런 힘을 부여한 것인지는 끝내 분명히 알 수 없다. 핀스커는 이야기에 사로잡힌 사람이 자기 삶을 거기에 맞추거나 저항하면서 또다시 발생하는 이야기들을 섬뜩하게 포착한다. 그리고 이 기묘한 이야기와의 관계를 설정하는 것은 독자를 사로잡을 숙제로 남겨진다.

「더 잘 말하는 법」과 「궁정 마법사」는 이야기의 힘이 이야기하는 자를 집어삼키는 순간을 보여준다. 「더 잘 말하는 법」의 변사는 단순히 무성영화의 화면을 해설하는 것을 넘어 인물들의 운명을 바꾸어놓을 수 있는 힘을 가진 인물로 그려진다. 그의 말은 현실을 덧입히는 동시에 뒤틀어버리는 창조 행위가 된다. 핀스커의 시선은 그 기이한 힘 자체보다 그것이 이야기를 만드는 사람에게 되돌아오는 장면에 오래 머문다. 한 영화배우가 고층 건물의 옥상에서 쏘아 보낸 화살의 향방을 몰라 모두가 조용히 불안해진 순간, 진실과 무관하게 "정말 다행이야! 화살은 피해를 입히지 않았어"라고 외쳐버린 화자는 그 순간을 "잠시나마 마법을 알았"던 때로 기억하며 "그걸 써서 세상에 작지만 진짜인 좋은 일을 할 수 있었다"고 믿고 싶어한다. 그러나 5번가 뒤편 가게 4층 창가에 서 있다 화살에 가슴을 관통당한 모피상의 이야기를 이미 읽은 독자들은 이 마법 같은 언어의 힘을 경계하지 않을 수 없다. 기꺼이 안도감을 제공한 하나의 이야기는 동시에 아찔한 거짓으로 모두의 기억에 남는다. 권력자를 위해 말과 환영의 힘을 행사하다가 점점 더 큰 것을 잃어가는 「궁정 마법사」의 주인공 역시 마찬가지다. 그의 비극은 폭군을 섬긴 데 있는 것이 아니라, 자신이 가진 언어의 파괴적인 힘을 목격하면서도 그것을 멈추지 못한 채 자신의 삶과 감각을 모두 소진해버린 데 있다. 이 두 작품의 서늘함이 상기시켜주는 것은 이야기를 만드는 사람과 이야기에 갇힌 사람 사이의 거리가 생각보다 가깝다는 사실이다.

이 주제가 가장 실험적으로 구현된 작품은 「참나무 마음이 모이는 곳」이다. 작품 전체가 민요 가사 해석 온라인 사이트의 댓글 스레드로 이루어져 있는데, 이 참여적인 형식 자체가 이미 작품이 하려는 이야기를 효과적으로 담고 있다. 여러 판본을 대조하며 꼼꼼한 문헌학적 비교를 제시하는 BonnieLass67, 다소 상기된 말투로 과감한 상징적 해석을 쏟아내는 Dynamum, 그리고 민요의 배경이 된 장소를 직접 찾아가 현장 조사를 하는 HenryMartyn은 같은 이야기에서도 서로 다른 것을 읽어내는 독자들의 초상이다. 어떤 접근도 완전한 답에 이르도록 두지 않는 것이 핀스커 소설의 묘미인데, 이 소설 속 민요에 담긴 전설은 해석이 쌓일수록 더 깊은 미궁으로 들어가는 것처럼 보이기까지 한다. 「참나무 마음이 모이는 곳」의 탐정들은 서서히 이야기의 배경을 찾아갔던 연구자 라이들의 흔적이 모두 사라졌음을, 그를 따라 그 장소를 직접 찾아간 HenryMartyn 역시 더이상 댓글을 달지 않는다는 것을 알게 된다. 익숙한 온라인 논쟁이 어느 순간 서늘한 공포 이야기가 되는 것이다. 하지만 서로의 글에 "억지 주장" 표시를 눌러가며 유치하게 다투면서도 한곳에 모여 계속 읽고 해석하며 서로에게 응답하는 이 사람들을 통해 핀스커가 보여주는 것은 불완전한 이야기가 사람들을 모으는 힘이다.

변해버린 세계를 우리 것으로 만드는 일

이야기가 상실을 메우지 못한다는 걸 알면서도, 때로는 더 큰 불안과 공포의 기원이 되기도 한다는 걸 알면서도 사람들은 이야기를 만든다. 「센추리를 그 자리에 남겨두고」와 「날 위해 기억해줘」는 그 자리에 있지만 완전히 달라져버린 어떤 장소를 낯선 감각으로 채워내는 이야기다. 사라진 형을 잊지도, 형의 자동차를 치우지도 못한 채 세월을 보내는 「센추리를 그 자리에 남겨두고」의 화자는 차를 뒤덮어가는 덩굴을 고요하게 지켜보고, 핀스커는 그 기이한 머묾을 재촉하거나 판단하지 않는다. 이 느린 시간 속에서 화자는 사람을 사라지게 만들 수 있다는 이야기를 가진 연못에서 자신만의 애도의 속도와 감각을 발견한다.

그게 죽는 것과 다른가? 이 아름다운 연못의 일부가 되고, 폭포를 받아들이고, 언제나 바위와 소나무와 자작나무와 하늘에 둘러싸여 있는 게? 빠른 변화다. 형의 방이 먼지로 변하거나 뷰익이 숲이 되는 것보다 빠른. 기회만 주어지면 사람은 사물보다 훨씬 빠르게 변할 수 있다. (193면)

기억을 잃어가면서도 계속 그림을 그리는 보니(「날 위해 기억해줘」)의 상황은 이 화자와 완전히 달라 보이지만, 극복할 수 없을 것 같은 상실 속에서도 자신의 감각을 믿고 무언가를 계속하는 사람의 이야기라는 점에서는 서로 닮아 있다. 보니는 함께 사는 사람도, 조카도 기억하지 못하고 예술의 원천인 자신의 의식마저 거의 알아보지 못하지만 혼신의 힘을 다해 영감을 붙잡고, 질문들을 기록하며, 작품을 남긴다. 극적인 사건이나 완전한 회복에 대한 기대 없이도 이 두 인물은 달라져버린 세계 속에서 자신을 다시 구성한다. 삶의 조건에 대한 낯설지만 초월적인 이해, 그리고 자기존엄의 회복은 상실과 투쟁하면서, 더 구체적으로는 이미 달라져버린 세계를 다시 나의 것으로 만드는 과정 속에서 이루어진다.

이 문제의식은 사적인 관계나 개인적인 예술적 성취에서뿐 아니라 제도화된 공간에서 일어나는 집단의 이야기에도 담겨 있다. 「케어링 시즌스 탈출기」의 요양원은 첨단 기술이 담보하는 이상적 돌봄의 공간으로 만들어졌지만, 어느새 "자기 창문으로 밖을 내다보고, 〔파트너가〕 해준 음식을 먹으면 더 잘 쉴 수 있"는 상황에서도 "알고리즘이 머물러야 한다고 결정"하면 떠날 수 없는, 이상하다고 생각해 보호자가 항의해도 의사들이 "알고리즘은 아주 정확합니다"라는 말만 반복하는 공간이 되어버렸다. 노쇠한 조라가 자기 손으로 손목의 추적 장치를 도려내면서까지 시도하는 것은 물리적인 탈출 이상이다. 한 장소가 제공하는 희망이 바래기 전에 아내와 함께했던 삶을 되찾고, 집다운 집에 살 수 있는 권리를 요구하는 일이다. 탈주 이후 자신을 신고할지도 모르는 드론 너머의 인간과 나누는 대화는 의심과 신뢰의 경계를 아슬아슬하게 넘나들며, 제도 밖에서도 연대와 저항이 가능하다는 것을 교조적이지 않게 보여준다. "드론 뒤의 조종자들이 알고리즘으로는 할 수 없는 방식으로 질문하고 이야기를 들어주는" 장면을 상상하는 일은 기대 이상으로 매력적이다.

테러 위협이라는 '그들'의 이야기 때문에 도시가 봉쇄되며 일자리를 잃은 주인공이 등장하는 「오늘은 모든 게 닫혀 있다」도 변해버린 세계를 견디는 한 방식을 그려낸다. 핀스커가 관심을 기울이는 건 봉쇄를 무화시킬 거대한 계획이 아니다. 소녀들에게 스케이트보드 타는 법을 가르쳐주면서 보내는 시간, 소녀들의 불안에 귀 기울이는 어른의 마음, 사소한 연결을 통해 발견하는 — 소액 구매자를 위한 식료품 배달망처럼 실질적인 — 세계 만들기의 가능성이다. 통제와 효율의 이름으로 억압되거나 무시당하곤 하는 서투름과 예측 불가능성이 여기서는 유일하게 효과적으로 작동하는 힘이 된다.

　　정치적 자각을 통한 가능성의 순간을 더욱 극적으로 포착한 작품으로는 「우리의 깃발은 여전히 그곳에」와 「산맥은 그의 왕관」을 들 수 있다. 전자에서 시민들의 신체는 말 그대로 국가가 애국심을 새겨넣어 전시하는 표면이 되고, 후자에서는 국토 전체가 왕의 자기애적 통제 대상이 되어 농민들의 삶을 위협한다. 구체적인 설정만 보면 과장된 디스토피아 판타지 같지만 "인간 운전자를 고용하던 마지막 회사가 자율주행으로 바꾸면서" 일자리를 잃고 2만 달러의 빚을 진 트럭 운전사나(「우리의 깃발은 여전히 그곳에」), 밭에서 농작물을 기르는 대신 해바라기만 길러야 한다며 황제의 측량사가 내민 지도를 보면서 "왕관이 된 산맥, 예복이 된 들판. 우리 가족의 파멸이 황금빛으로 펼쳐져 있었다"고 회상하는(「산맥은 그의 왕관」) 농부의 경험은 그 무엇보다 사실적이고 즉물적이다. 삶의 공간을 권력의 상징으로 만들어버린 다음 사람들의 몸과 땅을 정해진 이야기로 뒤덮으려는 시도들 앞에서, 핀스커의 인물들은 혼자 각성하지 않는다. 크게 넘어져 다시는 스케이트보드를 타지 못하게 될 뻔했으면서도 소녀들에게 넘어지는 법을 직접 보여주는 어른처럼, 자신의 감각과 타인의 감각이 연결되는 순간 달라져버린 세계의 폭력이 뚜렷해지고 그에 맞설 장소도 생겨난다. 다만 핀스커가 상상하는 연대와 연결은 뜻을 함께하는 사람들 사이에서만 일어나지 않는다. 스스로 깃발이 되어 "깨어나세요, 깨어날 시간입니다"라고 말하는 매기는 주인공이 아니라 주인공이 의아하게 여기며 갈등을 빚는 인물로 등장하고, 오만한 황제에게 핏빛 망토로 경고를 보내는 「산맥은 그의 왕관」의 주인공이 "내가 심으러 온 씨앗이 바로 그거였다. 이제 우리는 뿌리 내리기를 기다리기만 하면 됐다"라고 말할 수 있었던 것은 용암꽃 씨앗을 몰래 전달해준 황제의 병사가 있었기 때문이다.

이 단편집의 끝에서 「과학 지식!」의 소녀들은 이야기가 만들어내는 공포와 의심의 가능성을 배제하지 않으면서도 이 모든 것을 가장 희망적인 방식으로 수렴해낸다. 낯선 숲을 하이킹하는 소녀들에게는 확실한 지도도 없고 정답을 알려줄 어른도 없다. 출발하기도 전에 발목을 다쳐버린 캠프 지도자 대신 참가한 지도자는 모닥불 가에 모여 앉아 유대를 다지려 할 때마다 무서운 이야기를 들려줘 기대한 방식의 화합을 무너뜨린다. 좋아하는 샌드위치 속재료도, 자신만의 나무를 기억하는 방법도 다르고 의사결정을 해야 할 때마다 의견이 엇갈리지만, 소녀들은 그 마찰과 다름을 오해하거나 건너뛰지 않고 겪어낸다. 그리고 한밤의 숲속에서 그 지도자를 보호하기 위해 함께 전략을 세우면서 소녀들은 자신들이 어느새 같은 편이 되어 있음을 알게 된다. 더 나아가 그들을 품은 숲과 하나 되는 것이 더 이상 두렵지 않게 느껴지던 그 순간, 소녀들은 말로는 할 수 없이 연결된 감각을 강렬하게 느낀다.

우리 중 누구도 아직은 말하지 못하는 언어로 정보를 교환하려 했고, 우리 모두는 가만히 있으면서 그걸 들으려 했다, 그게 뭐든 간에. 그럴 수 없었다. 그럴 수 없었지만 그건 무엇인가를 전해주었다. 하나의. 느낌. 안전하다는. 보호. 우리는 작으니까, 완전한 높이에 도달해 우리의 왕관으로 별들에 닿으려면 수세기가 걸릴 테니까. (440면)

핀스커의 인물들이 어느새 두려움의 대상이 된 세계, 영영 잃어버려 다시는 만날 수 없을 것 같은 세계를 다시 자기 것으로 만드는 방식은 언제나 불완전하다. 그 알아채기 힘든 움직임 속의 환희를 가만히 살피는 작가의 마음이 두려움을 안고서도 계속 이야기를 쓸 수 있게 하는 것은 아닌지 감히 짐작해본다.

잃어버린 장소들에서 사랑 찾기

저자도 서문에서 언급하고 있듯 이 소설집의 제목은 「참나무 마음이 모이는 곳」의 한 구절에서 왔다. 작품 속 민요의 가장 열렬한 연구자였던 라이들의 블로그 제목이자 그 제목을 딴 HenryMartyn의 다큐멘터리 제목 "잃어버린 모든 장소에서 사랑 찾기"(Looking for Love in All the Lost Places)는 1980년대 컨트리 가수 조니 리(Johnny Lee)의 히트곡 「Looking for Love」의 후렴구 "잘못된 곳에서 사랑 찾기"(Looking for Love in All the Wrong Places)의 변주다. '잘못된'(wrong)을 '잃어버린'(lost)으로 바꾼 이 선택은 실로 핀스커다운 통찰을 담고 있다. 잘못된 곳에서 사랑을 찾는 사람에게는 방향을 바꾸라고, 아니면 포기하는 게 좋겠다고 말해줄 수 있겠지만, 잃어버린 장소들에서 사랑을 찾는 사람에게는 그럴 수 없다. 잃어버린, 사라진, 잊힌, 빼앗긴, 또는 길을 잃은 장소들에서 헤매는 핀스커의 주인공들은 이번 소설집에서도 저마다의 방식으로 분투한다. 「종종 소음의 한가운데서 음악을 듣곤 해」에서 맨해튼의 한 아파트에 켜켜이 쌓인 시간의 층위들이 어느날 밤 하나로 겹쳐지듯, 핀스커가 그리는 잃어버린 장소들은 완전히 사라진 곳이 아니라 변해버린 곳, 마음속에 달리 저장된 곳이다. 예전의 모습으로 돌아오기를 기대할 수 없지만 완전히 파괴되지는 않은, 다시 발견했다 해도 그때의 장소와는 달라져버린 여러 차원의 장소들에서 핀스커는 무엇이 남아 있는지 살펴보고 장소의 의미를 새로 새기는 용감한 사람들을 발견한다. "잃어버린 장소들"이라는 한국어가 미처 담지 못하는 이야기가 작품 속 여러 장소를 지나는 동안 독자에게 쌓이기를 바란다.

핀스커 식으로 상상해보자면 번역은 한 언어로 이미 존

재하는 세계를 다른 장소로 옮기는 일, 완전히 같아질 수 없다는 걸 알면서도 그곳에 놓인 마음에 닿고 말겠다는 열망으로 가까이 가보는 일이다. 그 즐겁고 어려운 작업을 다시 한번 맡겨준 창비에, 책을 만드는 전 과정에서 따뜻한 마음을 아낌없이 나눠주신 박지호 편집자와 정편집실 김정혜 실장께 진심으로 감사드린다. 각자의 장소에서 핀스커 소설의 서늘한 다정함이 또다른 놀라운 이야기들을 만들어내면 좋겠다.

정서현

나는 감사의 말을 쓰는 걸 언제나 마지막 순간까지 미룬다. 감사할 사람이 없어서가 아니라 정반대다. 누군가를 빠뜨릴까봐 너무 불안해서 차라리 아예 안 쓰는 게 낫지 않을까 생각하곤 하는데, 당연히 말도 안 되는 소리다. 시도해보는 게 낫다.

이 책의 편집자인 켈리 링크와 개빈 J. 그랜트는 뿔뿔이 흩어져 있던 이야기들을 서로 어울리는 하나로 훌륭하게 엮어주었다. P. 레베카 메인스가 헌신적으로 교정을 봐주었다.

이 이야기들을 처음 세상에 내보내준 편집자들에게도 감사를 전한다. 존 조지프 애덤스, 제이슨 시즈모어와 레슬리 코너, 캣 램보, 엘런 데이틀로, 린과 마이클 토머스,

스콧 앤드루스, 캐서린 크라헤, 라일라 개럿과 안 오워모옐라, 모니카 루존, 웨이드 라우시, 그리고『스트레인지 호라이즌스』『라이트스피드』『에이팩스』『토르닷컴』『언캐니』『비니스 시즐리스 스카이스』와 이 책에 수록된 여러 단편이 실렸던 선집의 편집팀 모두에게.

킴메이 커틀랜드는 사려 깊고 통찰력 있으며 시간을 아낌없이 내어주는 사람이다. 에이전트에게 딱 필요한 자질들이다.

이 이야기들 대부분은 믿을 만한 독자들의 손을 거쳤고, 그들의 예리한 눈 덕분에 훨씬 나아졌다. 우리 엄마, 아미라, 엘리, 셰리, 렙, 켈런, 스파클포니스 멤버들, 그리고 시커모어 힐 워크숍 참가자들에게 감사한다. 숀 벨링은 「참나무 마음이 모이는 곳」과 「과학 지식!」에 유용한 식물 정보를 알려주었고, 엄청나게 훌륭한 개도 키우고 있다.

아빠, R. B. 렘버그, 맷 크레슬, 페이스북의 이디시어 배우기 그룹 회원들, 그리고 이녹 프랫 공립 도서관 사서들은 「더 잘 말하는 법」에서 과거를 재현하는 걸 도와주었다.

가족들은 언제나 가장 든든한 내 편이다. 그렇지 않았어도 그들을 사랑했겠지만, 이건 덤처럼 좋은 일이다. 우리 개들은 나를 산책시켜주는데, 산책은 내 이야기가 시작되는 곳이니 개들에게도 감사를 전해야 하겠다.

지난 몇년간 수많은 줌 화상회의를 통해 나를 사람들과

연결해주고 의욕을 북돋아준 모든 분들, 그 자리를 만들어
준 호스트들과 참가자들에게 감사한다. 또 나의 이상한 책
들에 기회를 준 모든 서점 직원, 사서, 공영 라디오 진행자,
교수, 북튜버, 블로거, 서평가와 독자들에게, 또 내 이야기
를 새로운 독자들에게 소개해주는 재능 있는 번역가들에
게 감사를 전한다. 볼티모어의 아토믹 북스, 아이비 북숍,
그리디 리즈, 참 시티 북스, 버드 인 핸드, 스너그 북스와
토론토의 바카피닉스, 나의 또다른, 잃어버리지 않은 장소
들인 이 서점들에도 특별한 감사를 전한다.

마지막으로 나의 심장이자 나의 집인 주(Zu)에게.

로스트 플레이스

초판 1쇄 발행 / 2026년 4월 3일

지은이 / 세라 핀스커
옮긴이 / 정서현
펴낸이 / 염종선
책임편집 / 정편집실·박지호
조판 / 황숙화
펴낸곳 / (주)창비
등록 / 1986년 8월 5일 제85호
주소 / 10881 경기도 파주시 회동길 184
전화 / 031-955-3333
팩시밀리 / 영업 031-955-3399 편집 031-955-3400
홈페이지 / www.changbi.com
전자우편 / lit@changbi.com

한국어판 ⓒ (주)창비 2026
ISBN 978-89-364-3992-7 03870